KB259898

過香積寺
향적사를 찾아가다

향적사 어딘지 알지 못하여
구름 봉우리 속으로 몇 리나 들어간다
고목 우거져 사람 다니는 길 없건만
깊은 산 속 어딘가의 종소리
샘물 소리 가파른 바위에서 흐느끼고
햇살은 푸른 소나무를 차갑게 비치고 있네
해질녘 고요한 연못 굽이에 앉아
편안히 참선하며 잡념을 걷어 낸다네

不知香積寺　數里入雲峰
古木無人徑　深山何處鍾
泉聲咽危石　日色冷青松
薄暮空潭曲　安禪制毒龍

情恨劍
悲劍舞
정한검 비검무

정한검 비검무 5

남궁훈 新무협 판타지 소설

초판 1쇄 찍은 날 § 2006년 11월 29일
초판 1쇄 펴낸 날 § 2006년 12월 9일

지은이 § 남궁훈
펴낸이 § 서경석

편집장 § 문혜영
편집책임 § 최하나
편집 § 문정흠

펴낸곳 § 도서출판 청어람
등록번호 § 제1081-1-89호
등록일자 § 1999. 5. 31
어람번호 § 제2-1072호

주소 § 경기도 부천시 원미구 심곡1동 350-1 남성B/D 3F (우) 420-011
전화 § 032-656-4452 팩스 § 032-656-4453
http://www.chungeoram.com
E-mail § eoram99@chollian.net

ⓒ 남궁훈, 2005

ISBN 89-251-0425-3 04810
ISBN 89-5831-744-2 (SET)

정한검 비검무

남궁훈 新무협 판타지 소설

아검무한(啞劍憮恨)
완결

도서출판 청어람

목차

第四十八章

철검조와 싸우다

　소문이란 입을 타고 전해진다. 글이 아닌 음성. 사람과 사람의 소통이 전제되는 것이다.

　소문이란 호기심을 충족시킬 수 있어야 한다. 돼지가 새끼를 낳았다고 소문이 나진 않는다. 새끼를 한 서른 마리쯤은 낳아야 소문이 난다. 특별함. 전할 만한 가치가 있어야 나는 것이 소문이다.

　소문이란 대부분 출처가 모호하다. 시작을 찾기란 거의 불가능하다. 그래서 내용이 왜곡되거나 과장된다 하더라도 바로잡는 것이 어렵다. 다만 소문의 본질은 쉽게 달라지지 않는다. 허황된 진실. 그것이 소문이다.

　무창살귀에 대한 소문은 그래서 놀라웠다. 아무리 발 없는 말이 천 리 간다지만, 빨라도 너무 빨랐다. 사람의 입을 타고 전해졌다고는 도저히 믿기 어려울 만큼 빠르게 퍼져 나갔다. 그가 자취를 감춘 지 한 날. 전하에 구전무예를 모르는 자는 심산유곡의 은자와 귀머거리뿐이었다.

　소문의 과장을 감안하더라도 넉 달간 살귀가 베어낸 사람만 삼백 가까이 된다. 전무후무한 대살성.

그럼에도 사람들이 소문의 진위를 의심하지 않은 건 구천무예라는 이름 때문이었다. 사람들은 살귀의 지난 행적은 부정하면서도 구천무예의 진위는 부정하지 않았다. 사람들 모두 살귀를 공적이라 성토하면서도 내심 그가 가진 구천무예를 얻길 원했다.

하지만 세상 어디에서도 살귀의 흔적은 찾을 수가 없었다.

*   *   *

"아직 소식이 없나요?"

"너무 심려치 마십시오. 조만간 찾게 될 것입니다."

밝은 내실. 화려한 장식들로 치장된 공간. 곱게 늘어진 차양 사이로 따사로운 가을볕이 들고 있었다. 하나 푸르른 가을볕도 두 사람 사이의 붉은 주렴을 넘어서기엔 힘이 달렸다.

"후우."

주렴 너머의 한숨에 내실의 공기마저 침울해지는 듯했다. 길게 이어지던 숨을 뒤따라 가녀린 여인의 음성이 흘러나왔다.

"전 두렵습니다."

"두려워하지 마오소서. 저를 믿어주시옵소서."

"가가를 믿지 못함이 아닙니다. 단지 그에 대한 소문이 너무나 흉흉하여 마음을 진정시키는 것이 어려울 따름입니다."

여인의 하소연에 사내가 말했다.

"어찌 저를 믿지 못하시고 낭설에 동요하시나이까?"

사내의 말에 여인의 한숨이 잦아들었다. 물론 그것이 스스로를 안심시키려는 행동임을 사내는 알고 있었다.

'힘드실 겁니다. 믿기 어려우실 겝니다. 하나 그럴수록 마음을 다잡으셔야 합니다. 사방에 불충한 자들의 시선이 도사리고 있으니, 잠시도 마음을 놓으셔선 아니 되옵니다.'

여인은 불안해했다. 하나 사내는 그런 여인을 탓하지 않았다. 아니, 자신이 돌아올 때까지 버텨준 것만으로도 하늘에 감사했다. 이 모든 것이 그녀를 위해서다.

"저를 믿으신다면 너무 심려하지 마오소서."

"압니다. 가가께서 저를 얼마나 어여삐 여기시는지를. 이 모든 것이 저를 위함이라는 것을."

목소리 한 올에도 정이 묻어난다. 심려와는 별개의 감정. 여인은 자신을 신뢰하였고, 그 신뢰의 저편엔 사랑이라는 감정이 있다. 가슴 어림이 뻐근해져 왔다.

"한데 그를 어찌 설득하실 생각이십니까? 소문을 듣자니 천하에 다시없을 살인마라 하던데……."

아무리 서로에 대한 믿음이 깊다 해도 여인은 여인이었다. 물론 사내는 그런 여인의 마음을 십분 이해했다. 그래서 그녀를 설득하는 데에 더욱 공을 들이는 것이었고.

"그를 옹호하려는 것은 아닙니다만, 강호란 곳은 범인의 상식으론 설명하기 어려운 부분이 많습니다. 그에 대한 소문 역시 강호라는 틀 안에서 본다면 과할지언정 불가한 일은 아닙니다."

"아무리 그래도 수백이나 되는 사람을 죽였다면……."

"물론 그는 잔인한 사람입니다. 하나 광인은 아니지요. 세상과 융화되기는 어려울지 모르나, 복적을 위해서라면 그 어떤 일이는 해낼 사람입니다. 그리고 그에겐 그것을 가능케 할 힘이 있지요. 지금 마마께 이보다 더 적합한 인물은 찾기 어렵습니다."

“…부디 조심하십시오. 마음이 편치 않습니다.”

저리 연약한 심성으로 어찌 오 년이란 시간을 버텨왔단 말인가? 두려움과 고통만이 가득했을 그 시간들을.

‘어떤 일이 있어도 그를 얻을 것입니다.’

결의. 주먹을 쥐어 보인 사내가 자리에서 일어섰다.

“염려하지 마오소서. 그와 함께… 돌아오겠나이다.”

사내의 대례가 엄숙하게만 느껴졌다. 주렴 너머의 한숨은 그런 사내의 비장함에 묻혀 버리고 말았다.

“믿습니다. 가가를 믿습니다. 하나 소녀는 아직도 모르겠습니다. 그가 정녕 저에게 필요한 사람인지, 살귀의 힘을 빌려야 할 만큼 소녀의 목숨이 값어치있는 것인지…….”

*　　　　*　　　　*

철검조의 과거를 아는 자는 남경 하오문 내에도 몇 되지 않는다. 특별히 기밀로 분류되기 때문은 아니다. 그들의 과거를 알아보기 위해 움직였던 자들 중 살아 돌아온 자가 없었기 때문이다.

철검조의 이름을 아는 자 역시 드물다. 그들의 행사가 은밀했기 때문만은 아니다. 철검조 무사 스물넷이 동시에 움직인 적은 단 한 번도 없었다. 백팔십의 호위를 뚫고 항주(杭州) 자사의 수급을 취했을 때도, 단 열두 명의 철검조가 움직였을 뿐이다.

철검조를 철검조라 부르는 이는 남경 하오문의 수뇌들뿐이다. 철검조를 모르는 이들도 두려워했고, 철검조를 아는 이들 역시 그들을 두려워했다. 그것이 철검조였다.

쉬익!

부엌문을 열고 나오던 아낙의 수급이 떨어졌다. 비명처럼 뿜어진 피가 바닥을 적셨고, 주인 잃은 몸통은 문고리를 잡은 채 무너져 내렸다. 하늘을 향한 아낙의 두 눈은 이유를 궁금해하고 있었다.

짧은 생과 허망한 죽음. 하나 무심코 고개 돌리다 검에 입이 꿰뚫린 아낙에 비한다면 호상이라 할 수 있었다.

관원들은 제법 억울했을 것이다. 오늘로서 지긋지긋한 산사 생활이 끝났다 좋아했던 게 불과 반 시진 전. 죽어라 안 가던 시간은 마지막을 정리하라 내어준 하늘의 배려였나 보다. 목이 잘리고 심장이 꿰뚫린 다음에야 그것을 깨달았으니, 그 억울함을 어찌 말로 다 할 수 있을까.

산사의 평정은 그렇게 소리없이 진행되고 있었다. 열셋의 생령이 이승을 하직하기까지 걸린 시간은 고작 반 각이었다.

'저곳.'

흑립 아래의 눈빛이 한곳을 가리켰다. 문으로 다가선 두 명의 무사가 마주 고개를 끄덕이며 검을 움켜잡았다.

내실의 문이 빠끔히 열렸다. 잘 정돈된 내실. 온기가 느껴지고 있었지만 인기척은 없었다.

'저기 있다.'

은밀히 다가가 안을 염탐한 무사가 고개를 끄덕이며 손가락 하나를 들어 보였다. 한 사람이 있다는 신호다.

해가 지려면 멀었다. 잠을 청하기엔 한참이나 이른 시간. 이 시간에 자리를 보전하고 있나면, 천하에 세으름뱅이이거나 병자일 게다. 살귀의 상저가 무척 심하다 했던가?

'셋이 들어간다.'

또 한 번의 수신호. 사내의 손가락을 따라 세 자루의 검이 문 앞으로 다가섰다.

문을 열고 들어서는 발걸음이 초야 치른 새색시처럼 조심스러웠다. 이 장거리의 침상 앞으로 다가가는 데에 몇 호흡이 지났는지 모른다.

'베는 것도 찰나… 실패해 베어지는 것도 찰나.'

상대는 무창살귀. 입술이 바싹 타 들어갔지만 혀 한 번 맘껏 놀리지 못했다.

세 사람의 시선이 금침 위를 훑어 내렸다. 깊이 잠들었는지 기복조차 없었다. 천재일우(千載一遇). 고개를 끄덕여 확인할 필요도 없었다.

쉬이익!

세 자루의 검이 동시에 침상을 갈랐다. 이미 수십 번도 넘게 살행을 수행한 그들. 어느 순간 검을 휘둘러야 하는지는 머리보다 몸이 더 잘 알고 있었다.

쫘아악!

'베었다!'

세 조각으로 잘라진 금침은 너풀거림조차 없었다. 하지만 검을 타고 전해진 느낌은 분명 살을 가르고 뼈를 긁어냈을 때의 당김이었다. 하나,

'피가 없다?!'

흑립 아래의 두 눈이 흔들려 왔다. 사람을 베어내면 당연히 피가 튄다. 목과 가슴과 복부를 갈랐다. 한 말은 못 되더라도 금침을 적실 정도는 뿜어져 나왔어야 했다.

그때 침상 아래로 베어진 수급이 떨어져 내렸다. 산발한 머리카락 사이로 보이는 허연 면상. 길게 내밀어진 혀가 바싹 말라 있었다.

'이런?!'

후회는 아무리 빨라도 늦다. 지금이 그랬다. 이상하다 느꼈을 때 몸을 뺐

어야 했다. 천장에서 떨어진 그림자에 목이 비틀리고 나서야 깨달았으니 죽는다 해도 변명의 여지가 없었다.

우드득!

'무창··· 살귀······.'

눈을 뒤집던 무사가 혀를 길게 깨물었다. 바닥을 구르던 수급과 똑같은 모습. 놀란 무사들이 황급히 검을 휘둘렀다. 하나 절명한 무사의 검은 이미 그의 수중에 들려 있었다.

쉬익!

동료의 검에 떨어진 수급이 날아오르며 내실에 피를 뿌렸다. 기다리던 피보라는 철검조의 몫이었다.

퍼억!

"커헉?!"

목을 비틀고 검으로 벤 후 달려들던 무사의 가슴을 걷어차 버리는 데까지가 한 호흡이었다. 발길에 채인 무사는 벽에 부딪치며 절명했다.

밖에서 대기하던 철검조 무사들이 다급히 신형을 날렸다. 하지만 너무 많은 거리를 두었던 것이 문제였다. 그는 허리를 꼿꼿이 편 채로 무사들을 맞이할 수 있었다.

'내가 이들과 원한을 맺었던가?'

한은 자문했다. 검은 죽립을 쓴 무사들. 처음 보는 자들이었고, 생소한 기운이었다. 원한이 느껴지지 않는 살기. 하나 기억에 있는 느낌이었다.

'귀혼각.'

살수. 빚을 받기 위해 찾아온 자들이 아니었다.

'그렇다면······.'

부서진 문으로 들이닥친 검광들에 내실이 환하게 밝혀질 정도였다. 가히 검의 벽이라 불려도 좋을 듯한 빛무리. 하나 한은 이미 그것을 피해야 할지

부수어야 할지 결정이 끝난 상태였다.

'은원이 없는 자에겐… 자비도 없다.'

한의 검이 천천히 들어올려졌다. 한없이 가벼운 움직임. 검광들이 면전에 다다라 있음에도 한의 눈은 그 하나하나를 일일이 좇고 있었다.

'느려.'

쨍!

한은 천천히 검을 휘둘러 가장 먼저 당도한 검을 쳐냈다. 턱없이 느린 움직임. 하지만 그것은 그 혼자만의 느낌일 뿐이었다. 섬전과도 같은 검. 맑은 검명이 메아리처럼 울렸다.

'…약해.'

일 검을 제대로 맞받는 이가 없었다. 그저 손짓 발짓에 알아서 물러나는 충복들 같았다.

철검조의 검벽이 무참히 허물어지고 있었다. 열한 번째 검이 튕겨져 나간 것을 끝으로 한의 앞을 가로막고 있던 장벽은 모두 사라져 버렸다.

호흡을 가다듬을 필요도 없었다. 검은 가벼웠고 마음은 평온했다. 하나 그 평온함은 마주 선 철검조에겐 재앙과도 같았다.

'미친… 저게 정녕 인간의 검이란 말인가?!'

자그마치 열한 자루다. 내실에서 허락된 모든 자리에서 철검조의 검이 휘둘려졌다. 피한다? 어디로? 막는다? 무슨 수로? 한두 자루는 쳐낼 수 있을지 몰라도 거의 동시에 휘둘린 열한 자루의 검을 무슨 수로 쳐낸단 말인가? 그렇게 빠른 검이 가능한가? 그런 검식이 가능한가?

믿을 수가 없었지만 꿈이라 부정하기엔 손끝의 저림이 너무나 심했다. 지금 이 상황을 인정하기 위해선 그 이름을 떠올리는 것 외엔 달리 방법이 없었다.

'이것이… 구천무예, 천하제일인의 무공!'

잠에서 깨어난, 스스로 벽을 허물고 일어선 아홉 하늘의 검이 고개를 들고 있었다.

달아나야 했다. 단 일 검을 나누었을 뿐이지만, 승패의 잔영은 너무나 극명하게 남아버렸다. 하나,

'아… 안 돼!'

쉬이익!

다섯이 베어지고 나서야 처음으로 반항의 움직임이 일었고, 열이 베어지고 나서야 처음으로 검명이 일었다. 아홉이 죽어나가는 동안 아무런 행동도 취할 수가 없었다.

카강!

"으윽?!"

검을 쥔 손이 저려왔다. 튕겨지듯 내실 밖으로 몸을 빼냈지만 바닥을 딛을 수는 없었다. 분리된 하체가 내실을 미처 빠져나오지 못했으니. 바닥으로 떨어진 무사의 상체가 이내 꿈틀거림을 멈췄다.

"으으… 저게… 인간인가?!"

살아남은 무사들. 동료들의 죽음을 외면하며 다급히 몸을 내뺐지만, 이미 다가서 있던 죽음은 그들을 외면할 것 같지 같았다.

'고수……. 승산이 없다.'

검극이 요동치고 있었다. 이를 악문다고 잦아들 것 같지는 않았다. 이성을 무시한 본능의 몸부림. 살아남은 열 명의 철검조 무사가 살귀의 걸음에 맞춰 천천히 뒷걸음질치고 있었다. 그때,

"과연 귀신이라 불리는 자답군."

물러서던 걸음이 멈춰 있다. 요동치던 검극도 화들싹 놀라 굳어버렸다. 등을 도닥여 주는 듯한 목소리에 경련하던 어깨가 잦아들고 있었다.

무사들을 지나친 사내가 내실을 둘러보며 읊조리듯 말했다.

“대단해. 여한을 남길 틈도 없었겠군. 그도… 이렇게 베었나?”

한의 미간이 꿈틀거렸다. 마치 자신을 잘 안다는 듯한 말투. 사내의 목소리가 얄궂을 만큼 귓가에 거슬렸다.

사내의 살기 역시 마음이 쓰였다. 무사들의 살의가 건조함이라면, 저 사내의 살기는 온몸에 감기는 끈적함이다. 익숙한 느낌. 원(怨)이 한(恨)이 되면 저리 된다. 그 누구보다 자신이 가장 잘 안다.

‘넌… 누구의 원한을 짊어진 것이냐?’

한의 시선에 사내가 방갓을 들어 보이며 말했다.

“난 허저라고 한다. 혈채를 받으러 왔지. 몹쓸 사부였지만… 그래도 마지막은 내 손으로 지켜야 했다. 광도 황옥산. 네 손에 죽은 그가… 내 사부다.”

＊　　　　＊　　　　＊

‘네놈 말대로다. 그놈이… 아니었어.’

수급이 베어지기 전 오른쪽 어깨를 관통당했다. 쇄골이 부러지고 어깨뼈도 반이나 베어졌다. 하나 장안호의 직접적인 사인은 우측 허리 어림에서 폐를 찌른 비수였다. 폐에는 피가 가득 차 있었다. 수급은 죽은 후 베어진 것이었다.

거검으로 어깨를 꿰뚫고 다시 뒤로 돌아가 옆구리를 비수로 찌른 다음 죽은 것을 확인하고 수급을 벤다? 흉수는 살귀가 아니었다.

‘안호를 해친 흉수는 반드시 찾는다. 원수도 분명히 갚아준다. 하지만 너는 어찌해야 하지? 이 망할 놈아, 그놈 손에 뒈져 버린 너는 어찌해야 하느냔 말이다…….’

두려워서가 아니다. 무창살귀? 그런 개방귀 같은 놈은 하나도 겁나지 않았다. 마음 같아선 당장이라도 달려가 놈의 면상을 뭉개 버리고 싶었다. 하

지만,

'이 미친놈아, 절간 근처도 안 가던 놈이 이 무슨 부처 흉내란 말이냐. 너는 죽는 게 억울하지도 않더냐? 그놈이 원망스럽지도 않더냐? 이 미친놈아… 미친…….'

주먹이 으스러진다. 어금니가 부러진다. 하나 아무리 억지를 쓰려고 해도 그놈의 마지막 말이 뇌리를 떠나질 않는다.

"…깨끗이 졌어. 그걸로… 족해……."

배때기에 무식한 검이 박힌 채로 잘도 이죽이던, 정녕 미치광이라 불리던 도객의 최후다웠다. 그가 자신의 친구다. 박복하게도.

'좋다. 네놈이 원한을 남기지 않았으니 복수하겠다고 설치진 않으마. 하지만…….'

모든 걸 다 이해해도 한 가지만은 이해할 수가 없었다.

'도대체 그놈에게 뭐라고 한 거냐?'

뒤를 쫓은 건 복수를 위해서가 아니다. 그 의문을 풀기 위해 여기까지 온 거다.

그의 시선이 산 아래로 향했다. 붉은 파도 사이로 산사의 고른 기와가 떠올랐다 사라지길 반복하고 있었다. 그는 주저없이 붉은 파도 속으로 뛰어들었다. 끝내 알아내지 못한 의문을 풀기 위해.

*   *   *

'이들은… 죄가 없다… 너처럼…….'

마음의 밑바닥에서 황옥산의 목소리가 들려왔다. 들고 있던 검에서 힘이 빠졌다.

'당신의 제자라면……'

한은 허저와 철검조 무사들을 차례로 훑어보았다. 아무런 감흥도 일지 않았다. 자신을 죽이려고 달려온 자들. 하나 그들에게 향했어야 할 분노가 일어나질 않았다.

"동정하는 건가?"

뒤돌아서는 한의 등 뒤로 허저의 조소가 들려왔다. 걸음이 멈췄다. 하지만 한의 시선은 그에게 향하지 않았다.

"사부와 제자를 모두 죽이는 것이 마음에 걸리는가? 하하, 그렇다면 걱정하지 마라. 이미 마음속에서 사부를 버린 지 오래. 그 빌어먹을 늙은이는… 내가 가장 증오하는 사람이니까."

효과가 있었다. 천천히 움직이는 한의 시선이 허저에게로 향했다. 한데,

'화를… 내는 건가?'

허저는 한의 시선을 마주하며 이를 악물었다. 두려움의 결과는 아니었다. 단지 그의 분노를 이해하지 못했기 때문이다.

"싸울 맘이 생겼나?"

허저는 조소했다. 그가 무슨 생각을 하는지는 상관없었다. 자신이 원하던 것은 동정이 아닌 복수였으니까.

"난 사부와 다르다. 그의 진전을 이었지만, 난 이미 그를 뛰어넘은 지 오래. 네 상대로… 부족함이 없을 거다."

흑립을 벗어 던진 허저가 검을 뽑았다. 하지만 한의 두 눈은 아직도 분노하고 있었다.

'넌… 그의 발끝에도 미치지 못해.'

마음의 벽을 허문 결과일까? 한은 그가 황옥산보다 강하지 않다는 것을 느낄 수가 있었다. 물론 검을 맞대보지 않은 이상, 무공의 고하는 쉽게 판가름

하기가 어려운 일이었다. 하나 그의 느낌은 예상이 아닌 확신이었다.

'넌 네 사부를 제대로 보지 못한 거다. 그는… 강한 사람이다.'

한의 걸음이 떨어졌다. 허저를 향해 있던 한의 철검. 하지만 철검 위에 내려앉아 있던 것은 살기가 아니었다.

'황옥산의 이름은 그렇게 불려져선 안 된다. 넌 그의 복수를 논할 자격이 없어.'

"너희들은 싸움에 끼어들지 마라. 광풍검엔 눈이 없으니까. 와라, 무창살귀!"

허저의 외침에 철검조 무사들이 황급히 뒤로 물러섰다. 광도의 광풍도법을 검법으로 고친 광풍검법. 그 위력을 익히 아는 철검조이니 결코 싸움의 와중에 끼어드는 일은 없을 것이다.

검을 쥔 모습을 보니 제 사부와 흡사했다. 만(卍) 자 형의 광포한 검기. 기억 속에 남아 있던 황옥산의 광풍도법이 눈에 어른거렸다. 가벼운 보보. 하나 그 내심의 무게는 검으로 모여 묵직한 떨림을 일으키고 있었다.

'그래, 검에는 눈이 없지. 만약 내 검에 눈이 달려 있었다면… 아마 그를 베지 못했을 거야.'

'또……'

자욱한 피비린내. 몸을 숨기고 있던 침상 아래에도 뜨거운 피가 스며들었다. 내실 가득 퍼진 죽음의 향기를 밀치며 모용상아가 몸을 일으키고 있었다. 하지만 침상에서 빠져나온 이유는 그것만이 아니었다.

'당신의 원한도 아직 끝나지 않았는데……'

아직 둘이 남았다. 이제까지도 순탄했다 말할 순 없지만, 지금은 상황이 완전히 달라져 버렸다. 세상이 그의 존재를 알게 되었고, 구천무예의 이름을 알아버렸다. 이제 살귀는 두려움의 대상이 아닌, 탐욕의 대상이 되어버린 것이다.

'그에게서 무엇을 더 빼앗으려 하는 건지. 남은 거라곤 원한과 한숨밖에 없는 사람에게서……'

한숨이 깊다. 막막한 현실은 도무지 빠져나갈 구멍이 보이지 않았다. 물론 그것마저도 이곳을 무사히 벗어난 이후의 이야기겠지만.

모용상아는 시신들 사이에 앉아 있었다. 열려진 문 밖으로 그의 뒷모습이 보였다. 그를 포위하고 있던 수많은 사내들. 하지만 그의 안위가 걱정되지는 않았다.

'괜찮다고 그랬죠? 걱정하지 말라고. 당신이 그렇게 말했으니 나도 걱정하지 않아요.'

허공으로 날아오르는 흑의사내의 모습이 보였다. 벼락같이 내뿜어지던 검광도 보였다. 마치 허공을 십자로 갈라내는 듯한 빛의 무리들. 무의식적으로 헛바람을 삼켰지만 그의 든든한 뒷모습이 모용상아의 비명을 허락하지 않았다.

'당신을… 믿어요.'

콰과광!

거대한 폭음과 함께 산산이 부서진 빛무리. 자신해도 좋았을 만큼 강대한 검기였지만, 부러진 검과 내팽개쳐진 육신은 그것이 자신이 아닌 자만이었다 조롱하고 있었다. 허저의 격한 기침 소리에 철검조 무사들이 달려왔지만, 허저는 손을 들어 그들이 다가섬을 막았다.

"쿨럭! 쿨럭! 크으……"

바닥을 짚고 일어서는 모습이 위태해 보였다. 하지만 허저는 살아 있었다. 그의 사부는 그의 일검에 가슴이 쪼개어졌다고 했다. 자랑스러워해도 되련만, 허저의 눈빛은 한의 이 빠진 검만을 노려볼 뿐이었다.

"동정 따윈… 필요없다고 했을 텐데?"

허저의 말에 철검조 무사들이 놀라 고개를 돌렸다. 광풍도법을 깨뜨린 일식은 놀라왔다. 자신들이라면 단숨에 네 토막이 나버렸을 무시무시한 공세. 한데 광풍도법의 파훼가 전부가 아니었단다.

손속에 사정을 둔다. 정말 말이 쉽다. 비무도 아니고 생사대결이다. 한눈 한 번 판 죄로 죽는 것이 생사대결이다. 이런 대결에서 상대의 목숨을 보아준다?

이 한 가지만으로도 분명해졌다. 살귀와는 백 번을 싸워도 이길 수 없다.

"아직… 끝나지 않았어."

허저는 부러진 검을 들며 한 걸음을 내딛었다. 중심도 제대로 가누지 못하는 모습. 마지막을 향해 불꽃 속으로 날아드는 부나방 같았다. 복수에 대한 열망. 죽음조차 그의 발목을 붙잡지 못했다.

'왜지?'

물을 수 없으니 답도 들을 수 없다. 물론 물을 수 있었다 해도 답을 듣기는 어려워 보였지만.

'무엇이 너를 일으켜 세운 것이냐?'

말 그대로 목숨만 붙어났다. 황옥산의 이름이 마지막에 검을 거두게 했다. 하나 목숨은 건졌다 해도 속은 만신창이가 되어 있을 것이다. 일어서기조차 힘들 터인데.

'거짓말을 했군.'

분명 허저는 자신의 입으로 황옥산의 복수를 한다고 했다. 그는 자신이 가장 증오하는 이라 했다. 하지만 그것으론 모자랐다. 거짓은 아니었으나 설명치 않은 것이 있었다.

'애증(愛憎)… 이라는 건가?'

그들 사이에 무슨 일이 있었는지는 모른다. 하지만 그 일이 어떤 결과를 가져왔는지는 짐작할 수 있었다. 사랑을 앗아가 버렸고, 그 자리에 증오를 심어놓았다. 그 열매가 바로 지금의 허저였다.

"그자는… 내 손에 죽었어야 했다. 그 파렴치한 자는… 반드시 내 손에 죽었어야만 했다. 네가 벤 것은… 광도가 아니었다. 너는… 내 하나 남은 삶의 이유를 베어버린 것이다……."

허저의 입가로 붉은 피가 흘러내리고 있었다. 장기가 손상된 것이다. 어쩌면 이미 죽음이 머리맡까지 다가와 있는지도 몰랐다. 하지만 허저는 걸음을 멈추지 않았다.

'기다리고 있었어… 난 그의 변명을 기다리고 있었어……'

전신의 고통이 심했다. 그래서 눈물을 흘리는 것이다. 절대 다른 이유가 있어서 우는 것이 아니다. 아파서… 너무 아파서.

'내 기다림을… 네가… 네가……'

어금니가 부러져 나갈 것 같았다. 하지만 그렇게 이를 악다물지 않으면 당장이라도 비명과 통곡이 쏟아져 나올 것만 같았다. 목구멍을 치고 올라오던 그것을 억누르려면 이를 악물어야만 했다.

"죽어… 죽어… 죽엇!!"

하늘로 치솟은 허저의 검이 가을 햇살에 반짝이며 마지막 춤사위를 풀어내고 있었다. 그리고 그 검광의 이어짐을 수놓던 것은, 허저의 눈에서 시작된 때 이른 겨울비였다.

＊　　　＊　　　＊

밝은 햇살에 아미가 찡그려졌다. 전각을 타 넘은 태양. 집무실의 창가로 해가 보이는 것을 보니 벌써 신시(申時)로 접어든 모양이었다.

"그는 만나셨습니까?"

고운 옥수가 서책을 덮었다. 새하얀 의복만큼이나 하얀 피부. 주사 빛 입술이 더욱 도드라져 보였다.

"제가 직접 배웅해 드렸어야 했는데……."

서책을 떠난 손길이 창가로 향했다. 아쉬움과 미안함이 손끝을 따라 창을 쓸어내리고 있었다.

"부디 원망없이 가시길. 그리고……."

창밖으로 향한 시선이 애처로웠다. 눈물이 그렁한 두 눈. 하나,

"…부디 내세에서라도 우리 다시 만나지 않기를."

창을 어루만지던 손끝이 차디차게 식어가고 있었다. 석별이 끝난 자리엔 티끌만 한 미련도 남아 있지 않았다. 멀리 하늘 너머를 바라보던 시선이 남경의 고루거각들 위로 향했다.

"마음이 변하니 변하지 않는 것이 없더라……."

아련한 탄식이 떠난 자리. 노랗게 시든 잎새들이 애절한 몸짓으로 창을 두드렸지만, 겨울을 예고하는 거센 바람에 말려 날아가 버리고 말았다.

어디에도 생기 잃은 낙엽들에게 허락된 자리는 없었다.

*　　　　*　　　　*

사력(死力)을 다한다는 말이 있다. 죽음을 피하기 위한 발버둥. 본능이 최고조로 달했을 때에야 발휘되는 힘이다. 그러한 힘을 끌어내는 것이 바로 구명절초(求命絶招)다.

구명절초에 방어는 없다. 오로지 상대를 죽이고 내가 살겠다는 필사(必死)의 의지만이 담겨 있다. 구명절초의 목적은 바로 삶이다.

구명절초가 실패하면 죽음이 기다리고 있다. 살아야 한다는 일념이 없다면, 그것은 무모한 발악으로 끝날 뿐이다.

카강!

짧은 검명과 함께 발악은 끝났다. 광풍도법의 구명절초는 뼈를 주고 뼈를 깎는다. 하지만 내주었던 왼팔도 잘리지 않았고, 원했던 수급 역시 취하지 못했다. 실패한 것은 아니었다. 펼쳐 보지조차 못했다.

"으……."

허저의 눈은 잃어버린 검을 찾지 않았다. 자신을 굽어보는 팔 척의 철탑을 바라보지도 않았다. 찢어진 손아귀. 상처에서 흘러내린 핏물이 만든 바닥의 혈흔을 좇고 있었다.

"…죽어!"

아직도 발악할 힘이 남아 있었나? 허저는 말아 쥔 주먹을 휘두르며 한에게 달려들었다.

퍼억!

살려주긴 했지만 죽어줄 생각은 없었다. 크게 휘어진 검이 허저의 옆구리를 세차게 강타했다. 비록 검면이었다고는 하지만 휘두른 이가 한이었다. 하지만 그조차 허저의 발악을 멈추진 못했다.

"죽으란 말이……."

퍼벅!

세차게 돌아간 고개가 피분수를 뿜어냈다. 솥뚜껑만 한 주먹으로 얻어맞았으니 실신하고도 남았을 것이다. 보통의 다른 이들이었다면.

"끄르륵… 죽으란……."

비칠거리며 일어선 허저가 다시금 팔을 휘둘렀고, 한이 한 걸음 물러서자 중심을 잃으며 쓰러졌다. 그를 내려다보는 한의 두 눈이 일그러졌다.

'죽여 달라는 것인가?'

황옥산의 제자다. 죽여도 상관없겠지만 그러고 싶지는 않았다.

누구도 인정해 주지는 않겠지만 그와 나눈 검은 분명 대결이었다. 그를 죽이고 싶지 않은 건, 황옥산과 맺은 인연이 원한이라 생각하지 않기 때문이었다.

"…죽어……."

흙투성이가 된 허저가 다시금 꿈틀거렸다. 부러진 늑골과 바닥에 떨어진 몇 개의 이빨. 그 고통으로 차려질 정신이 아니었나 보다.

비칠거리며 다가서는 모습에 가슴이 답답해져 왔다. 이제는 자신이 왜 저리 달려드는지도 모를 것이다. 반쯤 풀린 눈동자. 그 모습을 바라보던 한의 주먹이 나아가길 바라듯 꿈틀거렸다. 다행히 허저는 두 걸음도 채 다가서지 못하고 주저앉아 버렸다.

"혁… 혁… 죽어… 제발……."

두 손으로 바닥을 짚고 엎드린 허저가 저주라도 거는 듯 중얼거렸다. 입술을 타고 바닥으로 떨어지는 핏방울들. 철검조 무사들의 눈시울도 함께 붉어지고 있었다.

한 무사의 눈이 누군가를 찾았고, 그 시선과 마주친 다른 흑립이 천천히 끄덕거렸다.

그들의 움직임에 신경을 쓰는 이는 없었다. 조금씩 뒤로 물러서던 세 명의 철검조 무사가 조심스럽게 앞으로 향했다. 눈치 빠른 몇은 그들이 허저의 시신이라도 수습할 요령인가 보다 하고 눈을 돌렸다.

"죽어… 죽여……."

실성이라도 한 것일까? 허저는 죽으라는 말과 죽여 달라는 말을 구분하지 못하고 있었다. 한은 습관처럼 검을 휘두를 뻔했다. 무창에서의 자신이었다면, 아니, 산동에서의 자신이었다면 미련없이 베고 말았을 것이다.

'모두 버렸다. 내가 누구인시노, 내가 무엇을 해왔는지도. 남은 것은 내가 갈 길뿐. 넌… 그길 위에 없다.'

이미 마음은 정해져 있었다. 죽이고 싶지 않다는 마음. 이것으로 두 번째였다. 장안호를 막아선 것은 모용상아의 기억이었고, 허저를 막아선 것은 황옥산의 망령이었다.

'…더 이상 살귀는 없다.'

허저를 내려다보던 한이 다시금 등을 돌렸다. 남아 있는 열 명의 무사는 신경 쓸 필요도 없었다. 자신을 벨 실력도 못 되었거니와 허저가 죽지 않았으니 복수 운운하며 덤벼들지도 못할 것이다. 아직은 삶에 대한 미련이 남아 있을 테니, 아마 허저를 추슬러 떠날 것이다. 하나,

슉! 슈슉!

뒤돌아섰던 한의 눈매가 매서워졌다. 자신의 등을 노리며 날아드는 무엇. 아마도 삶에 미련이 없는 자가 있었나 보다.

쉬이익!

단 일 검으로 세 자루의 비표를 모두 쳐냈다. 하지만 비표처럼 날아들었던 그것은 비표가 아니었다. 비표는 폭발하지 않는다.

펑! 퍼벙!

'암습인가?'

한은 눈앞을 가린 연막에 본능적으로 호흡을 멈추며 입을 가렸다. 누런 연기로 가려진 장내. 하나 뒤이은 기습은 없었다.

'이건… 독?!'

단 한 호흡뿐이었다. 하나 미미한 향과 함께 한의 내부로 스며든 그것은 이내 엄청난 열류를 만들어내며 한의 내부를 휘몰아치기 시작했다.

'으음……'

독연(毒煙). 한을 노리고 날아들었던 비표는 독연을 담은 암기였다. 다행히 산사의 가을바람은 강단이 있었다. 장내를 뒤덮었던 독연은 삽시간에 휘말려 날아가 허공 속으로 사라져 버렸다. 하나,

'속이… 타 들어가는 것 같다……'

고통에 익숙한 한이었지만 장기를 뒤흔드는 고통은 그의 신체를 무력화시켰다. 한이 고통 속에 몸부림치던 그때, 비표를 던졌던 세 무사는 검을 빼 들곤 신형을 날리고 있었다.

쉬이잉!

"크아악!"

"부, 부조장? 아악!"

독연은 철검조 무사들도 함께 뒤덮어 버렸다. 하나 비표를 던진 세 사람은 그 독연의 영향을 받지 않았다.

온전한 셋이 무력한 일곱을 베는 것은 여반장. 독연이 완전히 사라져 버릴 때쯤, 온전히 바닥을 딛고 서 있는 것은 세 사람의 무사들뿐이었다.

"휴우, 십년감수했네."

"걱정 말라고 했잖아."

철검조의 부조장 규초(叫肖)는 별일 아니라는 듯 대답하며 검에 묻은 피를 털어냈다.

"쩝, 미안들하다."

동료들의 시신을 내려다보던 사내가 입맛을 다시며 검을 회수했다. 입맛이 썼지만 어쩔 수 없는 일이었다.

"독성은 다섯 시진 동안 지속된다. 그 안에 저자를 금제하고 본 방으로 되돌아가야 한다."

"거참, 정말 지독한 독이야."

"우리에게 가장 적합한 독이지. 저자는… 죽어선 곤란하니까."

규초의 시선이 가닿아 있던 곳. 그곳엔 바닥에 쓰러져 신음하는 한이 있었다.

'어떻게… 저럴 수가?'

문가에 몸을 숨긴 모용상아가 입을 가린 채 장내를 주시하고 있었다. 만약 저들이 다른 마음을 품고 있었다면 당장이라도 달려나갔겠지만…

'저들도……'

배신. 허저라는 사람은 구천무예가 아니라 한의 목숨을 원했기에 배신당한 것이다. 저들은 한이 죽는 것을 원하지 않았다.

고통스러워하긴 했지만, 부상을 입고 쓰러진 허저조차 절명하지 않았다. 극독이 아닌 마비독일 거다.

저들도 알고 있었던 것이다. 그가 죽으면 구천무예도 사라진다는 사실을.

'구해야 돼.'

바닥에 떨어져 있던 검을 집어 든 모용상아. 하지만 저들은 셋이었고, 그 하나하나가 자신보다 고수였다. 검은 잡았지만 일어설 순 없었다.

'어떻게 해야 하지……'

고통 속에 꿈틀거리는 한의 모습에 눈이 아려왔다. 다시 한 번 자신의 무능력함을 탓해야 했지만, 현실은 냉혹했다. 자신에겐 그를 구할 힘이 없었다.

'…어떻게 해야 해요?'

검을 쥔 손이 떨려왔다. 그 눈빛만큼이나 세차게.

"하아… 하아……"

숨결이 거칠었다. 그를 향해 다가서던 세 사람에게는 그런 고통스러운 모습조차 경계의 대상이 되어가고 있었지만.

"질기군. 한 모금이면 황소도 쓰러뜨릴 수 있다고 하던데."

"그것보다……"

다가서던 무사 하나가 고개를 까딱이며 한곳을 가리켰다. 그곳엔 잔 경련을 하며 신음하는 허저가 있었다.

"처리해."

규초의 말에도 무사는 쉽게 움직이지 않았다. 아무리 배신을 했다 해도 그는 자신의 상관이었던 이다. 게다가 지난 몇 년간 자신들을 가르친 사부와도 같은 존재. 검이 쉽게 들린다면 그게 더 이상한 일이었다. 하지만,

"용 선생의 명이다."

용 선생이란 이름에 무사는 입술을 잘근 깨물었다.

"영 안 내키네."

흑립 아래 표정은 그렇게 말하고 있었지만 걸음은 이미 허저에게 향하고 있었다. 이제 와 그를 살려줄 수도 없는 일. 그가 살아난다면 자신이 대신 죽어야 했다.

"미안합니다, 조장."

허저의 앞으로 다가선 무사의 흑립이 가로저어졌다. 하나 이미 피 맛을 본 검. 허저의 목을 베어야만 검집으로 되돌아갈 수 있는 운명이었다.

"그런 눈으로 보지 마십시오. 이게 다 용 선생의 명이니⋯⋯."

허저의 눈이 믿지 못하겠다 말하고 있었다. 말할 기운도 없었다. 깊은 상처를 입은 몸으로 독연을 쏘였으니 살아 있는 것만으로도 기적이라 할 수 있었다.

만신창이가 된 몸뚱이가 허저의 영혼을 붙들고 있었던 건, 배신이라는 납득 불가능한 현실 때문이었다.

"용 선생은 욕심이 큰 사람이오. 이렇게 된 것도 따지고 보면 그를 바로 보지 못한 조장 잘못이오."

허저의 동공이 허망하게 풀리고 있었다. 마지막 남은 희망. 허저에게 용 선생은 남은 일생을 함께할 반려나 다름없었다. 그런 그녀가, 아니, 그가 자신을 배신했다.

'믿을 수 없어⋯ 믿을 수⋯⋯.'

이제 와 아무리 소리쳐 봐도 소용이 없는 일이었다. 이제 그에게 남은 것

은 배신의 원한을 품고 최후를 맞이하는 일뿐이었다.

"어떻게 하지? 점혈이나 될까?"

"점혈할 필요 없어."

규초의 말에 무사가 고개를 돌렸다.

"점혈하지 않으면?"

"…근맥을 잘라."

규초의 말에 무사가 주춤 물러섰다. 하지만 규초의 표정엔 변화가 없었다.

"발목의 근맥을 잘라내면 달아나지 못할 거고, 팔꿈치의 근맥을 자르면 검을 들지 못할 거다. 내공은 다섯 시진마다 산공독을 먹이면 되니……."

"너무… 심한 거 아냐?"

"용 선생은 한 팔만 남겨두고 사지를 모두 잘라내 버리라고 했어. 그렇게 하고 싶으면 그렇게 하고."

칼밥으로 연명하는 철검조였지만 규초의 이야기엔 소름이 돋지 않을 수 없었다. 용 선생. 그 창백한 미소 아래에 이리도 잔인한 독 심이 숨겨져 있었다니.

"하는 수… 없지."

내키지는 않았지만 사지 없는 병신을 업고 달릴 생각은 없었다. 무사는 검을 들고 한에게 다가갔다. 그때까지도 한은 정신을 잃지 않은 채 몸을 꿈틀대고 있었다. 한데,

"으으……."

다가서던 무사의 시선을 잡아끄는 목소리가 있었다. 동료들의 피로 물든 산사의 내실. 그곳에 살고자 꿈틀거리던 흑립 하나가 기어나오고 있었다.

"…확인해 봐."

팔짱을 끼고 서 있던 규초가 사내에게 턱짓을 했다.

용 선생과 한배를 탔던 여섯 중 셋만이 살아남았다. 만약 살아남은 자가 자신들과 함께 서약한 자라면 살려야 하고, 그렇지 않다면 흔적을 완전히 지워야만 했다.

피로 물든 손이 살려달라는 듯 무사를 향해 손짓하고 있었다. 무사는 죽어가는 이가 누군지 확인하기 위해 다가서고 있었다. 조금 작은 체구. 온몸에 피 칠을 한 흑립 무사가 시체들 사이를 기어나오고 있었다.

"이봐, 자네 누구… 헉?!"

푸욱!

흑립을 벗기기 위해 허리를 숙이던 무사가 헛바람 소리를 냈다. 한을 향해 걸음을 옮기던 규초의 시선이 그 소리를 따라 움직였다. 규초의 눈에 쓰러지던 무사의 등 뒤로 삐져나온 검끝이 보였다.

"이런, 웬 놈이냐?!"

놀란 규초가 황급히 검을 뽑아 들며 소리쳤고, 허저의 목을 치기 위해 검을 치켜들었던 무사 역시 황급히 몸을 날려 규초의 옆으로 내려섰다.

등을 꿰뚫린 무사가 무너진 자리. 피에 젖은 흑립 하나가 천천히 일어서고 있었다.

"…이곳을 지키던 놈이 남아 있었나?"

규초의 말에 남은 무사 하나가 재빨리 좌우를 살폈다. 하나 산사의 주위로는 아무런 인기척도 느낄 수가 없었다.

"귀찮게 되었군."

상대는 하나다. 그리 실력이 대단해 보이지도 않았다. 어이없는 잔꾀에 당하긴 했지만, 그런 잔재주나 부릴 상대라면 두려워할 필요도 없었다. 하지만 규초는 죽은 무사처럼 성급하지 않았다.

"가자."

살귀가 들이마신 독연의 효과는 다섯 시진. 귀찮은 훼방꾼을 처리하고 나서 조치해도 충분한 시간이었다. 규초와 무사는 모용상아와의 거리를 천천히 좁혔다.

'떨림이… 멈추질 않아.'

흑립 아래의 자줏빛 입술이 파르르 떨렸다. 방심의 틈 사이로 검을 찔러 넣었다. 기지를 발휘해 한 사람의 철검조 무사를 해치운 모용상아. 하지만 문제는 아직 두 명의 무사가 남아 있다는 것이었고, 그보다 더 큰 문제는 그것이 그녀의 첫 살인이었다는 것이다.

'무서워… 한, 무서워요……'

검끝의 요동이 멈추질 않았다. 손을 타고 전해진 섬뜩한 감촉도 떨쳐지질 않았다. 만약 어깨에 품이 큰 피풍의를 걸치지 않았다면, 겁에 질려 떨고 있다는 것을 들켜 버렸을지도 모른다.

'…어떻게 해……'

흑립 아래의 두 눈이 질끈 감겼다. 하지만,

'정신 차려, 모용상아! 그를 구할 수 있는 사람은 너뿐이야!'

마치 뺨이라도 얻어맞은 사람처럼 깜짝 놀라 눈을 떴다. 흑립을 쓴 무사들이 조심스러운 움직임으로 자신에게 다가서는 것이 보였다.

'그를 위한 길이야. 그가 걸어왔던 길이고……'

모용상아가 이를 악물었다. 손에 쥔 검이 어색하기만 했다. 어릴 적부터 배워온 검식이 하나도 떠오르지 않았다. 하지만 모용상아는 한 걸음을 내딛었다.

'이젠… 이게 나의 길이야.'

그를 마음에 품었던 순간, 그를 위해 세가를 등졌던 순간 이미 그녀의 길은 정해져 버렸다. 살귀의 혈로. 그녀는 이미 그 차가운 길 위에 서 있었다.

"시간이 없으니 단칼에 베어주마."

무사의 이죽임에 모용상아는 입술을 잘끈 깨물며 검을 잡았다.

‘주저하지 말자.’

모용상아는 마음을 다독이며 한 걸음 내딛었다. 두 사내와의 거리는 일 장. 자신을 노려보는 눈동자가 매섭기만 했다. 피를 머금은 검들이 서로를 노리며 날을 번득였다.

‘난 무가의 여식이다. 모용세가는… 약하지 않아.’

검을 잡은 자세가 반듯했다. 아무리 성취가 낮다 하더라도 그녀는 모용세 가주의 여식. 이화검법이 절기는 아니라 하나 손쉽게 이야기할 만큼 허술한 무공도 아니었다.

“흐흐, 쥐 죽은 듯 가만히 있었으면 살 수도 있었는데…….”

모용상아를 노려보던 흑립의 무사가 조소를 날리며 검을 고쳐 잡았다. 선 공은 무사의 몫이었다.

쉬이익!

바람을 찢는 파공성이 소름 끼쳤다. 하나 모용상아 역시 명문무가의 여식. 제비처럼 날렵한 몸놀림으로 사내의 검을 피하며 보법을 밟았다. 그때 규초 의 검이 모용상아의 퇴로를 막으며 날아들었다.

챙!

가까스로 규초의 검을 막은 모용상아가 허리를 크게 뒤집으며 제비를 넘 었다. 그녀의 가슴 어림을 쓸고 지나간 검이 다시 한 번 허리를 노리며 날아 들었다. 모용상아는 연달아 삼검을 쳐내며 뒤로 물러섰다.

‘초식에 비해 검이 가볍다. 마치 여자나 어린아이가 휘두른 것처럼.’

모용상아와 일검을 나누어본 규초가 회심의 미소를 지으며 검을 고쳐 잡 았다.

“감히 계집 따위가…….”

무사 역시 모용상아가 여자임을 알아차린 모양이었다. 무사들의 공세엔 힘이 더해졌고, 그럴수록 모용상아의 검은 크게 휘청거릴 수밖에 없었다.

‘더는…….’

내력도 압도하지 못했고, 완력은 상대도 되지 않았다. 수련만으로 어찌할 수 없는 차이. 게다가 모용상아의 성취는 그리 대단하다랄 게 못 되는 수준이었으니, 이화검법이 제 이름값을 하는 것만도 어려운 일이었다.

‘미안해요…….’

이를 악물고 맞서봤지만 역부족이었다. 단 이십여 합을 나누었을 뿐이건만, 벌써 검을 든 손이 떨려오고 있었다.

‘미안…….’

챙!

두 자루의 검이 매섭게 후려쳤고, 모용상아는 그 여력을 감당하지 못한 채 검을 놓치고 말았다. 의지만으로 막기엔 목으로 날아드는 검이 너무나 빠르고 날카로웠다. 한데,

“우어어어!!”

울부짖음. 붉게 물든 산과 침묵하던 산사, 그리고 그 앞에서 검을 들고 설쳐 대던 모든 것들을 정지시킨 외마디의 울부짖음이 울려 퍼졌다.

“저, 저럴 수가?!”

그저 검을 휘두르기만 하면 되었건만, 검을 치켜들었던 무사는 황급히 고개를 돌려 등 뒤 광포한 포효의 정체를 살폈다. 그리고 자신의 눈을 의심하며 뒷걸음질쳤다.

“다섯 시진이라고 했잖아?!”

무사의 외침에 규초도 뭐라 답을 해줄 수가 없었다. 놀란 것은 자신도 마찬가지였으니. 하나 놀라고만 있을 순 없었다.

“젠장! 어서 서둘러!”

규초는 기운을 잃고 쓰러진 모용상아 따위엔 눈길조차 주지 않았다. 살귀가 중독을 풀고 일어선 이상, 그 어떤 것도 중요하지 않았다. 일단 살귀를 처

리해야 했다. 팔다리를 자르든 근맥을 자르든.

"아직 기회는 있다! 근력은 되살아나도, 내력은……."

규초의 외침은 끝을 맺지 못했다. 자신들을 향해 마주 몸을 날리는 살귀의 모습. 단 한 번의 도약으로 삼 장을 격하고 날아드는 모습을 보고도 내력이 금제되었다 소리칠 염치가 없었기 때문이다.

"죽어!"

공포에 질려 생포하란 명을 어기면서까지 검을 휘둘렀건만, 흑립무사의 검은 한을 베지 못한 채 허공만 가르고 말았다. 물론 살귀에게 검을 휘두른 대가는 무척이나 비쌌다.

퍼억!

우드득!

"크허억!!"

갈빗대 부러져 나가는 소리가 참혹하게 울려 퍼졌다. 허리가 접혀 버린 무사는 몇 번의 꿈틀거림을 끝으로 잠잠해졌다. 일격필살. 규초는 그것이 단순한 완력의 결과가 아님을 직감했다.

'내공이 완전히 되살아났다!'

직감과 함께 떠오른 생각은 살아야 한다는 본능뿐이었다.

규초는 있는 힘을 다해 한에게서 신형을 뽑아냈다. 하지만 그것은 연약한 몸부림이었을 뿐.

"허업?!"

허공에서 채워진 족쇄가 그의 신형을 끌어내렸다. 한의 손에 발목이 잡힌 규초가 사력을 다해 검을 휘둘렀지만, 예정된 죽음의 손짓이 한낱 철검에 잘릴 리 없었다. 한의 이두박근이 급격히 팽창했다. 그리고,

부우웅!

"아아아악!"

말 그대로 집어 던졌다. 단단히 다져진 산사의 앞마당으로.

떨어지는 속도가 가공할 지경이었다. 물론 조금만 비스듬히 떨어졌더라면 그나마 온전히 시신을 보존할 수 있었겠지만.

퍼억!

잘 익은 박 깨지는 소리와 함께 정적이 내려앉았다. 바수어진 머리는 어깨까지 파고들어 가 모습을 감췄고, 바닥을 적시던 피엔 허연 뇌수가 섞여 흐르고 있었다.

목불인견의 참상이었으나 땅으로 내려선 한의 눈길은 무심했다. 하나 그의 등 뒤에서 들려온 목소리마저 무심히 지나칠 순 없었다.

"…무사했군요."

멀리 주저앉아 있던 흑립 아래에서 들린 여인의 목소리. 한은 눈길을 돌려 목소리의 주인을 찾았다.

시간마저 정지해 버린 산사. 모용상아를 바라보던 한의 두 눈은 무심하지 않았다. 더 이상은 무심을 가장할 수 없었다.

第四十九章

그를 잊으시오

소림도 사찰인지라 춘절(春節)이나 중추절(仲秋節) 같은 큰 명절엔 의래 향화객(香火客)들로 북새통을 이룬다.

더욱이 중추절과 중양절(重陽節)이 연이은 이즈음이 되면 인근의 고관대작들과 유지들의 잦아지는 발길 탓에 불사(佛事)와 법회(法會)의 횟수도 이전과 비교할 수가 없었다.

산사의 독경 소리가 들려야 할 사찰이었지만 승려들의 눈이 닿지 않는 곳에선 음복(飮福)을 즐기는 향화객들의 소란스러움과 불사를 돕기 위해 처처마다 매달린 연등들이 어우러지며 시정 저잣거리를 방불케하고 있었다.

불자의 독경 소리는 향화객들의 웃음소리에 묻혀 산을 내려가지 못했다.

소란과 무질서로 잠 못 드는 숭산. 일우 선사는 해가 지고 한참이나 지나서야 방장실로 되돌아올 수 있었다.

사방 일 장의 방장실. 원래대로라면 불경(佛經)과 함께해야 할 시간이었지만 불경이 있어야 할 자리엔 세 개의 찻잔이 놓여 있었다.

"아미타불. 실로 어려운 결심을 해주셨습니다."

"별말씀을. 선사의 청은 강호만이 아니라 천하의 안녕과도 직결되어 있음입니다. 하니 녹을 받는 관리로 어찌 무심할 수 있겠습니까."

중년인의 말에 일우 대사는 나직이 불호를 읊조렸다. 찻물의 온기가 식어갈 무렵, 중년인이 입을 열었다.

"상서께서도 이번 일에 지대한 관심을 가지고 계십니다."

"아미타불. 관과 강호가 서로 간섭치 않는 것이 묵계라고는 하나, 동창이라는 존재는 실로 감당키 어려운 난제입니다."

"물론입니다. 동창의 패악은 이미 수십 년에 걸친 일. 그 악행을 어찌 강호의 업이라고만 할 수 있겠습니까. 상서께서도 내심 그들의 행적을 못마땅해 하서왔지만, 아시다시피 그들의 행적이 너무나 교묘하고 교활하여 쉽게 성토할 수가 없었지요. 다행히 강호에서 먼저 그들의 악행을 고발해 주어 상서께서도 그 의지에 크게 탄복하시고 계십니다."

중년인의 호방한 말투에 일우 대사가 흡족히 웃으며 고개를 끄덕였다. 육부의 상서를 대신해 자리한 중년인. 소림이 동창을 견제할 상대로 찾은 곳은 역시나 조정의 세력이었다.

"하면 앞으로 어찌하실 작정이신지?"

"일단 그들의 행적을 감시해야겠지요. 동창이 무소불위의 권력 집단이라고는 하나, 실제 그곳에 적을 둔 자의 수는 그리 많지 않습니다. 말씀해 주신대로 그들의 행적이 은밀했다면, 필경 백위(白衛)가 움직일 것입니다."

"백위라면?"

"환관들이야 불알도 없는 것들이니, 무력만 본다면 동창은 별 힘이 없지요. 하나 지금은 황실의 수호병인 금의위 자체가 동창의 전위나 다름이 없습니다. 그중에 가리고 가려 뽑은 이들이 바로 동창위사들이고, 그 동창위사들

중에서도 가리고 가린 이들이 바로 백위지요.”

동창은 그 악명에 비하자면 그리 큰 규모의 집단은 아니다. 동창제독을 비롯한 지휘부는 첩형 둘과 당두(檔頭) 일백이 고작. 천하 방방곡곡을 떠도는 번역(番役)의 수도 천을 넘지 못한다.

하나 그 적은 수만으로도 육부와 오군도독부 전체를 상대하고도 남는다. 물론 권력의 힘이라 볼 수도 있지만, 그들 개개인의 능력도 무시할 수 없다. 그런 동창의 위사들 중에서도 실력이 출중한 자들로만 가려 뽑은 자들이 바로 백위였다.

소문엔 백위에 속한 자들 중 구파의 진전을 이은 자들도 적지 않다 했다. 어쩌면 소림의 속가도 있을지 모를 일.

“그런 자들이 있다니 걱정하지 않을 수 없군요.”

“허허, 선사께서 걱정하실 일은 아니지요. 만약 백위가 직접 나선다면, 저희도 무력으로 나설 수밖에요.”

중년인의 목소리엔 자신감이 넘쳐흘렀다. 만약 조정의 육부 중 동창과 무력으로 맞서는 일에 자신할 수 있는 곳이 있다면,

“병부엔 황상과 천하를 위한 일이라면 불속에라도 뛰어들 장수가 부지기수입니다. 물론… 동창이라면 이를 갈고 있는 장수가 더 많다고 해야겠지만. 허허허.”

병부와 동창은 견원지간(犬猿之間)이라 할 만큼 사이가 안 좋았다.

그것은 정치적 상황과도 무관하지 않았는데, 외세가 강성할 때는 병부와 도독부가 힘을 얻었고, 천하가 태평한 시절에는 동창이 득세했다. 동창의 주요 임무가 감찰과 감시였으니 어쩌면 당연한 일인지도 몰랐지만, 이로 인해 병부와 동창의 위치는 상대적일 수밖에 없었다.

지금은 태평성대라 할 수 있을 시기였다. 병부의 불만 또한 극도로 고조된 상태. 어쩌면 이것 또한 운명일런지도 몰랐다.

"한데 한 가지 여쭙고 싶은 것이 있습니다."

"말씀하시지요."

"선사께선 그 무창살귀라는 자를 어쩌실 생각이십니까?"

의외의 질문이라 할 순 없었지만, 미리 대답을 준비하진 못했다. 일우 대사의 염주가 메마른 손 위에서 면면을 바꾸기 시작했다.

"그를 어찌하겠다 생각한 적은 없습니다. 그저 강호의 문제는 강호 안에서 해결하는 것이 순리라 여겼을 뿐."

"듣자 하니 소림과의 인연도 얕지 않다던데……"

중년인의 질문은 호기심 이상의 의도를 담고 있었다. 스스로 억제하고는 있지만 일우 대사의 혜안마저 속일 수는 없었다.

"소림은 그의 행보를 주저시킬 명분이 없습니다. 하나 그를 보호해야 할 책무는 있지요. 시랑의 말씀처럼 구양세가와 소림의 인연은 얕지 않습니다."

일우 대사의 미소엔 큰 의미가 담겨 있었다. 그를 욕심내지 말라는 엄포와 소림을 가벼이 여기지 말라는 경고. 마주 웃는 중년인의 미소가 씁쓸해 보였다. 한데,

"만일 병부가 동창을 막지 못하면 어찌하시겠습니까?"

일우 대사의 시선이 중년인에게서 떨어져 나왔다. 도전적인 질문에 상대를 배려하지 않는 말투. 시건방진 목소리의 주인공은 방장실에 든 후 내내 침묵하던 삼십대 중반의 청년이었다.

"가정하긴 싫지만… 충분히 우려해야 할 일이구려."

두 사람의 시선이 허공에서 맞부딪쳤다. 중년인 역시 그 청년을 만류하지 않았다. 그것은 그 역시 대답을 바라고 있거나, 청년을 제지할 위치가 아니라는 뜻. 일우 대사는 가벼운 미소와 함께 그들이 원하는 답을 내놓았다.

"어려운 질문이나 답은 이미 드렸습니다."

"…알겠습니다."

청년은 반문하지 않았다. 일우 대사의 말처럼 답은 이미 들었다. 소림이 지고 있는 책임의 무게. 그저 다시 한 번 확인하고 싶었을 뿐이다.

'역시 그 스스로 오게 하는 수밖엔……'

찻잔의 파랑이 잦아들었다. 북경에서 시작된 결심이 숭산에 이르러 굳어지고 있었다.

*   *   *

산 두 개를 넘고 나서야 불을 피웠다. 이미 사방은 어둠으로 뒤덮여 코앞에 벼랑이 있어도 알아차리지 못할 지경이었다. 그러한 산중에서 불을 피운다는 것은 도망치는 입장에서 할 수 있는 가장 미련한 방법. 하나,

"죽여라."

한쪽 구석에 누워 있던 허저가 이를 갈며 주절거렸다. 미련하게 불을 피운 이유. 한은 허저의 죽음을 방관하지 못했다.

"이 사람은 당신을 용서했어요."

"흐흐… 용서? 죽은 사부가 용서했다고 해도… 나는 못해… 절대로……"

허저의 저주와 같은 탄식에 모용상아가 한숨을 내쉬었다. 하나 한은 그런 허저에게 눈길 한 번 주지 않은 채 모닥불만 바라보고 있었다.

독기는 사라졌지만 허저의 몸은 만신창이나 다름없었다. 뼈도 상했을 것이고, 내상도 얕지 않을 것이다. 일어설 기력도 없는 이를 혼자 남겨둘 수는 없었다.

허저의 독기 어린 눈길을 애써 외면하며 모용상아가 물었다.

"그런데… 아까는 어떻게 된 거예요?"

중독에서 어떻게 깨어났는지를 묻는 것이다. 하나 한도 자세히 설명해 줄 수는 없었다. 혀가 있어 말로 설명해 준다 해도 모용상아가 이해할지 의문스

러운 기현상이었으니.

　'독기가 단전을 가둔 것이 아니라, 단전이 독기를 가두어 버렸다.'

　지독한 독임에는 분명했다. 한도 일시지간 전신의 기력이 빠져 운신조차
어려울 정도였으니.

　한데 전신 혈맥에 자리하고 있던 독기가 어느 순간 혈맥을 따라 단전으로
몰려들었다. 바로 두 개의 단전. 하나의 단전이 제구실을 못하자 다른 한 개
의 단전이 내력을 일주시키기 시작했다. 독기가 혈맥을 점하고 있었으나, 그
것은 내기의 흐름을 막는 것이 아니라 신체의 기능을 약화시켜 내기의 흐름
이 불가능하게 만드는 것이었다.

　하나 물이 높은 곳에서 낮은 곳으로 흐르고, 지류가 모여 대해를 이루는
것은 만고불변의 진리. 독기에 강제된 단전이 낮은 물이었다면, 영향을 받지
않은 단전은 높은 곳의 물이었다. 자연스러운 흐름이 이어졌고, 혈맥을 점했
던 독기도 그 흐름에 휩쓸려 단전으로 모였다.

　여기서 또 한 번의 공능이 발휘되니 두 개의 단전이 서로 소통을 시작한
것이었다. 독기를 내포하고 있다고는 하나 어찌 되었든 독기에 강제되었던
단전이 급속히 팽창하게 된 것이었다. 끊임없이 흘러드는 내기. 그러자 내력
의 흐름을 독기가 강제하지 못하고 함께 역류해 버린 것이었다. 이미 단전으
로 독기가 모여 희석되어 버린 상태에서 다시금 전신 혈맥을 따라 주천을 하
니 더 이상 독기는 제구실을 할 수가 없었다.

　급기야 내력을 따라 떠돌던 독기는 단전의 한 귀퉁이에 모여 격리되고 말
았다. 주화입마에 빠져 있던 한에게 금의위사가 장복시켰던 산공독과 마찬가
지로.

　'운이 좋았어.'

　한은 그저 운이 좋았다는 식으로 넘어갔지만, 그 공능의 위대함은 그런 식
으로 쉽게 말할 성질의 것이 아니었다. 스스로 독을 가두고 치유하는 능력.

거의 만독불침(萬毒不侵)에 버금가는 신체가 아니고 무엇이겠는가?

게다가 분리되어 있던 두 개의 단전마저 소통하게 되었다. 단순히 힘이 두 배로 늘었다는 식으로 말할 수는 없었지만, 이전과 비교하기 어렵다는 것만은 분명했다. 그리고…

'마음이 평온하다.'

지난 한 달간의 망아(忘我). 자의식 속을 헤매었던 지난 시간이 그에게 가져다준 것은 내공의 급증도 아니었고, 무공의 일취월장도 아니었다. 그 모든 것은 그가 얻은 기연의 부산물일 뿐. 진정 그가 얻은 기연은 스스로를 잊을 수 있는 마음의 다스림이었다.

'이젠 당신을 떠올려도 분노하지 않을 수 있습니다. 내가 해야 할 일이 무엇인지만이 더욱 또렷해질 뿐이죠. 화가 나지 않는 건 아니에요. 참을 수 있다는 거지…'잊은 건 아니니까.'

밤하늘을 올려다보던 한이 가만히 미소 지었다. 그 모습을 보는 모용상아의 눈빛도 슬프게 웃고 있었다.

'그녀와 이야기하나요?'

말하고 싶었을 것이다. 자신이 이렇게 무사하다고 전하고 싶었을 것이다. 그는 변했다. 그의 웃는 모습이 생경하면서도 반가웠다. 기분 좋은 변화. 보고 있는 것만으로도 마음이 놓인다.

하지만 변하지 않은 것도 있다. 여전히 그에겐 그녀만이, 그녀의 복수만이 전부다. 너무나 견고한 순수. 감히 비집고 들어갈 엄두도 안 난다.

'그래요. 당신은 당신. 그리고… 나는 나.'

모용상아는 어리석지 않았다. 지금 그에게 무엇을 바란다는 것은 참으로 어리석은 짓이다. 하지만,

'지금은 아닐지라도……'

손을 뻗어 모닥불의 온기에 몸을 녹였다. 지금은 초라하게 떨고 있을 때가

아니다. 무슨 일이 있어도 그의 곁을 지켜야 한다. 자신의 자리가 있건 없건.

그러기 위해선 더욱 씩씩해야 했다. 그가 자신을 부담스러워하지 않을 만큼, 시들어가는 마음을 눈치 채지 못할 만큼.

*　　　*　　　*

종루에서 시작된 타종이 숭산 전체를 휘감고 있었다. 소림의 하루가 끝났음을 알리는 종소리. 대웅전의 처마 너머로 태양이 저물어 가고 있었다.

"기룡이에게선 아직 소식이 없느냐?"

"예. 벌써 기약한 날이 여러 날 지났는데……."

모용고한의 물음에 모용준이 고개를 저으며 대답했다. 숭산을 오른 지 벌써 한 달여. 산을 오르기 전 육마시와 노를 숨기고 돌아오겠다던 사람이 여태껏 소식이 없다. 물론 내율원 무사들과 함께 갔으니 별일이야 있겠는가만, 세상이 어수선하니 걱정하지 않을 수 없었다.

"가주께선 어디 계시느냐?"

"아까 전갈을 받고 방장실로 가셨습니다."

"흠……."

모용고한은 미간을 찌푸리며 고개를 돌렸다. 소림에 들어선 이후 모든 일은 가주가 직접 나서 처리하고 있었다.

모용고한의 얼굴엔 불만이 가득했다. 소림이야 여러 입 타는 것을 저어할 수도 있지만, 함께 온 가솔들에게까지 함구하는 저의가 무엇이란 말인가?

"달리 들은 소문은 없더냐?"

"저라고 별다른 방법이 있겠습니까? 소림엔 아무런 연고도 없고, 행여 눈이라도 마주치면 서둘러 피하는 것이 예사니……."

모용준의 한숨에 모용고한은 더 물어볼 마음도 생기지 않았다. 그것이 어찌 모용준의 잘못이겠는가. 모용세가의 원로인 자신 역시 그와 별다를 것이 없거늘.

'어련히 알아서 잘할까마는……'

대웅전 너머 방장실이 까마득히 멀어만 보였다. 이 넓은 소림의 경내에 홀로 남겨진 듯한 착각. 하나 그것은 모용고한 혼자만이 느끼는 착각은 아니었다.

"아미타불. 모용가주의 자비로움엔 빈승도 고개를 숙이지 않을 수가 없습니다."

"감당키 어려운 말씀. 딸자식을 찾기 위해 의제의 원한을 저버린 못난 사람일 뿐입니다."

일우 대사의 얼굴에 주름이 깊어졌다. 만족스러워하는 미소. 모용중경의 굳은 표정이야말로 소림으로서 바라마지 않던 것이었다.

구천무예의 고리는 복잡하게 얽혀 있다. 소림과 무당은 빚을 지고 있는 입장이었고, 모용세가는 빚을 받아야 하는 입장이었다. 소림으로서는 껄끄럽기 이를 데 없는 상황. 그런 모용세가가 알아서 한발 물러서 주니 큰 짐을 덜어 낸 셈이었다.

"제자, 광호입니다."

조광호가 들어서자 모용중경이 고개를 돌려 일우 대사를 바라봤다.

"조광호라는 아이입니다. 속세에서 힘든 일을 마치고 올라온 아이지요."

"그렇다면……."

모용중경의 눈이 조광호를 훑었다. 현재 소림에서 힘든 일이라 불릴 일은 무창살기뿐이다. 그와 관련한 자라면, 그것도 소림의 석선제자가 아닌 속가 제자라면.

"이제는 모용가주께서도 일의 전말을 아셔야 할 것 같아서……."

일우 대사의 말에 조광호가 걱정스러운 눈빛을 지우지 못했다. 하나 사조의 명은 지엄한 것. 심호흡을 하며 마음을 굳힌 조광호가 모용중경을 향해 입을 열기 시작했다. 근 일다경에 걸친 이야기. 하나 천지가 뒤바뀌기엔 충분한 시간이었다.

'그럼 구양세가의 멸문이……?!'

모용고한은 잘못 알고 있었다. 모용중경이 그에게 무언가를 숨긴 것이 아니라, 숨길 이야기 자체가 없었던 것이다.

소림과 무당은 경솔하지 않았다. 모용세가가 소림을 찾았으나 그들의 의중을 완벽히 신임하지 않았다. 누가 뭐래도 무창살귀와 은원을 맺은 이들. 함께해도 좋을 것이란 판단이 내려지기까지 한 달이란 시간이 걸린 것이었다.

'구양세가의 비사는 소림과 무당의 치부. 이것을 나에게 말해준다는 것은…….'

모용세가는 지자의 가문이었고, 모용중경은 그런 모용세가의 가주였다. 전대의 비사는 역사 속에 묻는 것이 가장 좋은 것. 그것을 끄집어낸다는 것은.

"무엇이 궁금하신 것입니까?"

모용중경의 말에 조광호의 눈빛이 놀람으로 흔들렸고, 일우 대사는 웃으며 고개를 끄덕였다. 과연 모용세가라 칭찬하는 듯.

"모용세가가 지나온 길을 되짚었더랬습니다. 무창과 안휘, 그리고 남경과 산동으로 이어진 기나긴 추적. 참으로 험한 길을 가셨더군요."

일우 대사의 말에 모용중경은 아랫입술을 깨물었다. 과연 소림이었다. 그들이 무엇을 궁금해하는지 짐작할 수 있었다.

"무슨 말씀이신지… 알겠습니다."

"어려우시겠지만, 저희는 이 모든 일의 열쇠가 그일 거라 생각하고 있으니……."

일우 대사의 말에 모용중경이 두 눈을 감았다. 마지막까지 숨기고 싶었던 이름이었건만, 소림은 그 이름을 듣기 위해 자신들의 치부를 숨기지 않았다.

용호. 모용세가를 반상 위의 돌처럼 가지고 논 그를 원하는 대가로.

*　　　*　　　*

신록이 사라진 자리엔 홍염이 뒤덮고 있었다. 창고엔 식량이 가득하고 사람들의 얼굴엔 풍족함이 배어 나오는 계절. 하북의 가을은 이미 완숙을 향해 달려가고 있었다.

마을을 향하던 마차가 관도 위에 멈춰 섰다. 마을로 들어가는 길과 북으로 난 관도의 갈림길. 말들의 투레질 소리가 휑한 관도 위를 맴돌았지만, 고삐를 쥔 손은 쉽게 결정을 내리지 못하고 있었다.

"무슨 일이야?"

마차 안에서 들려온 여인의 목소리. 피곤에 지친 듯 조금 갈라져 있었지만 사내를 향한 물음엔 서두르라는 재촉이 담겨 있었다.

"아니. 아무것도……."

잠시 마을을 바라보던 사내가 고개를 저었다. 가패의 싱거운 대답에 예향은 그가 바라보던 마을로 시선을 던졌다.

"저긴 어디야?"

"맹촌(孟村)."

"아는 곳?"

"…고향."

예향의 시선이 가패에게 향했다. 가패의 고향. 멸문한 만승문이 있던 자리. 일문이 있던 마을이니 제법 성세를 구가하는 곳인 줄 알았는데, 저렇게

작고 궁벽한 곳이었다니.

"팽가가 욕심이 많았나 보네."

"그들은 하북제일이었으니까."

많은 의미를 내포한 대답이었다. 하북제일가라 불리는 팽가. 그런 팽가가 만승문을 멸문시켰다면, 그 이유에 하북제일이란 단서가 붙어야 했다면.

"그냥 가."

예향의 목소리는 매몰찼다. 실로 오랜만에 찾은 고향일 텐데, 예향은 길을 재촉하라 말하고 있었다. 가패 역시 그런 예향의 말을 순순히 따랐다. 마음은 이미 고향에 가닿아 있으련만.

"노닥거릴 시간 없어."

"그곳에 간다 해도 그를 찾을 수 있을지는 미지수다."

가패의 말에 예향이 고개를 돌렸다. 그녀의 눈빛은 무척이나 차가웠다.

"시끄러워. 개방을 이야기한 건 당신이었어. 그 사람 옷자락이라도 찾을 수 있다면……."

예향의 말에 가패는 말없이 고삐를 잡아챘다. 마차는 마을로 이어지던 관도를 벗어나 북쪽으로 향했다. 마차가 향하던 곳은 북경. 정확히 말하자면 북경성 인근 어딘가에 있다 알려진 개방의 총단이었다.

*   *   *

"괜찮겠어요?"

붕대 끝을 단단히 동여맨 모용상아가 걱정스럽게 물었다. 하나 한은 몸통에 둘러진 왼팔을 흔들어 보이는 것으로 대답을 대신했다. 왼팔을 몸통과 한데 묶어놓으니 거동에 불편함은 없었다. 휴식도 충분히 취했다. 산을 내려가도 좋을 만큼.

"크크, 날 죽이지 않은 걸 후회하게 될 거야."

허저의 비웃음이 들려왔다. 몸이 불편해 나무에 등을 기대고 앉아 있었지만 살기등등한 눈빛만은 이전과 변함이 없었다.

"며칠 더 쉬면 움직일 수 있을 거예요. 음식도 남겨두고 가니……."

모용상아가 한숨을 내쉬며 말했다. 하는 짓이 괘씸하긴 했지만 그를 욕할 수는 없었다. 황옥산이 장안호의 의형이었다는 사실은 그녀의 마음에도 내려놓기 힘든 짐이었다.

"가요."

더 보기 힘들다는 듯 모용상아가 한을 이끌었다. 한은 한참을 더 바라본 후에야 걸음을 옮길 수 있었다.

두 사람이 사라진 자리엔 초가을 찬바람이 스치고 있었다.

"후우."

홀로 남은 허저의 입에서 긴 한숨이 흘러나왔다. 독기는 완전히 사라져 있었다. 사실 한에게 받은 상처가 크긴 했지만 움직이지 못할 정도는 아니었다. 게다가 친절하게도 검까지 한 자루 남겨두고 갔다. 하지만 허저는 그 검에 눈길조차 주지 않았다.

"왜 날 부르지 않았소?"

허공을 향한 물음에 대답이 있을 리 없었다.

"날 보내지 말라고 저놈에게 시킨 거요? 그렇게… 나를 보기 싫었던 거요? 그런 거요, 사부?"

이유 모를 억울함에 눈물이 났다. 복수도 하지 못했고, 여한없이 목숨을 버리지도 못했나. 믿었던 여인마저 자신을 배신했다. 당장 일어나 복수의 검을 휘둘러야 했건만, 한번 꺼져 버린 불씨는 좀처럼 타오르지 못하고 있었다.

"참 고약한 인생이었어. 사랑했던 여인은 사부에게 빼앗기고, 천생 배필이라 믿었던 이는 내 가슴에 비수를 꽂는구나. 고약하다, 고약해……."

한심한 인생. 남부러울 것 없던 무공과 자질. 힘겹게 이룩해 놓은 지위와 권력. 남경 하오문을 지배했던 자신이건만, 이제와 남은 건 버려진 육신과 한 자루 철검이 전부였다.

"증오해 마지않는 사부가 그리 오지 말라 하니… 내 어찌 당신의 뜻을 고이 따르리오."

말없이 하늘을 바라보던 허저가 철검을 끌어당겼다. 검집을 벗어 던진 철검이 새파란 검신을 반짝이며 허저의 얼굴을 비췄다. 검신에 비친 허저의 눈가가 물기에 젖어 일렁였다.

"내세에 다시 만납시다… 빌어먹을… 아버지……."

거꾸로 쥔 검의 검극을 타고 심장의 박동이 느껴지는 듯했다. 뺨을 타고 떨어진 눈물이 검끝을 적셨다. 검을 쥔 손에 힘이 들어가기 시작했다. 바로 그때,

"어리석은 짓 하지 마라."

갑작스러운 목소리에 놀란 허저가 눈을 부릅뜨며 고개를 돌렸다. 그의 시선이 향한 그곳에 그가 있었다.

"다… 당신은?!"

＊　　　　＊　　　　＊

소림의 한 외딴 승방. 은밀히 만난 두 사람의 한숨이 좁은 승방 안을 맴돌고 있었다.

"하면 그 용호라는 자가 동창의 끄나풀일지도 모른다?"

운경자의 물음에 모용중경이 고개를 숙였다.

그의 말이 사실이라면, 결국 모용세가는 동창에 이용만 당한 셈이다. 살귀

가 사라짐과 동시에 그 역시 자취를 감췄다. 그의 하나밖에 없는 피붙이도 함께.

하나 딸의 생사도 모르는 아비를 책망할 수는 없는 일.

"너무 걱정하지 마시오. 백방으로 찾고 있으니 곧 좋은 소식이 들릴 것이외다."

"바깥 동정은 좀 어떻습니까? 산사에만 있으니 좀처럼 소식을 듣기가 어렵군요."

"아직은 이렇다 할 소식이 없소이다. 개방에서 뿌린 거짓 소문 탓에 강호인들의 이목이 흐트러져 있기는 하지만……."

"그렇군요. 한데……."

운경자의 말에 모용중경이 조심스레 입을 열었다. 배분으로 보나 나이로 보나 모용중경에게 운경자는 어려운 존재였다. 하나 일문의 문주인 모용중경이었기에, 그가 질문을 하려 하자 운경자도 귀를 기울이며 그의 말을 기다렸다.

"만약 동창이 살… 그의 사부를 찾기 위해 그를 데려갔다면, 지금과 같은 강호의 소요를 예상치 못했을까요?"

"우리는 갑작스레 퍼진 소문도 그들의 소행이라 생각하고 있소."

모용중경의 눈에서 황촉불이 더욱 빛을 발했다. 그는 지자였다. 운경자의 한마디 말로 그가 무슨 말을 하는지 유추해 낼 수 있었다.

"일견 타당하기는 합니다만……."

모용중경의 말에 운경자가 고개를 들었다. 자신의 추론에 반론의 여지가 있을 줄은 생각도 못했기에.

"무엇이 이상하다는 말씀이시오?"

"아닙니다. 조금 더 생각해 보고 말씀드리지요."

모용중경은 운경자의 기대 어린 시선을 외면했다. 다행히 운경자는 그의

의문에 크게 고민하지 않았다. 하지만,

'왜 지금이었을까?'

황촉의 불꽃에 가려진 모용중경의 두 눈은 그렇게 묻고 있었다.

*   *   *

"그래?"

"산사에 있던 이들 전원이 살해당했습니다. 침입한 자들은 모두 스물셋. 하나같이 흑의와 흑립을 쓰고 있었고, 그들 역시 모두 절명한 상태였습니다."

"그자는?"

"…사라졌습니다."

용호의 물음에 보고를 올리던 사내가 고개를 조아렸다.

불혹을 넘긴 세월 중의 태반을 동창의 그늘 아래서 살아왔다. 충성의 대가로 첩형이란 지위와 은기(銀其)란 이름도 얻었다. 제독태감의 충실한 종이었고, 지금은 그 이들까지 보필하고 있으니 참으로 권세가 막강할 것이라 여길 수도 있었지만, 용호의 앞에 고개 숙이고 있는 모습에선 세월의 무상함만 남아 있을 뿐이었다.

"재미있군."

눈을 내리뜨고 있던 은기가 천천히 고개를 들었다.

불호령에 대비해 보심환(補心丸)을 두 알이나 챙겨 먹고 등청했다. 용호의 성정이 어떤지 누구보다 잘 아는 은기였다. 저 넉넉한 미소 뒤에 숨겨진 냉혹한 성정은 능히 구밀복검(口蜜腹劍)이라 불릴 만했다. 하지만 그 생각은 수정되어야 했다.

"요샌 뭐 하나 거저 되는 일이 없군. 겨우 잡아났다 싶었더니 그새를 못 참고……."

찡그린 눈꼬리와 반쯤 내밀어진 입술. 분명 마땅치 않아 하고 있었지만 분노와는 거리가 멀었다. 그는 귀찮아하고 있었다.

"소림과 무당은?"

"그게 아직……."

은기는 얼떨떨한 기분을 물리며 용호의 물음에 답했다. 상관이 화를 내지 않으니 다행이랄 수도 있었지만, 마냥 좋아할 일만도 아니었다. 상관의 내심을 짐작치 못하는 심복의 자리는 위험하다.

'계획에 큰 차질이 빚어진 것이건만…….'

자그마치 넉 달이나 쫓았다. 용호가 직접 움직인 것만 넉 달이지, 동창위사들이 소림과 무당의 반도들을 추적하는 데 걸린 시간까지 합하면 근 삼 년에 걸친 일이었다.

구천무예를 향한 용호의 집념은 놀라울 지경이었다. 한데 저런 반응이라니.

"어차피 조만간 사람들 눈에 뜨일 거고, 다시 잡아들이기엔 보는 눈이 많을 거고. 손을 쓰긴 써야겠는데……."

손끝으로 이마를 밀던 용호가 은기에게 명했다.

"하는 수 없지. 백 령주를 부르게."

반 각 후 백의인 하나가 내실로 들었다. 잘 벼려진 검과 같은 느낌. 날카로운 눈매가 인상적인 사내였다.

"실수를 했더군."

"면목 없습니다."

용호의 힐책에 백 령주라 불린 이가 고개를 숙였다. 과정은 중요치 않다. 산사가 탄로 난 것은 꼬리를 제대로 자르지 못했다는 뜻이고, 괴인들의 난입은 산사의 경비가 그만큼 허술했다는 뜻이다. 살귀가 달아났다. 어떤 변명도

통하지 않을 현실. 하나,

"괜찮아. 살다 보면 그럴 수도 있지 뭐. 어찌 세상일이 내 맘대로만 되겠는가?"

검을 쥔 손이 미미하게 떨려왔다. 그만큼 용호의 진심을 파악하기가 어려웠다. 놀리는 것인지, 정말로 그를 위로하는 것인지.

백 령주의 반응을 살피던 용호도 흥미가 가신 듯했다.

"찾아오게."

용호의 말에 백 령주는 살짝 고개를 숙여 보였다. 두 사람의 대화는 그것이 전부였다.

백 령주가 물러선 자리엔 은기가 되돌아와 있었다.

"조심히 다루십시오. 백 령주는 만만치 않은 이이옵니다. 백위의 수장이고, 실질적인 동창의 통제 역시 모두 저 이의 손에서 이루어지니……."

첩형(貼刑)이라는 관직명보다 령주라는 암명(暗名)으로 통하는 자. 제독동창을 보좌하는 두 명의 첩형. 은기가 동창의 밝음이라면, 백 령주는 동창의 어두움이었다.

"황궁에서도 다섯 손가락 안에 꼽히는 고수라지?"

"예. 들리는 소문엔 종남파의 진전을 이었다 알려진 이이옵니다. 그의 진면목을 본 이가 전무할 정도로 대단한 고수입지요."

"좋은 상대가 되겠어."

"예?"

용호의 뜻 모를 말에 은기가 고개를 들었다. 용호는 아무 일 없다는 듯 손톱만 만지작거리고 있었다.

'어디 보자. 그놈이 갈 곳은 그 늙은이가 있는 곳. 제 발로 가는 거야 상관없지만, 가는 도중에 나자빠지기라도 하면 곤란해.'

용호가 자리에서 일어서며 말했다.

"비원(秘苑)에 좀 가야겠어. 차비하게."

＊　　　　＊　　　　＊

'편안해.'

인적 없는 산길. 아니, 길이라 부르기도 뭣한 돌덩이들의 이어짐. 무엇을 두려워하는지 저 맹랑한 여아는 항상 자신의 몇 걸음 앞에서 주위를 두리번 거린다.

'바람이 차다. 처음 세상으로 나올 때처럼.'

사 년. 사 년간이나 천하를 헤매었다. 결국 여섯의 목숨을 취했지만 아직 도 베어야 할 원수가 둘이나 남아 있다. 아니다. 복수를 끝내기 위해선 더 많은 목숨이 필요하다.

'유가량(劉佳良), 금옥기. 그리고……'

누군가가 더 있다. 뇌공량의 변명, 그리고 막능여의 유언. 그들 모두 억울 해하며 죽었다. 죽음 앞에 억울치 않을 자가 어디 있을까만, 그들의 억울함은 삶의 후회가 아닌 어긋난 죽음에 있었다.

'달라진 건 없다. 원수는 갚는다. 몇이 되었건, 누가 되었건.'

차가워져 가던 한의 눈빛. 하나 걸음을 멈춘 한의 고개가 들리며 눈에 어 렸던 냉기도 함께 수그러들고 있었다.

"바람 들어요."

조용히 다가와 옷매무새를 고쳐 주는 손길. 그녀의 시선은 자신에게만 맞 추어져 있다. 그런 그녀의 미소가 낯설면서도 싫지 않았다.

'어리석어.'

두 번 묻지도 않았다. 장안호를 죽였느냐 묻기에 그러지 않았다 대답해 주 었을 뿐이다. 다른 누구도 아닌 숙부의 죽음임에도 자신의 대답을 의심하지

그를 잊으시오 59

않았다. 믿어주어 고맙긴 했지만 그리 현명해 보이진 않았다.

무창에서부터 자신의 뒤를 따른 것도, 백사평에서 자신을 구해낸 것도, 지금 자신의 곁에 남아 있는 것도 모두가 어리석음이었다. 그래서 더욱 내칠 수가 없었다.

'산 아래까지만이다. 길이 시작되는 곳에서……'

두 사람의 걸음이 멈췄다. 붉게 이어진 능선이 한눈에 보이는 자리. 굵은 나무들이 중천에 뜬 태양과 차가운 바람을 막아주던, 그런 곳.

산사에서 가져왔던 음식은 이미 오래전에 떨어져 버렸다. 하나 가을이라는 계절은 풍성한 과실을 산야에 남겨놓았다. 대개는 씹어 삼키기 어려운 것들이었지만, 개중엔 물렁하여 그냥 삼켜도 무리없을 것들이 있었다. 씹지 못하는 한에겐 참으로 다행한 일.

"저기……"

이겨진 과일을 먹던 한이 고개를 돌렸다.

"이제 어디로 갈 거예요?"

"후우……"

혀가 없어도 내뱉을 수 있는 감정의 표현. 한의 한숨엔 많은 의미가 담겨 있었다.

"저… 지금 당신은 굉장히 곤란한 처지예요. 알고 있죠?"

한이 고개를 끄덕였다.

"구천무예의 이름이 알려진 이상, 세상의 모든 이목이 당신을 쫓고 있을 거예요. 그리고 그중엔 소림과 무당도 있을 것이고."

악연. 원수들의 사문. 그들 역시 자신이 아닌 구천무예를 쫓고 있는 것일 게다. 욕심이든 아니든. 한데,

"우리… 그냥 숨어버려요."

시선이 마주쳤다. 아니, 마주치려던 순간 떨어졌다. 아마도 고개 숙인 얼

굴은 붉게 달아올라 있겠지. 맹랑한 아이. 한 며칠 잠잠하더니 이 이야기를 꺼내려 망설였던 것인가? 한데,

"복수는… 반드시 해야겠죠?"

'…무얼 확인하고 싶은 것이냐?'

한의 시선이 모용상아를 재촉했다. 몰라 묻는 것이 아니다. 알면서 묻는 이유가 있을 거다. 그 정도로 생각이 없는 아이는 아니다. 자신이 알고 있는 모용상아라는 아이는.

"시간이 필요해요. 세상 사람들이 당신을 찾는 이상, 그들 전부와 맞설 생각이 아니라면 당신은 숨어야만 해요. 한동안만이라도."

이 사내의 마음을 조금이라도 움직이기 위해 한동안이란 단서를 붙여야 했다. 하나,

"고집 부릴 일이 아니에요. 몸도 추슬러야 하고, 정보도 필요해요. 당신을 도와주는 사람들과도 연락을 취해봐야 하고, 소림과 무당이 어찌 움직이는지도 알아봐야 해요. 고개만 젓지 말아요! 용호는 무서운 사람이에요! 잊었어요? 당신이 상대해야 하는 건 원수만이 아니에요! 세상은 무공만으로 헤쳐 나갈 수 없어요! 당신이 아무리 강해도 상대는 동창이라구요!"

안다. 동창이란 이름은 무지렁이인 한도 안다. 검을 들기 전엔 염라대왕보다도 두려웠던 것이 관원이었다. 동창은 그런 관원들의 저승사자. 어찌 두렵지 않을까?

하나 지금 그에게 두려움을 줄 수 있는 건 동창 따위가 아니다. 복수를 끝내지 못할지도 모른다는 암울한 상상뿐이다.

"바보처럼 굴지 말아요! 난 당신의 복수를 이야기하는 거예요! 어떻게 하면 원수를 갚을 수 있을지 그 방법을 이야기하는 거라구요!"

답답한 마음에 언성이 높아졌다. 하나 모용상아는 그 사실을 자각하지 못하고 있었다. 얼굴의 홍조 역시 부끄러움이 아니었다.

'설득해야 해. 이제부터 이 사람이 가야 할 길은 이전과는 달라. 이젠…
원수가 아니라 세상과 싸워야 하니까.'

아랫입술을 깨물었다. 무슨 일이 있어도 그를 설득해야 한다. 그를 막지
못하면, 그를 잃게 된다.

"잘 들어요. 지금 내려가지 않는다고 원수가 없어지는 건 아니에요. 두 사
람이 남았다고 했죠? 찾으면 되요. 세상이 조금만 더 잠잠해지고, 동창의 계
획이 무엇인지 알아낸 다음에. 만약 이대로 산을 내려간다면… 복수를 못하
게 될지도 몰라요."

그의 시선을 피하지 않았다. 자신의 말이 틀리지 않다는 확신을 주고 싶었
다. 하지만…

"왜? 왜 싫다는 거죠?"

모용상아는 이해할 수 없었다. 한은 자신의 이야기 전체를 무시하는 듯했
다. 어떤 조건을 걸어도, 어떠한 이유로 설득을 해도 고개를 저을 뿐이었다.

"이대로 산을 내려가면 싸움이 끊이지 않을 거예요! 지금까지와는 달라요!
당신이 걷는 걸음걸음이 전부 피로 물들게 될 거라고요! 정말 살귀로 남고 싶
어요? 그렇게… 그렇게……."

목구멍을 치밀고 올라오는 것이 있었다. 그러지 말라고 소리 지르고 싶었
는데, 숨이 막혀 소리 지를 수가 없었다.

'바보, 멍청이…….'

눈물이 흐른다. 입술을 깨물고 참으려 해도 참아지지가 않는다. 저 말없는
사내가 이렇게 미울 수가 없었다. 가지 말라는데, 가면 죽는다는 데도 표정
하나 바꾸지 않고 가겠다 말하고 있지 않은가? 죽어도 좋다구나 하고 있지 않
은가? 너무 미워, 너무 안타까워, 너무 가슴 아파… 눈물이 멈추질 않았다.

그때 모용상아의 발밑으로 나뭇가지 하나가 다가왔다. 한 획 한 획 서툰
글씨가 모용상아를 다독이기 시작했다.

不要哭[울지 마].

　모용상아는 자신도 모르게 손으로 입을 막았다. 멈추지 않던 흐느낌을 감추기 위해서.

　不用担心[걱정하지 마].

　글로 쓴 마음. 모용상아는 흐르는 눈물을 참을 수가 없었다. 그래서 안겼다. 눈물을 참을 수가 없어서. 눈물을 보여주기 싫어서.
　모용상아가 품으로 들자 한의 눈이 놀람으로 크게 떠졌다. 얼마나 놀랐는지 들고 있던 나뭇가지를 놓치고 말았다.
　당황해 어찌할 바를 모르던 그였지만, 잊고 있던 사내로서의 본능이 그를 움직이기 시작했다. 허공에서 머뭇거리던 손이 모용상아의 어깨를 다독이기 시작했다.
　'작구나.'
　작았다. 짐작했던 것보다 훨씬 작았다.
　하지만 따뜻했다. 지금껏 느껴봤던 그 어떤 것보다도 따스했다. 이 느낌을 놓치고 싶지 않았다.
　'슬퍼하고 있구나.'
　흐느낌을 도닥여 주던 손이, 마치 어린아이 어르듯 모용상아의 머리를 쓰다듬어 주기 시작했다.
　'아파하고 있구나.'
　어리석다 했었다. 무창에서부터 이곳까지 이른 모용상아의 애절함을 어리석다 했었다. 이 아이에겐 두려움이 없었다. 친인의 죽음이라는 크나큰 원한조차 이 무모함을 막지 못했다.

정녕 어리석었다. 마치… 지금의 자신처럼.

'알고 있어요. 나에게도 당신뿐입니다. 지금… 이 아이처럼.'

말을 잃었다고 마음마저 잃은 것은 아니었다. 더욱이 눈빛에 담긴 감정을 읽어내는 일엔 지칠 만큼 익숙한 한이었다.

지난 며칠간. 아니, 무창에서부터 이어진 모용상아의 애틋함을 눈치 채지 못할 수가 없었다. 그래서 더 힘든지도 몰랐다. 설마하며 웃어넘길 수도 없을 만큼 그 눈이 맑고 투명하였기에.

푸르고 푸른 하늘. 그 파란 대지 위로 새하얀 구름 한 조각이 겁도 없이 흘러들고 있었다. 바람이 일자 구름도 함께 떠가기 시작했다. 제멋대로. 하늘의 허락도 구하지 않은 채.

'그래, 조금만 떠돌게 두어주렴. 먼 길 돌아온 것이니 그만큼의 배려는 눈감아주렴. 걱정하지 마라. 그리 오래진 않을 거다. 밤이 지나면… 날이 밝으면……'

두 눈이 아려왔다. 그래서 눈을 감았다. 품 안의 따스함이 좋았다. 이대로 잠들어 버리고 싶을 만큼.

*　　　*　　　*

"어이쿠……."

조금 살살 다루면 누가 뭐라 하는지. 도대체 무슨 억하심정이 있어 육십 넘은 노구를 이리 험하게 다룬단 말인가.

"이름."

굵은 저음. 목소리만 들어도 사내의 덩치가 상상이 될 것만 같았다. 키는

칠 척이 넘을 것이고, 덥수룩한 수염이 얼굴에 가득하겠지. 인상은 험상궂고 덩치는 곰처럼 클 것이다. 눈을 가려 볼 수는 없었지만, 목소리만 가지고도 어찌 처신해야 할 상대인지 알 수 있었다.

"손오요."

"나이."

"육십 넘어서는 안 세어봤소."

손 노인의 대답이 마음에 들지 않았음일까? 질문을 하던 저음의 사내가 잠시 입을 다물었다. 하나 침묵은 짧았다.

"한과 가패와 예향이란 이름을 알고 있나?"

"…알고 있소."

괜한 장난질은 좋지 않다. 사내는 심기가 불편한 상태다. 아주 약간 농을 걸어본 것뿐임에도 불편한 신색을 감추지 않았다. 한 발짝만 더 넘어가면 불호령이 떨어질 것이 뻔했다.

'다 알고 잡아왔을 텐데, 매를 벌 필요는 없지.'

손 노인은 마음을 편히 가졌다. 자신을 왜 납치했는지는 짐작하기 쉬웠다. 문제는 자신이 알고 있는 것이 거의 없다는 것과 자신을 납치한 자들이 누구인가 하는 것이었다.

"그들을 마지막으로 본 것은?"

사내의 물음에도 손 노인은 즉각 대답하지 않았다. 기억을 더듬어야 했기도 하거니와,

'너무 많이 알고 있는 것 아닌가? 내가 그들과 마지막까지 함께하지 않았다는 것까지 알고 있다니…….'

한을 마지막으로 본 것은 평음 외곽의 숲이었고, 예향은 그보다 조금 이른 평음의 객잔에서였다. 가장 마지막으로 본 것이 윤 대인이란 자의 집에 있던 가패. 하나 그 모든 것은 거의 한날한시에 벌어진 일이었다. 적어도 이들은

자신이 한이 사라진 백사평에 있지 않았다는 것을 알고 있었다.

손 노인은 솔직하게 대답하기로 했다. 숨길 것도 없었거니와 이야기한다고 그들에게 누가 될 것도 없었다. 모르는 건 모르는 거니까.

"어떻게 할까요?"

사내의 목소리에 손 노인이 고개를 들었다. 그곳엔 누군가가 더 있었다.

"심문할까요?"

손 노인의 심장이 급속히 빨라졌다. 저 사내가 말하는 심문이 사이좋게 묻고 답하는 것이 아님을 본능이 먼저 알아차린 것이다. 하나 사내에게 공대받던 그는 고문을 허락하지 않았다.

"문밖에 있겠습니다."

나가라고 손짓한 모양이었다. 하나,

"알겠습니다. 그럼 나가고 싶으실 때는 저 줄을 잡아당기십시오."

사내가 일어서는 소리. 문이 열리는 소리. 그리고 한참을 멀어져 가는 발소리까지. 손 노인과 함께 남은 누군가가 사내에게 멀리 떨어져 있으라 지시한 것이 분명했다.

'진짜 심문이로군.'

손 노인은 마음을 진정시키기 위해 심호흡을 했다. 굵은 저음의 사내는 남겨진 자의 수하다. 진짜로 저들이 원하는 것은 지금부터였다.

"오랜만이오, 손 옹."

심호흡한 것이 부끄러울 정도로 깜짝 놀랐다. 목소리를 따라 고개를 돌린 손 노인이 반신반의하는 목소리로 되물었다.

"어? 자넨……."

*　　　　*　　　　*

“누구?”

“흑룡왕 가패와 여인입니다. 은밀히 총단의 위치를 수소문하기에 확인해
보니…….”

제자의 말에 철중산이 인상을 찡그렸다. 지금은 그들이 활개를 쳐선 곤란
하다. 소림과 무당은 물론 병부까지 포함된 계획이 진행 중이다. 하나 지금
그들이 나타난다면 변수가 되어버리고 만다. 어쩌면 계획에 큰 차질을 줄 만
큼.

“그들은 지금 어디 있나?”

“성내에 있는 한 객잔입니다.”

“음…….”

철중산은 보고 있던 보고서를 덮으며 자리에서 일어났다. 개방 내에서도
무창살귀와 개방이 연관되어 있다는 것을 알고 있는 자가 드물다. 그들에 대
한 조치는 자신이 직접 해야만 했다.

“단 장로는?”

“아직 돌아오지 않으셨습니다. 행선지는 저도…….”

행선지는 자신이 알고 있다. 구양문이 몸을 숨기고 있는 모처로 떠난다 했
다. 만일의 사태에 대비해야 했다. 만약 동창의 목적이 그라면, 그의 안위야
말로 모든 음모의 핵심일 테니.

“가패에 관한 일은 함구시켜라.”

총단을 떠나며 철중산이 내린 엄명이었다.

“하남?”

“하남뿐이 아니야. 강서와 산농, 심지어 광농에서도 살귀를 봤다는 자가
나오고 있어.”

객잔으로 돌아온 가패의 말에 예향이 다시 무릎 사이로 고개를 파묻었다.

"누가 장난질을 치나 보네."

"그들도 모르고 있다는 뜻이겠지, 그가 어디 있는지를."

가패의 말에 예향이 고개를 숙였다. 아무 상관 없다는 듯. 하지만 무릎 사이에서 웅얼거리는 소리는 가패를 탓했다.

"그날 그를 데리고 강을 건넜어야 해."

가패는 말없이 침상 밑에서 무언가를 꺼내어 들었다. 검은색의 묵검. 가패는 조심스레 검을 무릎 위에 올리고는 천을 꺼내어 닦기 시작했다. 그 모습에 예향이 코웃음을 쳤다.

"그딴 짓에 내 맘이 풀어질 거라 착각하지 마."

"널 위해서가 아니다."

예향의 가시 돋친 목소리가 듣기 싫었음일까. 검을 닦는 가패의 목소리도 차갑게만 들려왔다.

"그놈을 위해서다. 돌아왔을 때, 언제든지 꺼내어 쓸 수 있도록 준비하는 거다."

"지랄."

"아직 끝난 게 아니다. 둘이 남았지. 그놈, 제 복수가 끝나기 전까진 죽으라 고사를 지내도 죽지 않을 거다. 분명 살아 있다."

가패의 말에 예향도 대꾸하지 못했다. 그렇게 생각한다는 것인지, 그러길 바란다는 것인지.

"누구였을까?"

검을 다 닦아갈 무렵, 예향이 물었다. 매일같이 묻는 질문이었고, 가패의 대답 역시 항상 같았다.

"모르지."

"여자라고 했지?"

"남자도 있었어."

배를 타고 와 그를 데려간 일남일녀. 하지만 삿대를 잡고 있던 남자는 기억조차 나지 않는다. 면사의 여인. 그를 데려간 것은 그 여인이다.

"망할 자식. 지금쯤 그 계집하고 붙어먹고 있는 건 아닐까? 우리가 이렇게 고생하는 줄도 모르고……."

"그럴 리가……."

"나쁜 새끼. 제발 그랬으면 좋겠다. 어떤 눈 삔 년인지는 몰라도, 아무도 찾을 수 없는 곳에서 잘 먹고 잘살아라. 제발……."

검을 다시 숨긴 가패가 허리를 폈다. 고개를 파묻고 있던 예향의 모습이 안쓰러웠지만, 이내 고개를 저으며 객실을 나섰다.

'개방이 마지막 희망이다. 내 예상이 맞든 틀리든…….'

일층으로 내려온 가패가 술을 시켰다. 오랜만에 마시는 독한 화주. 하지만 지금 기분 같아선 아무리 마셔도 취할 것 같지가 않았다.

'한의 뒤를 봐주던 자. 분명 강호인이다. 무당파의 운경자에게 하대할 수 있는 이라면, 강호인 중에서도 범상치 않은 위치에 있는 사람.'

그가 강호인이라면 지금까지 한의 뒤를 봐주고 있던 곳도 강호의 문파라는 이야기가 된다. 지금까지는 몰랐지만, 이제는 의심의 여지가 없다. 한이 익힌 무예가 당금 천하를 경동시키고 있는 구천무예임에야.

'개방. 지금까지 그들이 보여준 능력과 가장 근접한 것은 천하제일의 이목(耳目)이라는 개방뿐이다. 설사 그들이 아니라 하더라도… 지금 그에 대한 단서를 얻을 수 있는 곳 역시 개방뿐이고.'

전자라면 그들이 찾아올 것이고, 후자라면 직접 찾아가야만 한다. 어떻게 되든 기다리면 알게 될 일. 그때 가패의 술잔 속으로 한 사람의 모습이 비쳤다.

"오랜만입니다."

가패는 고개를 들어 자신에게 인사하는 사내를 확인했다.

'전자였군.'

북경에 도착한 지 만 하루 만에 자신을 찾아온 철중산. 과연 천하제일의 이목인 개방이었다.

"역시……."

가패는 자신의 짐작이 맞았음에 기뻐하지 않았다. 개방이란다. 무창살귀의 뒷배를 봐주고 있던 것이 천하제일방파라는 개방이란다.

"우리가 그를 돕는 이유는 그 복수의 신성함과 원한의 당위성을 지지하기 때문이오."

철중산의 대답에 예향은 입술을 깨물며 고개를 끄덕였다. 맞다. 그의 복수는 온당하다. 모두가 그를 욕하고 있는 이때, 개방이라는 대방파가 그를 믿고 있다니 감격스럽지 않은가?

"구양세가의 원한은 분명 소림과 무당의 책임이오. 하나 개방이 그 두 문파와 맞설 수는 없는 일. 비겁하게 보일지도 모르나, 음으로 그를 돕는 것만이 우리가 할 수 있는 일의 전부였소."

비겁하다? 소림과 무당이 얽힌 일이다. 그들을 돕는다는 사실 하나만으로도 개방의 비겁함은 성립할 수 없다. 음으로 돕는다고는 하지만, 그들이 보여준 지원 중 어느 것 하나 녹록한 것이 없었다. 남경에서는 거선을 부려 그를 구했고, 평음에선 장원 하나를 통째로 움직여 그를 도왔다. 천하를 샅샅이 뒤져 숨어 있던 한의 원수들을 찾아냈다. 비겁? 어림도 없는 소리.

"그는… 어디 있죠?"

도움을 바라는 입장이기 때문이었을까? 예향은 다소 누그러진 목소리로 철중산에게 물었다. 하나 철중산은 고개를 저으며 말했다.

"우리도 아직 모릅니다. 천하를 이 잡듯 뒤지고는 있지만……."

"그렇군요……."

"너무 걱정하지 마십시오. 그를 데려간 자들이 어떤 흑심을 가지고 있는지 파악했으니, 그에 대한 준비를 철저히 하고 있습니다. 각지에서 올라오는 그의 소문들도……."

역시 개방의 솜씨다. 사람들의 이목을 흐트러뜨려 정작 그가 모습을 드러내었을 때 너무 많은 사람들에게 시달리지 않도록 배려한 것이다.

"하면 소림과 무당은?"

"음… 그 부분은 기밀이긴 하나……."

가패의 물음에 철중산이 난감하다는 표정으로 잠시 뜸을 들였다. 하나,

"여러분들을 속여 무엇 하겠소. 소림과 무당도 그를 찾고 있소. 개방과 함께 동조해서."

"그 친구에겐 안 좋은 소식이군."

가패의 말에 예향이 무슨 소리냐는 듯 바라봤다. 하나 이어진 철중산의 대답에 예향도 고개를 끄덕일 수 있었다.

"아쉽지만 하는 수 없소. 그 정도 양보없인 그들의 힘을 이끌어내기 어려우니까. 하지만 소림과 무당 모두 반도들을 잡게 되면 엄중히 죄를 다스리기로 했으니, 구양세가의 원혼을 달래는 데 부족하지는 않을 것이오."

내밀한 부분이었다. 소림과 무당, 그리고 개방의 묵계. 구양세가, 아니, 구천무예를 위해 함께 움직이기로 한 이면에는 그러한 계약이 깔려 있었다. 이야기가 여기까지 이르자 묻지 않을 수 없었다.

"우리가 어찌하길 바라는 것이오?"

가패의 물음에 철중산은 가만히 미소 지으며 자리에서 일어섰다. 예향은 그의 그런 모습에 알 수 없는 두려움을 느꼈다. 그리고 그 느낌은 그녀를 배신하지 않았다.

"그를 찾지 마시오. 그를… 완전히 잊어주시오."

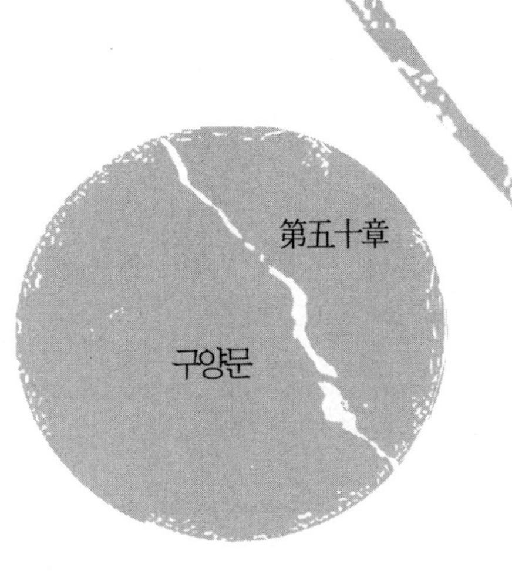

第五十章
구양문

중양절도 벌써 보름이나 지났다. 날이 갈수록 비질하는 시간이 늘어간다. 아침나절부터 긁어모은 무더기가 세 개. 연기만 아니면 저거 모아다 땔감 써도 되지 싶다.

얼핏 봐도 열두어 살 남짓한 소동. 낙엽을 다 쓴 소동이 이마를 훔치며 허리를 폈다.

"에고, 벌써 시간이 이렇게 됐네?"

찡그리는 인상도 귀여운 나이. 하늘을 바라보던 소동이 고개를 저으며 걸음을 옮겼다. 조반 차리고 마당 쓰니 어느새 점심을 준비해야 할 시간이다.

"어? 노야! 바람이 차요!"

비를 질질 끌던 소동이 화들짝 놀라 달리기 시작했다. 내팽개쳐진 비가 모아두었던 낙엽무더기를 흐트러뜨렸지만, 소동의 눈엔 얇은 홑옷만 걸치고 나온 노인만 보였다.

"흘흘, 괜찮데도……."

“제가 안 괜찮아요.”

소동은 초옥 안에서 두꺼운 갓옷을 가지고 나와 노인의 어깨 위에 걸쳐 주었다. 소동의 세심한 배려에 노인의 눈가에 주름이 잡혔다.

“기특한 녀석. 음… 쿨럭쿨럭!”

“노야?!”

밭은기침에 놀란 소동이 황급히 노인의 앞으로 다가섰다. 힘겹게 들썩이는 어깨가 안쓰러웠지만, 도울 길 없는 소동은 발만 구를 뿐이었다.

“괜찮으세요?”

기침이 잦아들자 소동이 조심스레 물 한 사발을 내밀었다. 물을 마신 노인이 인자한 미소를 지으며 소동의 머리를 쓰다듬었다. 소동은 쑥스러움을 감추려는 듯 물 사발을 들고 사라졌다.

잠시 소동의 뒷모습을 바라보던 노인이 고개를 들었다. 청명한 하늘. 볕이 따스했지만 진물 흐르는 노안은 그마저도 마주하기 버거운 듯했다.

“언제 오셨는가?”

볕에 마른 진물을 닦던 노인이 말했다. 분명 마당엔 아무도 없었다. 노인이 고개를 들기 전까진.

“방금.”

걸음 소리는커녕 미풍조차 일지 않았다. 귀신이 곡할 만큼 표홀한 신법. 당금 천하에 이처럼 빠른 놀림을 보여줄 수 있는 이는 한 사람뿐이었다.

초옥 안은 단출했다. 가재라곤 침구와 작은 서탁 하나가 전부. 은은히 맡아지는 약향만이 방주인이 병구완 중이라는 것을 짐작케 할 뿐이었다.

“정녕 가지 않을 텐가?”

넉넉한 풍채와 주름진 얼굴. 강호에서 가장 빠른 발을 가진 이로는 믿기지 않는 모습이었지만, 노인과 마주 앉은 이는 분명 표풍추마 단사덕이었다.

"동창의 목표가 자네라면, 이곳도 안전하다 장담할 수 없네."

"흘흘."

허허로움과 대면하는 일은 쉽지 않다. 무욕(無慾) 속에 피어난 웃음꽃. 생사(生死) 따위는 이른 아침 샛바람만도 못하다. 이미 저승의 문턱까지 다다른 이에게 어떤 설득이 먹힐까?

하나 산 사람은 산 사람 나름의 절박함이라는 게 있다. 단사덕의 설득이 간곡한 까닭이다.

"그럼 복수는 어찌할 텐가? 자네를 지키지 못한 우리가 무슨 염치로 복수를 운운할 수 있단 말인가? 게다가 아직 복수가 끝난 것도 아니지 않는가? 적어도 그가 돌아올 때까지는……."

"그래, 어디로 가자는 말씀이신가?"

"일단은 본 방의 총타로 가세. 방주께도 이미 양해를 구했네. 그곳이라면 제아무리 동창이라도 절대 자네를 찾지 못할 것이네. 설사 찾는다 치더라도……."

"후우……."

기력없는 한숨보다 주름으로 변한 두 눈이 더 안쓰러웠다.

"그들이 온다 해도… 달라지는 것은 없네."

"뭐라고? 자네, 설마?"

"흘흘, 새삼스러울 것도 없는 일. 복수는 무가(武家)로서 지켜야 할 자존심이자 구양의 이름으로 세상에 남기는 마지막 흔적일세. 구천무예는… 구양세가와 함께 사라질 것이네."

단사덕은 말을 잃었다.

비슷한 세월을 살아온 두 사람. 하나 두 사람이 걸어온 길이 너무나 달랐다. 한 사람은 대문파의 명숙으로 남부러울 것 없는 시간을, 다른 한 사람은 가문의 멸문이라는 질곡의 세월을.

그러하기에 세상을 대하는 표정도 다를 수밖에 없었다. 그의 결심을 막을 수도 없었다. 그것이 구양세가의 마지막 생존자가 선택한 길이었다.

"…내 나이 벌써 일흔둘. 가문은 풍비박산하였고, 대 이을 손도 남기지 못했네. 구양의 성은 나를 끝으로 단절될 것이니 구양이 남긴 구천무예 역시 그 뒤를 따르는 것이 맞지 않겠는가?"

한은 구양경을 사모했다. 말도 못했고 글도 쓰질 못했다. 만약 이 셋 중 하나라도 모자랐다면 구천무예는 세상에 나오지 못했으리라. 복수가 끝나면 구천무예는 구양세가와 함께 사라질 것이다.

"하나 자네의 제자가……."

"흘흘, 딱한 사람. 그 아이는 구양의 성을 잇지도 못했을뿐더러, 검을 든 이유 역시 구양세가가 아니라 경이를 위해서였네. 또한 그 아이에겐 구천무예를 후인에게 전수할 방법도 의무도 책임도 없네. 나 역시 타 성씨의 손에 이어지는 것을 바라진 않고……."

누구도 꺾지 못할 자존심이다. 무공에 대한 자부심이고, 구양이란 가문의 자긍심이다. 천하제일을 논했던 가문. 구천무예로 천하제일에 오를 수 있는 이는 구양세가 사람뿐이라 외치고 있는 것이었다.

"하나……."

"개방도 구천무예를 원하는 것이 아니라면 그만 가주시게."

단호한 거절이었고, 재고시킬 명분조차 없었다.

한편으론 섭섭했다. 그래도 그의 고통과 외로움을 가장 가까운 곳에서 보아왔다 생각했건만, 두 사람 사이에 그어진 선은 함부로 발을 내딛기가 겁날 정도였다. 구양문의 시선은 이미 문밖을 향해 있었다.

"…또 오겠네."

"멀리 못 나가네."

홀로 남은 구양문이 힘이 부친 듯 자리에 누웠다. 밖에선 소동이 점심을 준비하는 듯 부산히 움직이고 있었다.

"…이제 다 끝나가는구나."

나지막한 목소리. 잠든 듯 보였던 구양문의 입술이 천장을 향해 달싹거렸다.

"용케 여기까지 왔어. 참으로 어려운 일이었건만… 잘해주었다."

승산은 일 할도 되지 않았다. 구천무예를 전수할 수 있을지도 문제였고, 죽기 전에 과연 결말을 볼 수 있을지도 문제였다. 하나 그는 보란 듯이 해냈다. 자신을 위해서가 아닌 구양경을 위해서.

"참으로 몹쓸 짓이었어. 네가 원한 일이긴 하지만… 쿨럭! 내가 지운 짐이니… 쿨럭쿨럭!"

격한 기침이 방 안을 뒤흔들었다. 하나 늙은이의 침울한 독백은 기침마저 잦아들게 만들었다.

"이제 남은 자는 하나. 네 역할은… 여기까지구나."

짓무른 눈가로 물기가 스미고 있었다.

"나중에… 구천에서라도 다시 만나면… 사죄하마."

눈가에 맺힌 눈물이 주름진 얼굴을 타고 흘렀다. 세월의 고단함 때문이 아닌 마음의 짐이 버거운 까닭이었다.

"…이젠 …그 아이의 곁으로 가거라."

마지막 읊조림이 끝날 때쯤엔 얼굴을 적셨던 물기도 말라 있었다.

"노야! 진지 드세요!"

얼마의 시간이 지난 후, 쾌활한 목소리와 함께 소동이 방문을 열었다. 하나 소동을 맞이한 것은 잘 정돈된 이부자리와 주인 잃은 초옥의 쓸쓸함뿐이었다.

		*		*		*

술잔을 채웠다.

'그는 세상 속에서 살지 못하오.'

술잔을 비웠다.

'어리석은 소리. 아무리 심산유곡에 들어가 숨는다 하더라도 천하인 모두의 이목은 벗어날 수 없소. 몇 년은 조용할 수 있을지 모르나, 장담하건대 마지막이 평온하지는 못할 것이오.'

다시 잔을 채웠다.

'물론 그는 죄인이 아니오. 하지만 그 어떤 죄인보다도 위험한 사람이지. 정말 그가 구천무예의 망령을 떨쳐 낼 수 있다고 생각하시오?'

다시 잔을 비웠다.

'걱정 마시오. 개방이 그의 곁에 있을 것이오. 소림과 무당도 그를 모른 척하지 못할 것이고. 실마 그내들이 이 세 방파보다 나을 것이라 생각하는 것이오?'

또다시 잔을 채웠다.

'맞소. 당신들이 도움이 될지도 모르오. 하지만 도움이 되는 만큼 짐이 될 여지도 크다는 걸 왜 모르시오?'

또다시 잔을 비웠다.

'진정으로 그를 위한다면… 잊어버리시오. 그의 복수는… 끝났소.'

마지막 잔은 채우질 못했다. 그 잔을 채우고 나면 정녕 마지막이 될 것만 같아서.

		*		*		*

비원. 대외적으로 동창이 북경에 소유한 여섯 개의 전각 중 하나. 동창의 심장부와 가장 멀리 떨어져 있으면서도 가장 많은 인물들이 왕래하는 곳.

왕래? 포승에 묶여 들어섰다가 거적에 씌워져 나오니 왕래는 왕래다. 동창의 위사들조차 고개 돌리길 꺼려하는 곳. 비원은 동창의 가장 어두운 곳에 있었다.

"끄아아악! 이놈들… 차라리 죽여라! 끄아악!"

"제발, 난 아무것도… 으아아악!"

전각의 지하로 이어진 문이 열리자 찢어질 듯한 비명이 들려왔다. 비원의 침묵이 깨어지는 순간은 그때뿐이었다. 웅장한 전각은 참혹함을 감추기 위한 장식일 뿐이었다.

"조금 는 것 같군?"

"호부 쪽에서 반역 모의가 있었습니다. 정오품 이하의 소장파가 주축이 되었던 것인데, 소문 타기 전에 모두 잡아들였습죠."

"몇이나?"

"호부 경력사(經歷司) 각사난중(各司郎中) 유구림(劉九林) 외 스물다섯입니다."

"쯧쯧, 아는 것이 적을수록 용맹한 법이지. 호부시랑도 골치깨나 썩겠군. 일손이 스물다섯이나 달리면 제대로 등청이나 할 수 있을는지……."

어두운 복도의 좌우를 가득 메운 철문들. 살 썩는 냄새가 사방에 진동했지만 용호는 그러한 것에 익숙한 듯 거침없이 걸음을 옮겼다. 물경 이백여 개에 달하는 철문들. 끊임없는 비명과 신음이 어두운 뇌옥을 더욱 어둡게 만들고 있었다.

"아무튼 수고가 많았네."

"저희보다 백위가 고생했습죠. 하룻밤 사이 스물다섯이나 끌고 들어왔는데도 아직 저자(거리)에 소문도 나지 않은 걸 보면."

비원주는 솔직했다. 그래서 믿을 수 있었고.

"그는 요즘 어떤가?"

용호의 물음에 비원주의 눈이 무의식적으로 주위를 살폈다. 그리고 뇌옥의 비명이 닿지 않는 곳에 당도한 후에야 입을 열었다.

"…이번 달에만 다섯이 당했습니다."

"다섯이나? 아직도 기운이 팔팔한 모양이군."

"예. 사 년 전이나 지금이나……."

철컹!

문이 열리는 소리만으로도 이곳이 얼마나 튼튼히 지어진 곳인지를 알 수 있을 것 같았다. 근 세 치에 이르는 철문과 한 자 두께의 석벽. 이 정도의 뇌옥이라면 천하에 다시없을 고수라도 빠져나오기 어려워 보였다.

"정말 혼자 괜찮으시겠습니까?"

"괜찮아."

"조심하십시오. 요즘 들어 발작이 더 심해졌습니다."

"내 걱정 말고 문이나 닫게."

철문이 닫히자 사방은 완벽한 어둠에 휩싸여 버렸다. 하나 용호는 용케도 의자를 찾아 앉으며 입을 열었다.

"잘 지냈느냐?"

대답은 없었다.

"애꿎은 간수들은 손대지 말거라. 하긴, 그 짓도 더 이상은 힘들 것 같지만. 조만간 끝날 것 같다."

이번에도 대답은 없었다. 하나 무시와 침묵은 그 의미가 달랐다.

"참 대단한 사람이야. 삼 년 만에 그런 괴물을 만들어내다니. 너도 기억나지? 한이라고… 덩치 산만 한 구양경의 몸종. 지금은 무창살귀라고 불려."

미세한 움직임. 불빛조차 없는 뇌옥이었지만 용호를 향한 두 개의 붉은 눈동자가 스스로 빛을 발하는 듯했다. 용호는 그의 눈을 직시하며 말을 이었다.

"살귀라는 외호가 부끄럽지 않아. 그놈이 베어낸 자만 수백이고, 그중엔 내로라하는 고수도 적지 않아. 구양가주… 구천무예를 훌륭하게 부활시켰어."

어둠 속의 반짝임이 흔들렸다. 안타까움과 열망이 뒤섞인 묘한 느낌. 사내는 흥분하고 있었다.

"인정이라곤 눈곱만큼도 없어. 뭐, 그만큼 원한이 깊다는 이야기겠지. 가로막는 것은 닥치는 대로 베고 부수고. 그 짧은 시간 동안 여섯이나 찾아내 베다니……."

"으음……."

신음 소리. 어둠 속의 그는 분명 여섯이라는 말에 반응했다. 그리고,

"너도 알겠지만 이제 그놈의 효용은 끝났어. 남은 건 구양가주에게 돌아가는 것뿐이야. 계획대로……."

"…죽고 싶은가?"

더 말을 이을 수가 없었다. 어둠 속의 사내는 목소리만으로 뇌옥의 모든 흐름을 정지시켜 버렸다. 살의? 기세? 뇌옥을 장악한 존재감은 그런 말들로 설명될 것이 아니었다.

"다섯이나 잡아먹었다더니… 기운이 넘치나 보구나."

"…뇌옥 안으로 들어오는 것들 중에… 산공독에 절지 않은 것은… 그놈들… 뿐이었으니까."

뇌옥 안의 악취는 시신 썩는 내였고, 사내가 풍기는 존재감의 정체는 먹이 사슬의 본능에 기인한 원초적인 공포였다. 사내의 붉은 눈. 식인(食人)의 증

거였다.

"네 힘으로 이곳을 나갈 수 있다고 생각하느냐?"

"…두고 보면… 알 거야."

"나가서 무얼 어쩌려고?"

"…두고 보면……."

"…소림이라도 찾아갈 테냐?"

더듬더듬 이어지던 목소리가 맥없이 끊겼다. 그리고 사내의 존재감이 약해진 틈을 타 용호가 빠르게 말을 이었다.

"누굴 만나 무엇을 이야기할 테냐? 금가장의 혈겁을 일으킨 자가 누구인지 밝힐 수 있느냐? 구양세가에 얽힌 과거도 모두 밝힐 수 있겠느냐? 전부 다? 내가 누구인지… 네가 누구인지까지 전부?"

말을 잇던 용호가 미간을 찌푸리며 한 발 물러섰다. 어둠 속에서 밀려드는 음습한 기운에 전신의 털들이 곤두서고 있었다.

사내의 존재감이 사라진 자리. 그 자리를 대신한 것은 공포를 압도하는 기세의 발현이었다.

'이놈… 어느새 이 정도까지?!'

바닥에 침잠되어 있던 악취가 소용돌이에 휘말리며 뇌옥 안을 휩쓸었다. 하나 용호의 이마로 흐르던 땀방울은 고약한 냄새 때문이 아니었다.

'…이미 신체의 벽을 넘어섰구나. 아니, 그 이상인가?'

가보지 못한 길이기에 단정할 순 없었지만, 이런 엄청난 신위가 고작 사성의 경지일 리 없었다. 상식의 틀을 지키기 위해서라도 그래선 곤란했다.

한데 비지땀을 흘리던 용호가 눈을 크게 떴다. 질풍처럼 휘몰아치던 기세가 한순간 씻은 듯이 사라져 있었다. 그리고…

"그놈은… 어떻게… 되는 거지?"

사내의 목소리는 깊이 가라앉아 있었다. 끓어오르는 감정을 억지로 짓누르고 있는 것이다. 이성이 대화를 원할 때 응해주어야 했다. 기회는 자주 찾아오는 것이 아니므로.

"강호공적(江湖公敵)."

"그… 다음은?"

"소림과 무당."

"…불가(不可)."

"살귀가 죽으면 그가 나설 거다. 그가 나선다면… 십 년 봉문(封門)은 충분해."

또다시 내려앉은 정적. 하나 이전과 같은 광풍노도는 없었다. 대신,

철그렁.

용호의 목울대가 조용히 내려앉았다. 우렁찬 쇠사슬 소리와 함께 다가선 사내가 반 장 거리를 두고 멈춰 섰다. 역발산의 기세로도 끊지 못한 만년한철. 용호는 가까스로 사내의 범위를 벗어나 있었다.

두 사람의 시선이 허공에서 얽혀들고 있었다.

"내가… 허락할 것… 같은가?"

"사 년을 기다렸다. 더 기다리지 못할 것도 없고."

"내가… 그를 용서할 것… 같은가?"

"그것은 너의 선택. 하나 그는 늙었다. 어쩌면 올해를 넘기지 못할지도 모르지."

붉은 눈동자가 어둠 속으로 사라졌다. 용호는 그의 고민이 끝나기만을 기다렸다.

"예전부터… 묻고 싶었어. 당신은… 무얼 얻지?"

입 안이 바싹 마르고 있었다. 자신의 대답이 그의 고민을 결정지을 것이다. 어설퍼서도, 간교해 보여서도 곤란했다. 어쩌면 그를 설득할 수 있는 마지막 기회가 될런지도 몰랐다.

"아무것도. 하지만… 이미 삼십 년 전에 결정한 일이다. 그날… 강보에 싸인 너를 안았을 때."

어둠 속에 숨었던 붉은 눈이 천천히 고개를 들었다. 하나 용호의 눈은 그 너머의 어둠을 향해 있었다.

"믿으라 말하진 않겠다. 말하지 않아도… 이미 알고 있을 테니."

사내의 붉은 눈동자가 미세하게 흔들렸다. 그리고…

"…거절… 한다면?"

사내의 결정은 끝났다. 용호 역시 그의 결정을 존중했다.

"달라지는 것은 아무것도 없지. 세상 사람 모두가 그리 알고 있듯 구양세가는 멸문할 것이고, 구천무예는 사라질 거다. 물론 네가 어떤 선택을 하든 소림과 무당은 봉문하게 될 것이고, 구양이란 이름과 얽힌 모든 원한도… 함께 봉인될 거다. 영원히."

용호의 시선이 사내에게로 향했다. 하나,

철그렁.

침묵하던 사내는 그의 시선을 외면한 채 천천히 뒤로 물러섰다. 그리고 아무 일도 없었다는 듯 어둠 속으로 사라져 버렸다.

하지만 뇌옥을 나서던 용호의 입가엔 뜻 모를 미소가 엷게 지어져 있었다.

'살귀를 서둘러 처리해야겠어. 천하제일인은… 오직 한 사람이어야 하니까.'

＊　　　＊　　　＊

마지막 마차가 성문을 빠져나왔다. 성문이 매몰차게 닫히고 있었지만 지는 태양도, 마차를 몰던 가패도 그것에 아쉬워하지는 않았다.

"정말 이대로 잊을 수 있어?"

예향의 물음에 대답할 필요는 없었다. 둘 다 의미 없는 물음이라는 걸 안다. 잊혀지면 잊는 거고, 아니면 못 잊는 거고. 문제는 그런 것이 아니었다.

"정말… 이게 그를 위한 걸까?"

앞선 질문은 이 질문을 위한 것이었다. 그를 잊는 것이, 이대로 떠나는 것이 정녕 그를 위한 것인지 묻고 싶었던 게다. 하나 가패는 대답하지 못했다.

"우린… 이제 어떻게 하지?"

"숨어야지."

"그리곤?"

"기다려야지."

"누굴?"

몰라서 묻는 게 아니라 확답을 받고 싶은 거다. 그가 자신을 찾을 거라는 그 말이 듣고 싶은 거다. 억지인 걸 알지만 그렇게라도 희망을 품고 싶은 거다.

"저들은 아직 모르고 있다. 그놈이 어떤 놈인지."

"맞아. 모르고 있지. 복수가 끝났다고? 홍! 그걸 결정하는 건 땡중도 아니고 말코도 아냐. 거지발싸개들."

예향의 목소리에 잠시나마 생기가 어렸다. 하지만,

"그렇지만… 그런다고 그가 우리를 찾을까? 어차피 복수는……."

"모르지. 모르니… 기다려야지."

가패의 말에 예향은 또다시 고개를 무릎 사이로 파묻었다. 덜컹거리는 마차가 지는 해를 맞아 긴 그림자를 드리우고 있었다.

"살아 있겠지?"

"물론."

처음으로 확신에 찬 대답이 들려왔다. 소림과 무당과 개방이 그를 찾고 있다. 살아 있다는 심증이 있으니 찾는 거다. 철중산이 많은 이야기를 해주긴 했지만, 분명 자신들에게 숨기는 것이 있다. 그것을 그가 살아 있다는 반증으로 생각하기로 했다.

'누군가 있다. 소림과 무당과 개방이 공조해야 할 정도로 큰 힘을 가진 누군가가.'

어렵지 않은 짐작이었다. 아마도 철중산은 그 이야기를 해주며 일의 중함을 알아서 깨닫고 물러서길 바랐을지도 모른다.

'구파일방 중 세 문파가 힘을 합해야 할 무언가라…… . 심란하군.'

가패는 머리가 아파왔다. 그의 복수가 그렇게 큰일이던가? 아니다. 그의 복수는 소소한 일이다. 그가 문제다. 그가 익히고 있는 구천무예가 문제다. 그것이 천하제일이란 이름이 가지는 힘이다.

관도를 따라 움직이던 마차가 멈춰 섰다. 고개를 숙이고 있던 예향이 무슨 일인가 싶어 가패를 찾았다. 가패의 시선은 마차의 앞이 아닌 뒤를 향해 있었다.

"왜 그래?"

"움직이지 마."

가패는 조용한 속삭임과 함께 도를 잡았다. 그 모습에 놀란 예향이 몸을 움츠리며 고개를 돌렸다. 마차의 뒤. 넓게 펼쳐진 황금 들판엔 바람 소리만이 가득했다.

"…꼬리가 잘렸다."

성에서부터 따라온 움직임이 있었다. 십중팔구 개방의 미행. 한데 바람 소리에 묻힌 소음과 함께 그 움직임이 사라져 버렸다.

가패의 손이 도를 움켜잡았다. 한데,

"따라오시오."

갑작스러운 전음. 뒤를 바라보고 있던 가패가 황급히 고개를 돌렸다. 관도 위로 길게 이어진 그림자. 달갑지 않은 손님이었다.

'그를 찾는 놈인가?'

찾아야 할 이는 있으나 찾아올 이는 없다. 마음을 정한 가패가 도를 들고 일어섰다.

하나 그것은 가패의 착각이었다. 아직 그들에게도 찾아올 이 하나쯤은 남아 있었다.

"손 옹이 기다리고 있소."

*　　　　*　　　　*

홀로 남은 말들이 투레질을 하며 밤이슬을 쫓고 있었다. 마차는 텅 비어 온기를 잃어가고 있었다.

"찾았나?"

"없습니다. 근방 십 리 안에는 흔적이 없습니다."

"젠장!"

마차를 돌아보던 거지가 인상을 구겼다. 뒤를 밟으라 보냈던 걸개는 정신을 잃은 채 논두렁을 구르고 있었다. 너무 다급히 내려온 명이라 걸개를 미리 보내었던 것인데, 설마 성을 떠나고 반 시진도 되지 않아 그들이 사라질 줄은 미처 예상치 못했다.

"가장 가까운 분타가 어디지?"

"보정분타입니다."

"음……."

구겨진 이마의 주름이 허리에 매인 네 가닥의 매듭과 닮아 보였다. 총단에서 급파된 사결제자. 총타의 사결이면 오결의 분타주와 비등한 지위였지만, 그 분타가 보정분타라면 얘기가 완전히 달라진다.

'그 인간이 움직여 줄까?'

그에게 부탁하는 것이 마땅친 않았지만, 고민만 하고 있을 수는 없었다. 법개가 직접 내린 특명. 실수는 용납되지 않는다.

"넌 지금 당장 보정분타로 가라. 가서……."

*   *   *

"어이쿠, 살아 있었구먼."

문을 열고 들어온 이는 정녕 손 노인이었다. 가패와 예향이 반갑게 그의 손을 잡았다. 근 달포 만의 재회. 생사가 불분명했던 세 사람이 다시 만나 손을 굳게 잡았다.

"어찌 된 거요?"

"흘흘, 그게 말이지……."

손 노인이 고개를 돌리자 문으로 또 한 사람이 걸어 들어왔다. 그가 누구인지를 확인한 가패와 예향이 눈을 크게 떴다.

"냉 의원?"

"오랜만이오."

손 노인을 찾아내고 가패와 예향마저 불러들인 이. 그는 안휘 무명산에서 도움을 받았던 냉 의원이었다.

"의외로군."

"그럴 거요."

강호인들을 경멸한다던 냉 의원이었다. 그가 손 노인과 함께 있다는 것도 의외였고, 안휘가 아닌 하북에 있다는 것도 의외였다. 물론 이유를 짐작하려면 못할 것도 없었지만.

"혹시 당신도?"

"그렇소."

"당신이… 그를 왜?"

당연한 물음. 예향의 물음처럼 냉 의원이 그를 찾을 이유가 없었다. 하나 그것은 그들의 짐작일 뿐, 냉 의원은 그를 찾아야 할 충분한 이유가 있었다. 그것도 두 가지씩이나.

"사실 나도 그에게 빚을 졌소. 그가 아니었다면, 나는 아직도 무명산의 동혈에서 벗어나질 못하고 있었을 것이오."

냉 의원의 설명은 간단했다. 그는 조망수향이라는 극독의 해약을 찾고 있었다. 수년간 연구한 끝에 대부분의 배합을 알아내었고, 마지막 관문만을 남겨둔 채 동혈로 올랐다. 시험은 성공적이었고 예상보다 빨리 해약을 만들어 산을 내려올 수 있었다.

"한의 신체를 내관하던 중 의학의 상리와는 맞지 않는 무언가를 발견하게 되었소. 그도 숨기고 싶은 부분일 것이기에 설명해 줄 수는 없지만, 그것으로 인해 나는 마지막 해약을 찾아낼 수 있었소."

두 개의 단전. 냉 의원은 무학은 물론 의학의 상식과도 맞지 않는 한의 상태에서 큰 묘리를 찾아낼 수 있었다.

그가 찾지 못했던 마지막 성분. 그것은 성분이 아닌 조화로움이었다. 임독양맥에 따로 영향을 미치는 독. 그것은 다섯 번째의 미지독이 아닌 다른 네 가지 독이 융합하여 만들어지는 제삼의 독이었다. 냉 의원은 마지막 시술 직전, 그 묘리를 떠올리고는 전혀 새로운 방법으로 실험을 하였다. 두 개의 독을 따로 분리하여 서로 상충시켜 본 것이었다. 실험은 성공. 독과 독의 상충만 막을 수 있다면, 지금까지의 연구만으로도 공주를 해독시킬 수가 있는 것이었다.

"지금 공주 마마께서는 놀랄 만큼 빠르게 호전되고 계시오. 만약 그때 그를 만나지 못했다면, 공주 마마는 물론 나 역시 그 동혈에서 생을 마감했을지 모르오."

누구도 알지 못했던 이야기. 죽었다 알려진 황실의 인물이 공주였고, 아직도 살아 있었다는 것. 결국 지난 오 년간의 열정이 공주를 살려낸 것이었다.

"고마움을 전하고자 찾는 것 같지는 않은데……."

가패의 말에 냉와운이 고개를 끄덕였다. 한을 찾는 이유가 고마움은 아니라는 뜻. 냉와운이 그를 찾는 진짜 이유는 두 번째였다.

"그에 대한 이야기는 귀에 못이 박히도록 들었소. 살귀라는 악명이 거슬리기는 하지만, 적어도 그만한 실력이 있다는 이야기겠지."

"그게 무슨 소리요?"

"…그가 필요하오. 내가 아니라 대명황실에."

막사 안에 내려앉은 정적. 경악으로 물든 막사 안에선 숨소리조차 들려오지 않았다.

*　　　　*　　　　*

산행 얼흘 만에 치음으로 사람과 미주쳤다. 흔히 볼 수 있는 약초꾼들. 그녀가 들고 있던 철검이 아니었다면 그렇게 서둘러 자리를 피하지 않았을는지도 모른다.

"며칠 안으로 마을과 만날 수 있을 거예요."

알고 있다. 이미 며칠 전부터 사람의 냄새를 맡고 있었으니까.

'…길어야 이틀.'

능선을 따라 이어진 길이 조금씩 윤곽을 분명히 하고 있다. 사람들의 왕래가 그만큼 잦다는 뜻. 멀지 않은 곳에 인가가 있을 것이다. 아마 늦어도 모레쯤이면 밥 짓는 냄새를 맡을 수 있을 것이다.

"약초꾼들의 말이 맞다면, 우리는 하북 땅으로 들어서게 될 거예요."

약초꾼들은 곡양(曲陽)에서 온 이들이었다. 하북이 고향인 모용상아에겐

익숙한 이름. 자신들은 산서와 하북의 경계인 태행산맥(太行山脈)을 넘어온
것이었다.

"곡양은 그리 크진 않지만 작지도 않은 곳이에요. 그러니 일단 곡양은 피
해야 해요. 관도보다는 평야를 가로지르는 편이 나아요. 추수도 모두 끝나
사람과 부딪치는 일은 없을 테니까."

목소리에 힘이 없다. 걸음도 늦다. 산을 내려간다는 것에 안절부절못하고
있다. 하나 그 와중에도 그녀의 머리는 다음 여정을 준비하고 있었다.

"…알았죠? 무슨 일이 있어도 사람과 마주치는 일은 없어야 해요. 혹 마주
친다 해도 가급적……."

싸우지 마라. 죽이지 마라. 참으로 당연한 이야기임에도 모용상아는 말을 주
저하고 있었다. 나름대로 배려하는 것이다. 악명 자자한 무창살귀에 대한 배려.

'…그래. 노력해 보마.'

너무 조심스러워 보기 안쓰러울 정도다. 눈도 못 마주치고 있다. 도와준다
고, 자신을 살리겠다고, 혈로를 함께하겠다고 말하면서도 자신을 바라보지
못하고 있다.

"나 우습죠?"

여자는 여자다. 어제는 울고 오늘은 웃는다. 제멋대로 구는 데도 여간 간
살스러운 게 아니다. 보고 있는 것만으로도 재미있다. 함께 있는 것만으로도.

'우습지. 네 모습엔… 웃지 않을 수 없지.'

한의 손길이 또다시 모용상아의 머리를 쓰다듬었다.

하나 행복해야 할 모용상아의 얼굴에서 웃음이 사라지고 있었다.

"…같이 가요."

작하다 어루만지던 손길이 밈췄다. 하지만 모용상아의 흐느낌은 멈추지
않았다.

"산을 내려가던… 누구와 싸우게 되던… 같이."

모든 것이 멈췄다. 손길도 눈길도, 고동치던 심장마저도.

'같이… 너와 내가……'

여자의 눈물이란 참 요상하다. 어제 흘린 눈물엔 가슴이 먹먹했는데, 지금 흘리는 눈물엔 갈증이 인다. 제멋대로 손끝이 떨리는 묘한 기분. 가슴 어림의 뿌듯함이 나쁘지 않다.

그도 남자다. 맹목적인 순정 앞에선 여느 남자와 다를 바가 없다.

예쁜 아이다. 마음 한구석 욕심이 나는 아이다. 그 아이가 울고 웃는다. 그 감정의 엇갈림이 혼란스럽다. 그 감정이 자신을 향해 있음이 놀랍고, 또 두렵다. 그 감정이 동정이든, 아니면 다른 어떤 것이든 간에.

생각해 보면 그리 어려운 일도 아니지 않은가? 가패와도 함께 다녔고 예향과도 함께 다녔다. 손 노인도 있다. 이 아이도 다르지 않다. 그들처럼, 지금처럼 같이하면 되는 거다. 영리한 아이고, 믿을 수 있는 아이다. 분명 도움이 될 것이다. 못할 것도 없는 일.

머리를 쓰다듬던 손길이 사라졌다. 가슴 졸이던 모용상아가 내키지 않는 고개를 들었다. 그리고…

"…고마워요."

웃고 있었다. 고개를 끄덕여 주었다. 네 뜻대로 해주마 하며 웃고 있었다.

두 사람은 다시 걷기 시작했다. 걸음도 더 이상 느리지 않았다. 조잘거리는 목소리에도 생기가 돌았다.

더 바랄 것이 없었다. 이대로 그의 곁에 있을 수만 있다면, 어떤 미래와 마주치게 되더라도 두렵지 않을 것 같았다. 모용상아는 그렇게 생각하고 있었다. 어리석게도.

*   *   *

"정녕 떠나야겠소?"

"흘흘, 미안허이. 아니지, 부마께선 너무 심려하지 마오소서."

손 노인의 농에도 냉와운의 표정은 풀어지질 않았다.

"지금 하북은 복마전이나 다름이 없소. 그 위험한 곳을 어찌……."

"지금까지도 그리 편한 길은 아니었소."

짐을 챙긴 가패가 퉁명스러운 목소리로 대답했다. 냉와운의 만류에도 그들은 끝내 한을 찾아가겠노라 고집을 부리고 있는 것이었다.

"그럼 따로 무사들을 붙여줄 터이니……."

"그러지 마시게. 우리도 제법 유명해졌다네. 괜한 오해를 살 필요는 없지."

손 노인은 냉와운의 배려를 정중히 거절했다. 살귀의 일행이라는 꼬리는 쉽게 잘라지지 않을 것이다. 지금 하북은 한을 찾는 이들로 넘쳐 나고 있었다. 어쩌면 가패 일행을 알아보는 자가 있을지도 모른다. 그런 일이 벌어졌을 때 입장이 곤란해지는 건 가패 일행이나 그나 매한가지일 터.

"걱정 마시게. 그를 찾으면 냉 어의의 뜻은 분명히 전해줌세."

"꼭 가야만 하겠소?"

"어쩌겠는가? 그러려고 하북까지 찾아온 것인데."

못 말릴 고집불통들. 하나,

"너무 염려하지 마십시오. 저희도 만반에 준비를 하고 있으니 그리 큰 문제는 일어나지 않을 것입니다."

중년인. 병부시랑 우겸(于謙)의 행동은 조심스럽기 그지없었다.

황실의 사자. 그는 공주가 임명한 사자였고, 그녀의 오라비인 황제가 윤허한 권력을 지닌 이였다. 물론 그 내면엔 부마라는 밀어가 담겨 있기는 했지만.

냉와운의 지극 정성이 아니었다면 공주는 오래전에 죽었어야 할 목숨이었다. 고작 열한 살에 불과했던 어린 공주. 하나 지난 오 년의 세월은 공주를 여인으로 만들어놓았다. 자신을 위해 오 년을 희생한 남자라면, 아무리 공주라도 마음을 열기에 충분했을 것이다.

우겸의 말에 냉와운이 고개를 끄덕였다. 그들이 직접 찾아가 뜻을 전해준다면야 더 바랄 것이 없었다. 하나 위험할 것이 분명하니 떠나는 그들을 반길수만도 없는 일.

"부탁할 염치가 없군요."

"아닐세. 오히려 우리가 고맙지. 어찌 되었든 자네도 그를 위해 나서준 것 아닌가? 그거면 됐지 뭐."

"짐 다 챙겼으면 빨리 가요."

예향의 재촉에 가패와 손 노인이 짐을 들었다. 짐이라 봐야 얼마간의 양식과 옷 보따리, 그리고 가패가 걸머진 한의 묵검이 전부였다.

"병부시랑, 이들에게 마차를 내어주시오."

"알겠습니다."

우겸의 뒤를 따라 가패 일행이 내실을 나섰다. 그때 마지막으로 방을 나서던 가패가 잠시 걸음을 멈췄다.

"고맙소."

짧은 인사를 남긴 가패가 이내 뒤돌아섰다. 그 뒷모습을 바라보던 냉 의원의 입가에 미소가 지어지고 있었다.

'마마, 보이시나이까? 부디 염려하지 마오소서. 저런 진정을 얻을 수 있는 이가 피에 미친 광인일 리 없지 않습니까?

*　　　　*　　　　*

'어떻게 해야 할까?

원수는 여덟. 이제 둘이 남았다.

하지만 그것으로 끝이 아니었다. 그들을 조종한 음모의 주재자. 그를 남겨놓은 채론 그녀의 한을 풀었다 말할 수 없었다.

'소림과 무당은 그들의 정체를 알고 있을까?'

아마 모를 것이다. 알았다면 지난 사 년의 세월이 우스워진다. 미리 알았다면 복수는 자신의 몫이 아니라 그들의 몫이 되었겠지.

'그들은?'

원수들을 찾아준 그들도 모를 것이다. 알았다면 말하지 않았을 이유가 없다.

'누구일까? 정녕 동창일까?'

그럴 수도 있다. 모용상아의 말대로 지금까지의 일이 모두 용호란 자의 소행이라면, 동창은 그 혐의를 부인할 수 없다.

'일단은 용호, 그자를 찾아야 한다.'

가장 분명한 실마리. 무창의 강물 위에서 마주친 관원. 그가 정녕 자신의 뒤를 삼 년간이나 뒤쫓은 자라면, 그리고 자신에 대해 모든 걸 알고 있었다면 자신이 모르는 것도 알고 있을지 모른다.

'나 혼자서는 불가능한 일. 도움이 필요해.'

단 노인의 얼굴이 떠올랐다. 주인과의 인연으로 자신의 복수를 돕는 노인. 하나 그가 보여준 눈빛들은 조력 이상의 무언가를 담고 있었다. 의지가 되는 따스함. 그는 믿을 수 있었다.

지금 당장 가장 믿을 수 있는 이는 그 사람뿐이었다. 그리고…

'…녀석.'

깊이 잠들지 못했나 보다. 작은 꿈틀거림에도 놀라 깨려는 걸 보면.

'걱정 마라.'

한은 일으키려던 몸을 다시 기대며 모용상아의 어깨를 삼았다. 아직은 어두운 밤. 모용상아는 추위라도 타는 듯 한의 품을 찾았다. 버릇없는 녀석. 이제는 제집 안방 드나들 듯 품에 안긴다. 밀어낼 수 없다는 걸 다 안다는 듯.

"…알죠?"

잠꼬대 같은 물음에 한은 고개를 끄덕였다.

"그럼 됐어요."

한의 대답에 모용상아는 입가에 미소를 지으며 다시 눈을 감았다. 그녀가 눈을 감자 한의 입가에도 미소가 피어올랐다.

모용세가가 있는 용성은 이틀 거리. 자신 혼자였다면 하루면 충분할 테지만, 한은 모용상아를 재촉하지 않았다.

'그런가요?'

하늘에 걸린 별들이 무척이나 많았다. 한은 그 많은 별들 중에 숨어 있던 별 하나를 용케 찾아냈다.

'마음의 벽을 깬 후, 더 이상 두려울 것은 없을 거라 생각했는데…….'

구천무예가 정해놓은 세 가지 벽. 한은 자신의 경지를 마음의 경지라 단정했다.

'그래요. 당신 말이 맞아요.'

그녀의 목소리는 언제 들어도 감미롭다. 저 높은 곳에서도 변함없이 자신을 놀리고 있음에도.

'나는 겁쟁이랍니다. 예나 지금이나…….'

하늘을 향했던 고개가 숙여졌다.

'그래도 후회하지는 않는답니다. 내가… 용기내지 못했던 것에…….'

후회란 지나간 세월에 대한 푸념이다. 항상 마음속으로만 그려야 했던 소망. 결국 내딛지 못한 발걸음. 홀로 추슬러야만 했던 욕심. 끝끝내 말하지 못했던 순간의 아련함이다.

'어쩔 수 없었다 생각하렵니다. 돌이킬 수 없다는 걸 인정하렵니다. 그때 그랬듯이 지금도 마찬가지……. 내가 바꿀 수 있는 것은 아무것도 없다는 것을 인정하렵니다.'

주인의 금지옥엽. 그리고 어느 날 자신의 주인이 되어버린 여인. 종으로
태어나 가장 행복했던 일은 마지막까지 그녀의 종으로 살아갈 수 있었던 것
뿐. 이루어지지 못할 것이었기에 더욱 아름다운 꿈이었다.

'그래서 멈추지 않으려고요. 무언가를 바꾸려 검을 든 것이 아니었으니까.
검을 들지 않을 수 없었을 뿐이니까.'

약속했다. 모든 걸 버리겠다고. 욕심도, 후회도, 미련도. 남은 것은 처음의
약속뿐이다. 복수를 하겠다던 그날의 다짐뿐.

'아니요. 이젠… 꿈꾸지 않으렵니다.'

눈감고 있던 한이 피식 웃으며 고개를 저었다.

'예, 당신 말이 옳아요. 난……'

웃었다. 허무 후에 남은 건 웃음뿐이었다.

'당신을 은애한 시간이 단꿈이었다면, 내 손으로 검을 쥔 지금은 악몽. 이
젠 그 어느 쪽이든… 결국 깨어짐을 알기에……'

야공에 반짝이던 별 하나가 빛을 잃으며 사라졌다. 하늘에서 사라진 빛은
한의 눈꼬리에 매달려 있었다.

'단꿈이든 악몽이든 꿈에서 깨어나야 한다는 건 두려운 일입니다. 그래서
피하려고요. 다신 꿈꾸지 않으려고요. 당신 말처럼… 난 겁쟁이니까.'

＊　　　　＊　　　　＊

두두두두!

다섯 필의 말이 흙먼지를 일으키며 질주하고 있었다. 게거품을 문 말들을
보니 먼 길을 쉬지 않고 달려온 듯했다. 하나 흙먼지를 뒤집어쓴 마상의 인물
들은 굳은 표정으로 지친 말들을 재촉하고 있었다.

"다행이군요. 하북이라니."

"다행은 개뿔. 나타나려면 좀 가까운 곳에서 나타날 것이지."

운경자의 전음에 단사덕이 투덜거렸다.

드디어 그의 종적을 찾았다. 태행산맥 근처에서 모용상아와 닮은 여인을 보았다는 약초꾼들. 그녀가 있는 곳에 그가 있을 공산이 컸다. 아니, 지금으로선 가장 확실한 지푸라기였다.

하남의 숭산과 한이 나타났다는 하북까지는 근 천 리 길. 전란을 알리는 긴급한 파발도 통상 이레는 걸려야 당도할 수 있는 거리였다. 하나 단사덕과 운경자는 이미 하북의 경계에 다다라 있었다. 밤을 잊은 채 달렸고, 건마 스무 필 이상을 희생시켰다. 각고의 노력으로 숭산과 하북을 닷새 만에 주파하는 신기를 보여준 그들이었지만, 그럼에도 불구하고 단사덕 일행은 말들을 게으르다 재촉하며 관도를 질주하고 있었다.

"아직까지 동창의 움직임이 잡히지 않는 것이 불안해."

"보이지 않는다는 건 그만큼 위험하다는 뜻이니까요."

"무당에서는 누가 내려오기로 했는가?"

"이대제자 스물입니다."

단사덕은 고개를 끄덕이면서도 내심 혀를 찼다. 이대제자 스물? 이대제자라면 현 장문인의 직계제자 배분이다. 혈혈단신으로 강호에 출도한다 하여도 능히 세인들의 관심을 끌 수 있을 고수. 그런 고수가 스물이라면 무당의 성의는 충분히 보여준 셈이다.

'소림의 십팔나한과 비교해도 우열을 가리기 힘들겠군.'

소림은 십팔나한을 출도시켰다. 무당검수와 소림나한. 양대 문파에서 하산시킬 수 있는 가장 강한 무인들이었다.

"죽으나 사나 내가 열 사람 몫이군. 우리 제자들은 영 신통치 못해서 말이지……."

"허허, 개방의 눈과 귀가 없었다면 소림과 무당은 눈뜬장님이었을 것입니다. 누가 있어 그 공을 무시할 수 있겠습니까?"

반은 맞고 반은 틀린 말이다. 개방이 아니라면 이토록 빨리 움직이지 못했을 것이기에 맞고, 늦어도 하루 이상 차이가 나지는 않을 것이기에 틀렸다. 소림과 무당은 장님이 아니다. 개방이 조금 더 빠를 뿐이다.

"다음 목적지가 어디라고 했소?"

후미에서 말을 몰던 임옥룡이 조광호에게 전음을 보냈다. 조광호는 이미 모든 일정을 꿰고 있는 듯 지체없이 답해주었다.

"무안(武安)이오. 개방 무안분타에서 말을 갈아타게 될 것이오."

"무안분타가 어디요?"

임옥룡이 고개를 돌려 이산에게 물었다.

"한 시진 정도만 더 가면 보일 거요."

무안분타에 도착한 것은 정확히 한 시진 만의 일이었다. 분타에 도착하기 무섭게 단사덕이 무안분타주를 찾았다.

"보고할 것 있으면 서둘러."

"살귀는 현재 북진 중입니다. 망도에서 청원(靑苑)을 지나 어제 서수(徐水)를 건넜답니다."

서수를 건넜다면 북경과는 지척이다. 일로북진. 그는 황제라도 만날 심산인가?

"여자는?!"

"어제까진 함께 있었습니다."

단사덕의 머리가 빠르게 회전하기 시작했다. 그가 북진할 이유가 없었다. 구양문이 몸을 숨기고 있던 곳과도 방향이 달랐다. 하지만,

'서수는 모용세가가 있는 용성의 초입 같은 곳.'

한이 북진한 이유를 알 것도 같았다. 아니, 반쪽짜리 추측이다. 그가 원수

나 다름없는 모용세가로 향하고 있는 이유는 알지 못하니. 아마도 그 이유는 그와 함께 있는 모용상아만이 알고 있겠지.

"다른 것은?"

단사덕은 무안분타주를 재촉했다. 서둘러야 했다. 이유는 나중에 들어도 된다. 만약 그가 모용세가에 안착이라도 하는 날엔 일이 더욱 어려워진다. 모용세가는 약하다. 강호의 외침은 무마시킬 수 있을지언정 동창은 막아낼 수 없다. 한데,

"그 외엔 특별한 것이 없습니다. 총단에서 사람을 찾는 것 말고는."

"사람?"

서둘러 일어서려 했던 단사덕이 고개를 돌리며 되물었다. 모든 신경이 살 귀에게 쏠려 있는 마당에 사람을 찾는다? 그것도 총단에서?

"지급으로 내려온 이급 밀지인지라……."

무안분타주가 운경자와 세 청년을 돌아보며 말을 아꼈다. 하나 단사덕의 호통엔 당해낼 재간이 없었다.

"이 자식아! 지금 똥 쌀 겨를도 없는 거 안 보여?!"

단사덕의 호통에 무안분타주가 자라처럼 목을 움츠린 채로 다가왔다. 하나 그의 은밀한 귓속말에 단사덕은 더 이상 그를 나무랄 수가 없었다.

"뭐? 그게 사실이냐?"

"예. 보정분타를 통해 어제 화상을 전해 받았습니다."

"내놔봐!"

단사덕의 외침에 무안분타주가 주저하면서도 소매 속에서 두 장의 화상을 꺼내어 건넸다. 단사덕이 펼친 두 장의 화상. 그들을 알아본 것은 단사덕만이 아니었다.

'가패와 예향?'

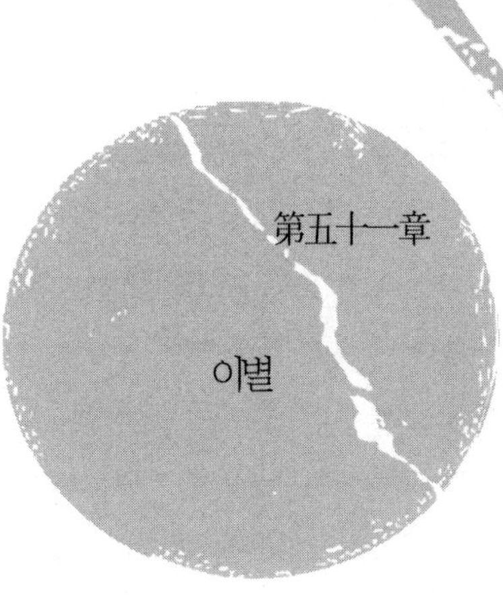
第五十一章
이별

"이제 그만 돌아갈까 합니다."

"아미타불."

모용중경과 일우 대사가 마주 앉아 있었다. 모용중경의 외모는 몰라보게 수척해져 있었다. 그간 마음고생이 얼마나 심했으면 딸아이의 생사도 확인하지 못한 채 돌아가겠노라 할까.

"너무 심려치 마십시오. 부처님의 가호 아래 무사히 돌아올 터."

"그래야지요."

짧은 인사를 마친 후 모용중경과 모용가의 사람들이 숭산을 내려갔다. 의욕을 잃어 축 처진 어깨. 산을 내려가던 뒷모습이 여간 안쓰러운 것이 아니었다.

"이대로 보내도 되겠습니까?"

"집으로 가겠다는데, 보내지 않으면 어찌하겠는가?"

지객당주인 일망의 걱정스러운 물음에도 일우 대사는 허허롭게 웃으며 고개를 저을 뿐이었다.

"은밀히 전서를 내보내는 모습이 여러 차례 목격되었습니다. 게다가 함께 모용세가를 나섰던 대제자 설기룡과 내율원의 무사들도 종적이 묘연합니다."

"이미 알고 있느니."

"다른 생각이 있는 것을 알면서도 어찌……."

일망의 물음에 일우 대사가 고개를 들어 하늘을 올려다보았다. 아직 겨울이 오려면 멀었건만, 가사를 파고드는 바람이 차갑기만 했다.

"저들의 행사가 본사의 행사에 걸림돌이 될 수도 있음입니다."

"그들이 걸림돌이라면, 본사 역시 모용세가의 걸림돌 아니겠는가."

일우 대사의 웃음에 일망이 얼굴을 붉혔다.

"본사와 저들은 다르지요. 저들은 속세의 원한으로 그를 찾는 것이고, 저희야……."

"…아미타불."

일우 대사의 침중한 불호에 일망 역시 조용히 불호를 외우며 합장했다. 산문 너머를 바라보던 일우 대사가 경내로 몸을 돌리며 말했다.

"저녁 예배가 끝나면 조사전의 법고(法鼓)를 울려주시게."

뒤따르던 일망이 멈춰 섰다.

"조사전… 입니까?"

"해시(亥時:21시부터 23시까지)쯤이 좋을 것 같아."

"…알겠습니다."

일우 대사의 그림자가 경내로 들어서고 있었지만 일망의 염주는 손 안에서의 구름을 멈추지 않았다.

'십팔나한으론 부족하다 여기시는 것인가? 정녕 장문 사형께선 이번 일을 소림의 위난이라 생각하시는 것인가?

소림의 사자후. 조사전의 법고는 소림의 장문이 내리는 지엄한 결단의 전조였다. 법고가 어떠한 결과를 가져오는지 잘 알기에, 일망의 번뇌는 쉽게 가라앉지 않았다.

'지금까지 법고가 가져온 결과는 두 가지뿐이다. 세속을 향해 계도를 뽑거나… 세속에서 눈을 거둔 채 봉문하거나.'

어찌 따져 봐도 작금의 현실과는 맞지 않았다. 구천무예나 구양세가의 원한 정도로 울릴 법고가 아니었다. 적어도 난이 일어나 승병을 출정시켜야 할 지경이 되거나, 감당키 어려운 위난에 봉문을 감수해야 할 정도가 되어야 울리는 것이 조사전의 법고였다.

'모르겠구나. 정녕 모르겠구나. 도대체 구천무예가 무엇이건데……'

일망의 걸음이 무거웠다. 하나 장문인의 명은 지엄한 것. 조사전주인 일공 사형에게 장문 사형의 뜻을 전하는 것도, 법고를 듣고 달려올 다른 삼당오전의 수좌들을 맞이하는 것도 결국은 지객당주인 자신의 몫이었다.

*　　　*　　　*

"네가 여긴 웬일이냐?"

운경자의 물음에도 단사의는 심드렁했다.

"아우가 형님 찾아오는 데도 이유가 필요하냐?"

"뭐? 네가 나 보고 싶어서 왔다는 그 거짓부렁을 믿으라고?"

"얼어 죽을. 동생이 그렇다는데, 좀 믿어주는 척이라도 해주면 어디가 덧나나?"

육십이 넘어도 형제는 형제인가 보다. 난사녁과 단사의의 투닥거림은 형제애의 또 다른 표현이었다.

"야! 애들은 저만치 빠져 봐라."

“물러가 있거라.”

단사의의 말에는 꿈쩍 않던 조광호와 임옥룡이었지만, 운경자의 명에는 자리를 피해야만 했다.

“무슨 이야기이기에 사람까지 물리고 난리냐?”

“살귀.”

“뭐? 너 혹시 그가 어디 있는지 아는 거냐?”

운경자의 물음에 단사의가 한발 물러섰다. 대신 단사덕을 바라보며 미소를 지었다.

“이젠 나도 좀 알아야겠어. 뭐가 어떻게 돌아가는 건지. 도대체 어떤 놈팡이기에 다 늙은 노인네들까지 이 고생을 해야 하는지. 왜 그런 살귀 하나 때문에 개방 전체가 들썩여야 하는지. 왜 소림, 무당, 개방의 세 거파가 구천무예 따위에 놀라 날뛰는 것인지.”

단사의의 말에 단사덕과 운경자의 표정이 심각해졌다. 대답은 어렵지 않았지만 확신이 서지 않았다. 아무리 형제와 친우라 하더라도 사문의 명보다 우선할 수는 없었기에. 한데,

“힘들면 이야기하지 않아도 돼. 나도 그냥 법개에게 전서 날리고 손 떼면 그만이니까.”

“그건 무슨 소리야?”

“구차하게 빌붙을 생각은 없다는 거지. 그리고 덤으로 형님이 궁금해할 것 같은 소식이 있는데, 그냥 위에다 보고나 올리고 마는 게 속편할 것 같다는 소리고.”

단사덕의 눈빛이 침중해졌다. 동생의 말은 허언이 아니다. 분명 자신이 알아야 할 무언가가 있다. 법개가 직접 움직였다면, 정녕 심상치 않은 일.

“아우야.”

“염병.”

"이보게, 친구."

"허어, 얼씨구?"

단사덕과 운경자의 간절한 목소리에 단사의가 어이가 없다는 듯 헛웃음을 터뜨렸다.

"너도 눈치가 있으니 우리가 하는 일이 얼마나 중요한 일인지 알 것 아니냐?"

"몰라. 나 같은 일개 분타주가 알면 얼마나 알겠어?"

운경자는 단사의와 막역한 사이다. 진심인지 허세인지 정도는 구분할 수 있다. 한발 물러서기로 한 것은 그의 진심을 읽은 탓.

"좋아. 알려주지. 대신, 니가 먼저."

운경자의 말에 단사덕이 무리하지 말라는 듯 눈짓을 보냈다. 하나 이미 단사의의 입가엔 의미심장한 미소가 걸려 있었다.

"흐흐, 걱정 마라. 아마 구미가 당길 거다."

"헛소리면 알아서 해."

단사덕의 으름장에 단사의가 누런 이빨을 내보이며 웃었다. 하나 성질을 내려던 단사덕은 낯익은 이름에 놀라 멈춰서야만 했다.

"혹시, 가패라고 알아?"

*　　　　*　　　　*

"돌아가지 않는다."

"가주의 명입니……."

말을 잇던 무사가 흠칫 떨며 물러섰다. 붉은빛이 김도는 두 눈. 그 신한 살기에 말을 잃어버렸을 정도였다.

"대기해라."

사내의 명에 무사는 말없이 고개를 숙이곤 막사를 나왔다. 막사를 나온 무사의 곁으로 몇 명의 사내가 다가왔다.

"어떻게 됐나?"

"대기."

"역시……."

사내들은 이미 짐작하고 있었다는 듯 고개를 끄덕였다. 그들의 행색은 예전의 화려함을 잃은 지 오래였다. 먼지를 뒤집어쓴 의복은 개방도와 구별이 되지 않을 정도였지만, 거칠어진 눈매들은 낭인무사의 그것과 닮아 있었다.

"차라리 잘됐어. 이대로 돌아가는 건 총호법의 복수를 포기하는 거나 마찬가지."

"맞아. 가주가 소림행을 택했을 때부터 짐작은 하고 있었지."

"난 찬성. 무인이 검을 빼 들었으면 썩은 무라도 베어야지. 이대로 돌아가는 건 자존심이 용납을 안 해."

사내들은 저마다 눈을 빛내며 전의를 다졌다. 분위기를 보아하니 조만간 이동할 것 같았다. 그전에 병기들을 손질해 놔야 했다. 철마시나 노 같은 기물은 조금만 소홀히 해도 말썽을 부리는 녀석들이었으니까.

붉은 눈빛의 사내. 설기룡의 손에는 두 장의 전서가 들려 있었다. 설기룡이 보고 있던 것은 좌측에 든 전서였다. 모용중경의 전서. 살귀의 추적을 포기하라는 기가 막힌 명령.

'젠장…….'

모용중경의 전서가 보기 흉하게 구겨졌다.

하나 정작 그를 분노하게 했던 것은 누가 보냈는지 모를 또 한 장의 전서였다.

'그랬단 말이지, 네가… 그를…….'

참을 수 없는 분노가 전신을 휘감았다. 소문은 들어 알고 있었다. 믿지 않았건만, 믿을 수가 없었건만.

'상아야, 네 뜻이 아니었다 말해다오. 네 의지가 아니라 그의 의지였다고 말해다오.'

의심하지 않으려 했었다. 용호의 꾐에 빠진 것이라 스스로에게 최면을 걸었었다. 하나 세상 모두를 속여도 그 자신은 속일 수가 없었다.

'그의 죽음을 확인하러 왔다 하지 않았더냐. 그를 향한 마음이 동경이었다고, 그 동경이 죽을 만큼 후회스럽다고 하지 않았더냐. 그 말을 믿었다. 널 믿었기에 참은 것이다. 널 믿었기에… 한데 그 모든 것이 거짓이었다니… 네 마음을 숨기기 위한 거짓이었다니……'

분노가 치밀어 올랐다. 배신당한 영혼이 그의 어리석음을 조롱하고 있었다.

설기룡의 머릿속에서 모용상아가 벌거벗겨지고 있었다. 자신의 하체 아래서 몸부림치고 있었다. 그리고 붉은 선혈을 흘리며 죽어간다. 천 갈래 만 갈래로 찢어진… 처참한 모습으로.

'아니야! 아니야! 너에겐 아무런 잘못이 없다. 모든 것이 그자의 잘못이다. 우리의 삶에 끼어든 그자의 잘못이다. 그자만 아니었다면… 그자가 모든 것을 송두리째 뒤흔들어 버린 것이다.'

거칠게 털어낸 머리. 천참만륙(千斬萬戮)된 시신의 얼굴이 모용상아에서 한의 얼굴로 바뀌어가고 있었다.

'한, 널 동정했던 그 시간을 증오한다. 널 이해하려 했던 그 찰나의 순간마저도 증오한다. 네가 죽어야 모든 것이 제자리를 찾을 수 있다. 널 죽여… 내 사랑을 찾겠다.'

설기룡의 두 눈이 더욱 붉어지고 있었다. 마공을 익혔을 때 일어나는 전형적인 부작용. 내부에서 꿈틀거리던 거센 기운들이 설기룡의 어깨를 잡아 일으켜 세웠다.

'흥. 이젠 네가 나의 원수다……'

스멀스멀 기어오르던 붉은 기운이 설기룡의 정수리를 향해 소용돌이 치고 있었다. 악중산이 남긴 마지막 심득. 탈명마군의 저주가 그의 손에서 부활하고 있었다.

*　　　*　　　*

"살귀는 아직 종적도 못 찾았다지?"

"그러게. 하북에서 그를 봤다는 소문이 나고는 있는데……."

애초에 불가능했던 일. 아무리 개방이라 할지라도 천하의 모든 입을 단속할 수는 없었다. 이미 하북 일대엔 살귀를 보았다는 소문이 심심치 않게 나돌고 있었다.

"아직 멀었지. 지금 하북에 넘쳐 나는 강호인들 안 보여? 다들 미친 거야. 아무리 비급이 탐난다 해도 그렇지. 살귀가 익힌 게 구천무예야, 구천무예. 모르긴 몰라도 염라대왕이 갈아놓은 먹이 한 동이는 될걸?"

"말해 뭐 하나? 개방뿐 아니라 어지간한 대문파들도 서로 눈치만 살피면서 나서질 않는데. 이럴 때 소림이나 무당 같은 곳에서 나서주면 좀 좋아?"

"그러게. 다른 곳은 몰라도 두 곳마저 조용하다는 건 좀 이상하긴 해. 그래도 오십 년 전까진 그들이 구양세가를 돌보고 있었지 않는가? 아무리 세상 이목이 두려워도 그간의 정리라는 것이 있지……. 에잉."

사람들은 셋만 모이면 무창살귀의 이야기를 했다. 어쩌다 그런 살귀에게 구천무예라는 절기가 들어갔는지를 근심했고, 그런 살귀가 아직도 잡히지 않은 채 천하를 활보한다는 것에 두려워했다. 하북은 강호인들로 넘쳐 나고 있었다.

"개방이 이런 상황에 손 놓고 물러나 있을 리 없소. 분명 은밀히 그의 뒤를 쫓고 있을 것이오."

"관부가 잠잠한 것도 이상하오. 그런 살인자를 방조한다는 것은 그 내부적으로도 모종의 음모가 있다는 뜻."

"하면 소림과 무당의 침묵 역시?"

"그것까지는 확실치 않지만, 무관하다고는 하지 못하겠지요."

객실에 모여 있던 사람들이 저마다 한마디씩 하며 고개를 끄덕였다.

"무량수불. 하면 앞으로 어찌하실 생각이십니까? 소림과 무당이 잠잠한 마당에 저희가 먼저 나서는 것도 모양이 좋지는 않을 듯싶고……."

"허어, 무슨 말씀을? 우리가 언제부터 소림과 무당의 눈치를 보고 살았소? 강호에 소림과 무당만 있단 말이오?"

짙은 남색 도복의 도사가 조심스레 입을 열자 맞은편에 앉아 있던 중년인이 역정을 내며 목소리를 높였다.

"신중하자는 뜻이지요. 강호 동도들의 시선도 무시할 수는 없고."

"흥! 그렇다면 화산은 물러서 계시오. 살귀를 잡는 일의 선봉은 우리 종남이 앞장서겠소."

중년인의 호언장담에 도사의 안색이 미미하게 찌푸려졌다.

객실에 모여 있던 네 사람의 신색 모두 범상치 않았다. 어찌 그러지 않겠는가? 천하를 호령하는 열 개 문파 중 네 개 문파의 고수가 모여 있음에.

"조금만 더 지켜보도록 하지요. 화산과 종남의 분들은 어떠신지 몰라도, 저희 제자들은 조금 더 쉬어야 할 듯싶습니다."

"응당 그리하셔야겠지요. 촉도를 넘어 수천 리 길을 마다하지 않고 오셨으니……."

시종일관 차분한 신색으로 이야기하는 도인. 화산파의 자허 도장(慈虛道長)이 아미파의 무진 신니(無盡神尼)와 점창파의 위천풍(魏千風)을 보며 고개를 끄덕였다.

화산과 종남, 아미, 점창의 인물들이 모인 것은 열흘 전이었다. 소림과 무당의 침묵을 보다 못한 종남이 따로 연통을 보내어 일의 중요성을 알렸다. 화산은 이미 오래전부터 예의 주시하고 있었고, 아미와 점창 역시 구천무예라는 이름에 두말없이 중원으로 제자들을 보내왔다.

"아직 살귀의 행적을 찾지는 못했으나 하북에 퍼진 강호 동도들의 눈이 수천이니, 조만간 살귀도 모습을 드러내게 될 것이오."

"무량수불. 진 대협께서는 어찌 그리 쉽게 말씀하시오? 서둘러 그를 잡아 더 이상의 희생을 막아도 시원치 않을 판에, 동도들의 피를 따라 그를 쫓다니요."

종남파의 진달개(秦達价)가 자허 도장의 핀잔에 코웃음을 치며 말했다.

"그러는 진인이야말로 어찌 이리 천하태평이신 거요? 지금 이 시간에도 살귀는 잔악무도한 검을 휘두르고 있을 터인데 쉴 시간이 어디 있고, 고민할 여유가 어디 있단 말이오?"

진달개의 말에 자허 도장은 입술을 굳게 다물고 도호를 읊었다. 같은 섬서에 자리한 두 문파. 무당에 위세가 밀려 도가 일문으로서의 입지가 좁아진 화산이었고, 그와는 반대로 관과 친밀한 관계를 유지하며 섬서에서 세력을 넓히던 종남이었다. 두 사람의 모습이야말로 현재 구파일방의 세력을 반증하고 있었다.

"지금 당장 움직이기 어려우시다니 나는 제자들과 함께 먼저 출발하도록 하겠소."

진달개는 더 들을 말이 없다는 듯 자리에서 일어섰다. 가히 안하무인이라 할 정도의 과격함이었으나 제자를 오십여 명이나 끌고 온 종남이었기에, 다른 문파의 장로들은 불편한 표정만 지을 뿐 그의 행동에 제동을 걸지 못했다. 진달개가 객실을 빠져나가자 자허 도장이 고개를 저으며 말했다.

"무량수불. 종남의 의협심에 부끄러워야 하거늘……."

"잘 참으셨습니다. 한데, 소문을 듣자하니 그의 무공이 개세할 지경이라던데?"

"그렇다 하더이다. 동정수로채 중 한 채를 단신으로 괴멸시켰소. 광도 황옥산만 하더라도 산서에선 적수를 찾을 수 없다는 고수였소. 거기에 세가 약하다곤 하나 모용세가 역시 당당한 일문. 하나 그들 모두 살귀의 걸음을 멈추게 하지는 못했으니……."

자허 도장의 말에 무진 신니가 걱정스럽다는 듯 고개를 저었다.

"도대체 그런 고수가 어디에서 나타난 것인지. 구양세가가 멸문한 지 반백 년이 흘렀건만……."

"모르지요. 하나 그가 익힌 무공이 정녕 구천무예라면, 소림과 무당의 행동은 이해할 수가 없소."

"그것은 개방도 마찬가지지요. 하북은 개방의 총단이 있는 곳. 그들의 침묵 역시 이해하기 어렵습니다."

세 사람의 표정엔 근심이 가득했다.

"너무 쉽게 생각하고 온 것 같습니다."

그들의 근심은 살귀의 무공 때문이 아니었다. 강호무림의 태산북두. 그 고산준봉들의 석연치 않은 침묵 탓이었다. 강호의 경험상 그들의 침묵은 침묵이 아니다. 분명 자신들이 알지 못하는 무언가가 진행되고 있었다.

*　　　　*　　　　*

벌써 며칠째 노숙인지 모른다. 제대로 씻어본 것이 언제인지도 기억이 가물거린다. 건포는 보기만 해도 신물이 넘어올 정도. 하나 운경자는 그런 내색조차 할 수가 없었다.

"거참, 나 혼자 외톨이가 된 기분일세."

"크크, 우리 같은 거지 팔자야 새삼스러울 것도 없지. 한데 저놈들은 뭐야?

생긴 건 멀쩡하게 생겨가지고……."

조광호와 임옥룡을 바라보던 단사의가 의외라는 듯 물었다. 명색이 소림과 무당의 속가제자. 편견이라 할 수도 있었지만, 그들에게선 대문파의 제자다운 기품은 찾아볼 수가 없었다. 가식없는 사고와 거칠 것 없는 행동. 옷만 갈아입혀 놓으면 낭인무사라 해도 믿을 만했다.

"젊어 고생은 사서도 한다지만, 아마 같은 배분에서 저들만큼 경험이 풍부한 후기지수는 찾기 어려울 게다. 훗날 크게 이름을 떨칠 게야."

천하의 단사덕에게 인정받은 두 사람. 하나 그의 칭찬을 직접 들었다 해도 침울해진 마음이 풀릴는지는 알 수 없었다.

"하면 조 형은 그가 잡히는 걸 바라지 않는다는 거요?"

"솔직히 말하면 그렇소. 만약 이번 일에 개방이 연루되지 않았다면……."

조광호는 뒷말을 잇는 대신 모닥불을 바라보고 있던 이산에게 시선을 보냈다. 나뭇가지로 불을 들추던 이산이 낮은 목소리로 말했다.

"물론이오. 무슨 일이 있어도 본 방은 그의 안위를 담보하지 않을 것이오. 모르면 몰랐으되, 구양세가의 원한을 안 이상 묵과할 수는 없소."

"어르신들도 그를 희생시키면서까지 사문의 치부를 숨기려 하지는 않을 것이오. 단지 방법의 차이일 뿐."

세 사람의 안색이 침중해졌다. 함께 움직이고는 있지만 세 문파의 이해는 분명히 달랐다.

"그를 만난다 해도 문제로군. 과연 그가 우리의 뜻을 따라줄지……."

"그 일은 사부님이 나서실 것이오. 아무리 그라도 사부님의 청은 쉽게 뿌리치지 못할 것이오."

임옥룡의 걱정에 기우라 답하는 이산이었다. 물론 이산의 대답만으로 안심할 수 있는 것은 아니었다. 아직 살귀의 그림자도 보질 못했다. 그를 만나기 전까진 어떤 단정도 내릴 수가 없었다.

"그럼 대책도 없이 그냥 구하고 보자는 거였어?"

"일단 설득은 해보아야겠지. 하나 그가 뜻을 꺾지 않는다 해서 강제할 수도 없는 노릇이니……."

어떤 일이 있어도 구양세가의 멸족만은 막아야 한다.

멸문과 멸족은 엄연히 다른 말이다. 구양세가의 멸문 책임은 구양가 사람들의 자질 부족과 구천무예의 실전으로 돌릴 수가 있다. 하나 구양세가가 멸족한다면 소림과 무당은 그 책임에서 자유로울 수 없다. 영원히 지울 수 없는 상처가 되는 것이다.

"한데 구양가주는 정말 살아 있소?"

"물론."

"그럼 벙어리 붙잡고 고생하는 것보단 그 양반 잡고 늘어지는 편이 안 낫겠소? 따지고 보면 그 사람도 우리에게 빚이 있는 것이나 마찬가지고……."

단사의의 말이 솔깃했는지 운경자의 시선도 단사덕에게 향했다. 하지만 되돌아온 대답은 냉정하기 그지없었다.

"썩어빠진 소리하지 마라. 협의를 행함에 보답을 바라는 것은 소인배나 하는 짓거리. 그따위 생각이나 할 바엔 분타로 돌아가거라."

"아니, 뭐… 말이 그렇단 거지."

노여움에 대인 단사의가 황급히 딴청을 부렸고, 운경자 역시 아쉽다는 듯 고개를 돌렸다. 하나,

"구양가주는 오래전에 떠났어야 할 사람. 지금 그를 붙들고 있는 건 삶에 대한 집착이 아니라, 무가로서의 자존심과 멸족의 책임을 나하기 위한 몸부림뿐이다. 복수가 끝나면… 다 끝날 일이야."

구양문의 마지막 모습이 눈에 아른거렸다. 그 늙고 병든 육신은 아무것도

담고 있지 않았다. 남은 것이라곤 자존심으로 남겨진 기대뿐. 그 기대가 충족되면 모든 것이 끝난다. 구양세가의 이름도, 구천무예의 망령도.

"그럼, 굳이 그놈을 구하지 않아도……."

"그 늙은 육신에 미련의 불씨를 지필 참이냐?"

복수를 완성치 못한다면 구양문이 어떤 선택을 하게 될지 모른다. 어쩌면 그대로 죽을지도 모르나 삼 년 만에 한과 같은 고수를 키워낸 집념은 결코 무시할 수 없다. 그리고,

"그의 원한을 가벼이 보지 말거라. 소림과 무당에게는 미안한 말일지 모르지만, 그들이 멸문시킨 가문은 한때 천하제일가라 불렸던 가문이야. 나 역시 한 사람의 무인으로 그들의 자존심을 존중해 주고 싶다. 그것이 천하제일이란 이름에 대한 경의다."

"하나 누구도 그들의 원한을 알지 못하는 것이 문제 아니겠소? 우리 역시 그 원한이 알려지는 것을 막기 위해 이곳에 있는 것이고."

인옥룡의 말에 이산이 인상을 찌푸렸다. 하나 이산은 경솔하지도 않았고, 어리석지도 않았다. 역지즉개연(易地則皆然)이라. 사문의 치부를 감싸고 싶은 마음이야 누구라고 다를까.

"솔직히 탐이 나지 않는다면 그게 더 이상하지요. 경천동지할 무공만 해도 욕심이 나는데, 그 무공을 가진 자가 천하에 다시없을 살인마라면……."

사람을 죽이는 것은 죄다. 물건을 훔치는 것도 죄다. 하나 악인을 단죄하는 것은 협의(俠義)라 한다. 죄인의 물건을 얻는 것은 전리(戰利)라 한다. 협의와 전리는 죄가 아니다.

그것은 유혹이었다. 무창살귀는 단죄의 대상이었고, 구천무예는 전리품일 뿐이었다.

"역겨운 일이지. 그리고… 우리는 그 역겨움의 한복판에 서 있고."

조광호의 쓴소리에 임옥룡과 이산이 고개를 들었다. 조광호의 입매는 당장이라도 구토를 할 것처럼 심하게 일그러진 채 꿈틀거리고 있었다.

"…차라리 그가 소림과 무당을 향해 검을 들었으면 좋겠소."

"그게 무슨 소리요?"

조광호의 망발에 이산이 눈을 부라렸다. 하나 임옥룡의 두 눈은 안쓰러움을 이기지 못한 채 바닥으로 향했다.

'조 형은 그에게 이어진 것이 구천무예가 아니길 바랐지. 무창살귀가 구양세가의 전인이기만을 바랐지. 그때는 사문을 위함이라고만 생각했지만… 이제 알겠소. 조 형이 진정 바란 것이 무엇인지.'

그의 무공이 구천무예가 아니라면, 세상의 의심을 걱정하지 않고 도울 수 있다. 그가 구양세가의 핏줄이라면, 그 어떤 의심을 받더라도 도울 수 있다. 분명했다. 그는 그를 돕고 싶었던 게다. 진심으로 구양세가를 동정했던 게다.

조광호의 바람 역시 그것과 일맥상통했다. 적어도 소림과 무당을 향해 검을 뽑는다면, 구양이라는 이름에 걸맞는 최후를 맞이할 수 있다. 소림과 무당은… 영원히 그 업을 짊어지게 될 것이고.

"원한을 못 잊어 검을 들었으나 탁한 욕심이 또다시 원한을 엮는구나. 그의 복수는 사사롭지 않은데, 강호의 인심은 추하기만 하구나."

구슬픈 장단과 흐느끼는 듯한 곡조. 답답함으로 가득한 조광호의 노랫가락이 모닥불의 열기에 휩싸이며 하늘로 올랐다.

"포기하긴 이르오. 아직 그가 살아 있으니……."

임옥룡이 어색한 웃음을 지으며 말했다. 한데,

구구구구.

조광호의 곡소리만큼이나 구슬픈 밤새 소리가 이산의 귀를 잡아 당겼다. 흔하디흔한 새소리. 하지만 이산의 촉각은 새소리를 따라 곤두서 있었다.

"왜 그러시오?"

이산이 자리에서 일어서자 임옥룡이 연유를 물었다. 하나 그들을 향해 다가선 그림자 때문에 더 물을 수가 없었다.

"가보거라."

단사덕의 명에 이산이 고개를 숙였다. 어둠을 향해 걸어가는 이산의 표정이 어두웠다. 예정에 없던 전서. 밤을 깨운 새소리는 개방의 밀마였다.

*　　　*　　　*

하얀 연기가 피어오르고 있었다. 논으로 물을 대는 수차(水車)에 딸린 움막. 관도와는 수십 리나 떨어져 있었고, 추수가 끝난 터라 사람의 왕래도 없는 그런 움막이었다. 오랜 여행에 지친 이들에겐 더없이 고마운 잠자리였다.

"빨리 와요."

모용상아의 부름에 움막 밖을 바라보던 한이 고개를 돌렸다. 쌀밥 비린내. 바깥에 나가 한참을 줍던 것이 들판에 버려진 이삭들이었던가?

"솥은 있는데 간할 것이 없네."

다가오는 한에게 내민 작은 사발. 멀겋게 풀린 쌀죽이 제법 그럴 듯했다.

"맛없어도 그냥 먹어요. 내 잘못 아니니까."

타박받을까 겁내 하는 새색시 같다. 얼마나 열심히 주웠는지 밥알들이 제법 실했다. 사발을 바라보던 한이 고개를 들었다.

"내일은 가까운 마을에라도 들러볼 생각이에요. 소문도 좀 들어야 하고, 먹을거리도 좀 구하고……."

感[고마워].

모용상아의 얼굴이 붉어졌다. 이젠 곧잘 대답해 주는 한이었지만, 저 사내의 손길이 움직일 때마다 가슴이 뛰는 버릇은 잘 고쳐지질 않는다.

'내가… 고마워요.'

아침이면 곁에 없을까 화들짝 놀라 잠에서 깨기도 했다. 하지만 그는 언제나 눈이 닿는 곳에 있었다.

그래서 용기를 낼 수 있었다. 달아나지 않을 거라 믿었기에.

"나… 당신 많이 좋아해요."

새삼스럽다. 모를래야 모를 수 없게 행동해 놓고선, 이제 와 딴소리 하듯 좋아한다 고백한다. 한은 꺾었던 고개를 바로 하며 모용상아를 바라봤다.

"말하고 싶었어. 꼭 한 번은… 말해주고 싶었어."

얼굴이 달아오르고 있었지만 고개를 돌리진 않았다. 저 사내의 시선에 부끄러웠지만 피하고 싶지 않았다. 아니, 피할 수가 없었다.

"나… 그래도… 되죠?"

모용상아는 두려워했다. 그의 대답을 기다리며 몸을 움츠렸다. 한은 대답하지 않았다. 그저 손을 들어 머리를 쓰다듬어 주었을 뿐이다. 그것으로 충분했다.

"…고마워요."

억울하지 않았다. 처량치도 않았다. 그저 이 순간이 오래이기만을 바랄 뿐이었다. 그의 곁에 머무를 수 있는 것을 다행이라 여길 뿐이었다. 그의 복수가 끝나는 날에도 함께할 거라 다짐했다. 그 이후에도 함께할 수 있을 거라 믿었다.

…어리석게도.

＊　　　＊　　　＊

관도 위의 먼지구름이 십 리 밖에서도 알아볼 수 있을 정도였다. 관도를 점령한 수십 기의 인마. 선두의 기엔 종남파를 상징하는 흑백의 태극 문양이 선명했다.

거칠 것 없이 달리던 무리가 천천히 속도를 줄였다. 덕분에 노천 주점에 모여 있던 사람들은 때 아닌 모래 바람에 낭패를 당하는 꼴은 면할 수 있었다.

"앞에 사람들이 몰려 있습니다."

제자의 보고를 받기 전부터 진달개의 시선은 노천의 주점에 몰려 있는 사람들을 바라보고 있었다.

'혹시?

진달개는 손을 들어 무리를 멈추었다. 주점에 있던 사람들 역시 사뭇 경계하는 눈빛으로 그들을 힐끔거리고 있었다. 대부분이 도검을 소지한 강호인이었지만, 오십 기나 되는 종남파의 위세 앞에서 가슴을 펴기란 쉽지 않은 일이었다.

"가서 무슨 일인지 알아보거라."

진달개의 명을 받은 제자 하나가 말을 몰아 주점으로 향했다. 처음에는 머뭇거리던 사내들이었지만 제자가 몇 마디 말을 더 건네자 낯빛을 바꾸며 굽실거렸다.

"짐작대롭니다. 저들도 살귀를 쫓아온 자들입니다."

제자의 보고에 진달개의 시선이 다시금 주점으로 향했다. 고작 해봐야 스무 명 안팎. 일견하기에도 근본도 없어 보이는 어중이떠중이들이었다.

"음."

소문은 이상하리만치 빠르게 퍼져 나갔다. 저런 들개들조차 냄새를 맡고 찾아올 정도로. 석연치 않은 점이 많았지만, 오십이나 되는 제자들을 이끌고 내려온 진달개에게 걸림돌이 될 수는 없었다.

"가자."

진달개는 더 볼 것도 없다는 듯 말을 몰아 그 자리를 떠났다.

한데 종남파의 행렬이 지나쳐 간 후, 노천 주점에 몰려 있던 사람들이 자리에서 몸을 일으켰다.

"종남파라. 정파 나부랭이들도 어쩔 수 없군."

"먹잇감이 어지간히 먹음직스러워야 말이지. 흐흐."

도검을 들고 일어서던 자들의 눈빛이 예사롭지 않았다. 진달개에게 보여주었던 어수룩함이 사라진 자리엔, 익숙해 보이는 전의가 불타오르고 있었다.

"가자."

낭인무사들의 모습이 완전히 사라지자 그릇을 치우던 주점의 주인이 허리를 폈다.

"종남파와 철혈방이라. 욕심엔 정사 구분도 없다는 건가?"

변복한 철혈방 무사들이 사라지던 모습을 바라보던 주인이 서둘러 주점 안으로 사라져 갔다. 널려진 그릇들 위로 벌레들이 날아들고 있었지만 주점의 주인은 다시 나타나지 않았다.

*　　　*　　　*

"서둘러!"

단사덕의 고함에 대답할 사람은 없었다. 표풍추마의 신형을 뒤따르는 것만도 버거운 일인데 대답할 겨를이 어디 있겠는가. 단사덕의 신형은 바닥을 한 번 찰 때마다 오 장여씩 날아올랐다. 과연 천하제일의 경공. 산 하나를 넘는 데 불과 한 식경도 걸리지 않았다.

"형님!"

산 정상에 올라섰을 때쯤 숨이 턱밑까지 차오른 목소리가 들려왔다. 단사덕 역시 터질 듯 세차게 뛰는 심장을 진정시키며 신형을 멈춰 세웠다.

"조금만… 조금만 쉬었다 갑시다. 이러다 애들 다 죽겠습니다."

단사의의 외침에 단사덕이 고개를 돌렸다. 단사의와 운경자의 얼굴도 붉게 상기되어 있었지만, 조광호 등의 젊은이들에 비한다면 양반이었다. 누렇게 변한 얼굴들은 금방이라도 토사물을 쏟아낼 태세였다.

한 시진 가까이 극상의 신법을 전개했다. 산을 넘은 덕에 말로 달리는 것보다는 시간을 줄일 수 있었지만, 이젠 그마저도 체력이라는 한계에 도달해 있었다.

"운기조식하거라. 휴식은… 반 각이면 족할 것."

대꾸할 시간도 없었다. 반 각이면 소주천 한 번 하기도 모자란 시간. 세 청년이 운기조식에 들어가자 단사덕 등도 바위 위에 엉덩이를 걸쳤다.

힘든 걸로 따지면 늙은 뼈다귀가 더할 테지만, 그런 걸 내색할 나이는 이미 오래전에 지난 세 사람이었다. 아니, 두 사람이었다.

"아이고, 삭신이야. 형님, 우리도 좀 쉽시다. 가는 도중에 기력을 바닥내 버리면 도착해서 무슨 수로 그를 돕겠소?"

"늦으면 그마저도 기회가 없다."

말 꺼내 본전도 못 찾은 단사의가 입을 내밀며 투덜거렸다. 그때 숨을 고른 운경자가 단사덕에게 물었다.

"한데 말입니다. 만약 정말로 동창이 그를 포기한 것이라면, 그 이유가 뭘까요?"

"뭐긴 뭐겠어? 그놈이 필요없어졌다는 거지. 토사구팽(兎死狗烹) 몰라?"

단사의의 퉁명스러운 대답. 하지만 단사덕과 운경자의 걱정은 이미 저만치 앞서가 있었다.

"그는 확실히 숨기셨겠지요?"

"물론이네."

"그리 단호히 말씀하시니 더 드릴 말씀은 없지만, 그의 신변이 노출된 것이 아니라면 달리 저들의 의도를 설명할 수가……."

"나도 그것이 의문이네. 하나 그가 있는 곳을 아는 이는 나와 한뿐일세. 만약 다른 자들에게 발각되었다면, 그 즉시 나에게 연락이 닿도록 조치해 두었고."

단사덕이 그리 말한다면 그런 것이다. 더 이상 물고 늘어진다면 그의 능력을 의심하는 것.

"어쩌면 동창 놈들, 처음부터 강호를 고깝게 보고 일을 꾸민 걸지도 몰라. 왜, 예전에도 그런 일 많았다며? 강호의 힘이 너무 거세지면 황실에서 수작을 부려서 자중지란하게 만드는."

구시렁거리는 단사의의 목소리가 들려왔지만 지금은 그런 잡소리에 말대꾸할 여유도 없었다.

"구천무예라는 것부터가 맘에 들지 않았어. 천하제일은 개뿔. 이백 년이나 지난 무공에 무슨 콩깍지들이 씌여서……."

"위치만 파악하고 아직 움직이지 않은 것일 수도 있습니다. 또 연락을 취할 새도 없이 저들에게 당했을 수도……."

"아주 엿 같은 일이야. 그깟 구천무예가 뭐 그리 대단한 거라고……."

"그런 걱정은 말게. 그곳은 알아도 찾지 못하고, 찾아도 들지 못할 곳이니."

개방의 장로가 저리 자신하니 더 의심해 볼 수도 없었다. 그저 그의 말대로 그가 무사하기만을 바랄 뿐. 한데,

"그놈들도 참 뭣하네. 기왕 봐주려면 복수나 다하고 뒈지게 해주지. 하나도 아니고 둘씩이나 남았는데 산통 깨는 건 무슨……."

"뭐?"

대화가 끊어졌다. 귓진으로 흘러듣던 단사의의 두덜거림이 운경사를 불러 세웠다.

"너, 지금 뭐라고 했냐?"

"뭐? 그놈들 참 뭣한 놈들이란 거?"

"아니, 그 다음."

"아, 그거. 원수는 여덟인데 죽은 놈은 여섯이라며? 그렇게 발버둥 쳤는데 복수를 다하지 못하게 되었으니 조금은 안됐다 싶기도……."

단사의의 말에 단사덕과 운경자가 눈을 마주쳤다.

'잠시 잊고 있었다. 그의 복수가 아직 끝나지 않았는데…….'

특별한 이유가 있었던 것은 아니었다. 그저 복수를 다하지 못한 것이 그들의 운이 좋아서가 아니란 생각이 들었을 뿐이다.

＊　　　＊　　　＊

"불편한 곳은 없느냐?"

"당신과… 마주하는 것… 말곤."

무심함 속에 적의가 충만한 목소리다. 하나 용호는 사내의 독설에도 웃음을 지었다.

사내의 얼굴은 입고 있던 백의만큼이나 창백했다. 사 년이나 빛을 보지 못한 탓. 두 눈은 움푹 파였고, 손마디는 가늘기가 수숫대 같았다. 하나 전신에서 풍기는 기도는 핏빛의 눈동자만큼이나 강렬했다.

"먹거라."

사내는 용호가 건넨 단환을 건네받았다. 약속은 약속. 사내는 산공독임을 알면서도 단숨에 단환을 삼켰다.

"그는… 어디 있나?"

단환을 삼킨 입술이 쓴 한숨을 토해내며 말했다. 갈라진 목소리와 어눌한 말투. 턱과 혀를 움직이는 것조차 어색했다. 사 년. 무서우리만치 긴 시간이다.

“아직은 말해줄 수 없다. 하지만 약속은 지킨다.”

“그는… 살아 있나?”

같은 호칭이었지만 지칭하는 대상이 달랐다. 물론 용호도 그것을 알고 있었고.

“아직. 하지만 그를 만나기 전에 죽게 될 거야.”

한숨 소리가 깊다. 다행스럽다는 것인지 안타까워하는 것인지, 그 속내를 짐작할 수 없을 만큼 깊다.

“아쉽나?”

“그렇게 죽을… 운명이… 아니었으니까.”

“그렇지. 그럴 운명은 아니었지. 하지만 누구도 그에게 그런 운명을 강요하지 않았다. 죄책감 따윈…….”

“크크크.”

그의 웃음에 용호가 입을 다물었다. 그답지 않게 실언을 했다. 잠시 잊고 있었다. 그가 누구인지.

“그렇지… 난… 죄를 지었지. 그녀에게도… 그놈에게도.”

사내의 두 눈이 더욱 붉어지고 있었다. 용호가 자리에서 일어서며 말했다.

“다 지나간 일이야. 빨리 잊어버리는 편이 너에게도 좋아.”

“당신은?”

사내가 나가려던 용호를 붙잡았다. 용호는 뒤돌아서지 않았다.

“당신은… 모두… 잊어버렸나?”

“잊지 못했다면…….”

용호는 대답을 미룬 채 걸음을 뗐다. 내딛는 걸음이 무거웠다. 문을 잡는 손길도 한없이 느렸다. 하지만 문고리를 움켜쥔 순간,

“…네가 그와 만날 일 따윈 결코 없었을 게다.”

문이 닫히며 용호는 사라졌다. 하나 문가에 고정된 사내의 시선은 쉽게 떨

어지질 못했다.

"…아쉽군."

용호의 기척이 멀어짐과 동시에 사내의 두 눈이 변해가고 있었다.

"나도… 당신처럼… 모두… 잊을 수 있었다면……."

낙인처럼 타오르던 붉은 눈동자가 밀려드는 회한으로 검게 물들어 가고 있었다.

굳게 쥐어졌던 손을 펴자 검게 탄 재가 바닥으로 흩어져 내렸다.

"이곳의 무사를 두 배로 늘리게."

용호의 명에 대기하고 있던 은기가 머리를 조아렸다. 내실의 사내가 누구인지는 모르나 용호는 그의 신변에 필요 이상으로 신경을 쓰고 있었다.

'계획이 막바지에 다다랐음이다!'

그의 수족과 다름없는 자신조차 실체를 모르는 용호의 계획. 하나 첩형으로서의 직감은 내실의 인물이 계획에 매우 중요한 인물이고, 저 인물로 인해 계획의 성패가 좌우될 거라 말하고 있었다.

"백령주는?"

"하북으로 떠났습니다."

"좋아. 그럼 가보게."

용호의 명에 은기가 허리를 깊숙이 숙였다.

모든 일을 처리한 용호가 안가를 나섰다.

"이제 다 되었다. 모자람 없이… 아쉬움 없이……."

마음먹었던 대로 되었다. 기다림은 끝났고 영광의 시간만이 남았다. 하나 대로로 향하던 걸음은 더디기만 했다.

"재미없군. 후련할 줄 알았는데… 크크크."

방정맞은 웃음소리가 호동의 벽을 타고 울렸다. 을씨년스러운 밤 뒷골목.

낯선 웃음소리에 바람마저 숨을 죽였다.

"그래, 네가 남았지. 쓸모없어진 패, 어리석은 벙어리……."

검푸른 하늘 위로 한 무리의 먹구름이 몰려들며 달을 삼켜 버렸다. 암흑천지로 변해 버린 북경. 어디론가 향하는 발소리와 함께 그의 목소리가 어둠 속으로 스며들고 있었다.

"복수는 끝났다, 한. 이제… 그녀에게 가도 좋아."

*　　　　*　　　　*

"뭐가 이상하다는 거야?"

"나도 모르지. 이상하긴 한데 뭐가 이상한 건지는……."

"쳇, 그런 게 어디 있어?"

"이년아, 그러니까 이상하다는 거지. 알면 이상하다고 하겠느냐?"

오랜만에 만났음인지 티격태격하는 모습마저 정겨웠다. 마차 안은 생각보다 편했다. 특별한 휘장 하나 달려 있지 않은 마차였지만, 황실에서 내려준 마차였기에 그 편안함은 일반의 그것과는 차원이 달랐다. 몸이 편안하니 마음에도 여유가 생겼다. 생각도 함께.

"손 옹의 말도 일리가 있어."

"그렇지?"

가패의 수긍에 손 노인이 반색하며 물었다. 분명 이해하기 힘든 부분이었다. 죽이려 했어도, 사로잡으려 했어도 기회가 많았다. 동창이 배후라면 지난 몇 달간의 침묵은 불필요한 것이었다.

"짚이는 것도 없소?"

"있긴 한데 연결이 안 돼. 동창이 그럴 이유가 없거든."

손 노인은 고개를 저었지만, 가패와 예향은 귀를 기울이고 있었다.

“그의 복수가 동창이 바라는 바와 맥이 같다면 말이 되지.”

그럴듯했지만 뭔가 부족했다. 동창이 소림과 무당의 반도가 죽는 것을 원했다? 왜? 금가장의 혈겁을 배후 사주했기 때문에? 그것이 걱정이었다면 그들이 직접 손을 썼을 수도 있다. 그들은 동창이다. 개방이 찾을 수 있었다면, 그들도 찾을 수 있었을 것이다.

“동창의 일처리로는 믿기 힘들지. 일단 저질러 놓고 대충 죄명을 씌워 입을 막아버리는 게 그들의 방식. 왕후장상도 두려워하지 않는 동창이 소림, 무당을 겁내 할까.”

“소림과 무당의 반도들을 은밀히 없애기로 마음먹었기에 그의 복수를 묵인했다고 볼 수도 있지만…….”

“그럼 지금의 소문이 설명이 안 되지. 어찌 되었든 아직 둘이 남아 있으니까.”

“앞과 뒤는 분명한데 맞지는 않는다. 뭘 빠뜨린 걸까?”

두 사람의 고민이 길어졌다. 물론 이런 고민에 빠질 예향이 아니었다.

“구천무예를 찾는 게 맞긴 맞아?”

“지금의 토끼몰이를 설명하자면 그것밖엔…….”

“그럼 토끼몰이를 왜 해? 그냥 풀어주면 되지?”

“뭐?”

예향의 반문에 손 노인이 반문했다. 그 말도 맞았다. 굳이 세인들의 관심을 모을 필요가…

“관심을 모을 필요가… 있었다?”

“응?”

손 노인의 말에 예향이 무슨 소리냐는 듯 되물었다. 하나 손 노인은 미간을 찌푸리며 구르지 않는 머리를 쥐어짜 냈다.

“관심, 이목, 구천무예… 구천무예…….”

"구시렁거리지 말고 속 시원히……."

"좀 조용해 봐, 이년아!"

손 노인의 외침에 예향의 아미가 치켜 올라갔다. 하나 손 노인의 침묵에는 함께 동조할 수밖에 없었다. 그리고,

"만약에 말이지……."

"어, 만약에?"

"놈들이 원하는 게… 구천무예가 아니라면 어떻게 되지?"

대답은 없었다. 단 한 번도 그와 구천무예를 따로 떼어놓고 생각해 본 적이 없었기에.

*　　　*　　　*

꿈이라 생각했다. 아직 꿈에서 깨지 못한 것이라 생각했다. 그래서 눈을 뜨고 한참이 지나서야 자리에서 몸을 일으킬 수 있었다.

不要哭[울지 마].

그리 걱정스러웠을까? 저리 깊게 새겨야 했을 만큼 걱정스러웠을까? 그리 걱정스러웠으면 새기지 말았어야지. 떠나지 말았어야지.

모용상아의 손가락이 칼로 새겨진 글씨를 어루만졌다. 그가 떠난 자리엔 온기조차 남아 있지 않았다.

'그랬어요. 당신은 이럴 생각이었어요. 처음부터…….'

곁에 머무는 것을 허락해 주었을 때 눈치 챘어야 했다. 마음을 받아주었을 때 알아차렸어야 했다. 그의 마음에 자신의 자리가 없었음을 깨달았어야 했다.

그는 마음을 받아준 것이 아니었다. 미련을 남기지 않으려 했을 뿐이다.

어리석었다. 그의 복수가 누구를 위함이었는지 잊고 있었다.

"역시 안 되는 일이었나 봐. 내 마음이 욕심이었나 봐. 그것도 모르고… 바보같이……."

청승맞은 미소가 눈물을 대신 흘러내렸다.

버림받았다. 그에게 버림받은 것이 아니라, 운명에게 버림받았다. 결코 함께 걸을 수 없는 혈로. 그는 자신의 운명이 피에 젖는 것을 원하지 않았다.

'우린… 여기까지였네요.'

'그래.'

그의 대답이 들려왔다. 한 번도 들어보지 못한 목소리였지만 그의 목소리가 분명했다.

'고마워요.'

'미안하다.'

'잊지 않을게요.'

'미안하다.'

'부디…….'

자리에서 일어나 머리를 풀었다. 삼단 같은 머리가 허리께까지 풀어져 하늘거렸다. 모용상아는 조심스레 머리카락을 손가락으로 풀어 내리기 시작했다.

"얼굴이 많이 상했네. 머릿결도 푸석하고. 돌아가면 목욕부터 해야겠어. 여자가 이게 뭐람."

머리를 뒤로 당겨 정갈히 묶었다. 멋스러움이라곤 하나 없는, 하나 그런 단조로운 손질만으로도 모용상아는 충분히 아름다웠다.

"아버지가 많이 걱정하시겠다. 꾸지람을 들어도 할 수 없지. 그냥 몇 마디 야단하시고 말겠지만……."

흐트러진 옷매무새도 다시 추슬렀다. 준비는 끝났다. 이제 그가 바라는 대로 자리를 털고 일어서기만 하면 된다. 일어서기만 하면.

“우읍!”

무너지듯 주저앉은 모용상아가 황급히 손을 들어 입을 막았다. 조금만 늦었다면 북받친 설움에 통곡을 토해냈을지 몰랐다.

“흐흑……”

떨어지는 눈물엔 쉼이 없었다. 고운 아미가 찌푸려지며 고통을 호소했다. 이를 악물며 참아봤지만 가슴이 찢어지는 고통엔 도리가 없었다.

“아흑… 너무… 아파……”

가슴을 부여잡아도, 힘껏 두드려 봐도, 이미 둥지를 틀어버린 설움은 더욱 발악하며 오장육부를 뒤흔들 따름이었다. 난생처음 겪어보는 고통. 부질없던 바람의 대가는 무척이나 비쌌다.

“으흐흑… 흐흐흑……”

가슴이 터질 듯 부풀었고, 뱃속이 끊어질 듯 아파왔다. 숨은 턱밑까지 차올라 숨조차 제대로 쉴 수가 없었다. 숨을 못 쉬니 금세 어지러움이 밀려들었다. 극심한 혼란 속에서 그녀는 살아남는 방법을 깨달을 수 있었다.

“아아악!!”

그녀가 토해내던 것은 고통에 찬 비명이 아니었다. 비좁은 가슴에 채 맺히지 못한 미련의 찌꺼기들이었다.

‘미안하구나.’

말을 잃은 대가로 남들보다 더 잘 들리는 귀를 얻었다. 여명과 함께 모습을 드러낸 모옥의 울부짖음. 아마 설움과 통곡이 가시고 나면 괜찮아질 것이다. 내가 그랬으니, 너도 그럴 것이다.

모용상이기 모옥에서 나온 것은 반 시신이나 지난 후였다. 비틀거리며 걸음을 옮기는 모습이 한의 두 눈을 아프게 찔러왔다.

‘그래, 그렇게 가거라. 아프고 힘들어도, 네 두 발로 그렇게 가는 거다. 그

러면, 그렇게 가다 보면… 언젠가는……'

작아지던 모용상아의 모습이 마침내 햇살 속으로 사라져 버렸다. 그 마지막 모습을 두 눈에 새기고 나서야 등을 돌릴 수 있었다.

'다행이야.'

무엇이 다행인지조차 확신할 수 없었다. 마음은 무거웠고 걸음은 느렸다. 답답한 한숨이 끊이질 않았다.

'후회란 잃어버린 후에 오는 것. 어리석게도… 잊고 있었어.'

기회를 잃었고, 말을 잃었고, 사랑을 잃었다. 이젠 남아 있는 삶마저 자신할 수 없다. 그렇게 깨달은 것이다. 잃어버리고 난 후에, 후회하고 난 후에.

'이미 모두 버렸다. 욕심 부리지 않을 것이다. 그리하여… 다시는 후회하지 않을 것이다.'

늦고 힘겨워하던 걸음이 조금씩 제 모습을 찾아가기 시작했다. 아직 끝나지 않았다. 그가 가야 할 길은 아직도 멀고 험했다. 감정 따위에 흔들려선 도착할 수 없는 길. 투정할 곳도 없으니 스스로 재촉해야 했다. 지금까지 그래 왔던 것처럼.

'그래도… 널 잊지는 않으마.'

결코 열리지 않을 것 같았던 마음의 언저리. 고작 한 방울의 눈물이었지만, 행여나 다칠 새라 마음 한편에 고이 접어놓았다.

아쉬운 한숨은 길가에 내려놓았다. 다시금 시작된 혈로 위에 한숨 쉴 여유 따윈 없었으므로.

*　　　　*　　　　*

한산했다. 오가는 이도 없었다. 가을볕에 달아오르던 관도는 오직 그녀에게만 허락된 듯 보였다.

　모용상아의 이마 위로 굵은 땀방울들이 맺히고 있었다. 한여름에도 흐르지 않던 식은땀. 비틀거리는 걸음을 보니 가을볕이 무섭긴 무서운가 보다.

　'…산을 내려오지 말 걸 그랬어. 그랬다면……'

　바싹 메마른 입술 위로 하얀 각질이 일어서 있었고, 반쯤 뜬 두 눈의 초점이 흐려져 걸음을 더욱 위태하게 만들고 있었다. 태행산맥을 넘을 때도 이러진 않았다. 반듯한 관도를 걷는 것뿐인데. 그가 없을 뿐인데.

　'…그를 찾지 말 걸 그랬어. 그랬다면……'

　오한이 일었다. 두 팔을 억지로 감싸 안아도 소용이 없었다. 외로움이란 이름의 한설은 이미 모용상아의 어깨 위로 소복이 내려앉아 있었다.

　'…그를 만나지 말 걸 그랬어. 그랬다면……'

　관도가 분리되어 가고 있었다. 갈라지던 관도가 수십 개의 잔영으로 변하며 그녀의 걸음을 혼란케 하고 있었다. 마치 그녀의 선택을 강요하듯. 저 수많은 길 중 하나를 택하라는 듯.

　'…뒤따르지 말걸… 마음에 담지 말걸……'

　거친 관도가 그녀를 불렀다. 그녀의 발목을 붙잡으며 주저앉으라 유혹하고 있었다.

　'…조금만 쉴까?'

　무릎이 휘청거렸다. 하지만 감겨지던 눈이 화들짝 놀라 떠지며 몸을 일으켜 세웠다.

　'안 돼… 그가 가라고 했어. 그가……'

　그 사람이 가라 한 길이다. 그래서 가는 길이다. 다시 한 번 입술을 깨물었다. 그렇게 짓이겨진 입술 위로 짭조름한 물기가 스며들고 있었다.

　'내가 필요없다니까… 같이 살 수 없다니까… 난… 아무 도움이 안 되니까……'

　억지로 생각지 않으려 했건만 주책없이 또 생각해 버리고 말았다. 그의 모

습을 흐트러뜨리며 참았던 눈물이 다시 흐르기 시작했다. 재 너머에 집이 있
는데. 그는 여기 없는데.

'…그래도…….'

그녀가 걸어온 걸음마다 한 움큼씩의 응어리가 남겨져 있었다. 그의 눈빛,
그의 모습, 그의 손길. 그리고 그의 미소. 아무리 덜어내도 그대로인 마음의
응어리가 모용상아의 두 눈을 타 흘러내리고 있었다.

'보고… 싶…….'

털썩.

작은 돌부리. 지쳐 버린 영혼은 그 작은 터럭조차 넘질 못했다. 모용상아
의 손가락이 꿈틀거렸다. 하지만 그런 미약한 몸부림으론 그녀에게 지워진
짐을 밀고 일어설 수가 없었다.

눈물이 관도를 적시고 있었지만 감겨진 두 눈도, 무너진 육신도 움직일 줄
을 몰랐다. 거의 다 왔건만. 저 고개만 넘으면 집이건만.

인적 없는 관도 위. 잠들어 버린 모용상아의 머리맡으로 하얀 나비 한 마
리가 날이의 곱게 날갯짓을 하고 있었다.

모용상아의 곁으로 두 개의 그림자가 늘어지고 있었다. 갑작스런 어둠에
놀란 나비가 황급히 날갯짓을 하며 어디론가로 날아가 버렸다.

나비가 머물었던 자리. 가을볕을 가린 낯선 목소리가 환청처럼 들려왔다.

"아는 처자냐?"

"조금."

"누군데?"

"…살귀의 여자."

第五十二章

혈로에 오르다

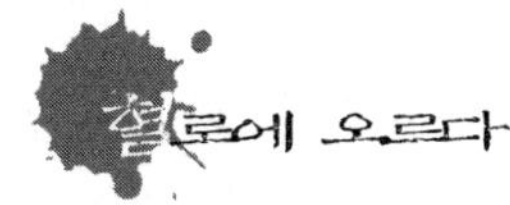

산반(算盤:주판)을 튕기는 손놀림이 경쾌하다. 아침나절부터 튕기기 시작한 손가락이 해가 중천에 뜬 지금까지도 쉬지를 못하고 있다. 그 손가락의 움직임이 멈췄다.

"살귀?"

흐릿한 눈동자가 맹인이 아닌지 의심스러울 정도였다. 하나 손 노인을 바라보는 동공은 흔들림 한 번이 없었다.

"그 괴물은 왜 찾아?"

"내가 손오니까."

손 노인의 말에 노파가 인정한다는 듯 고개를 끄덕였다. 고수를 찾아 천하를 주유하는 손오였고, 그의 괴벽을 익히 아는 노파였다. 살귀 정도의 고수라면 손 노인의 구미를 당기기 충분했을 것이다.

"어디서 불로초라도 구했나 보지? 명줄이 길어진 모양이야."

"하북까지 소문이 난 건가?"

"소문이야 어디서든 듣는 거고. 그놈 만나서 제명에 죽은 놈 없다던데, 이 번엔 거르지 그래?"

"흘흘, 할망구 기부(妓夫:기둥서방) 노릇이나 하라는 소리로 들리는구먼?"

손 노인의 농에 노파가 손을 휘저으며 깔깔거렸다.

"호호호, 실없는 건 여전하구먼. 근데 그놈은 정말 왜 찾는 거유?"

"명색이 구천무예인데 죽기 전에 한 번은 봐둬야……."

"영감이 손오면, 나는 홍파(虹婆)야."

노파의 미소에 손 노인이 입을 다물었다. 듬성하게 난 누런 이빨 때문이 아니었다. 홍파라는 이름이 가진 무게 때문이었다.

남경에 오가목부가 있다면, 북경엔 진양회(縉暘會)가 있다.

북경 흑점의 절반을 운영하고, 하북 하오문의 삼분지 일을 관장하는 방파. 오가목부와 함께 천하 팔대하오문 중 수위를 다투는 대방파. 금력으로는 천하제일도 능히 논할 수 있는 거대 방파가 바로 진양회였다.

사실 진양회는 고리대금으로 일어선 집단으로, 강호의 방파라기보다는 상인회에 가까웠다. 이런 상인회가 하오문을 이끌게 된 것은 북경이라는 특수성 때문이었는데, 황도의 엄격함이 강호 문파들의 북경 유입을 철저히 배제시켰기 때문이다.

진양회의 고객 중엔 정치와 관련한 자가 많았다. 많은 돈이 필요하고, 또 많은 돈을 유통시켜야 하는 자들. 진양회는 그들에게 반드시 필요한 곳이었고, 돈을 움직이는 진양회였기에 어느 정도의 무력은 암묵적으로 용인이 되었다. 힘이 있고 뒷배가 있으니 못할 것이 무엇이겠는가? 그렇게 있는 듯 없는 듯 북경의 어두운 곳을 잠식한 곳이 바로 진양회였다.

홍파가 자신을 제대로 봐달라 했다. 진양회 망도분타주가 제대로 봐달라니 손 노인도 대우를 해줘야 했다.

"누가 나 찾어?"

“한 서너 곳 돼. 가패도 같이 있나?”

“쩝, 말 새면 알아서 해.”

누런 이빨을 마주하며 웃는 게 퍽이나 다정해 보였다. 다 같이 늙어가는 처지에 숨길 것이 무엇이 있을까.

“그 괴물이랑 제법 친한가 보지?”

“죽기 전에 만나야 할 정도는 되지.”

“죽어도 만나야 하는 건 아니고?”

“그만 애태워. 더 탈 똥줄도 없어.”

불쌍한 표정이 먹혔는지 홍파도 킬킬거리며 고개를 저었다.

“어제까진 용성 근처에 있었나 보더라구. 남쪽에서 올라왔다던데, 갑자기 동진했어. 지금쯤이면 웅현까진 가 있겠네.”

“조금 머네.”

“서둘러야 할 거야. 벌써 하북 사람 절반은 알고 있을 테니까.”

“뭐?”

손 노인의 놀란 표정이 재미났는지 홍파가 마주 웃어주며 약을 올렸다.

“소문이 좀 빨라. 뭐, 늙은이 말마따나 명색이 구천무예라는데 안 빠르면 그게 더 이상하지. 소문 풀린 게 그젠데 벌써 사람들이 몰리고 있어. 죽기 전에 만나려면 서둘러야 할 게야.”

“염병.”

놀란 손 노인이 벌떡 일어섰다. 하나 홍파의 놀림은 이제부터 시작이었다.

“진달개 알지?”

“종남파의 그 개차반?”

“모경도 일지?”

“…철혈방의 그 모경을 말하는 건 아니지?”

“흘흘, 서둘러. 우리도 내기가 한창이야. 종남파 진달개가 먼저 살귀 목을

딸지, 흑도제일고수 구유신 모경이 먼저 살귀를 잡을지. 뭐, 그 뒤로 화산 말
코들이랑 아미파 비구니들이 줄줄이 따르곤 있지만……."

다리가 제멋대로 풀렸다. 힘없이 주저앉는 모습에 홍파의 미간이 찌푸려
졌다.

"영감, 괜찮아?"

"아까… 어디라고 그랬지?"

맥 빠진 목소리에 홍파가 입맛을 다셨다. 너무 심했나 싶기도 했지만, 그
래도 아는 편이 나을 것 같아 말해준 것인데.

"웅현. 가는 길은 알지?"

손 노인이 힘겹게 고개를 끄덕이며 일어섰다. 배웅하려는 듯 홍파가 회계
대에서 일어섰지만 손 노인의 손이 말렸다.

"…나 봤다는 말 하지 말어. 담에… 보자구."

홍파의 백안이 손 노인이 사라진 문을 바라보고 있었다. 그런 홍파의 등
뒤로 죽립을 쓴 사내가 유령처럼 나타났다.

"어찌할까요?"

사내의 물음에 홍파가 고개를 저었다.

"…그냥 둬."

"회의 명은……."

사내의 반문이 끝나기도 전 홍파의 고개가 소리 나게 돌아갔다.

"저 늙은이랑 알고 지낸 게 사십 년이다! 강호에서 그 정도 인연이면 피붙
이보다도 못할 것이 없어! 넌 명령이라면 네놈 애비도 팔 테냐?!"

홍파의 역정에 죽립사내가 고개를 숙였다. 못마땅한 듯 바라보던 홍파가
구부정한 허리를 두드리며 안으로 들었다.

"어차피 가면 죽어. 살귀가 아니라 구양수가 살아 돌아와도 죽어. 소림하
고 무당이 입 닫고 있는 한은… 방법이 없어."

홍파의 목소리가 조금씩 멀어지고 있었다. 죽립사내가 아쉬운 듯 손 노인이 사라진 문을 바라보고 있었지만, 이내 홍파를 따라 안으로 사라졌다.

*　　　　*　　　　*

"오랜만일세."

"그렇군요, 노야."

"…그렇게 부르지 말게."

"알겠습니다. 구양… 가주."

가시방석이라는 것이 이런 것이다. 천하를 주무를 수 있는 권력조차 숫구친 가시를 어쩌진 못한다. 예전부터 그랬다. 기억도 나지 않을 만큼 오래전부터.

"그 아인?"

"웅현이란 곳으로……."

용호의 대답이 시원치 않았나 보다. 찻잔을 바라보던 구양문이 고개를 들었다. 주름에 함몰된 두 눈. 용호는 그의 눈을 바라보는 것이 못내 부담스러웠다.

이름 없는 마을의 이름 없는 객잔. 오가는 이라곤 한 달에 두어 번이나 있을까 싶은 이곳에, 용호와 구양문이 마주 앉아 있었다.

"쿨럭!"

구양문의 기침이 격했다. 찻잔으로 떨어진 파문. 붉게 뭉친 핏방울이 선명했다.

"괜찮으십니까?!"

자리에서 일어서려는 것을 구양문이 제지했다. 소매로 입을 닦은 구양문이 숨을 고르곤 말했다.

"웅현이라 했나?"

"예."

"자네가 계획한 일이니 어련히 알아서 잘했겠지만……."

"우리의 계획이지요."

두 사람 사이의 무언가가 끊어졌다. 흐르던 공기가 놀랐을 정도로 날카롭게 베어졌다. 하지만 용호를 노려보던 구양문이 눈을 감는 것으로 베어진 상처는 금세 아물어졌다.

"…마무리 잘하시게. 그 아이의 죽음이야말로 복수의 마지막이 될 터이니."

"잘 알고 있습니다."

세상에 완벽(完璧)은 없다. 아무리 잘 다듬어진 보옥도 흠은 있다. 구천무예가 개세의 절기라곤 하나, 그것조차도 완벽하진 않다. 자신의 계획도 완벽하진 않다. 하나 미흡한 부분을 보완하고도 남을 만큼 철저히 준비했다.

"그마저 죽고 나면 소림과 무당도 나서지 않을 수 없을 것입니다."

"그렇겠지. 더 이상 그들의 치부를 아는 자가 없다 생각할 테니."

언중유골(言中有骨)이라. 소림과 무당의 이름이 구양문의 말속에 뼈를 심었다. 구양문을 담은 찻잔이 노여움으로 흔들리고 있었다.

"이백 년… 참으로 긴 시간이었지."

분노로 상기된 얼굴이 귀기스러웠다. 얼굴에 진 주름마다 분노와 역정이 골을 메우고 있었다. 그의 억울함은 한 치도 늙지 않았다.

"구양가주의 존체는 개방이 증명해 줄 것입니다. 세상의 이목이 구천무예에 쏠려 있는 지금 가주께서 직접 그들의 치부를 밝혀 성토한다면, 제아무리 소림이라 하더라도 그를 내놓지 않을 수 없을 것입니다."

용호의 말에 구양문이 무겁게 고개를 끄덕였다.

"남은 원수는 하나. 소림이 숨긴 그놈의 목을 베는 것으로… 구양의 복수</p>

는 끝나게 될 것이야."

놀라운 이야기. 세상이 모르는 또 하나의 비사였다. 그렇다면 금가장의 혈겁을 저지른 반도 중 하나가 소림에 숨어 있단 말인가? 그렇다면 이 모든 일들이 그를 끌어내기 위한 것이었단 말인가?

"내가 바란 것은 가문의 자유뿐이었음이다. 내가 저지른 잘못이라면, 그들이 우리 가문에 족쇄를 채웠듯 나 역시 그들에게 족쇄를 채우려 했을 뿐이다."

"이제 곧 채우게 될 것입니다."

쾅!

찻물이 튀어 소매를 적셨다. 하나 용호는 찻물을 털지도, 눈을 뜨지도 않았다.

"늦었어… 너무 늦어버렸단 말일세!"

구양문의 흐느낌이 구슬펐다. 자식 잃은 슬픔과 가문의 대를 잇지 못했다는 자괴. 다 늙은 육신으로 견디기엔 너무나 큰 절망이었다.

"금가장이 불타던 날 구양세가는 멸족된 거야. 그들이 내 하나밖에 없는 혈육을 앗아간 것으로 그 실낱같던 희망은 물거품이 되어버린 거란 말일세. 구천무예도… 천하제일가도……."

떨리는 어깨가 안쓰러웠지만 지금은 위로할 때가 아니라는 걸 용호도 잘 알고 있었다.

마지막 생의 불꽃을 자식의 복수에 바친 노인. 그 노인의 절규가 내실 가득 사무치고 있었다.

"용서하지 않으리라. 내 직접 그들의 면전으로 나아가 내 가문의 원한을 맺음하리라."

그는 구양세가의 가주도 천하제일인의 후손도 아니었나. 그저 자식을 가슴에 묻은 한 사람의 아버지일 뿐이었다.

"반드시 혈채를 받아내리라. 채 피어보지도 못하고 떠난… 내 아들의 혈채를……."

*　　　　*　　　　*

"…미친년."

내뱉은 욕설만큼이나 노인의 눈매가 매서웠다. 하나 여인은 분개하지도 부끄러워하지도 않았다. 그것이 그를 더욱 화나게 하고 있었다.

"간도 없고 쓸개도 없는 년. 제 숙부를 죽인 후레자식 뒤를 좋다고 쫓아왔단 말이지? 에라, 이 미친년아!"

"…그는 숙부를 죽이지 않았습니다."

"뭐?"

들어올렸던 손이 허공에서 멈췄다. 모용상아의 발칙한 대답 때문이 아니었다.

"네가 그걸 어떻게……."

"ㄱ가 그리 말했습니다. 자기가 그러지 않았노라고."

허탈해 말이 안 나왔다. 죽이지 않았다고 말했단다. 그래서 그가 죽인 것이 아니란다. 계집이 사내에 미치면 제 부모도 못 알아본다더니, 겁도 없이 동그랗게 뜬 눈은 일말의 의심도 담고 있지 않았다. 하나 노인네 역정은 이어지지 못했다.

"화풀이는 그 정도로 해두시죠."

문을 열고 들어서던 낯익은 목소리에 모용상아가 고개를 들었다.

"다… 당신은?"

놀란 손이 검으로 향했지만 먼저 그를 알아본 노인이 모용상아의 손목을 눌렀다. 그리고 탁자로 가 앉던 허저를 보며 퉁명스레 말했다.

"어디 갔다 이제 온 거야?"

"저자에 좀."

찻물로 목을 축인 허저가 모용상아에게 물었다.

"넌 왜 거기 널브러져 있던 거냐?"

"그러는 당신은 왜 여기 있는 거죠?"

냉랭한 눈빛들. 그 사이에 끼어 있던 노인이 버럭 역정을 냈다.

"이 연놈들이 미쳤나? 어디서 감히 눈을 부라리고 지랄들이야!"

허리가 장정 두 아름은 될 법한 노인. 비아 섭위문의 호통에 두 사람은 마지못해 시선을 거뒀다.

"광도를 묻은 후 모용세가에 갔었지. 그 갑호방호인가 뭔가 하는 거 정말 쓸 만하더라고. 안호, 그 자식이 입에 침이 마르도록 자랑할 만했어. 하지만 이 몸을 막을 수는 없지. 나한테 기관 따윈 한나절 소일거리도 안 돼."

진과 미로에 갇혀 아사(餓死) 직전까지 갔었단 이야긴 죽어도 할 수 없었다. 물론 그걸 따져 물을 만큼 모용상아도 버릇없진 않았고.

"모용중광인가? 거기 총관이 말이 통하는 사람이더구먼. 내가 직접 시신을 봐야겠다 하니 흔쾌히 길을 터주더라고."

흔쾌히라곤 할 수 없었지만 허락을 하긴 했다. 모용중경의 명으로 장안호를 매장하지 않았단다. 살귀의 수급을 벨 때까지 그를 묻지 말라 했단다. 의제의 마지막마저 미뤄야 했을 만큼 모용중경의 원한은 깊었다. 물론 딸자식의 안위 앞에 무너지긴 했지만.

"오른쪽 폐에 구멍이 났더라. 죽을 때… 꽤나 고통스러웠을 거야."

폐를 찔리면 십 중 십 죽는다. 숨을 들이마실 수는 있지만 내쉴 수는 없게 되어 가슴이 점차 부풀이와 종국엔 숨이 막혀 죽는 것이나. 실어야 백이나 셀 수 있을까 싶은 짧은 시간이지만, 인간이 느낄 수 있는 가장 암담한 공포와 고통을 모두 맛보고 죽는다.

“숙부…….”

미처 깨닫지 못했던 비통함이 뺨을 적시고 있었다. 그녀의 자책이 전해졌음인지 섭위문의 목소리도 많이 누그러져 있었다.

“상처를 보니 뒤에서 찔렀더라. 아래서 위로. 뒤에서 끌어안은 채로 찌르면 그런 상처가 나지. 수급은 죽은 후에 베어졌어. 안호는… 믿었던 놈에게 당한 거야.”

용호다. 그 사람밖엔 없다. 모용상아의 눈에 어리던 흐릿한 냉기는 분명 살기였다.

“너? 흉수가 누구인지 알고 있구나?!”

“…용호라는 자입니다.”

“용호? 용호라면 네 아비와 같이 다니던 그 관원? 어쩐지, 그 자식 냄새가 난다 했어. 어디냐?! 그 개후레자식이 있는 곳이 어디냔 말이다!”

“…동창입니다.”

벌떡 일어섰던 섭위문의 몸이 경직되었다. 검을 닦으며 딴청을 부리던 허저의 시선 역시 어느새 모용상아를 찾고 있었다.

“동… 창? 그… 고자새끼들?”

모용상아의 고개가 끄덕여지자 섭위문도 천천히 자리에 앉았다.

“지랄. 왜 하필이면 하고 많은 놈들 중에…….”

“모든 것이 그자의 농간이었습니다.”

이야기가 길었다. 하지만 들어야만 할 이야기였다.

“후우.”

모용상아의 제법 긴 이야기가 끝나고 섭위문의 탄식이 이어졌다.

동창. 누구라도 한숨을 내쉴 수밖에 없는 이름이다.

“숙부의 원한은 제가… 모용세가가 갚을 것입니다. 백부의 원한은… 어떻게 해서든…….”

얼굴 한 번 보지 못한 광도 황옥산. 하나 모용상아는 그를 백부라 부르기를 주저하지 않았다.

섭위문의 눈빛이 흔들리고 있었다. 말로야 미친년이라 욕했지만, 누가 뭐래도 이 아이는 의제의 질녀다. 안호가 이 아이를 얼마나 끔찍이 여겼는지는 술자리 기억 몇 가지를 끄집어내는 것만으로도 충분했다. 백부라는 호칭은 그런 안호를 위함인 게다.

"미친년. 방금 전까지 그놈 편들더니 이제 와서 무슨 헛소리야? 백부는 무슨 얼어 죽을. 일없다."

섭위문의 욕설에도 모용상아는 고개를 들지 못했다. 하나,

"……그 미친 자식, 복수 따윈 꿈도 꾸지 말라더라. 평생을 그리 살아왔는데 이제 와서 무슨 헛소리냐고. 살귀와는 여한없이 싸웠고, 결과에도 만족한다더라. 하긴, 그놈 말도 맞지. 광도가 달리 광도냐? 한평생을 싸움질로 보낸 미친놈이 무슨 낯짝으로 원한을 운운하겠냐고."

축 늘어졌던 어깨가 부들거리고 있었다.

"하지만 아무리 그래도 그렇지. 그 미친 자식, 이딴 걸 배에 꽂고서 잘도……."

덜커덩.

내팽개쳐진 봇짐이 둔탁한 소리를 내며 바닥을 굴렀다. 반쯤 풀린 봇짐 사이로 무언가가 반짝였다.

'그의… 검?'

모용상아의 눈이 반가움으로 반짝였다. 잃어버린 살귀의 검신. 검병이 있어야 할 자리엔 폭 좁은 구멍만이 휑하니 뚫려 있었다.

모용상아의 귓가로 섭위문의 탄식이 들려왔다.

"그 고집불통, 제 뜻대로 안 해주면 무덤에서라도 뛰쳐나올 놈이지. 하지만 손 놓고 있을 수도 없었다. 복수할 생각은 없지만, 그 자식이 어찌 죽는지

는 봐야 할 것 같았다. 나나 저놈이나 그래서 여기까지 쫓아온 거고."

"…죄송합니다."

그가 진 빚이니 이럴 필요까지는 없었다. 하나 섭위문은 그녀의 사죄가 무척이나 당연하다 느끼고 있었다.

'꼭 제 서방 대신 꾸지람 듣는 여편네 같구나. 망할 년 같으니…….'

화가 났지만 더는 성을 낼 수가 없었다. 못마땅한 질녀를 질책할 수는 있어도, 서방 대신 울먹이는 계집을 탓하는 것은 사내대장부의 도리가 아니었다.

"넌 어떻게 할 테냐?"

모용상아를 외면한 섭위문이 허저에게 물었다. 하나 허저의 좁혀진 미간은 대답을 미루고 있었다.

"난 갈 테다. 살귀 놈이야 뒈지든지 말든지 상관없지만, 용호란 놈은 꼭 만나야겠다. 의제 하나 잘못 둔 덕에 팔자에 없는 고자들하고 맞붙게 생겼네. 염병할 팔자……."

"서도… 가겠이요."

씨근덕거리던 섭위문이 와락 인상을 구겼다.

"이년이 아직도 정신 못 차렸네? 거기가 어디라고 따라나서겠다는 게야?!"

"짐이 되진 않겠습니다. 아니, 분명 제가 도울 일이 있을 것입니다. 용호를 찾으려면 제가……."

"넌 왜 그와 헤어졌느냐?"

허저의 질문에 모용상아가 눈물을 훔쳤다. 자신이 한과 헤어진 이유는 그와 아무런 상관이 없다. 그럼에도 묻는다는 건 무언가를 확인하고 싶어서일 것이다.

"함께할 수 없는 길이었으니까."

"왜 뒤따르지 않았지?"

"그의 길이었으니까. 그의… 복수니까."

부연은 없었다. 하나 허저는 그것만으로도 만족한 듯했다.

"그의 길이라……."

다그치던 섭위문도, 뭐라 변명하려던 모용상아도 입을 다물고 말았다. 그만큼 허저의 대답은 예상 밖이었다.

"그럼 이쯤에서 나도 내 길을 가야겠군."

"뭐?"

허저의 갑작스러운 행동에 섭위문이 놀라 되물었다. 하나 검을 들고 나서던 허저의 말에 붙잡으려던 손을 거두어야만 했다.

"사부는 내가 못 미더웠던 겁니다. 내가 어찌할지 다 알고 있었던 겁니다. 그래서 마지막 한 올의 원한까지 다 거두어 갔던 겁니다. 못난 제자가… 자기 뒤따라올까 봐……."

대화를 원하는 것이 아니었다. 사무친 울화를 삭이려는 것뿐이다. 이제는 가고 없는 사부를 떠올리면서.

"뜻을 따라야겠지요. 못난 제자가 되라니… 뜻대로 못난 제자가 되어드려야지요. 사부의 뜻대로 살귀에게 목숨을 구걸받았으니, 구차한 삶이나마 계속 살아가야겠지요. 하나 아직 내 길이 끝난 것은 아니니 다시 가보렵니다. 꼭 만나야 할 사람도 있고, 갚아야 할 빚도 남아 있고……."

"허저야……."

섭위문의 부름에 허저가 고개를 돌렸다. 굳게 다물어져 있던 입술이 비틀렸다.

"이제 허저는 없습니다. 여기 서 있는 빈껍데기는 광도 황옥산의 제자… 장홍(張弘)입니다."

허저, 아니, 장홍이 남긴 침묵이 내실의 숨소리마저 가두어 버렸다.

하나 잠시 생각에 잠겨 있던 섭위문도 이내 고개를 털며 자리에서 일어섰다.

"그래, 그게 네 길이라면……."

장홍이 사라진 문으로 섭위문의 발걸음 소리가 멀어지고 있었다.

홀로 남겨진 모용상아가 긴 한숨을 내쉬며 고개를 들었다. 흐릿한 그녀의 시선에 그의 검신이 들어왔다.

'고맙습니다. 이렇게나마… 그의 흔적을 남겨주셔서…….'

묵직한 그의 체취를 안아 든 모용상아가 이내 낮게 흐느끼기 시작했다. 그때 그녀의 등 뒤로 섭위문의 목소리가 들려왔다.

"망할 년. 안 갈 테냐?"

*　　　*　　　*

그리 높지 않은 산야. 하북에선 제법 높다 불릴 수도 있겠지만, 천하를 주유하고 돌아온 한에겐 별 감흥을 주기 어려워 보이는 그저 그런 야산이었다.

한데 얼마나 들었을까. 숲의 청량함과는 어울리지 않는 시큼한 땀 냄새가 한의 후각을 자극하고 있었다.

'매복?'

사람과 마주치지 않게 조심했다. 관도를 벗어나 평야를 가로지르는 것으로도 모자라 최대한 인적이 없는 길만 골라서 다녔다. 사람은커녕 개 새끼 한 마리와도 마주친 적이 없었다.

'이게 천하와 싸워야 한다는 건가?'

모용상아의 말이 맞다. 세상으로 내려온 이상 싸움은 피할 수 없게 되었다. 피하지 않아서가 아니다. 세상의 눈을 피한다는 것 자체가 가능할 리 없었다.

그래서 걸음을 멈추지 않았다. 피하지 못한다면 부딪치는 수밖엔 없으므로.

쉬익!

그의 거침없는 행보가 맘에 들지 않았었나 보다. 숲의 한편에서 날아든 화살이 한의 미간을 향해 쏘아지고 있었다. 하나 몰랐더라도 위협이 되지 못할 물건이었다. 하물며 이미 들통 난 암습임에야.

파박!

어깨를 반쯤 틀어준 것만으로 충분했다. 한의 고개를 스친 두 대의 화살이 나무둥치에 박혀 몸부림치고 있었다. 한의 걸음은 멈춰져 있었다. 마치 소용없으니 어서 나오라 손짓하는 듯.

"쳐라!"

화답 역시 빨랐다. 외마디 외침과 함께 굵은 나무둥치 위에서 네 개의 인영이 떨어져 내렸다. 하나 한은 고개조차 들지 않았다. 물론 그의 검마저 움직이지 않은 것은 아니었지만.

휘이잉!

십 면을 봉쇄한 철검조의 공세조차 어쩌지 못한 그였다. 네 자루의 검 따윈 두 번의 손짓이면 충분했다.

"커헉!"

그나마 검이나 휘둘러 본 자는 둘뿐이었다. 한의 쾌검은 검을 휘두를 여유조차 주지 않았다. 검을 회수함과 동시에 그의 주변으로 네 구의 시신이 떨어져 내렸다.

'매복을 하고 있었다는 건, 이미 내 행로가 모두 알려졌다는 뜻. 어차피 싸워야 한다면……'

산의 신음 소리. 아산은 지독한 살기에 휩싸인 채 진저리를 치고 있었다. 한은 산을 오르는 길을 택했다.

어차피 물러설 곳 따윈 없었다. 만약 있었다면 오래전에 그리했을 것이니.

“산으로 들었습니다.”

“무모하군.”

“선택의 여지가 없었을 겁니다. 쫓기고 있다는 것을 안 이상, 평지보다는 산을 택하는 편이 나을 거라 생각한 거겠지요. 결론적으론 여우를 피해 범굴로 든 꼴이 되었지만…….”

“가라.”

흑포중년인의 명에 부복해 있던 삼십여 명의 사내들이 숲으로 사라져 갔다. 그들이 사라진 직후 흑포중년인의 옆에 시립해 있던 백의문사가 조심스레 입을 열었다.

“너무 이른 것 아닙니까?”

문사의 말이 무슨 뜻인지는 흑포중년인도 알고 있었다. 물론 그 뜻을 따를 생각은 없었지만.

“실력을 가늠해 보고자 함이다.”

“아직 그자가 오른 지 일각도 채 지나지 않았습니다. 저희 말고도 산에 오른 자가 수백. 굳이 먼저 나설 필요는…….”

“아무리 으르렁거린다 해도 승냥이들로 대호를 어쩌지는 못한다.”

“하나 산으로 스며든 군웅들 중엔 실력있는 자들도 적지 않습니다. 진혼도(鎭魂刀) 후표(侯彪)와 혈랑마조(血狼魔爪) 악전(岳琠)만 해도 무시 못할 고수들입니다.”

“훗.”

흑포중년인의 코웃음에 백의문사가 고개를 저었다. 실언을 했다. 고작 후표와 악전 정도에 관심을 보일 그가 아닌 것을.

“그뿐이 아닙니다. 정파들과의 조우도 생각해야만 합니다. 일단 종남파의 진로를 바꾸어놓기는 했습니다만, 그리 오래 헤매지는 않을 것입니다. 소림

과 무당 역시 이미 움직이고 있을 것이 뻔하고. 무사들을 보존할 필요
가……."

"상관없다."

흑포중년인의 미간은 이미 원래의 모습으로 돌아와 있었다.

"상대는 천하를 경동시킨 살귀. 명분은 모두에게 공평하게 주어졌다. 구천
무예는 살귀의 무공. 살귀를 잡는 자가 모든 것을 갖는다. 그게 정파이건 우
리 같은 흑도이건."

백의문사의 눈가엔 아직 걱정이 남아 있었지만 흑포중년인의 말에 감히
반박할 엄두는 내질 못하고 있었다.

'맞습니다. 누구도 두려워할 필요가 없지요.'

고개 돌린 백의문사의 눈이 흡족하게 웃고 있었다. 흑포중년인의 등 뒤. 한
쪽 무릎을 꿇고 있는 백여 명의 무사들이 명이 떨어지기만을 기다리고 있었
다. 흑도제일세라는 철혈방에서 고르고 고른 정예 무사들. 그리고 그들을 이
끌고 온 흑포중년인은 흑도제일고수로 추앙받는 자. 구유신(九幽神) 모경(毛
瓊) 앞에 두려움이란 단어는 어울리지 않았다.

＊　　　＊　　　＊

"더 빨리 가!"

예향의 재촉에 가패는 다시 한 번 말없이 마편을 휘둘렀다. 내내 내쉰 한
숨만큼이나 잦은 재촉. 보다 못한 손 노인이 투덜거렸다.

"입으로 갔으면 벌써 도착했겠다."

"속 뒤집혀 죽을 것 같으니까 건드리지 마셔, 노인네."

독살 맞은 눈초리에 손 노인이 혀를 내둘렀다. 하나 타박은 거기까지였다.
마차를 타고 가는 세 사람 중 조급하지 않은 사람은 아무도 없었다.

그가 있는 곳을 알았다는 것은 다행한 일이었지만, 그를 찾아가는 것이 자신들만이 아니라는 것은 전혀 다행한 일이 아니었다. 한시가 급한 이 마당에 쓸데없이 얼굴 붉혀 힘을 뺄 필요는 없었다. 그보다는,

"왜 그랬을까?"

"이제 와 무슨 소리야? 쓸모없어져서 버리는 거라며?"

손 노인의 말에 예향이 이를 갈았다. 하나 이번에는 손 노인도 지지 않았다.

"이년아, 그걸 누가 몰라서 묻냐? 그 쓸모가 왜 없어졌냐는 거지."

"구양문이라도 찾았나 보지."

두 사람의 대화에 가패가 끼어들었다. 하나 손 노인의 걱정은 조금도 가벼워지지 않았다.

"나는 그 당연한 대답이 전혀 당연하다고 생각되지 않는구먼."

"또 그 얘기야? 동창이 찾는 게 구천무예가 아닐지도 모른다는?"

"그래, 또 그 얘기다."

예향과는 달리 손 노인의 표정이 자못 심각했다.

"어차피 그가 돌아갈 곳은 구양문뿐이었어. 이렇게 천하를 발칵 뒤집을 필요가 없었던 일이었지."

"그건 그래. 그놈을 잡아간 건 그렇다 쳐도, 소문까지 낸 건 좀 이상했어."

"내 말이 그 말이야. 굳이 구천무예의 존재를 널리 알려서 그들이 얻을 게 뭐냐 말이지. 꼭꼭 숨겨도 모자랄 판에."

홍파가 준 정보니 확실하다. 흑도제일세인 철혈방과 구파일방의 일문인 종남파가 가세했다. 하늘은 무너졌는데 솟아날 구멍은 없어 보였다.

"동창은 결코 바보가 아니야. 분명히 목적이 있어. 단지 그들이 뭘 원하는지를 짐작조차 못하겠다는 게 문제지. 아무리 생각해도 구천무예는 아닌 것 같은데……."

"그런데… 정말 구양문이 잡힌 것 같소?"

흘러가는 듯한 가패의 물음에 손 노인이 고개를 돌렸다.

"그래야 말이 되지 않겠는가?"

"아니라면?"

고개를 젓던 손 노인의 몸이 천천히 굳어져 가고 있었다. 잠시 후, 가패와 손 노인의 눈이 마주쳤지만 두 사람 모두 부정도 긍정도 하지 못했다.

"설마… 그건 더 말이 안 돼."

"하지만 그럭저럭 아귀는 맞지 않소?"

"지금 무슨 말들을 하고 있는 거야?"

졸지에 외톨이가 되어버린 예향이 아미를 찌푸리며 두 사람을 번갈아 봤다. 하나 예향의 치켜떠진 아미조차 머리 속이 뒤엉켜 버린 손 노인에겐 아무런 위협이 되지 못했다.

"자네 말대로라면… 동창은 구양문의 존재를 알면서도 찾지 않았다는 말밖엔 안 돼. 동창이 그럴 이유가 없지 않은가? 또 설사 그렇다 치더라도 아직 원수가 둘이나 남아 있어. 정말로 동창이 금가장 혈사까지 관계되어 있다면 그들을 남겨둘 이유가 없지. 자네 말은 그들이 구천무예를 노리는 게 아니라는 말보다 더 말이 안 돼."

"…설마하니 지금 이 상황보다 더 말이 안 되기야 하겠소."

가패의 퉁명스러운 말에 손 노인은 긍정도 부정도 할 수 없었다.

*　　　　*　　　　*

손끝으로 전해지는 살인의 느낌보다 눈앞에서 뿌려지는 피 비가 더욱 참기 어려웠다. 벌써 반 시진은 넘은 것 같았다. 산을 오르며 닥쳐오는 대로 베었다. 대부분이 일 합도 견디지 못할 자들. 하나 개중엔 제법 실력있는 자도 있었다.

'후표라고 했던가?'

비릿한 조소를 지으며 달려들던 사내. 진혼도라는 별호만큼 패도적인 도였다. 덕분에 철검은 부러져 버렸고, 반 동강 난 철검으로 후표의 목을 그어야 했다. 조소하던 표정 그대로 절명한 걸 보면 원래 얼굴 가죽이 그렇게 생겨먹었던 자 같기도 했다.

한의 걸음이 조금 빨라진 것은 서른 명쯤 베었을 때였다. 이런 식으로 가다간 산으로 몰려든 자를 전부 베어야만 끝날 것 같았다. 피하고 싶지는 않았지만 산에서 밤을 새고 싶은 마음도 없었다.

하지만 산은 깊었고, 밤은 어두웠다. 다시 백 보를 옮기는 동안 여섯을 베었고, 서른일곱 번째로 달려든 자가 바로 눈앞의 적포노인이었다.

"과연, 명불허전이구나!"

함께 협공하던 사내를 방패로 목숨을 건진 적포노인이 한에게 소리쳤다. 노인의 손속은 비열하기 짝이 없었다. 몰려든 사내들 중 누구도 적포노인의 곁으로 가려 하지 않았다. 노인을 대신해 목숨을 내놓은 자만 셋. 혈랑마조란 악명답게 잔악한 손속을 선보이는 악전이었다.

"차합!"

악전의 헐렁한 장포 속에서 붉은빛이 쏘아져 나왔다. 핏빛같이 붉은 마조가 한의 심장을 향해 날아들었지만 한이 휘두른 검에 튕겨 또다시 허공을 날았다. 그리고 이번에도 한은 악전을 베기 위해 신형을 날렸다.

쉬이익!

거대한 덩치에 어울리지 않는 빠르기. 마치 철탑이 날아드는 듯한 착각이 일었지만 악전의 신형은 이미 하늘로 솟구친 후였다.

"네놈의 느린 발로는 천 년이 지나도 나를 따르지 못할 것이다!"

악전의 비웃음에 한이 바닥을 차고 날아올랐지만 악전은 이미 나무둥치를 차고 저만치 날아가 있었다. 약 오르는 일이었지만 경공만큼은 한도 악전을 따르지 못하고 있었다.

'내 혈랑마조는 삼 장 밖의 심장도 움켜잡을 수 있다. 공격과 후퇴가 자유로우니 네놈의 검에 목을 내놓을 일은 없다.'

한과 거리를 벌이며 내려선 악전의 눈엔 득의의 빛이 가득했다. 혈랑마조의 재질은 강하기 이를 데 없다는 한철. 살귀의 철검 따위론 흠집조차 낼 수 없는 기병이었다.

"이젠 슬슬 네 심장을 뽑아내야겠구나."

악전의 눈이 붉게 타오르고 있었다. 주변에 아직 몇몇 무인들이 남아 있었지만 자신이 경계해야 할 만큼 강한 자는 보이질 않았다. 이 정도면 살귀를 죽이고 구천무예를 빼앗아도 충분히 도주할 수 있을 것이다.

"각오해라!"

악전의 쌍수가 가슴 어림에서 교차했다. 장포가 흘러내리며 두 개의 붉은 마조가 모습을 드러냈다. 그 마조 사이에서 번득이는 두 눈이 잔인하게 미소 짓고 있었다.

"차하합!"

악전이 세차게 양손을 휘둘렀다. 그의 양손에서 발출된 두 개의 마조가 빠르게 거리를 좁혀들고 있었다.

'공세에 격차가 없다. 두 개를 모두 방어하는 것은 불가능한 일!'

두 사람의 공방을 바라보던 사람들 모두가 악전의 승리를 예감했다. 하나,

"아니?!"

사람들의 입에서 절로 탄성이 터져 나왔다. 사람들 모두 살귀가 허공으로 몸을 띄울 것이라 생각했다. 악전 역시 그것을 바라며 좌우를 노렸던 것이다. 살귀가 허공으로 몸을 띄우기만 한다면, 마조를 조종해 허공에 뜬 그를 잡겠다는 심산이었다. 하나 살귀는 허공으로 날아오르지 않았다. 오히려 우측의

마조를 향해 몸을 날리며 철검을 휘둘렀다.

취리릭!

한은 마조를 튕겨내지 않았다. 검을 휘두르긴 했으나 그의 검이 노린 것은 마조와 연결된 철삭(鐵索)이었다.

'놈! 마조의 철삭은 끊어지지 않……'

악전의 입가에 미소가 지어지고 있었다. 철삭 역시 한철과 묵철을 섞어 만든 기물이었다. 그리고 그의 예상대로 마조는 철삭을 휘감아 돌 뿐 잘라지지 않았다. 하나 한은 그것을 노렸다.

취리릭!

철검에 마조를 휘감아 버린 한이 몸을 비틀어 좌측의 마조를 피했다. 아니, 오히려 검을 내밀어 좌측의 마조마저 철검에 휘감아 버렸다. 악전은 무언가 잘못되었다는 걸 느끼면서도 습관처럼 철삭을 조종해 살귀의 철검을 붙잡았다. 그것이 실수였다.

슈웅!

살귀의 철검이 자신을 향했을 때 눈치 챘어야 했다. 한은 마조에 묶여 버린 철검을 후려쳤다. 한의 손을 떠난 철검은 한 자루 비수가 되어 악전에게 날아갔다. 전설상의 어검술(御劍術)을 흉내 내기라도 하는 듯.

푸욱!

"커허억!"

악전의 두 발이 땅에서 떨어지기 전, 빛살처럼 날아든 철검이 악전의 가슴을 관통해 버렸다. 그뿐이 아니었다. 철검을 붙잡고 있던 마조가 풀리며 날아들던 여력 그대로 악전의 가슴에 깊숙이 발톱을 박아 넣고 말았다.

절명. 혈랑마조란 악명으로 이름 높았던 악전의 최후는 애병인 혈랑마조에 스스로의 심장을 파 먹히는 것으로 끝이 나고 말았다.

'잡기에 상처 입는 건 한 번이면 족해.'

이미 백사평에서 이와 비슷한 싸움을 경험한 한이었다. 백사평에서 자신의 왼팔을 가져간 쌍비은영의 은영자. 그나마 그들에겐 절정의 은신술이라도 있었다. 감히 신법 하나 믿고 의기양양해하다니.

악전의 시신을 바라보던 한이 고개를 돌렸다. 아직 대여섯 명의 무사가 그곳에 자리하고 있었다. 하나 그들은 움직이지 못했다. 그들은 살귀가 주인 잃은 철검 하나를 거두고 시야에서 완전히 사라진 후에야 입을 열 수 있었다.

"우리가… 무슨 짓을 하고 있던 거지?"

＊　　　＊　　　＊

"어디야?"

"오부능선쯤? 이번엔 일각이나 걸렸어."

"누구인지는 몰라도 제법 솜씨가 좋은 자였나 보군."

진운검(眞雲劍) 표승(豹承)의 말에 청풍수사(淸風修士) 형안(炯安)이 가볍게 고개를 끄덕였다. 표승과 형안은 하남 일대에서 활약하는 이들로, 그리 위명이 높지는 않았으나 오래 사귀어온 절친한 친구 사이였다.

"지금까지 당한 자만 오십은 넘을걸?"

"질렸어. 오십이나 되는 산중 매복을 정면 돌파했으면서도 아직까지 건재할 수 있다니."

"그러니 더욱 포기할 수 없지. 구천무예와 같은 비급을 얻는 일이 어디 쉽겠는가?"

형안의 말에 표승이 마주 웃어주며 말했다.

"그래, 이런 기회는 결코 흔한 것이 아니지. 지금쯤 살귀도 많이 지쳤을 터, 기다리다 보면 분명 우리에게도 기회가 올 걸세."

"물론이지. 후후."

기실 지금 한을 향해 달려드는 이들은 대부분 경험이 부족하거나 열의만 넘치는 삼류무사들이었다. 경험이 풍부한 이들은 어둠 속에 몸을 숨기는 쪽을 택했다. 싸우려고 온 것이 아니라 구천무예를 얻으려고 온 길. 괜히 나서 매를 벌 필요가 없었다.

"살귀가 움직이나 보군. 우리도 슬슬 움직이자구."

표승이 일어서자 형안도 엉덩이를 털며 몸을 일으켰다. 한데,

투둑!

허리를 펴던 형안의 머리 위로 무언가가 떨어져 내렸다. 머리카락 사이로 흐르는 느낌.

"먹구름이 꾸물거리더니 결국 비를 뿌릴 모양이군."

손을 들어 빗물을 닦아낸 형안이 하늘을 보기 위해 고개를 들었다. 하나,

"커헉?!"

진저리를 친 형안이 두 눈을 까뒤집었다. 불로 지지는 듯한 고통. 형안은 등 어림의 통증보다 배를 뚫고 나온 검을 본 후에야 죽음을 인지했다. 형안은 표승을 찾아 설명을 부탁하려 했다. 하나 그에게 이 상황을 설명해 주어야 할 표승의 머리는 벌써 땅에 떨어져 험하게 바닥을 구르고 있었다.

"누… 누구?"

누구에게라도 물어야 했다. 적어도 누구 손에 죽는지는 알아야 눈을 감을 수 있을 것 같았다. 하지만,

"이걸로 일곱."

혼백이 빠져나가기 직전에 들린 목소리. 원했던 대답이 아니어서였을까? 바닥으로 몸을 뉘인 형안의 두 눈은 억울함으로 부릅떠져 있었다.

"백위의 동선에 발을 걸친 죄야."

형안의 동공으로 허연 그림자가 스치고 지나갔다. 산의 어둠과는 어울리지 않는, 그리고 동창이라는 이름과도 어울리지 않는 순백의 백의였다.

$$* \qquad * \qquad *$$

"죽은 지 반 시진 정도 지났습니다."

이산이 들췄던 시신에서 손을 떼며 고개를 돌렸다. 질서도 정연하게 이어진 시신들. 마치 살귀를 가리키는 이정표 같았다.

"반 시진이면 지금쯤 정상에 다다랐을지도 모르겠습니다."

"턱도 없는 소리. 넌 저 징글징글한 피 냄새도 안 맡아지냐?"

단사의의 퉁명스러운 말에 임옥룡의 시선이 산으로 향했다.

달빛에 능선을 드러낸 야산은 그리 높지 않았다. 멀리서 병장기 부딪치는 소리가 들리는 듯도 했지만 숲을 굽이쳐 들려오는 탓에 거리를 가늠하기란 불가능했다. 하나 운경자와 단사덕의 표정을 보니 단사의의 말이 틀리진 않은 것 같았다.

"도대체 몇 명이나 산에 오른 거지?"

"아무도 모르지. 그간 하북으로 흘러든 외지 무인들만 삼백이 넘었어. 그중 몇이나 이곳에 와 있는지도 모를 일이고, 또 우리 눈을 피해 스며든 자들이 얼마나 더 있는지도 알 수가 없고."

"허……."

단사의의 말에 운경자가 허탈한 한숨을 내쉬었다. 낮아만 보였던 야산이 지금은 왜 이리 커 보이는지.

"그놈도 참 어지간하네. 해질녘에 산으로 드는 건 또 무슨 해괴한 짓거리래? 사람들이 뒤쫓는다는 걸 모르나? 아니, 몰랐다 해도 그렇지, 산 초입에서 암습까지 받았으면 알아서 산을 돌아야 할 거 아니야? 죽으려고 작정을 한 건지……."

"걸음을 돌렸다면 산에 오른 이는 그가 아닌 다른 사람이겠지요."

단사의의 투덜거림이 멎었다. 하나 버릇없이 끼어든 조광호를 탓하진 않았다.

"이게 당연하다는 거냐?"

단사의의 물음에 조광호가 고개를 끄덕이며 말했다.

"누가 뭐래도 그는 무창살귀니까요."

조광호의 입에서 나왔을 뿐이건만, 이전에 들었던 이름과는 사뭇 느낌이 달랐다. 단사의는 이 애송이가 생각보다 그를 잘 알고 있다는 걸 느낄 수 있었다. 그리고 자신이 그에 대해 아는 것이 별로 없다는 것도.

"서두르자. 늦기 전에 그를 찾아야 해."

"지금까진 안 서둘렀수?"

단사덕의 말에 단사의가 투덜거리며 걸음을 옮겼다.

"젠장, 이러다가 그놈 뒈지고 구양가주가 금가장 이야기를 동네방네 떠들어 버리면……."

투덜거리던 단사의가 걸음을 멈췄다. 뒤통수를 찌르는 시선. 고개를 돌리니 운경자의 차가운 시선이 멈춰 서 있었다.

"입방정 떨지 마라. 정말 그렇게 되었다간… 소림과 무당은 십 년 봉문은 각오해야 하니까."

"그렇게라도 씻겨지면 다행이게? 구양세가의 비사가 강호에 퍼지기라도 하는 날엔 정녕 천추의 한으로 남을 거다."

"만약 그놈이 땡추나 말코들에게 간다면?"

"글쎄다. 십중팔구 시치미 뚝 떼고 꼭꼭 숨겨놓겠지. 숭산이나 무당산에 그 친구 하나 숨길 곳 없을까."

"그럼, 복수는?"

"…물 건너간다고 봐야지."

예향의 눈빛이 또다시 어두워졌다.

그때 마차가 멈췄다. 움직임이 멈추자 예향이 고개를 돌려 물었다.

"다 온 거야?"

"기다리고 있어."

"뭐? 어디 가게?"

마차가 멈춘 곳은 산자락과는 조금 떨어진 숲이었다. 마차가 유난히 덜컹거린다 싶더니, 관도를 벗어나 인적이 뜸한 곳으로 숨기 위함이었나 보다.

마부석에서 내린 가패가 마차의 뒤로 와 차양을 걷었다.

"뭐 하시게?"

가패의 행동에 무언가 이상함을 느낀 손 노인이 물었다. 하나 가패는 마차 바닥에 내려져 있던 궤짝을 말없이 꺼냈다.

"그건 뭐 하게?!"

예향이 발끈하며 소리쳤다. 하나 궤짝을 열어 한 의 묵검을 꺼낸 가패는 별일 아니라는 듯 조용히 말했다.

"이제… 주인에게 돌려줘야지."

묵검을 어깨에 걸친 가패가 고개를 돌렸다. 마차 안의 사람들에겐 들리지 않을 만큼 낮은 소음. 능선 어딘가에서 들려오던 병장기 부딪치는 소리가 가패의 심장을 조용히 흔들고 있었다.

*　　　*　　　*

"이조 퇴각! 삼조 서둘러라!"

거친 외침이 산야를 쩌렁쩌렁 울렸다.

산 정상과 맞닿아 있던 너른 분지. 명령을 따라 다섯으로 줄어버린 이조가 뒤로 빠졌고, 아직 아홉이 남아 있던 삼조가 다시금 살귀를 노리며 도를 휘둘러 갔다.

'젠장! 정녕 이렇게 개죽음을 당해야 하는가?'

이미 반수에 달하는 열다섯의 조원을 잃고 말았다. 조금만 더 시간을 끌면 본대의 지원이 있을 줄 알았다. 철혈방에서 투입한 전력만 백삼십. 호법전 무사 중 칠 할이 살귀를 잡기 위해 움직인 것이었다. 하나 자신의 삼대가 전멸에 가까운 타격을 입었음에도 다른 방도들의 모습은 코빼기도 비치질 않고 있었다.

어느 정도 짐작은 하고 있었다. 살귀의 실력을 가늠해 보는 잣대가 자신들의 임무였으니, 그 임무를 완수할 때까진 지원이 없을지도 모른다. 그때 다시 네 명의 조원이 피를 뿌리며 쓰러졌다. 더 의심할 필요가 없었다. 자신들의 임무는 개죽음이었다.

"모두 물러나라!"

명이 떨어지기 무섭게 살아남은 다섯 명의 조원이 살귀에게서 떨어져 나왔다. 서른이 도를 뽑아 열이 살아남았다. 철혈방의 정예라 불리던 호법전의 무사들이었건만.

"모두 돌이기리. 개죽음은… 이검로 충분할 거다."

대주의 명에 살아남은 무사들이 동요하기 시작했다. 살았다는 희열과 당치않은 명에 대한 반발. 그것은 서로 갈린 두 부류의 생각이 아닌, 한 가슴 안에서의 얽혀듬이었다. 삼대주는 수하들의 반응에 아랑곳하지 않은 채 도를 뽑았다.

"난 철혈방 호법전 삼대주인 공칠(公七)이다. 내가 너의 마지막 상대다."

칼끝이 날카롭게 벼려져 있었다. 모로 뉘인 공칠의 도가 명경처럼 한의 모습을 비쳤다. 물러가라 손짓하던 그를.

"후후, 억울해도 명은 명. 나서도 죽고 물러서도 죽을 거라면, 천하제일인의 무공에 죽는 것도 나쁘진 않겠지. 차앗!"

한의 손짓을 동정이라 생각했을까? 살기를 머금은 공칠의 도가 한을 향해 날갯짓을 했다. 한눈에 보아도 범상치 않은 모습. 공칠의 쇄도에서 부족하다 느껴진 건 삶에 대한 집착뿐이었다.

'…바란다면.'

공칠의 도가 유려한 곡선을 그리며 날아들었다. 부드러운 버들잎의 손짓 같았지만 철검 정도는 일도에 바술 힘을 감추고 있었다.

카강!

투박한 검명과 함께 공칠의 공세가 빠르게 전환되었다. 이미 수하들의 죽음을 목도한 후였다. 한의 검이 어떠한지 충분히 보았다. 빠르고 잔인한 검. 틈을 내어주면 분명히 비집고 들어올 것이다.

'죽을 때 죽더라도 초라하게 죽을 수는 없지.'

중병의 이점과 재빠른 공수 연환. 목숨을 도외시한 공칠의 공격에 한의 검이 일시지간 밀리는 듯 보였다. 공칠은 서른 명의 무사를 이끄는 대주. 한 번 잡은 선기를 놓칠 만큼 어수룩하지 않았다.

휘몰아치는 듯한 공칠의 움직임에 파공성이 도광을 뒤따르지 못할 정도였다. 하나,

카가강!

'우욱?!'

묵직한 검명과 함께 숨죽이고 있던 한의 검이 그를 밀어내기 시작했다. 애초에 결과가 결정된 싸움이었다. 상대는 천하를 경동시킨 무창살귀. 철혈방의 일개 대주가 상대가 될 리 없었다.

거친 검명과 함께 순식간에 승기를 놓친 공칠이 이를 악물고 한의 검과 맞섰다. 하나 후려치던 철검의 무게는 자신의 도를 압도하고도 남았다. 내력의 차이. 공칠은 죽음을 떠올리며 마지막 초식을 시전했다.

"차앗!"

검을 가슴으로 받으며 도를 휘두르는, 누가 봐도 알 수 있는 동귀어진의

수법이었다. 하지만,

　가가각!

　퍼억!

　"커헉!"

　공칠의 도는 한의 허리를 양단하지 못했다. 그것이 빈틈이었다. 공칠의 도를 옆으로 흘린 한이 빠르게 몸을 내밀었다. 생각지 못했던 어깨 공격. 한에게 가슴을 들이 받친 공칠은 이 장이나 날아가 처박히고 말았다.

　"쿨럭!"

　황급히 일어서려던 공칠이 가슴을 부여잡으며 주저앉았다. 팔 척 거구에서 뿜어진 완력이다. 그 충격이 어찌 작다 말할 수 있을까.

　하나 고통에 몸부림칠 여유가 없었다. 공칠은 재빨리 도를 잡으며 고개를 들었다. 하나 그를 기다리고 있던 건 목 언저리에 놓인 철검의 서늘한 감촉이었다.

　'상처조차 내지 못했어. 초라하군……'

　공칠은 발악하지 않았다. 죽음을 받아들이겠다는 듯 조용히 눈을 감는 것이 빈힝의 전부였다. 한의 눈매가 가늘어졌다. 그리고…

　'왜?'

　놀라 크게 떠진 공칠의 눈이 한을 찾았다. 살아남은 철혈방도들도 좌우로 갈라지며 그가 가는 길을 막지 못했다. 한은 그들을 뒤로한 채 멀어지고 있었다.

　자리에서 일어선 공칠의 곁으로 철혈방도들이 모여들었다. 하나 누구도 입을 열어 살아남았음을 기뻐하지 않았다.

　'왜 죽이지 않았나?'

　살귀의 들리지 않는 목소리가 살아남은 열한 가슴에 울리고 있었다.

　'널 베면 네 수하들 역시 베어야 했을 테니까. 그건 네 말대로 개죽음일 뿐이야.'

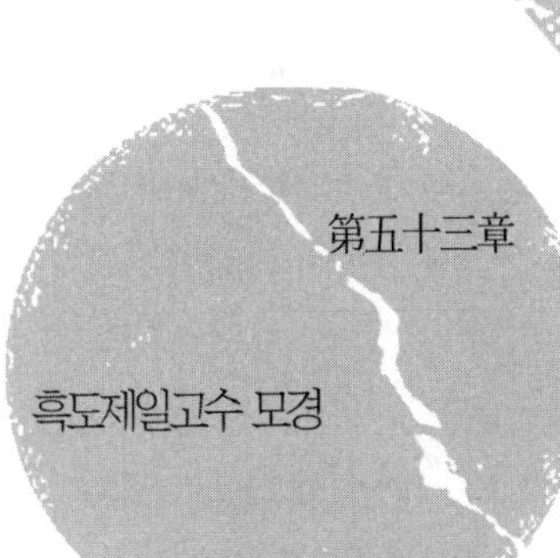

第五十三章
흑도제일고수 모경

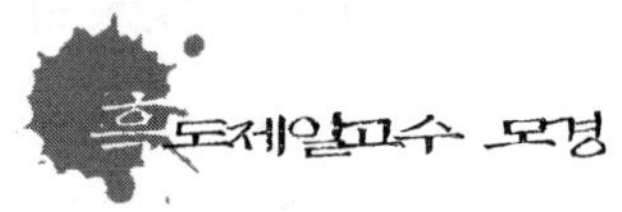

　　“**난** 못 기다려!”

　　“이년아! 너는 가봐야 아무런 도움이 안 돼! 그 사람을 만나기도 전에 엄한 놈들 손에 먼저 뒈진다고!”

　　예향과 손 노인의 다툼은 끝날 줄을 몰랐다. 예향은 당장이라도 손 노인의 손에서 고삐를 빼앗을 태세였지만, 손 노인은 추호도 산에 오를 생각이 없었다.

　　“노인네는 그 새끼가 걱정되지도 않아? 저 징글징글한 비명 소리가 들리지도 않느냐고!”

　　“그래서 못 간다는 거다! 네 비명도 듣기 싫고! 그 사람 비명도 듣기 싫어서!”

　　늙은이 목청이 이리 컸었나? 놀란 채로 굳어버린 예향이 입을 더듬거리며 손 노인을 찾았다.

　　“벌써 잊은 거냐? 너나 나는 그 사람한테 짐이 될 뿐이야.”

잊지 않았다. 백사평. 당장이라도 찢어발기고 싶은 기억의 한자락. 그를 얼마나 사랑하는지 확인하게 해준 소중한 기억.

"가패를 믿어. 지금 그 사람에게 도움이 될 수 있는 사람은 가패뿐이야."

"미안해서 그래."

"뭐가?"

"이렇게… 아무것도 못하고 손 놓고 있는 게 미안해서 그래. 뭐라도 해야 겠는데 아무것도 할 수가 없어서, 어떻게든 도와주고 싶은데 도울 일이 없어 서……."

"참아. 그래야 그를 만나."

손 노인의 말이 맞다. 어쩔 수 없었다. 아파도 참아야 했다. 그것이 창기 주제에 그를 연모한 대가라 생각하며.

그렇게 문드러지던 가슴이 구슬픈 한숨을 토해냈다.

"나쁜 새끼……."

예향의 탄식에 손 노인도 눈을 감을 수밖에 없었다.

＊　　　　＊　　　　＊

하늘과 경계진 곳이 희미하게나마 윤곽을 드러내고 있었다. 정상에 가까 워질수록 숲이 사라지고 암석들이 고개를 내밀기 시작했다. 더 이상 매복을 걱정할 필요는 없을 것 같았다.

하지만 정상에 가까워질수록 자신을 향한 살기도 그만큼 짙어져 가고 있 었다. 능선을 따라 이어진 그림자들. 저리 당당히 모습을 드러낸 것은 그만 큼 자신이 있다는 뜻일 게다.

'철혈방이라고 했던가?'

짙은 남색의 무복과 가슴 어림에 수놓아진 철(鐵)이란 글자. 일전의 자들은 시험이었나 보다.

"멈추십시오."

하얀 섭선과 학창의가 제법 잘 어울리는 사내. 기세라곤 눈곱만큼도 느껴지지 않는 이가 겁도 없이 나서고 있었다.

"전 철혈방의 식객인 홍유(洪陸)라 합니다. 그리고 여기 계신 분은 본 방의 호법이신 모 대인이시고."

'강하다.'

처음이었다. 전신의 신경이 곤두서고 근육이 팽팽하게 당겨지는 경험을 해본 건. 한은 흑포중년인에게서 눈을 뗄 수가 없었다. 그는 고수였다.

'쉽지 않겠어.'

막연한 느낌? 아니다. 검을 든 자의 본능과도 같은 감각. 상대는 지금까지 만났던 그 어떤 자보다 강한 자다. 군이 비교를 하자면,

'단 노인.'

자신이 알고 있는 가장 강한 고수를 꼽으라면 단연코 단 노인이었다. 그라면 눈앞의 모경과 비교해도 손색이 없을 것이라 생각했다.

모경의 입장에서도 그리 서운치는 않을 것이다. 전대의 고수이며, 개방의 장로인 표풍추마 단사덕과 같은 반열로 인정받은 것이니.

"피차 길게 이야기를 나눌 처지가 아니니 본론부터 이야기하지요. 본 방은 귀하를 모시려고 합니다."

일부러 목청을 높이는 것이 분명했다. 한에게는 제안이었고, 어둠 속의 승냥이들에게는 더 이상 나서지 말라는 분명한 경고였다.

'재미있군.'

구천무예를 내놓으라는 완곡한 표현. 대꾸할 가치도 없는 질문이었다. 하나 고개를 저어주는 것만으론 대답이 부족했었나 보다.

"이해합니다. 너무 갑작스러운 제안이었겠지요. 하나 제 이야기를 모두 들

고 결정하셔도 늦지 않을 겁니다. 이 산에 오른 자는 근 사백. 이중 본 방의 무사 백삼십과 귀하가 벤 팔십여 명을 제외해도 아직 이백에 가까운 무리가 귀하의 주위를 서성이고 있는 셈입니다. 이들을 모두 떨치기란 쉽지 않지요. 산을 무사히 내려가도 마찬가지. 이미 화산과 종남 등의 정파 인물들이 하북에 와 있습니다. 조만간 소림과 무당의 고수들도 당신을 찾아가겠지요. 설마 그들 모두를 상대하실 생각입니까?"

홍유의 반협박이 먹혔던 것일까? 무표정으로 일관하던 한의 미간에 처음으로 주름이 잡혔다. 소림과 무당. 강호의 태산북두. 천하제일문파. 그리고,

'…원수들의 사문.'

다른 수식어는 불필요했다. 그들은 원수들의 사문일 뿐이다. 죄를 물어야 한다면, 그건 그들이 아니라 자신의 몫이다.

하나 그런 내막을 알 리 없던 홍유는 한의 변화에 흡족해하며 말을 이어 나갔다.

"결국 그들은 과거에 그랬던 것처럼 보호라는 미명 아래 당신을 구속하려 들 것입니다. 하나 철혈방은 그들과 다릅니다. 철혈방은 위선자들을 경멸하지요. 그들은 감언이설로 욕심을 숨기는 데에 능한 자들. 하나 우리는 다릅니다. 그들은 우리를 흑도라 부르며 비하하지만, 흑도야말로 철저한 강자존의 원칙이 지배하는 무인들의 세계이지요. 과거를 묻지 않는 것이 흑도의 불문율. 당신만 결심한다면 철혈방이 그들로부터 당신을 감싸 안을 것입니다. 더욱이 철혈방은 흑도제일세라 불릴 만큼 그 세가 강성한 곳. 제아무리 소림과 무당이라 하더라도 우리의 그늘에서 당신을 빼앗아 가지는 못할 것입니다. 장담하건대 당금 강호에서 당신의 우군이 될 수 있는 건 우리 철혈방뿐입니다."

홍유의 달변이 끝났지만 장내의 움직임이라곤 조금씩 거칠어지는 바람의

몸부림뿐이었다.

"됐어."

먼저 움직인 것은 구유신 모경이었다. 그의 걸음에 홍유가 아쉽다는 표정으로 물러났다. 어차피 큰 기대를 걸진 않았다. 설득이 실패했으니 남은 방법은 한 가지뿐이었다.

"나, 모경이라고 한다. 벙어리라지?"

거두절미(去頭截尾). 기도에 어울리지 않는 차분한 목소리였지만, 말속에 묻어나는 느낌은 분명 강성이었다.

"우리 방주가 구천무예를 원해. 비급을 내주었으면 좋겠어. 아, 괜찮아. 대답이 필요했던 건 아니야."

한의 고갯짓이 멈췄다. 대화가 통하지 않는 상대. 하고자 하는 일은 반드시 해야만 직성이 풀리는 부류. 과연 그들이 자랑스러워하는 흑도의 제일고수다웠다.

'강자존이란 말이지.'

어이가 없었지만 그를 나무랄 수도 없었다. 자신 역시 그들과 그리 다른 길을 걸어오지 못했으니까.

한은 검을 누이는 것으로 대답을 다했다. 사선으로 비켜 든 철검. 모경의 눈가에 처음으로 감정이 떠올랐다.

바람이 잦아들었음에도 한의 머릿결은 나부낌을 멈추지 않고 있었다. 부풀어 오른 옷자락과 철검에 맺히던 새하얀 기운. 조금씩 커지던 기세의 소용돌이가 자신을 포위하고 있는 백여 명의 무사들에게 어서 오라 손짓하고 있었다.

'좋지 않다.'

홍유의 눈이 이채를 띠었다. 그를 모두 파악했다 생각했었다. 흑룡채, 모용세가, 광도 황옥산, 그리고 귀혼각. 산에 오르던 모습만으로도 부족해 삼대를 희생시켜 그의 실력을 직접 가늠했다. 그는 고수였다. 충분히 상대할 수 있는.

하지만 자신이 알고 있던 그 어떤 사전 지식에도 사방 삼 장을 아우르는 기세의 발현은 없었다.

'기세가 실력은 아니지만……'

홍유는 자신의 의심에 답을 구하기 위해 고개를 돌렸다.

미소가 사라진 입술. 구유신 모경의 굳은 얼굴만큼 확실한 답은 없었다.

*　　　*　　　*

'잔꾀에 넘어갔어.'

진달개의 표정이 좋지 않았다. 갈아 마셔도 시원치 않을 놈들. 잡초 같은 자들에게 속았다는 사실에 화가 치밀어 올랐지만, 어쨌든 목적지엔 도착할 수 있었다. 꽤나 먼 거리를 돌아온 후에.

"저 산이 분녕압니나."

제자의 말에 진달개가 고개를 돌렸다. 달조차 숨어버린 진한 어두움. 하나 진달개의 두 눈엔 어스름한 산의 윤곽이 또렷했다.

"너무 조용한데요?"

진달개의 시선이 산을 훑었다. 어둠이 내려앉은 야산은 하늘과 땅의 경계를 구분하는 것조차 어려웠다. 하나 살귀가 저 산 어딘가에 있는 것은 분명했다. 고요함에 익숙해진 귓가로 흐릿한 검명이 들려오고 있었으니.

"가자."

진달개를 선두로 오십이나 되는 종남파의 제자들이 어둠 속으로 사라져 갔다. 고개를 내민 만월이 그들의 모습을 비췄지만, 이내 먹장구름의 올가미에 걸려 어둠 속으로 빨려 들어가고 말았다.

　　　　　*　　　　　*　　　　　*

　스르릉.

　흑도제일고수라는 위명을 가져다준 애병 단월(斷月)이 뽑히는 순간, 먹구름의 한편이 갈라지며 하얀 만월이 자태를 드러냈다. 기분 좋은 징조. 도를 쥔 모경의 손등 위로 굵은 힘줄이 꿈틀거렸다.

　“오라.”

　파리한 도신 위로 내려앉은 것은 월광만이 아니었다. 푸르른 빛의 무리. 새파란 도기가 이글거리며 도를 달구고 있었다.

　‘당신이 있었으면 좋았을 것을.’

　손에 쥔 철검에선 아무런 감흥도 일지 않고 있었다. 주인을 알아볼 만큼 되바라진 놈도 아니었고, 자신의 경력을 모두 견뎌낼 수 있을 만큼 강단있는 놈도 아니었다. 검신에 맺힌 검기가 힘겨운 듯 떨고 있었다.

　‘버텨줘야 할 텐데…….’

　검을 쥔 손으로 다시금 내력을 주입했다. 어차피 물러설 수 없는 싸움. 고민은 짧았고 행동은 빨랐다.

　쉬이익!

　이 장이라는 거리가 무색했다. 모경의 어깨가 들썩인다 싶은 순간, 이미 새파란 도기가 면전까지 다다라 있었다.

　채챙!

　도와 검이 스친 자리로 새하얀 불똥이 튀었다. 공방을 주고받던 두 사람이 약속이라도 한 듯 떨어져 나왔다. 하나 그 짧은 숨 고르기는 휴식을 위함이 아니었다.

　우우웅.

새하얀 검기가 모경에게 날아들었다. 광도 황옥산의 십자도기를 단숨에 분쇄해 버릴 만큼 강력한 검기. 하나 모경은 황옥산이 아니었다.

콰광!

검기와 도기가 허공에서 얽히며 폭발했다. 일생에 한 번이나 볼 수 있을까 싶은 고수들의 공방에 철혈방도들의 얼굴이 달아오르고 있었다.

"모두 오 장 밖으로 물러서라!"

대주로 보이는 자가 수하들에게 소리쳤다. 그 소리에 넋을 잃고 싸움을 바라보던 사내들이 화들짝 놀라며 뒤로 물러섰다. 절정고수들의 싸움. 내공이 약한 자는 스치는 경력에도 내상을 입을 수 있었다. 두 사람이 차지하는 공간이 조금씩 넓어지고 있었다.

카강! 카가가강!

팔 척의 거구에서 뿜어지는 가공할 공세. 보통의 도보다 반 자는 더 큰 단월도를 젓가락처럼 휘두르는 모경의 완력. 힘과 힘의 충돌은 엄청난 굉음과 함께 사방을 초토화시키고 있었다.

"차압!"

잠시 떨어졌던 두 사람이 다시금 기운을 북돋으며 서로를 향해 달려들었다. 일진일퇴의 공방. 결국 누군가의 피로 얼룩져야만 끝날 지리한 싸움이 이어지고 있었다.

그리고 그들만의 전장 위로 차가운 빗방울들이 하나둘 떨어지기 시작했다.

*　　　*　　　*

"어디야?!"

"정상 쪽입니다!"

다급한 목소리들이 들려왔다. 하나 그들의 신형은 목소리의 다급함을 따르지 못하고 있었다.

"염병, 싸우려면 널찍한 데서 좀 싸우지."

단사의의 투덜거림에 모두가 인상을 찌푸렸다. 말투가 마음에 안 들어서가 아니라, 모두 같은 투정을 부리고 싶어서였다.

'산이 예상보다 깊다. 달도 숨어버려 한 치 앞도 분간하기가 어렵다. 이래선 아무리 경공이 빨라도 펼칠 수가 없다. 저 소리마저 들리지 않는다면……'

나무를 피하면 바위가 나오고, 바위를 피하면 가지 무성한 잡목들이 막아섰다. 경공은커녕 빠른 걸음으로 오르는 것도 조심에 조심을 더해야 했다.

"젠장, 뭐가 보여야… 어이쿠!"

투덜대던 단사의가 올가미처럼 솟아 있던 나무뿌리에 발이 걸리고 말았다. 가까스로 중심을 잡는 모습이 우스꽝스러웠지만, 바닥을 차며 신형을 뽑는 단사덕의 모습에 묻히고 말았다.

"먼저 갈 테니 소리를 좇아오너라!"

말릴 겨를도 없었다. 답답한 걸음을 더는 참을 수 없었는지, 단 두 번의 도약으로 나무 위까지 솟아오른 단사덕이 바람에 몸을 싣고 정상을 향해 날아올랐다.

"허, 이젠 그림자도 남기질 않는구나!"

단사덕의 뒷모습을 바라보던 운경자가 감탄하며 말했다. 과연 천하제일경공이라 불리는 단사덕이었다.

하나 언제까지 넋 놓고 감탄만 할 수는 없었다. 메아리처럼 들려오던 검명이 그들을 재촉했다.

"그런데 그와 싸우고 있는 자는 누구일까요? 검명이 들려온 지 벌써 일각이 넘었습니다."

"글쎄."

임옥룡의 물음에 운경자가 고개를 저었다. 자신조차 백 초 이내의 승부를 장담하지 못했다. 그런 그가 일각 동안이나 떨치지 못한 상대. 불길한 예감이 뇌리를 스쳤다.

'제발 그들과 조우한 것이 아니길…….'

＊　　　　＊　　　　＊

타다당!

시간이 흐를수록 싸움은 격해져만 갔다. 이미 그들의 주변은 텅 비어버린 상태였다.

산 아래로 이어진 길목은 전장에서 물러난 철혈방도들로 가득 차 있었다. 다행히 산정의 반대편은 도끼로 찍어낸 듯 경사가 심한 절벽. 등 뒤를 걱정할 필요는 없었다.

"허업!"

새파란 도기가 허리를 휩쓸었다. 그 경력에 휩쓸린 돌멩이들이 사방으로 비산하기도 전, 허공에서 날아든 검기에 부딪쳐 가루가 되고 말았다.

콰광!

경천동지할 격돌이었다. 한쪽은 흑도제일인이라 불리는 자, 다른 한쪽은 천하제일인의 무공을 이어받은 자. 그 이름들의 무게 탓인지 어느 한쪽도 쉽게 물러서질 않았다.

"허업!"

채챙!

잠시 떨어졌던 두 사내가 다시금 맞붙어 섬광을 토해냈다. 서로의 얼굴에 흐르는 땀방울이 보일 만큼 가까운 거리. 공방을 주고받던 두 사람의 병기가 거센 비명과 함께 얽혀들었다.

그그극!

자석처럼 달라붙은 검과 도. 두 사람은 서로의 눈을 노려보며 이를 악물고 있었다. 밀고 밀리는 힘의 균형은 좀처럼 깨어지질 않았다. 한데,

팅!

모경의 도와 맞물려 있던 검이 균열과 함께 작은 철 조각을 팅겨냈다. 균형이 깨어지는 소리. 모경은 그 순간을 놓치지 않았다.

"차하압!"

부풀어 오른 모경의 두 팔이 한의 검을 밀어냈다. 한은 이를 악물면서도 속절없이 물러설 수밖에 없었다. 검에 난 균열. 이대로 검이 부러지기라도 하는 날엔 몸으로 도를 받아낼 수밖에 없었다.

다다다닥!

쫓고 쫓기는 걸음. 등 뒤에 벼랑이 있다는 것을 알면서도 밀릴 수밖에 없었다. 물론 이대로 당할 한은 아니었다.

쉬익!

바닥을 차며 몸을 빼낸 한이 모경의 목을 향해 검을 내질렀다. 단 일수로 철검조의 열 자루 검을 모두 쳐냈던 쾌검. 정녕 믿기 힘든 빠름이었지만, 이번엔 그 상대가 모경이라는 것이 문제였다.

'강함[剛]은 부드러움[柔]을 넘을 수 없고, 빠름[快]은 변화[變]를 따를 수 없는 법!'

도극이 춤을 추기 시작했다. 한의 검도 빨랐지만, 모경은 도극을 팅김으로 가볍게 검극의 방향을 바꾸어 버렸다. 한의 두 눈이 미미하게 떨려왔다. 자신감이 없다면 펼치는 것조차 불가능한 일수였다. 하나 그것은 시작에 불과했다.

우우웅!

단월도의 파공성에 떨어지던 빗물조차 비켜났다. 아니, 단혼도가 떨어지던 빗물을 피하며 춤을 추기 시작했다.

'다르다.'

현란한 움직임은 아니었다. 하나 도극이 향하는 곳을 알아차릴 수가 없었다. 하체를 노릴 듯하다가도 유유히 나선을 그리며 상체를 노렸다. 검을 휘둘러 막으려다 보면, 모경의 도는 어느새 검을 비켜 나와 허리를 노리기 일쑤였다. 종잡을 수 없는 흐름. 한의 이마에 맺힌 땀방울이 검을 따라 흩어지고 있었다.

'당신만 있었다면……'

쓰지 못하는 왼팔을 탓할 필요도 없었다. 마음껏 휘두를 수 있는 병기만 쥐어졌더라도 이리 쉽게 밀리지는 않았을 것이다.

하나 변명에 익숙지 못한 그였다. 병기를 탓하며 패배를 인정할 수는 없었다. 아니, 복수가 끝나기도 전에 쓰러지는 상황 자체를 인정할 수 없었다.

'내 마지막은 내가 결정한다!'

쉬이익!

이를 악문 한이 빠르게 삼검을 쳐냈다. 끈적하게 달라붙는 모경의 도를 떨어뜨린 신산이었다. 허나 모경은 그런 한의 공격을 비웃기라도 하듯 유유히 물러나며 도를 마주쳐 왔다.

'굳세기는 소림의 패력과 닮았고, 빠르기는 점창의 검에 뒤지지 않는구나. 하나 그것이 전부라면… 넌 날 이길 수 없다.'

휘이잉!

나비의 팔랑거림. 모경은 요혈을 찍어오던 철검을 피하며 부드럽게 도극을 흔들었다.

타다당!

부싯돌을 갈아대는 듯한 불꽃. 눈이 부실 만큼의 빠름이었지만, 빠름을 옭아매던 변화엔 뿌리치기 힘든 부드러움이 담겨 있었다. 서로 상극이라 할 수 있을 움직임. 승기는 모경 쪽으로 기울고 있었다.

턱밑까지 치고 올라온 도를 겨우 막아낸 한이 땅을 박차며 거리를 벌렸다. 하나 모경은 그 뒤를 쫓지 않았다. 그것은 누가 보더라도 승자의 아량이었다.

'승부는 정해진 듯합니다.'

섭선 너머의 눈빛이 웃고 있었다. 얼마나 마음을 줄였는지 모른다. 만에 하나 모경이 당하기라도 하는 날엔 자신의 목숨도 온전할 수가 없었다. 하나 결과가 달라지진 않을 것이다. 비록 살귀가 자신의 예상을 뛰어넘긴 했지만 구유신 모경을 뛰어넘지는 못했다.

'살귀만 제압하고 나면 그 누가 와도 겁날 것이 없다. 천하에 구파일방이 라 해도.'

힘으로 맞설 필요도 없다. 중요한 것은 명분이었다. 어떤 싸움에서건 승자 에게 모든 결정권이 주어진다. 제아무리 구파라 하더라도 이미 끝난 싸움에 끼 어들어 배 놔라 감 놔라 할 수는 없다. 그들이 목숨보다 중히 여기는 체면 때문 에라도 그러진 못한다. 살귀를 잡는 자가 구천무예를 가질 수 있는 이유다.

'이것으로 철혈방의 위세는 지금보다 몇 배는 높아질 것이다. 구천무예를 가지고 있다는 이유 하나만으로도……'

좋은 미끼가 될 것이다. 살귀를 제압한 문파라는 위명만으로도 큰 자랑이 다. 수많은 사람들이 구천무예를 추종하며 철혈방을 찾을 것이다. 물론 방주 와 자신이 원하는 것에 비하면 성세구가는 작은 부분이다.

구천무예는 소림과 무당이 인정한 정종의 무공이다. 과거 천하제일인이었 던 이의 무공이다. 구천무예만 손에 넣을 수 있다면 흑도방파에서 당당한 일 류 문파로 거듭날 수도 있다.

'포기해라, 살귀. 그리하여 철혈방의 원대한 도전에 밑거름이 되어라.'

이제 그 멀게만 보였던 꿈이 이루어지려 하고 있었다. 흑도제일고수라 추 앙받는 구유신 모경의 손에서.

하나 공칠의 생각은 달랐다.

'이것이 제 수하 절반을 희생시킨 보람이군요. 하지만……'

그가 철혈방의 총호법이 된 오 년 전, 자신도 충성의 대가로 대주의 자리에 올랐다. 십오 년간의 정리. 공칠에게 모경은 목숨을 바쳐도 아깝지 않을 상관이었다. 하나 그는 자신에게 죽음을 명했다. 살귀에 대해 따로 보고하지 않은 건 그 때문이었다.

'그를 알기 위해 수하의 절반 잃었지만, 정작 알아낸 건 우리가 그에 대해 아무것도 알지 못한다는 사실뿐이다.'

쾌검을 쓴다 들었다. 하나 그의 검은 쾌검이 아니었다. 살귀의 검은 빠름을 목표로 하는 검이 아니었다. 그의 경지가 지고해 평범한 휘두름임에도 쾌검처럼 보인 것뿐이다.

'분명 승기는 총호법에게 있다. 하지만……'

불안함의 정체는 자신이 모경을 너무 잘 안다는 것이다. 그는 자타가 공인하는 흑도제일의 고수다. 자신 같은 이는 열이 있어도 그를 어쩌지 못한다. 하나 살귀와 맞부딪쳤을 때의 막막함은 그런 수준의 느낌이 아니었다.

'이길 수 있다는 생각이 들지 않았다. 패배도 죽음도 당연하게 받아들일 수 있었다. 그가 살귀라는 걸 인정해 버리고 만 것. 인간의 힘으론 어쩔 수 없는… 그런 존재라는 것을.'

공칠은 고개를 저었다. 자신의 능력으론 도저히 승부의 결과를 점칠 수 없었다. 다만,

'살귀가 정녕 구천무예의 전인이라면……'

살귀의 모습이 시선을 잡아끌었다. 그에 대해 알아낸 것은 아무것도 없었다. 단지 그가 펼치려 하는 것이 천하제일인의 무공이라는 것밖에는.

＊　　　＊　　　＊

‘소리가 멎었다.’

산을 오르던 가패의 걸음이 멎었다. 뇌성벽력이 천지를 휘감은 이후 정상에서 들려오던 검명이 잦아들었다. 마치 산중에서 길을 잃어버린 기분. 더 이상 그를 부르는 목소리가 없었다.

‘설마?

괜한 상상이 가패의 머릿속을 어지럽혔다. 하나 불안한 마음은 쉽게 가시지 않으며 지친 다리를 채찍질했다.

불길함이 뒷덜미를 긁어댔다. 하나 마음과 달리 걸음은 더욱 더뎌지고 있었다. 나지막해 보이던 야산이 험하기가 제법이었다. 한 치 앞도 안 보이는 어둠에, 비도 여간 세차게 오는 것이 아니었다. 땅을 구르기도 여러 차례. 의복 곳곳이 비와 땀으로 얼룩져 가고 있었다.

등에 멘 묵검도 한몫했다. 사십 근이라 봐야 어린아이 하나 엎은 무게일 뿐이건만, 등을 짓누르는 묵직함은 그에 비할 바가 아니었다. 어렴풋이 정상이 보였지만 아직 갈 길이 멀었다.

‘보채지 마라. 네 주인은 괜찮을 테니.’

가패의 다독임에도 묵검의 흐느낌은 멈추지 않았다. 가패의 다급한 걸음 역시.

＊　　　＊　　　＊

쏴아아!

점점 굵어지던 빗방울이 기어이 굵은 물줄기로 변해 산야를 적시기 시작했다. 서로를 노려보던 두 사람의 어깨 위로 허연 김이 모락모락 피어오르고 있었다. 차가운 밤공기가 폐부 깊숙이 밀려들어 왔고, 뜨겁게 달궈진 몸 안의 공기가 환영처럼 뿜어져 나왔다.

'비가 오는군.'

빗물에 흘러내린 머리카락이 시야를 가리고 나서야 비가 오고 있다는 것을 깨달았다.

'견딜 수 있을까?'

검에 맺힌 빗물이 검면의 미세한 균열을 타고 흘러내렸다. 억지를 부려 지금까지 버텼다. 하나 그마저도 한계에 다다랐다. 서너 합도 넘기기 전에 부러져 버릴 것이다. 물론 모경도 그 사실을 알고 있었고.

"너에겐 승산이 없다. 이 정도 발버둥 쳤으면 네 체면도 섰을 것이고. 마지막으로 기회를 주마. 검을 버리고 철혈방으로 오라. 그것만이 네가 살 수 있는 길이다."

의기양양. 모경의 입가에 사라졌던 미소가 되돌아와 있었다. 하나 거칠게 내리는 빗줄기가 그의 미소를 지워 버렸다.

"…어리석은."

천천히 일어서 검을 겨누는 한의 모습에 모경이 인상을 찌푸리며 도를 고쳐 잡았다. 단월도에 푸른 도기가 맺히는 것을 보면서도 한은 눈 하나 깜빡하지 않았다.

'단 한 번도 승패를 예상해 본 적은 없다. 막으면… 그저 벨 뿐.'

철검이 진동하며 맺혀 있던 물방울들을 튕겨냈다. 주변을 밝히는 새하얀 광휘. 진기와 살기가 뒤섞이며 철검을 옭아맸다.

"네가 내린 결정이니 내 도를 무정타 하지 마라!"

우우웅!

새파란 도기가 반월을 그림과 동시에 모경이 달려나왔다. 철검의 울림도 그에 공명하듯 거세어져 갔다. 그때 한의 눈이 부릅떠졌다.

'저럴 수가?!'

저것이 진정 변화가 일으킨 신기란 말인가? 산산이 바수어진 면경이 저럴까? 바람에 흩날린 포공영(蒲公英:민들레)이 저럴까? 수십 줄기로 갈라진 푸른 도기를 잔상이라 치부하고 싶었다. 하나 그것이 허상이 아님은 머리가 아닌 몸이 먼저 느끼고 있었다.

'어렵다. 점과 선을 아무리 이어도, 저 변화를 모두 쳐내기란 불가능하다.'

점과 선. 강함과 빠름. 자신이 배운 기예는 이 두 가지뿐이었다. 아니, 자신이 익힌 기예가 두 가지뿐이었다.

"부드러움[柔]은 빠름[快]을 따르지 못하고, 빠름은 변화[變]를 쫓지 못하며, 변화는 무거움[重]을 누르지 못하고, 무거움은 강함[剛]을 거스르지 못한다. 그리고 강함은 다시 부드러움 앞에 휘둘리게 되니, 이 오묘한 이치야말로 불변의 진리라."

구양문의 가르침은 옳았다. 눈앞의 잔상들은 제아무리 빨리 베어도, 제아무리 강하게 쳐내도 걷어낼 수가 없을 것 같았다.

'빠름으론 변화를 쫓지 못한다. 변화를 깨뜨릴 수 있는 것은 무거움. 하나 이 연약한 철검으론……'

완전한 형(形)을 갖춘 수십 개의 도기. 사람들은 모경의 승리를 의심하지 않았다. 하나 허상과의 대화는 날아들던 도기보다도 빨랐다.

"하나 상극이 진리라면 상생 또한 진리. 내가 너에게 전해준 것은 쾌와 강뿐이나, 너는 타고난 신력으로 무거움을 더할 수 있으니 이미 세 종류의 절기를 지닌 것이나 마찬가지다. 강함에 빠름을 더하면 능히 부드러움을 가를 수 있고, 무거움을 빠름에 싣는다면 능히 강함을 부술 수 있다. 또한 강함과 빠름을 융화시킨다면 그 어떤 변화라도 쫓을 수 있으니…….”

　지금까진 그랬다. 강함으로 점을 부수고 빠름으로 선을 갈랐다. 가르침을 따르지 않은 것이 아니라, 그것이 가르침의 전부였다. 이론상의 무공. 부활한 구천무예는 완전치 못했다.
　하나 이미 그때와는 또 다른 경지에 올라선 한이었다. 그에겐 충분한 경험과 내력과 깨달음이 있었다. 변화를 쫓는 극강의 빠름. 그의 철검에서 뇌성이 터진 이유였다.
　쾅과광!
　철검이 도기와 충돌하던 그 순간, 먹장구름을 뚫고 내린 벽력이 천지를 휘감았다. 눈이 멀어버릴 것 같은 섬광에 사람들의 전장에서 눈을 떼고 말았다.
　우르릉!
　하늘을 찢어발길 듯한 뇌성이 그 뒤를 쫓았다. 사람들의 시선이 뒤늦게 전장으로 향했지만, 이미 두 사람의 신형은 허공을 날고 있었다.

*　　　　*　　　　*

　“멈추시오!”
　갑작스러운 외침에 가패가 걸음을 멈췄고, 그의 주변으로 빗물 가르는 소리가 요란하게 들려왔다.
　‘그를 쫓는 놈들인가?’
　잠시 번쩍인 하늘. 멀리서 은은한 뇌성이 들려오고 있었다. 어느새 자신을 포위한 수십의 인영들. 단정한 행색과 날카로운 기도가 예사롭지 않은 자들이었다.
　‘종남?’

사내들의 행색을 훑어보던 가패의 눈빛이 굳었다. 흑백이 교차하는 짧은 수실. 도문으로서의 과거를 기리는 종남파의 상징이었다.

"그대가 살귀인가?"

다른 이유가 필요할까? 살귀는 강호의 공적. 종남은 강호의 명문정파. 거기까지 생각이 미치자 그들이 왜 자신의 앞을 가로막았는지 역시 깨달을 수 있었다.

'오해했군.'

어깨 위의 묵직한 느낌. 오 척이나 되는 거검을 그들이 못 알아볼 리 없었다. 살귀를 상징하는 거검. 이들은 자신을 한이라 착각한 것이었다.

"다시 한 번 묻겠다. 그대가 살귀인가?"

질문에 답하려는 듯 가패의 입술이 달싹였다. 하나 가패의 입술은 끝내 열리지 않았다.

'종남이라……'

미친 듯이 쏟아지던 빗줄기도 조금씩 가늘어지고 있었다. 그리고…

부우웅.

거대한 검이 바람을 가르며 대답을 대신했다.

칠 척의 큰 키와 오 척의 거검. 살귀가 분명했다.

*　　　　*　　　　*

카가가강!

한 덩어리가 되어버린 두 사람. 누가 봐도 싸움의 우위를 점한 이는 모경이었다. 하지만,

'내 도가… 읽히고 있는 것인가?!'

가히 천변이라 불려도 될 만한 환도. 하나 살귀는 변화의 허실을 정확히

짚어내고 있었다. 거센 빗줄기가 쏟아지고 있었지만, 모경의 이마를 흠뻑 적시고 있던 것은 빗물이 아니었다.

'어떻게······.'

검과 도의 부딪침이 조금씩 그 회를 더해가고 있었다. 인정하긴 싫었지만 살귀는 자신의 도를 조금씩 파훼해 나가고 있었다.

하나 그것은 모경의 착각이었다. 한은 모경의 환도를 파훼한 것이 아니었다.

'검이 변화를 따르는 것이 아니라 변화가 검을 따라오고 있다. 강함과 빠름의 융화가 이런 뜻이었던가?'

한은 변화의 맥을 짚은 것이 아니라 그저 도의 변화를 따르고 있을 뿐이었다. 빠름에 따라잡힌 변화. 모경의 도는 한의 검을 뿌리치지 못했다.

'선공후방(先攻後防)이 아니라 후공선방(後攻先防)이 되고 있다! 이는 꼬리가 꼬리를 무는 격!'

아직도 실체를 파악하지 못하고 있었지만, 그것은 모경의 잘못이 아니었다. 무의식. 그의 무의식이 빠름에 감춰진 강함에 놀라 반응하는 것뿐이었다.

하나 의식은 그것을 파훼당한 것이라 여기고 있었고, 결국 환도로는 승기를 잡을 수 없다 단정하고 말았다.

"차핫!"

땅으로 내려섬과 동시에 두 사람의 신형이 떨어져 나왔다. 하나 그것은 마지막 한 수를 펼치기 위한 준비였을 뿐.

'내 의도가 읽혔다면 남은 방법은 하나뿐!'

흑도제일인이라 불리던 모경이었지만, 그의 환도는 극의에 이르지 못했다. 당연하게도 지금의 그를 있게 만든 것은 환도가 아니었다.

'하늘의 달도 벤다!'

남아 있던 진력을 마지막 한 올까지 모두 끌어올렸다. 참지 못한 노기가 새파란 광기가 되어 단월도에 맺혔다. 힘에는 힘. 이를 악문 모경이 바닥을 찼다.

“이놈!”

촤아악!

새파란 반월이 한에게 날아들었다. 단순히 도기만을 뿜어낸 것이 아니었다. 신도합일(身刀合一). 단월도와 하나가 된 모경이 한의 심장을 향해 날아들고 있었다.

‘복수를 위해… 살아남는다!’

우우웅!

원한이 독기가 되어 두 눈에 서렸다. 원수가 기다리고 있음에, 포기란 있을 수 없었다.

그의 의지를 담은 한줄기 벽력이 하늘로 솟구쳐 올랐다.

콰광!

기운의 충돌이 일으킨 여파가 사방 오 장여에 달했다. 두 사람을 중심으로 퍼져 나간 일진광풍에 억수같이 쏟아지던 빗방울조차 하늘에 안착하지 못하고 허공으로 흩어져 버렸다. 그리고,

“커헉!”

외마디 비명이 비바람 속에서 들려왔다. 사람들은 목소리의 주인을 찾아 비바람 속에서도 눈을 떴다.

뇌성이 사라진 자리. 그곳에 서 있던 이는 한 사람뿐이었다. 검은 장포를 나부끼며 두 다리로 굳건히 서 있는 사내. 그는 구유신 모경이었다.

＊　　　＊　　　＊

“왜 그래?”

“…아무것도 아니야.”

손 노인의 물음에도 예향은 고개만 가로저었다. 하지만 산으로 향한 시선

은 거둘 수가 없었다. 불길한 예감. 머리가 깨질 듯 아파왔다.

'괜찮은 거지? 그렇지?'

손 노인이 어색함으로 탁해진 공기를 밀어내며 말했다.

"저 산, 예전에 올라본 적이 있어."

손 노인의 말에 예향이 고개를 돌렸다. 궁금했다. 그가 있는 곳이 어떤 곳인지.

"보기보다 험해. 바위산이라 들짐승도 별로 없고, 나무는 쓸모없는 잡목뿐이라 사람이 오를 일도 없어. 하지만 워낙 오랫동안 방치된 산인지라 잡목도 사람 키를 훌쩍 넘고, 큰 수목은 사오 장에 달할 정도지. 그리고……."

"그리고?"

"산 정상은 도끼로 팬 듯 반듯해. 이쪽에서 보면 완만해 보이지만, 반대쪽은 깎아지른 절벽이야. 높이가 얼추 육칠십 장은 될 거다. 염라대왕 처소와 바로 이어진 곳이지."

재수없게 웬 염라대왕 타령인가. 하지만 신경 쓸 것 없다 생각함에도 두 손엔 땀이 흥건했다. 설마하니 그가 절벽 따위에서 떨어질까 싶으면서도 등줄기를 스친 한기가 내내 마음에 걸렸다.

"등신새끼. 저딴 산엔 뭐 하러 올라. 뭐 주워 먹을 게 있다고……."

욕설에 걱정이 실리니 그 진정이 더했다. 예향의 찌푸려진 두 눈이 금방이라도 눈물을 떨굴 것만 같았다. 하지만 예향은 울지 않았다.

"나중에 만나면 단단히 혼내줘야겠어. 누님을 이렇게 걱정시키다니……. 나쁜 녀석."

예향의 되지도 않을 공갈에 손 노인이 미소 지었다.

'그래라. 나는 그 사내 앞에서 오금도 못 펴니, 너라도 꼭 혼내줘야 한다. 나중에라도… 꼭…….'

　　　　　*　　　　　*　　　　　*

　"총호법!"

　백여 명의 무사들도 떼지 못한 걸음을 문사인 홍유가 내달리고 있었다. 한데 살귀의 모습이 보이지 않았다. 홍유의 걸음이 조금씩 느려지고 있었다. 왠지 모를 불안함. 그 불안함의 정체는…

　"초… 총호법?!"

　그의 늠름한 뒷모습에 가슴이 뻐근했었다. 그의 승리가 분명했다. 흑도제일고수가 구천무예를 꺾은 것이다. 하나 그의 앞에 다다랐을 때, 그의 심장을 꿰뚫은 검 앞에선 아무 말도 할 수가 없었다. 반 토막이 난 채로 검병 어림까지 박혀 버린 살귀의 검 앞에선.

　"어찌… 어찌……."

　절명. 모경은 눈도 감지 못한 채 죽어 있었다. 살귀의 손에 비명횡사한 다른 이들처럼.

　일의 경과도 따질 수가 없었다. 살귀는 사라졌고, 모경은 죽었다. 설명해 줄 사람이 없었다. 그보단 앞으로 어찌해야 하는지 명을 내려줄 사람이 없다는 것이 더욱 당혹스러웠다. 죽은 이는 흑도제일고수이며 철혈방의 상징이었으니.

　'설마?'

　모경의 시신 너머로 깊은 어둠이 보였다. 까마득한 절벽. 어둠이 짙어 깊이를 가늠할 순 없지만, 산의 높이를 가늠해 보건대 족히 삼사십 장은 넘을 것이다. 천장단애는 아니지만 맨몸으로 떨어져선 목숨을 부지하기 어려운 곳.

　'저곳으로 떨어졌다면…….'

　찾아야 했다. 일이 이렇게 된 이상, 살귀의 시신이라도 찾아야 했다. 용케 살아남았다면 모경의 원한을 갚아야 했다. 물론 구천무예를 회수한 다음에.

　"이대주! 삼대주!"

홍유는 다급히 공칠과 다른 대주들을 불렀다. 서둘러야 했다. 아직 산에는
많은 사람들이 남아 있다. 철혈방의 위세에 가까이 오지는 못했겠지만, 혹시
라도 그가 절벽 아래로 떨어지는 것을 본 자가 있을 수도 있었다.

하나 철혈방에게 주어졌던 기회는 모경이 마지막이었다.

"멈춰라!"

허공에서 들린 웅혼한 일갈에 움직이려던 사람들 모두가 동작을 멈췄다.
한 마리 비조처럼 날아든 노인. 어둠 속에서도 알아볼 수 있던 여덟 개의 매
듭에 홍유의 섭선이 경기를 했다.

*   *   *

"찾아라."

백 령주의 명에 하얀 그림자들이 사방으로 비산했다. 그의 곁에 남아 있던
두 명의 위사 중 하나가 말했다.

"필시 죽었을 것입니다."

"시신이라도 가지고 가야 한다. 그렇지 않으면 용 대인은 납득하지 못할
거다."

"용 대인은 왜 그토록 살귀에게 집착한 것일까요? 구천무예를 얻기 위함
도 아닌 듯한데……."

"한번 알아내 볼 테냐?"

백 령주의 반문에 위사가 한 걸음 물러섰다. 마음만 먹는다면 황제의 속곳
색깔이라도 알아낼 자신이 있었지만, 그의 뒤를 캐는 것만은 사양하고 싶었
다. 동창제독의 후사. 결코 건드려선 안 되는 역린(逆鱗) 중의 역린이었다.

"며칠 전 비원에서 죄인 하나가 출감되었습니다."

다른 위사 하나가 조용히 입을 열었다. 백 령주의 시선이 그에게 향했다.

"출감?"

"예."

비원에 든 죄인은 죽음을 담보한 자들뿐이다. 비원은 동창의 치부 중 하나. 그 비밀을 지키기 위해서라도 출감은 있을 수 없는 일이었다. 만약 출감을 허락할 수 있는 자가 있다면 동창의 최고 권력자인 동창제독과,

"용 대인의 지시였더냐?"

"그렇습니다."

의외였다. 용 대인이 직접 관리하는 죄인이 있다는 것은 들어 알고 있었다. 자신의 기억이 맞다면 죄인이 수감된 지,

'사 년이라. 기다림이었던가?'

그는 동창의 첩형이었다. 비밀을 캐내는 것이 업인 사람. 그 추리력이 범상할 리 없었다. 그를 보좌하는 두 명의 당두 역시.

"살귀와 연관된 자가 분명하군."

"저울의 추가 기운 것이겠지. 살귀에게서 그 죄인에게로."

"그럼 그 죄인 역시 구천무예의 행방과 관련된 자였을까?"

"사 년 전이면 금가장이 멸문했을 때와 시기상으로 일치해."

"그만."

위험한 대화였다. 백 령주는 두 위사의 대화를 자르며 말했다.

"보지 못한 것은?"

"…믿지 마라."

"두 눈으로 확인한 것도?"

"의심을 거두지 마라."

동창위사들의 금언. 작은 조각으로 큰 실체를 찾아내는 것이 그들의 삶이었다. 황실과 조정의 암계는 상상을 불허할 지경이었으니, 그 치열한 부침 속에서 살아남으려면 철저히 의심하고 또 의심해야만 했다.

"속단은 금물. 우연과 공교로움에 현혹되지 마라."

백 령주의 엄명에 두 위사가 고개를 숙였다. 하나 정작 뒤돌아선 그의 두 눈엔 의심의 빛이 가시질 않고 있었다.

'사 년. 구천무예를 얻기 위해 들인 시간치곤 너무 길다.'

*   *   *

홍유는 말 그대로 멈춰서 있었다. 뒤에는 아직 백여 명의 방도들이 있었다. 결코 빈약하다랄 순 없는 전력. 아무리 개방의 장로라 한들 한 손이 열 손을 당해낼 수는 없는 법이었다. 하지만,

'광양검 운경 진인이라니…….'

단사덕의 뒤편으로 모습을 드러낸 초로의 노도사. 더 생각할 것도 없었다. 개방과 무당이 아니라 이 두 사람의 존재만으로도 철혈방의 위세를 찍어 누르기에 충분했다.

하나 당혹스러운 것은 그만이 아니었다.

'구유신 모경?'

거센 빗줄기 속에서 검은 장포가 휘날리고 있었지만, 그 장포 너머에선 생기가 느껴지지 않았다. 산을 오르는 내내 한과 다툰 고수가 누구인지 궁금해했지만, 설마 그 고수가 흑도제일이라 불리던 구유신 모경이었을 줄이야.

"그는 어디에 있는가?"

단사덕의 목소리에 운경자가 상념에서 깨어났다. 그의 물음처럼 한의 모습은 그 어디에도 없었다. 산정 곳곳에 격전의 흔적이 남아 있건만, 그들을 기다리고 있던 것은 눈도 못 감고 절명한 모경의 시신뿐이었다.

"모릅니다."

살귀를 손에 넣지 못한 이상 구파와 맞설 이유가 없었다. 더욱이 자신은

철혈방의 모사. 뒷일을 수습할 의무가 있었다. 물론 쉽지 않은 일이었다. 구유신 모경의 부재. 선택의 폭은 너무나 좁았다.

"철혈방이 그에게 관심을 가지고 있는 줄은 몰랐소."

"천하가 그에게 관심을 가지고 있습니다. 저희는 그중 하나일 뿐이지요."

비난하려거든 전체를 비난하라. 홍유의 유한 대답에 일시지간 운경자의 말문이 막혔다. 하지만,

"그에게 빚이 있는가?"

홍유의 시선이 단사덕에게 향했다. 그는 분명 자신을 꾸짖고 있었다. 설마 개방의 장로나 되는 이가 이렇게 후안무치한 자였던가? 그를 원하는 것은 개방이나 철혈방이나 다를 것이 없음이건만.

"없습니다."

"하면 그와 은원을 맺었는가?"

"강호공적을 벌하는 데 은원이 무슨 상관이며, 정사의 구분이 어디 있단 말씀이십니까?"

묻지도 않은 정사 구분까지 들춰냈다. 후일을 위함이다. 천하에 개방이 힘을 앞세워 철혈방을 몰아세웠다는 빌미를 만들기 위해. 하나 홍유의 판단은 이번에도 어긋났다.

"누가 그를 강호공적이라 하던가?"

단사덕의 물음에 홍유는 대답치 않았다. 대답할 가치를 따져야 할 만큼 엉뚱한 질문이었기에.

'억지를 부릴 셈인가? 무창살귀의 악명은 천하인이 다 아는 것. 설마하니 정파인 개방이 악인인 살귀를 옹호할 리는……'

"그는 악인이 아닐세."

뒤통수가 당겨왔다. 설마하니 단사덕이 정말로 살귀를 감싸고 나올 줄은 꿈에도 몰랐다. 하나 운경자의 표정을 보니 웃어넘길 일이 아니었다.

"지금 그 말씀. 개방의 뜻으로 받아들여도 좋은 것입니까?"

"무당과 소림의 뜻도 같네."

죽은 모경도 구천에서 놀라고 있을 것이다. 그만큼 그들의 선언은 놀라운 것이었다. 살귀의 손에 죽어나간 자만 수백. 그런 희대의 살인마를 두고 악인이 아니라 한다면, 천하에 그 어떤 이가 악인으로 불릴 수 있겠는가?

'천하가 알지 못하는 무언가가 있다. 그렇지 않고서야……'

누가 봐도 어리석은 짓이다. 하나 그 어리석은 짓의 주체가 소림과 무당이라면 함부로 속단할 수 없었다. 그들은 결코 어리석지 않으므로.

"없소. 아무래도 절벽 아래로 떨어진 것 같소."

"어두워 잘 보이진 않지만, 돌 떨어지는 소리를 들어보니 높이가 사오십 장은 족히 될 듯싶습니다."

주변을 확인하고 돌아온 단사의와 조광호가 말했다. 딱딱한 얼굴로 돌아서던 단사덕이 걸음을 멈추며 말했다.

"귀 방주에게 모경을 잃은 것으로 만족하라 전해주게."

"…예."

더 이상 나서지 말라는 협박. 단사덕의 뼈있는 안부에 홍유가 허리를 깊이 숙였다.

이유야 어쨌든 지금은 구파와 얽히지 않은 것만도 다행으로 여겨야 했다.

지금은 의문을 풀 때가 아니었다. 남은 방도들과 함께 방으로 돌아가 모경의 죽음이 가져올 파장을 걱정하는 것이 우선이었다.

*　　　*　　　*

'무언가 이상해.'

한 번 고개를 든 의심은 쉽게 가라앉질 않았다. 거검을 휘두르는 모습이

예사롭진 않았다. 그와 어울리던 제자들은 그 기세에 눌려 가까이 다가서지도 못하고 있었다. 하지만,

'제법 쓸 만하긴 하지만 저런 자는 강호에 지천으로 널려 있다. 성취가 낮은 탓인가?'

천하제일인의 무공. 그 이름이 가지는 경외와 두려움은 대종남파의 장로라 하더라도 비켜갈 수 없는 것이었다.

하나 그 실체와 대면하고 있는 지금, 구천무예에 대한 외경은 빗물에 씻겨 흔적도 남아 있질 않았다.

'보면 볼수록 이상하구나. 구천무예는 기세만 있는 무공이란 말인가? 저 어색한 검로는 대체 무엇이란 말인가?'

그는 검으로 일어선 종남파의 장로다. 그 어떤 검식이라도 그의 눈을 속일 수는 없었다.

그렇다고 살귀의 검이 마구잡이라는 뜻은 아니었다. 분명 격식과 절도는 있었다. 도로 펼쳤다면 차라리 나았을 법한 움직임. 결론은 더 두고 볼 필요가 없다는 것이었다.

"모두 물러서라!"

진달개의 외침에 살귀를 압박하던 다섯 제자가 빠르게 뒤로 물러섰다. 진달개가 나서자 살귀가 검을 뒤로 빼며 경계했다.

"난 종남파의 진달개라고 한다."

자신을 소개한 진달개가 흐뭇한 미소를 지었다. 살귀의 두 눈이 긴장하고 있었다. 자신을 알고 있다는 뜻. 구천무예의 전인이 보여준 내면의 한자락은 두려움이었다.

"그대가 저지른 악행이 천하인의 공분을 샀다. 강호 정의를 바로 세우기 위해서라면 그 어떤 궂은일도 마다하지 않는 종남파다. 살귀의 악명을 듣고도 모른 척한다면 어찌 대문파의 존엄이 살아 있다 말할 수 있을까. 내 직접

검을 뽑아 종남의 이름으로 그대를 단죄하겠노라.”

일장 연설에 이은 멋들어진 발검이었다. 조금씩 가늘어지던 빗줄기가 진달개의 검신에 점점이 내려앉고 있었다.

‘설마 했건만… 하필이면 진달개라니.’

얼굴을 타고 내리던 빗물로 바싹 마른 입 안을 적셨다.

종남파의 장로 진달개를 모르고 어찌 강호인을 자처할 수 있을까. 개차반 같은 성격과 그런 성격으로도 장로의 지위를 차지할 수 있었을 만큼 고절한 무공. 그는 종남파가 자랑하는 절정의 고수였다.

“하나 종남은 생명을 중히 여기는 명문정파. 검을 버리고 죄를 뉘우친다면 목숨만은 부지할 수 있게 해주겠다.”

진달개의 솔깃한 제안에 가패의 눈빛이 잠시 흔들렸다. 하나,

‘개소리…….’

고민할 필요도 없었다. 살귀는 타협하지 않는다. 목숨을 구걸하지도 않는다. 지금은 그가 살귀였다.

‘한데… 우리가 대신 죽어줄 만큼 가까운 사이였던가?’

어울리지 않는 고민. 하나 지금이 아니라면 기회가 없었다.

따지고 보면 참 기구한 인연이었다. 수하들을 떼 몰살시키고, 자신의 어깨에도 일검을 박아 넣은 사내. 만신창이가 된 채 물에 빠진 그를 구할 때만 해도 호기심이었다.

오가목부의 뗏목에서 장안호와 싸울 때만 해도 그저 괜찮은 녀석이구나 싶었다. 목숨 빚은 그때 상쇄되었다.

냉 의원을 찾아가 그의 목숨을 구걸할 때 처음으로 친구라 했다. 그리고 지금까지도 그 선택을 후회해 본 적은 없었다. 남경에서의 이별과 재회. 산동에서의 거친 싸움. 그와 보낸 넉 달이라는 시간이 흑룡왕으로 살았던 오 년

의 세월보다 더 많은 기억을 남겼다. 그리고,

'너의 무모함이 깨닫게 했다. 그걸로 됐어. 이제라도 그것을 깨달았으니.'

고민이 필요했던 것은 아니었다. 이미 마음이 동해 버린 일. 가패로서도 어쩔 수 없는 일이었다.

'남자가… 무인이 어떻게 살아야 하는지를 깨닫게 해주었으니까.'

손에 쥔 묵검이 울고 있었다. 마치 고맙다 인사하는 듯. 가패는 검을 굳게 잡는 것으로 그녀에게 화답했다.

'걱정 마시오. 그를 위해… 기꺼이 죽어드리지.'

검을 뉘이자 간신히 매달려 있던 물방울들이 긴 흔적과 함께 땅으로 떨어져 내렸다. 가패를 바라보던 진달개가 눈살을 찌푸렸다.

"발칙한……."

살려주겠다 했는 데도 죽겠노라 한다. 굳이 죽겠다는데 말릴 수는 없는 일. 진달개의 아량은 그리 넓지 못했다.

두 사람의 검이 조금씩 고개를 치켜들기 시작했다. 천천히 빗방울을 흘려보낸 두 사람. 세찬 바람이 임과 동시에, 번뜩이는 두 가닥의 검광이 진창 위를 노닐기 시작했다.

카강!

검명이 묵직했다. 현철 사십 근의 힘이라는 건 아름드리 거목을 바수는 철부(鐵斧)와도 견줄 만한 것. 하나 진달개의 검은 밀리지 않았다.

"차합!"

진달개의 신형이 바닥을 차고 날았다. 하나 가열한 함성과는 달리 진달개의 검은 바람에 휘날리듯 긴 궤적을 그리고 있었다. 거검의 패기와는 상반된 모습. 다시 한 번 부딪친다면 부러져 버리지나 않을지 걱정스러웠다. 하지만,

타타타탕!

　허공에서 쏟아진 빗줄기. 그 빗줄기 하나하나가 검이 되어 떨어진다면 이러한 모습이지 않을까 싶다. 가패는 거검을 휘두르며 다급히 뒤로 물렀다.

　유운검법(流雲劍法). 종남의 무공 중 연성하기가 가장 어렵다는 변화무쌍의 검법이 진달개의 손에서 펼쳐지고 있었다.

　"허업!"

　타다당!

　바닥으로 내려선 진달개는 한 호흡도 쉬지 않으며 가패를 몰아쳐 갔다. 가패의 이마엔 깊은 골이 파여 있었다. 거검의 넓은 면을 이용해 가까스로 막아내곤 있었지만, 진달개의 공세는 반격의 기회조차 남기질 않았다.

　'이것이… 구파의 힘이란 건가?!'

　천하를 논하는 아홉 문파. 그중 상석도 아닌 차석을 논하는 종남이었다. 이기리란 생각은 하지도 않았다. 하나 아무리 그렇다 해도 한때 흑룡왕이라 불렸던 자신이 출수의 기회조차 잡지 못하다니.

　'가볍지 않아. 가벼운 손짓 같지만, 힘으로 마주했다간 열 합도 못 버틴다.'

　말로 설명할 성질의 것이 아니었다. 악다문 이가 아릴 만큼 검을 마주하기가 버겁다. 유운은 흐르는 바람이 아니라 거센 폭풍우였다. 하지만…

　'…너라면 이렇게 했겠지?'

　연신 뒷걸음치던 가패의 검이 거센 바람과 함께 공간을 갈랐다. 의기양양하게 몰아치던 진달개가 놀라며 황급히 신형을 뽑아냈다. 하나,

　우우웅!

　찌이익!

　바람개비처럼 돌아내린 진달개가 검을 곧추세우며 일어섰다. 그의 시선은 가패가 아니라 자신의 앞섶을 향해 있었다.

　"이런… 개후레자식!"

　잘라진 앞섶을 노려보던 진달개가 가패를 노려보며 소리쳤다. 일문의 장

로라고는 믿을 수 없는 언행. 개차반 진달개란 강호의 소문은 사실이었다.

"목 씻고 내밀어도 살려줄까 말까 한 개잡놈이, 감히 겁도 없이 이 몸의 옷자락을 베어내? 너, 이 개새끼! 오늘 여기서 살아 나갈 생각일랑 꿈에도 하지 말아라!"

붉게 달아오른 얼굴만큼 휘둘리는 검도 포악하기 그지없었다. 마치 시정잡배들이나 써먹을 듯한 조악한 검로. 하나 상대는 시정잡배가 아니었다.

우웅!

카가강!

검에 내려앉은 기운이 새파란 귀광을 띠고 있었다. 일전의 유운검법을 폭풍우라 생각했건만, 그조차도 지금 진달개의 손에서 뿜어지는 새파란 강기에는 비할 바가 못 되었다.

퍼벅!

발길질에 걷어차인 가패가 흙탕물이 되어버린 분지를 나뒹굴었다. 하나 입 안의 흙을 뱉어낼 여유조차 없었다. 황급히 몸을 굴린 자리 위로 진달개의 검기가 긴 도랑을 만들어냈다.

푸화학!

가까스로 몸을 일으킨 가패가 거친 숨을 몰아쉬고 있었다.

'젠장!'

승산이 없었다. 진달개의 표정을 보니 승산은커녕 곱게 죽는 것도 포기해야 할 성싶었다.

'지금 뒤돌아선다면…….'

언제 이렇게까지 밀려왔나 싶었다. 종남파 제자들의 포위망은 저만치 물러나 있었다. 등 뒤는 산 아래로 이어진 비탈. 조금만 억지를 부리면 달아날 수도 있을 것 같았다.

검을 쥔 손이 축축했다. 빗물이 스민 것인지 삶에 갈망이 얼룩진 것인지.

하나,

'걱정 마시오. 한 입으로 두말해 본 적은 없으니.'

묵검을 바라보던 가패가 고개를 들었다. 진달개의 덩치가 저리 컸던가? 저 높은 곳에서 자신을 굽어보는 듯한 시선이 마음에 들지 않았다.

'아쉽군. 이럴 땐 소리라도 한바탕 질러야 하는데……'

쓸쓸한 미소 위로 빗물이 타내렸다. 진달개의 고함 소리도 들리지 않았다. 시간이 정지한 듯한 착각. 가패의 미소가 더욱 짙어졌다.

묵검의 검극이 하늘로 향했다. 그리고 길게 숨을 들이마신 가패가 바닥을 차며 신형을 날렸다.

부우웅!

바람을 가르는 소리가 소름 끼쳤다. 일도양단의 기세. 진달개의 머리 위로 내려 꽂히던 공세는 태산이라도 가를 것만 같았다. 마주쳐 오는 진달개의 검이 초라해 보였다.

챙!

푸욱!

섬광과 묵광이 교차했다. 밤하늘로 오른 섬뜩한 파육음. 하나 어둠을 비집고 나온 비명은 그것이 전부였다.

고통으로 부릅떠진 두 눈 아래, 가늘게 그어진 미소가 처연했다.

'즐거웠다… 친구.'

섬광에 꿰뚫린 신형이 천천히 무너져 내렸다. 진흙탕에 처박힌 가패의 두 눈에서 생기가 빠져나가고 있었다.

'복수는… 필요 없……'

굳건한 시선은 감기던 그 순간까지도 흔들리지 않았다.

第五十四章

가짜 살귀

하북은 겨울이 이르다. 입동(立冬)은커녕 이제 겨우 상강(霜降)을 넘겼을 뿐인 데도 아침저녁으로 바람에 한기가 스며 있다. 추수를 끝낸 것이 엊그제 같은데, 벌써 저자엔 갖옷과 겹옷들이 한껏 자태를 뽐내고 있었다. 동장군의 출정이 머지않았음이다.

쉬엄쉬엄 저자를 걷다 보면 불가에 모여 담소를 나누는 사람들을 쉽게 찾아볼 수 있었다. 일면식도 없는 사람들끼리 무슨 할 말이 그리 많은지, 팔뚝만 한 장작 하나가 다 타 들어갈 때까지도 이야기는 끊어질 줄을 모른다.

하나 아무리 귀동냥을 해봐도 건질 이야기는 별로 없다. 벌써 열흘째. 이젠 귀에 못이 박힐 정도다. 여기도 살귀, 저기도 살귀. 이만하면 적당히 수그러들 만도 하건만, 아직도 세상은 살귀 타령이었다.

"여기도 혈사(血事) 이야기요?"

깡마른 노인네 하나가 어깨를 움츠리며 불가로 다가섰다. 다행히 인심이

박하진 않아 먼저 자리를 차지하고 있던 노인들이 조금씩 엉덩이를 들썩여 자리를 마련해 주었다. 그 좁은 틈으로 끼여 앉던 노인. 손 노인이었다.

"달리 이야깃거리나 있고?"

"흘흘, 산에서 수습한 시신으로 서른 승(乘)의 수레가 넘쳐 났다던데, 그리 따지면 백 명은 족히 죽었단 이야기겠지?"

"어제 황가가 포쾌에게 들었다는데, 팔다리 잘린 놈까지 합하면 이백도 넘을 거라던데?"

"어디서 그런 악귀나찰 같은 놈이 뛰쳐나왔는지. 말세야, 말세."

노인들은 저마다 혀를 차며 살귀의 악행에 대해 한마디씩 했다. 하나 손 노인이 휘휘 손을 내저으며 화제를 돌렸다.

"그런데 모경이 죽었다는 게 사실이우?"

"그렇다고 하데. 한데 그 사람이 그렇게 대단한 사람인가? 다들 아주 큰일이라도 난 것처럼 호들갑이던데."

"엉? 구유신 모경을 몰라?"

"무슨 제일고수니 하던데, 싸움을 잘하나 보지?"

눈뜬장님이니 세상 헛살았느니 하는 타박이 쏟아져 나왔다. 마치 그를 모르는 것이 죄라도 된다는 듯.

"흘흘, 철혈방도 오래 못 가겠구먼."

손 노인의 말에 모두가 고개를 끄덕여 동의했다. 가뜩이나 부침이 심한 흑도였다. 흑도제일고수라 불리던 모경이 죽었으니 철혈방의 미래도 그리 밝다곤 볼 수 없었다.

"그런데 말이야. 내가 요상한 이야길 들었는데?"

"뭔데?"

말없이 듣고만 있던 노인 하나가 고개를 갸우뚱거리며 뜸을 들였다. 손 노인이 눈을 반짝이며 노인의 뒷말을 기다렸다.

“그날 거기에 표풍추마랑 광양검이 있었다더구먼.”

“그래? 난 처음 듣는 이야긴데?”

“나도 기연가미연가하긴 한데, 그 사람들이 했다는 말은 더 아리송해. 아, 글쎄, 살귀가 악인이 아니라고 했다는 거야.”

“흘흘, 낭설이구먼.”

노인의 말은 대번에 무시당하고 말았다. 왜 아니겠는가? 개방과 무당의 장로씩이나 되는 자가 따뜻한 밥 먹고 그런 헛소리를 했을 리가 없었다. 하지만,

‘그래도… 한가닥 양심은 남아 있던 모양이구먼.’

손 노인의 입에서 씁쓸한 한숨이 흘러나왔다. 그들이 거기까지 찾아갔다면 필경 한을 구하고자 했음일 것이다. 조금만 더 서두를 것이지. 그들만 늦지 않게 당도했더라면…

“그건 그렇고, 살귀가 어떻게 됐는지 들은 사람 있나?”

“몰라. 뭐, 수십 장 절벽에서 떨어졌다니 십중팔구 죽었겠지.”

“한데 왜 아직 이야기가 없을꼬? 정말 죽었다면 시신이라도 나왔어야지.”

“혹시 안 죽은 거 아냐?”

“설마? 절벽에서 떨어지는 걸 본 사람이 그리 많은데……..”

노인들의 수다가 이어지고 있었다. 손 노인은 그들의 이야기를 들으며 말없이 나뭇가지 하나를 불꽃 속으로 던져 넣었다. 그리고,

“험험, 아직 확실하지는 않은데……..”

조심스레 운을 뗀 노인이 주위를 두리번거렸다. 그러자 귀를 기울이던 노인들이 머리를 맞대며 주변의 소음을 차단했다.

“어쩌면… 안 죽었을지도 몰라.”

나뭇가지 하나를 더 집어 들던 손 노인의 눈에 이채가 떠올랐다. 그가 하북을 떠나지 못했던 이유. 역시 기다린 보람이 있었다.

*   *   *

웅현에서 남쪽으로 백여 리가량 떨어진 곳에 안주(安州)란 고을이 있다. 대청하(大淸河)를 따라 연꽃으로 유명한 백양정(白羊淀)이 인접해 있어 인근에선 가장 성세를 구가하는 곳이었다.

그런 안주에서 가장 큰 객잔의 정문에 종남을 상징하는 흑백 문양의 기가 걸려 있었다.

물론 그들이 객잔을 세낸 것은 그리 특이할 게 없는 일이었다. 문제는 정문에서 외인의 출입을 막던 것은 화산파와 점창파의 제자들이란 것이었고, 객잔의 창으로 아미파의 제자로 보이는 여승의 모습이 종종 목격된다는 것이었다.

사람들의 의혹 어린 시선이 하나둘 모아지던 객잔. 그 객잔의 깊숙한 곳에 그가 있었다.

"아직도 입을 열지 않았느냐?"

"지독한 놈입니다. 토설은커녕, 재갈만 풀면 혀를 깨물려 하니⋯⋯."

제자의 말에 진달개가 인상을 찌푸렸다.

몇 겹으로 대어놓았던 나무판자가 무색했다. 제아무리 혹독한 심문에도 비명은커녕 앓는 소리 한 번 내질 않았다. 검에 찔린 배는 제대로 치료를 하지 않아 곪아가고 있었고, 그 때문인지 살귀의 몸은 불덩이처럼 뜨거웠다.

그랬다. 조금씩 죽어가고 있긴 했지만 분명 살귀는 아직 살아 있었다.

진달개는 살귀의 목숨을 거두지 않았다. 다른 이유는 없었다. 그저 구천무예를 쉽게 포기하지 못한 것뿐.

살귀를 생포한 진달개는 은밀히 산을 떠났다. 사람들의 이목을 피해 백 리 길을 달려 안주까지 도착했건만, 아무래도 구천무예는 그와 인연이 없는 모양이었다.

"벙어리라 하더니……."

벌써 열흘 가까이 이어진 고문이었다. 더 이상 시간을 끄는 것은 무의미했다. 아직 세상은 웅현의 혈사 이야기로 시끄러웠지만, 그것도 얼마나 오래갈지 알 수 없었다. 사람들의 이목이 멀어지기 전에 살귀의 존재를 알려야 했다.

특별히 마련된 고문실을 나서며 진달개가 명했다.

"하는 수 없지. 적당히 씻기고, 상처에는 금창약을 발라주어라. 의복도 한 벌 구해 와 입히고."

"하아……."

한숨을 대신한 비명이 좁은 방을 울렸다.

짓이겨진 눈 주위엔 몇 겹의 딱정이가 표피처럼 굳어 있었다. 갈라진 복부는 보기 흉하게 도드라져 있었고, 재갈이 물린 입에선 연신 침이 흘러내리고 있었다. 모진 고문이 이어질수록 그의 숨소리도 희미해져만 갔다.

'물…….'

목마른 굼벵이가 물을 향해 기어간다. 문가의 물통까지는 고작 두어 걸음. 하나 사지가 결박된 그에겐 천길만길이다.

덜컹.

반 자. 고작 반 자를 남겨두고 가패의 몸은 나아가질 못했다. 가패의 고개가 천천히 뒤를 돌아봤다. 손목과 이어진 굵은 동아줄. 괘씸한 결박이 뇌옥의 맞은편 벽을 붙잡고 놓아주질 않았다.

'개새끼들…….'

물통에 가득한 물이 가패의 의지를 시험하고 있었다.

소리쳐라, 물을 달라고 말해라, 너의 한마디면 모든 고통이 끝난다고 속삭이고 있었다. 하나,

'…이래서야 괘씸해서라도 죽을 수가 없겠는걸?'

물통을 바라보던 가패가 벌렁 드러누웠다. 머리맡의 물통이 아쉬웠지만, 천장을 바라보던 눈빛에 미련은 없었다. 간절한 갈증조차도 불혹을 넘긴 그의 고집은 꺾지 못했다.

'명줄이란 거… 생각보다 질긴 거였군.'

죽음은 가까운 곳에 있다 생각했다. 생사의 갈림이 빈번한 강호. 자신도 예외일 수는 없었다. 하나 죽는다는 것이 이리 어려울 줄은 미처 몰랐다. 지난 시간들이 우스워 보일 정도로.

'그래, 아무리 발버둥을 쳐도 죽을 놈은 죽고, 살 놈은 살지. 좋은 걸 배웠어. 너무 늦게 알아 탈이지만……'

턱을 옥죈 재갈 사이로 헛바람이 새어 나왔다.

'그놈이 가던 길도 그리 무모한 것만은 아니었어. 세상 모두가 적이면 어 때? 가야 한 길이라면… 가야지.'

저승 문턱까지 다녀와 보니 모든 것이 달라 보였다. 무모(無謀)함이란 꾀가 없음이다. 요령없는 어리석음. 혈혈단신으로 천하와 맞상대하려는 것이야 더 말할 나위도 없는 일.

그의 무모함은 비할 바가 없었다. 나아갈 줄만 알았지, 물러서거나 돌아가는 법이 없었다. 가히 광기라 불러도 무방할 만용. 하나,

'어쩌면 놈이야말로 정도(正道)를 걸었던 것인지도 모른다. 원한과 타협할 수는 없는 일 아닌가?'

이제는 이해할 수 있다. 옳고 그름? 조건에 표리부동(表裏不同)하지 않는 것이 바로 은원이다. 은혜를 갚기 위해서라면 자식이라도 버릴 수도 있고, 원한을 갚기 위해서라면 황제에게라도 검을 휘두를 수 있다.

자신의 운명을 담보한 채무. 그 빚의 무게를 누가 감히 재어 달 수 있을까.

'그래, 그놈은 무모했던 것이 아니라 순수했을 뿐이다. 자기가 해야 할 일에 충실했을 뿐인 거다. 그것이 바로… 복수다.'

누구도 미워하라 강요하지 못한다. 누구도 그 길을 대신 갈 수 없다. 자기 자신과 맺은 굳은 맹세. 원한이 순수한 까닭은 그것이 스스로 지우는 짐이기 때문이다.

'부디 살아남아라. 너의 복수… 구천에서나마 꼭 지켜보마.'

후회하지 않는다. 온몸을 결박당하고 고통과 갈증 속에 내버려졌지만, 가슴 어림의 뻐근함은 그 모든 억울함을 잠재우고도 남았다.

다짐했던 대로… 웃으며 죽을 수 있을 것 같았다.

*　　　*　　　*

'몰골, 참……'

무사가 곁눈질로 사내의 전신을 빠르게 훑었다.

새하얀 백의가 누래 보일 정도로 사내의 피부는 창백했다. 손마디는 앙상하게 말라 있었고, 눈 주위는 움푹 파여 있었다. 이마에 부적 하나 붙여놓으면 참 잘 어울리겠다 싶은 모습. 무사는 찝찝한 마음을 어르며 들고 온 밥상을 내려놓았다.

"용호는… 어디 있나?"

밖으로 나가려던 무사가 흠칫 놀라며 고개를 돌렸다.

'무슨 사람 목소리가……'

거친 목피(木皮) 두 개를 마주 긁으면 저런 소리가 나올까? 탁하게 갈라진 음색은 도저히 사람의 입에서 나왔다고는 생각할 수가 없을 정도였다. 하나 내실에는 단 두 사람뿐이었다.

"추… 출타하셨소."

답을 해준 무사의 손은 이미 문고리를 향해 움직이고 있었다. 하나,

"지겨운… 산공독……."

사내의 목소리에 가슴 한편이 따끔거렸다. 하나 한편으론 마음이 놓였다.

'동창에서 비전으로 전해지는 산공독이다. 제아무리 고강한 고수라도 절대 내력을 끌어올릴 수가……'

없어야 했다. 하루 세 끼 꼬박꼬박 타 먹였다. 남은 음식은 일일이 확인했고, 혹시 내실 안에 버리진 않았는지 제삼 확인했다. 분명 사내는 산공독에 중독되어 있었다. 그렇게 믿고 있었다.

"커헉?!"

짧은 신음과 함께 무사의 신형이 허공으로 들렸다. 한 줌도 되지 않을 가는 팔목에서 어찌 이런 괴력이 나올 수 있는지보다, 사내의 경악할 만한 신법이 더욱 놀라웠다.

무사는 그렇게 놀란 눈을 한 채 절명했다.

"…내… 잘못이… 아니야."

붉은 눈의 살귀가 흐르는 침을 주체하지 못하며 무사의 목을 향해 하얀 이를 드러내고 있었다.

우드득.

*　　　*　　　*

객잔의 후원은 철통같았다. 내부엔 종남파의 제자들이 번을 서며 침입을 경계했고, 외부엔 화산과 점창의 제자들이 사람들의 호기심을 차단했다. 물론 그것이 더욱 사람들의 시선을 끌고 있기는 했지만.

"어찌 되었소?"

"어렵겠습니다. 정말 지독한 놈입니다."

진달개의 대답에 사람들은 아쉬움과 안도를 동시에 느끼고 있었다.

'염치없는 것들. 하나 이미 내 손에 깨어진 구천무예. 나로선 그리 아쉬울 것도 없는 일.'

진달개의 내심을 알 리 없는 자허 도장이 입을 열었다.

"이젠 어찌할 작정입니까? 구천무예에 매달려 보낸 시간이 벌써 보름입니다. 더 시간을 끈다면 사람들의 의심을 피할 길이 없습니다."

"아무래도 구천무예는 포기해야겠습니다. 준비가 되는 대로 떠나도록 하지요."

"종남산으로 데리고 갈 생각입니까?"

표정을 보니 탐탁치 않는 것이 분명했다. 하지만,

"종남이 잡았으니 종남에서 처분을 내려야지요. 그게 강호의 불문율 아니겠습니까?"

"하나 소림과 무당은 그리 생각하지 않을 것이오."

"소림과 무당의 의중 따윈 중요하지 않다고 보오만?"

위천풍의 말에 진달개의 검미가 꿈틀거렸다.

"물론 그들이 나서 어쩌진 못할 것이오. 하나 종남에서 마음대로 살귀를 처분해 버린다면 소림과 무당은 그 은혜를 결코 잊지 않을 것이오. 그렇지 않습니까?"

자허 도장과 무진 신니 모두 위천풍의 의견에 동의했다. 세 사람의 시선이 진달개를 나무라고 있었다. 미리 그리하자 약조라도 한 것처럼.

"무섭구려. 강호 정의를 세우는 일에 소림과 무당의 허락을 받아야 한다니."

"그들이 오랜 시간 구양세가를 암중 보호해 왔다는 건 비밀이랄 수도 없는 일. 그들을 배제하는 것은 결코 현명한 처사가 아니라는 뜻이오."

"그럼 점창파의 위 대협께서 고견을 말씀해 보시오."

점창파. 문파의 시조가 멸망한 대리국의 왕손들이었기에 직위보다는 혈통과 항렬을 먼저 따지는 문풍이 남아 있었다. 호칭 역시 그저 누구누구의 사부, 사조라는 배분만으로 따진다.

점창파는 직계인 단(段) 씨만이 정통을 이어받는다. 위 씨는 당연히 직계가 아닌 방계. 진달개의 대협이라는 호칭은 그런 의미를 담은 비아냥거림이었다.

'상종 못할 자.'

위천풍은 끓는 속을 다스리며 숨을 내쉬었다. 하나 그는 중원의 정세를 알아보라 점창파에서 선택된 이. 이 정도 텃새에 성을 낼 만큼 어수룩하지 않았다.

"중원 정세에 어두운 내가 무슨 고견이 있겠소. 단지 소림과 무당이 그리 호락호락하진 않을 것이란 이야기요."

"호락호락하지 않으면 찾아와 빼앗기라도 할 것이란 말이오?"

"설마 그렇게까지 무례하게 굴진 않겠지요. 하나, 만에 하나 그들이 청을 한다면 우리도 곤란한 건 마찬가지요. 그들과 구천무예의 관계를 생각해 보았을 때, 무작정 그들의 청을 무시할 수도 없는 일이 아니겠소?"

자허 진인도 불진을 두드리며 고개를 끄덕였다.

"위 대협의 말씀도 일리가 있소. 그들도 강호에 체면이 있으니, 그들과의 차후 관계를 생각해서라도……."

"그렇지요. 그를 해쳐 이득이 없을 바에야 차라리 그를 넘겨주는 편이……."

자허 도장과 무진 신니가 위천풍의 뜻에 동조하며 나섰다. 소림과 무당을 위하는 마음도 있었지만, 그보단 내심 종남의 득세가 부담스러운 것이었다. 하나,

"하지만 그를 넘겨주는 것도 쉽게 생각할 일은 아닙니다. 살귀는 말 그대로 강호의 악적. 데려가는 그들이야 과거의 인과가 있어 괜찮을지 모르지만, 내어주는 입장에선 잘못하면 강호 동도들의 원망을 살 수도 있습니다."

위천풍의 말에 자허 도장과 무진 신니가 마주 보며 의아해했다.

"그게 무슨 뜻이오?"

"무엇보다 중요한 것은 구천무예입니다. 만에 하나 그들의 손에서 구천무예가 부활하기라도 한다면……."

"으음……."

높고 낮은 침음. 거북한 속내를 표현하는 데에 이보다 적절한 반응은 없었다.

당금의 구파일방은 힘의 균형이 잘 맞는 편이었다. 소림과 무당이 항상 첫 손가락에 꼽히기는 하지만, 다른 제 문파들을 압도할 정도는 아니었다. 하나 그들의 손에서 구천무예가 부활한다면,

"설마… 이백 년 전에도 어쩌지 못한 것을……."

"지금은 그때와 상황이 다릅니다. 만일 살귀가 정녕 구천무예의 마지막 전인이라면, 그들이 어떤 수를 가지고 덤벼들지……."

"하고 싶은 말이 뭐요?"

진달개와 위천풍의 시선이 허공에서 교차했다.

"악적인 살귀는 처단해야 합니다. 하나 그러려면 소림과 무당이 어쩌지 못할 명분을 가져야 합니다. 예를 들면……."

"예를 들면?"

위천풍은 사람들의 시선을 즐기고 있었다. 흐름을 끌어왔으니 이젠 주도권을 빼앗아 올 차례였다.

"우리가 공증이 되고, 살귀의 처분은 그와 원한이 깊은 제삼자에게 맡기는 것이지요. 이를 테면, 총호법을 잃은 모용세가와 같은……."

                    *   *   *

“도대체 어디서 무얼 하다 이제 온 것이냐?”

모용고한이 손을 덥석 잡았다. 반가움 가득한 표정. 하나 그에게 손을 맡겼던 설기룡은 조용히 목례하는 것으로 인사를 마쳤다.

“행색이 말이 아니구나.”

“송구스럽습니다.”

모용중경의 안부에도 설기룡의 대답은 짧았다.

헝클어진 머리와 지저분한 행색. 오랜 외도 탓인지 이전의 수려함은 찾아보기 힘들었다. 하나 퀭한 두 눈은 오히려 더욱 서늘하게 빛났다. 그를 알던 사람들 모두 그의 변화에 입을 다물었다.

‘상심이 크겠지.’

연인을 잃은 슬픔이 사람의 성격마저 뒤바꿔 버린 모양이었다. 본래도 냉정하긴 했지만 저리 차갑진 않았다. 더 말을 잇기 불편할 정도. 모용중경은 가만히 손을 저어 그를 내보냈다.

“가 쉬도록 해라.”

“예.”

모용중경의 한숨이 설기룡을 배웅했다.

모용세가 사람들이 머물고 있던 곳은 웅현의 한 객잔이었다. 웅현은 아직도 사람들로 인산인해를 이루고 있었다. 혈사를 확인하기 위해 찾은 사람들도 있었고, 살귀의 행방을 쫓아온 이들도 있었다. 객잔은 만원이었고, 주루는 발 디딜 틈도 없었다.

하북의 작은 고을 웅현은 때 아닌 호황을 누리고 있었다.

"엇갈리지 않아 다행이야."

모용준의 인사에 설기룡이 고개를 끄덕였다.

혈사가 끝난 지 보름이 넘었지만, 모용세가 사람들은 혹시 남았을지 모를 모용상아의 흔적을 찾느라 웅현을 떠나지 못하고 있었다.

"그래, 그동안 어디서 어떻게 지냈나?"

"가주의 명을 수행하고 있었습니다."

"흠, 그랬군. 짐작은 하고 있었지."

모용준이 고개를 저으며 설기룡에게 차를 권했다.

"자네도 그렇겠지만, 가주께서도 상심이 이만저만이 아니셔. 특히나 이번 일의 배후가 용호, 그자였다는 사실에……."

찻잔의 파랑에도 설기룡은 말이 없었다. 마치 자신과는 아무 상관 없다는 듯.

"그래, 상아의 흔적은 찾질 못한 건가?"

"예."

뭐라 말을 하려던 모용준이 이내 입을 다물고 말았다. 변해도 너무 많이 변했다. 이렇게까지 말붙이기 어려운 사람은 아니었는데.

"휴우, 이 녀석. 도대체 무슨 생각으로 그런 짓을……."

화제를 바꿔보고자 꺼낸 말. 하나 설기룡의 반응은 모용준의 노력을 무색하게 만들었다.

"더 하실 말씀이 없으시면 가보겠습니다."

"어? 어… 어, 그래. 많이 피곤할 텐데 가서 쉬게."

내어준 찻잔엔 손도 대지 않았다. 빙을 나서는 뒷모습에 찬바람이 일었다. 피하는 것 같기도 하고, 불쾌해하는 것 같기도 하고.

"저러다 병이라도 나는 게 아닌지……."

섭섭함보다는 안타까움이 더했다. 초췌한 모습으로 감춘 내심은 썩어 문드러져 가고 있을 터이다. 돌아오는 걸음이 어찌 무겁지 않았겠는가. 저 차가운 뒷모습조차 연인을 지키지 못한 죄스러움의 발로인 것을.

“차라리……”

못된 망상이 머리를 어지럽혔다. 모용준은 사특한 사념에 황급히 고개를 털어냈다. 아무리 여파를 감당키 어렵다 해도 그 아이는 모용세가주의 하나뿐인 직계혈족이었다. 무슨 일이 있어도 반드시 살아 돌아와야만 했다.

하나 무사히 돌아와도 걱정이었다. 만에 하나 그 아이의 진심을 가문의 어른들이 아시기라도 하는 날엔…

‘어쩌면 기룡이는 이미……’

아니다. 알지는 못할 것이다. 그저 어렴풋이 짐작하는 것이 고작일 것이다. 그렇게까지 모질진 못하다. 절대 자기 입으로 설기룡에게 그 사실을 말했을 리 없다.

‘그래, 안다. 너도 어쩔 수 없었겠지. 하나 원망스럽기도 하구나. 그를 내려놓기가 그렇게 힘들더냐?’

가슴에 묻는다 했지만 헛된 다짐이었다. 그 철없는 다부짐을 믿는 것이 아니었다.

한편으론 어린 마음이라 우습게 여긴 자신의 잘못도 컸다. 그저 잠시 앓다 사라질 성장통이라 생각했다. 그것이 실수였다. 아무리 어려도 그 불꽃은 분명 정염(情炎)이었다. 조금 더 강하게 다잡았어야 했다. 마음 걸음이란 게 그리 쉽게 멈춰지는 것이 아닌 것임을 깨달았어야 했다.

하물며 천하를 등진 사내를 찾아 되돌아온 걸음임에야……

*　　　　*　　　　*

"그렇게 어려운 임무였던가?"

"송구스럽습니다."

"백 령주, 아니, 양자건(梁子乾). 이걸로 두 번째 실수다."

용호의 하대에도 백 령주 양자건은 고개를 들지 못했다. 뼈아픈 실책. 변명의 여지가 있었더라도 반응하지 않았을 것이다. 실수는 한 번뿐. 두 번째는 무능의 증거일 뿐이다.

"살귀의 행방은?"

"추적 중입니다."

"사흘 주겠다. 살귀의 목을 가져와라."

마지막 명이 될지도 모른다. 이번에도 명을 수행하지 못하면 죽으라 해도 죽을 수밖에 없다. 양자건은 고개를 깊이 숙이는 것으로 대답과 감사를 다했다.

양자건이 나가자 반대편 문이 열리며 은기가 들어섰다.

"큰일이 났다고?"

"어제 내원의 무사 하나가 죽었습니다."

"그래?"

동창은 철옹성이다. 그 철옹성 내원의 무사가 죽었다니 큰일은 큰일이었다. 하나,

"병부의 간자라도 잡은 모양이지?"

무사 하나 죽는 것까지 일일이 보고를 받을 만큼 한가로운 용호가 아니었다. 대수롭지 않게 넘기던 용호였지만, 보고를 하던 이는 동창의 첩형인 은기였다.

"비원에서 네려온 쇠수에게… 잡아먹혔습니다."

은기는 조심스레 용호의 신색을 살폈다. 그리고,

'역시.'

은기의 동공이 흔들렸다. 용호는 동요하지 않았다. 이미 이런 일이 벌어질 것을 예상하고 있었던 거다. 계획의 중요한 변수라 여겼던 자가 하필이면 식인귀(食人鬼)라니.

"그래서?"

"…아닙니다."

은기는 고개를 조아린 채로 물러났다. 뒤처리는 이미 끝났다. 무사의 남은 시신 조각과 뼈 무더기는 후원 가산 아래 깊이 묻어버렸다. 그의 몫은 여기까지였다. 나머지는 용호가 알아서 할 일.

용호의 방을 나선 은기가 소매로 땀을 닦으며 한숨을 내쉬었다. 그의 옆으로 스치려던 양자건이 그와 어깨를 나란히 했다.

"여전하군요."

"허허, 나야 뭐, 그렇지."

양자건의 무뚝뚝한 목소리에 은기가 억지로 웃으며 대답했다. 전각을 나온 두 사람이 후원의 가산으로 향했다. 은기의 집무실로 가는 방향이었고, 양자건의 집무실과는 반대 방향이었다.

가산 근처에서 걸음을 멈춘 은기가 작게 한숨을 쉬었다.

지천명에 가까워지던 은기. 자신보다 열 살 가까이 어린 양자건이건만, 언제나 뭐라 말할 수 없는 위화감에 오금이 저리는 기분을 맛봐야 했다.

흔한 말로 기세에 눌리는 상대. 피하고 싶은 자를 떨치려면 원하는 바를 들어주는 것이 가장 빨랐다.

"후우, 묻고 싶은 게 뭔가?"

"그자는 누구요?"

"나도 몰라."

"직접 알아보라는 소리로 들리는군요."

“죽고 싶은가?”

너무나 의외의 대답이었을까? 양자건은 자신도 모르게 기운을 일으키고 말았다. 하나 뱀 앞의 개구리처럼 눈만 껌뻑이면서도 은기는 고개를 저으며 말을 이어 나갔다.

“자… 네가 강한 무인이라는 건 인정해. 나 같은 중늙은이야 눈 깜짝할 새에 없앨 수도 있겠지. 하지만 명심해. 내가 동창에 몸담은 지 벌써 삼십 년. 내 눈앞에서 죽어간 자들 중엔 자네보다 강한 무인도 적지 않았네.”

협박이 아니다. 선배로서, 자신보다 연륜있는 첩형으로서의 충고였다. 하나 호기심을 충족시키기엔 너무나 모자랐다.

“듣는 귀는 모두 치웠소.”

은기는 자신도 모르게 좌우를 두리번거렸다. 미리 준비하고 있었다는 건 그만큼 각오도 되어 있다는 뜻.

“이유가 뭔가?”

“모르는 것에는 함부로 덤비지 마라. 당신이 들려줬던 이야기요.”

기억난다. 처음 동창에 몸담았을 때 가르쳐 준 몇 가지 중 하나. 어쩌면 그에겐 버거운 임무였는지도 모른다. 범을 여우로 보고 덤빈 격이었으니.

“자네만 죽는 게 아니라 나도 죽어.”

“어차피 사흘 뒤면 죽을 목숨. 비밀은 보장하겠소.”

은기는 양자건의 시선을 피하지 않았다.

첩형으로서 은기의 장점은 명석한 두뇌도 아니었고, 고강한 무공은 더더욱 아니었다. 상황 판단. 묵묵히 명만 따르는 듯 보여도 내려진 명을 어떻게 하면 성공시킬 수 있는지를 판단하는 능력이 매우 뛰어난 자였다. 거기엔 특별한 능력이 있는 것이 아니었다. 보잘것없다 느껴지는 여러 재주들을 모아 특별한 결과를 만들어내는 것이었다.

사람을 보는 눈도 그의 보잘것없는 재주 중의 하나였다. 양자건은 동창에

꼭 필요한 인재였다. 승패는 병가지상사(兵家之常事)라 했던가? 한 번의 실수로 버리기엔 아까운 사람이었다.

"따라오게."

*　　　*　　　*

"모용중경입니다."

"무량수불. 화산의 자허라 합니다."

극히 조심스러운 말투와 행동들. 두 사람 사이에 놓인 찻잔도 그 엄숙함에 눌려 향조차 마음껏 피워 올리질 못했다.

인적 끊긴 야심한 밤. 설마하니 예의도 없이 객잔 문을 두드리던 이가 화산파의 장로인 자허 도장일 줄이야.

"많이 놀라셨겠습니다."

"화산의 현자께서 왕림하셨는데 놀라지 않았다면 농이겠지요."

역시 사람을 대하는 데에는 모용고한이 능숙했다. 몇 마디 오간 것도 없건만, 내실의 분위기는 한층 부드러워져 있었다.

"한데 진인께서 저희에겐 무슨 일로?"

분위기가 무르익자 모용중경이 입을 열었다. 하나 자허 도장은 그의 조급함을 탓하지 않았다. 모용중경만큼이나 자신도 이야기를 꺼낼 기회를 찾고 있었으니까.

"저희가 하북을 찾은 이유가 무엇 때문인지는 아시겠지요?"

하북에 있는 강호인 누구를 잡고 물어봐도 대답은 매한가지일 것이다. 설마 그걸 몰라서 묻는 것은 아닐 터.

"그 일이라면 저희도 별다른 도움을 드릴 수가 없을 것 같군요."

가주의 체면을 생각한 모용고한이 한발 앞서 입을 열었다.

살귀의 이야기라면 지긋지긋할 정도다. 모용상아만 아니었다면 귀를 닫아 버리고 싶을 정도였다.

지난 몇 달간의 추적은 모용세가에 있어선 치욕이나 다름이 없었다. 다행히 살귀가 흑도제일고수라던 구유신 모경을 없앴기에 망정이지, 그렇지 않았다면 무능한 문파라 손가락질을 받아도 할 말이 없었을 것이다. 한데,

"사실은 그 일로 긴히 드릴 말씀이 있어 찾아왔습니다."

자허 도장의 목소리가 낮아졌다. 그 모습에 모용중경은 그가 살귀의 행방을 물으러 온 것이 아니란 걸 느낄 수 있었다. 아니, 그 반대였다.

'…그를 잡았다고?'

설기룡의 두 눈이 번쩍 뜨였다. 얇은 벽 너머에서 들려온 목소리. 탈명마군의 진전을 잇지 못했다면 결코 듣지 못했을 만큼 은밀한 대화였다.

'결국……'

한숨조차 마음껏 내쉬지 못했다. 세상 누구보다 그의 죽음을 바라고 있다 생각했건만, 공허한 가슴은 쉬이 채워지지 않았다.

'명분 때문이군. 결국 소림이나 무당과 얼굴을 붉히고 싶지 않다는 뜻인가?'

욕심은 나고 나서기는 껄끄럽고. 너무 뻔한 속내라 쓴웃음도 나질 않았다. 그들은 대신 손을 더럽혀 줄 사람을 찾는 것이었다.

'할계언용우도(割鷄焉用牛刀)라. 닭 잡는 데 소 잡는 칼은 쓰기 싫었겠지. 닭 잡는 칼이라. 찾긴 제대로 찾은 셈이군. 크크.'

설기룡은 내실 너머의 대화를 비웃고 있었다. 명색이 구파일방의 한자리를 차지한다는 자들이 봄을 사리고 있었다. 그리고 그 더러운 자리에 모용세가를 앉히려 하고 있었다.

'이해해 드려야 합니까?'

사부의 결정을 욕하고 싶지는 않았다. 그저 마음에 들지 않았을 뿐이다. 손해 보는 장사는 아니니 그나마 다행이라 해야 할까? 하나 과연 이것을 총호법의 복수라 말할 수 있을까?

'이해하지 않겠습니다. 그러니… 사부님도 절 이해하지 마십시오.'

어느새 이리 멀어진 것인지는 모르지만, 한 번 떠난 마음은 뒤돌아보는 것조차 귀찮아했다.

'널 되찾기 위함이다. 이 모두가… 널 위함이다.'

이제 사문에 기대어서는 영영 그녀를 얻을 수가 없게 되었다. 모용중경은 꿈에도 모를 것이다. 자신의 딸이 왜 살귀의 곁으로 떠난 것인지.

사문과 사랑 사이의 저울질은 끝났다.

'그가 사로잡혔다면 그녀도 머지않은 곳에 있을 것이다. 당연히 그럴 것이다.'

그가 품을 뒤져 꺼낸 것은 한 장의 서찰이었다.

'널 원망하지 않겠다. 그러니 너도 날 원망하지 말거라. 네가 너의 길을 택했듯, 나 역시…….'

설기룡의 손을 벗어난 전서가 허공으로 둥실 떠올랐다. 그리고 어둠을 관통한 한줄기 빛살에 수천 조각으로 찢겨 흩어지고 있었다.

그가 펼친 검법도 이화검법이 아니었고, 검을 펼친 그 역시 설기룡이 아니었다.

*   *   *

'그럼, 이 모든 일의 시발점은…….'

그저 강호의 은원과 무공 쟁탈전이라고만 생각했었다. 하나 사 년 전의 비사는 그가 생각했던 것 이상으로 복잡했다.

"실전되었다 알려진 구천무예. 하나 그것은 소림과 무당의 품에서 벗어나고자 한 구양문의 잔꾀였을 뿐이었네. 물론 소림과 무당도 그 사실을 알고 있었고. 그들로서도 제법 솔깃한 제안이었을 걸세. 구양세가를 지키기 위해 들인 공이 자그마치 백 년. 부담스럽지 않았다면 거짓말이겠지. 어쨌든 그들의 계획은 예상대로였네. 시간이 약이라. 세월이 흐를수록 세인들의 관심도 멀어지게 되었고, 종국엔 양 문파에서 네 명의 제자만을 문하로 들여 최소한의 감시만 해도 좋을 만큼 강호에서 구천무예의 환영이 희미해졌다네."

그렇게 흐른 시간이 오십 년. 자유를 향한 인내의 시간이었다. 하나,

"구양문은 잠적을 준비하고 있었네. 하지만 문제는 항상 엉뚱한 곳에서 일어나곤 하지. 구양문의 계획도 마찬가지였어. 아마 구양문도 짐작할 수 없었을 거야. 설마 자신의 딸이 모든 계획의 걸림돌이 될 줄은."

미리 알았다 해도 어쩔 수 없는 일이었다. 남녀 문제. 하늘도 어쩌지 못하는 일.

"금옥기와 유가량은 소림에서도 둘도 없는 친구였다 하더군. 그런 두 사람이 한 여인을 사랑하게 된 거지. 나도 직접 보진 못했지만, 구양경의 아름다움은 말로 설명하기 어려울 지경이었다 하더군. 모르긴 몰라도, 소림과 무당의 제자들 중 그녀를 마음에 두지 않았던 자는 없었을 거야. 사내란 다 그런 거 아닌가."

구양문으로서도 난감하였을 것이다. 다된 밥에 재를 뿌려도 유분수다. 자

그마치 오십 년을 기다린 자유였건만, 자칫 천려일실이 될 수도 있었다.

하나 구양문은 생각을 고쳐먹었다. 전화위복(轉禍爲福). 만일 자신의 딸이 소림의 제자와 혼례를 맺는다면 그들의 의심을 더욱 흐리게 만들 수 있을 거라 생각했다. 구양경과 금옥기의 혼례는 그렇게 성사되었다. 그들의 운명이 틀어지기 시작한 건 그때부터였다.

"누가 먼저였는지는 아무도 몰라. 유가량의 탐심이 먼저였는지, 그것을 알아본 용 대인이 먼저였는지."

두 사람이 어떻게 알게 되었는지는 은기도 알지 못했다. 하나 그것은 그리 중요하지 않았다. 문제는 동창의 실력자와 소림의 속가제자가 한배를 타게 되었다는 사실이었다.

"어쨌든 거래는 성립되었고, 기다림은 시작되었지. 유가량은 본심을 숨긴 채 금옥기와 자주 왕래했다네. 구천무예를 탐낸 것인지 구양경을 탐낸 것인지는 그만이 알고 있겠지만, 어쨌든 의형제나 다름없던 두 사람이었기에 잦은 왕래에도 별다른 의심을 받지 않았다네. 그리고 몇 년 후, 기다리던 기회가 온 걸세. 실전되었다던 구천무예가 구양경에게 전해졌다는 사실을 알게 된 것이었지."

다시 한 번 미간을 눌렀다. 기가 막힌 상황. 마치 잘 짜여진 경극 같았다.

'자유를 위해서가 아니야. 정녕 자유를 얻고 싶었다면, 숨기는 것이 아니라 버려야 했어. 구양문. 순수하지 못했군.'

무가치한 짐작. 구양세가의 멸문이 구양문이 버리지 못한 욕심 탓이라 한들 이제와 그것이 무슨 상관이란 말인가?

"유가량의 연락에 용 대인은 지체없이 그곳으로 향했지. 그리고 그와 함께 계획을 꾸몄네. 처음엔 비급을 훔쳐 낼 생각을 했지만, 유가량이 반대했다네. 소림과 무당을 무시해선 안 된다고 했다더군. 그의 말이 옳았어. 일단 소림과 무당의 시선을 돌려야 했네. 그냥 눈을 가리는 것 정도가 아니라 완전히 흔들어놔야 했어. 구양경의 죽음은… 그렇게 결정된 걸세."

구양문의 외동딸. 구양세가의 마지막 혈육. 그리고 형제처럼 가까웠던 금옥기의 처. 비정의 극치였다. 무공을 얻기 위해 한때 사랑했던 여인을 희생양으로 선택했다. 금수(禽獸)만도 못한 자.

"묘희환락산(杳僖歡樂散)이었네. 최음제이면서도 일정 시간 이지를 상실하게 만드는 악독한 약이었지. 생각보다 쉬운 일이었어. 설마 그가 그런 짓을 할 것이라곤 누구도 상상하지 못했을 테니까."

그 악독함에 치가 떨릴 정도였다. 하나 패악한 만큼 확실한 방법이었다. 소림과 무당의 제자들은 일의 선후를 따질 경황도 없이 사방으로 뿔뿔이 흩어지고 말았다. 구양세가를 멸문시킨 흉수의 누명과 함께.

"한데… 문제가 생겼지. 구양경이 가지고 있다던 구천무예가 그 어디에도 없었던 거야. 하나, 이미 엎질러진 물. 금가장의 흔적을 지우고 구양문의 거처로 향했네. 하지만 우리를 기다리고 있던 건 텅 빈 장원뿐이었지. 구양문은… 그 어디에도 없었어."

금가장의 혈겁은 그렇게 일단락되었다. 그저 도적 떼의 습격으로 풍비박

산한 가문으로 결정되었고, 누구도 절강의 사건과 구양세가의 멸문을 연관해 생각하지 못했다.

'소림과 무당. 큰 업을 짊어지고 말았군. 제자들의 손에 구양세가가 멸문한 것이나 진배없으니…….'

그제야 운경자의 등장이 이해가 갔다. 무당파 장문인의 사제이며 천하에 적수를 찾기 어려운 일대검호. 강호의 명숙인 그가 직접 움직여야 할 만큼 구양세가의 과거는 치명적이었다.

'소림과 무당은 그렇다 치고, 개방의 개입은 어찌 이해해야 하는가?'

표풍추마 단사덕. 후진들 재롱이나 보며 노후를 보내야 할 그가 운경자와 함께 움직이고 있다. 개인적인 친분이라 하기엔 그의 무게가 너무 크다.

'어찌 되었든 목적은 하나뿐이다. 구양세가의 원한을 달래려는 것이다. 그래야만 그들의 치부도 감쌀 수 있을 테니. 하면 남은 것은 유가량과 금옥기뿐인데…….'

동창도 찾지 못한 두 사람. 하나 이제 생각해 보니 찾지 못한 것이 아니라 찾기 않은 것이었다. 행방이 묘연한 두 사람과 뇌옥의 죄수. 양자건의 눈이 빛을 발했다.

'두 사람 중 하나다. 유가량일 수도 있고, 금옥기일 수도 있다. 문제는 용대인이 왜 그를 근 사 년간이나 뇌옥 속에 처박아두었느냐다. 도대체 그가 진정으로 바라는 것은 무엇이란 말인가?'

부족했다. 과거의 편린들과 현재의 상황 사이엔 커다란 괴리가 존재했다. 금가장의 혈겁 이전부터 진행되어 온 계획. 하나 용호의 계획엔 커다란 모순이 있었다.

'살귀를 죽여야 할 이유가 없다. 구천무예를 원한다면 구양문을 찾아야만 하니까. 그렇다면 세울 수 있는 가정은 두 가지뿐이다. 그가 원하는 것이 구천무예가 아니거나 구양문을 찾을 필요가 없거나.'

둘 다 말도 안 되는 가정이다. 만일 이 가정이 현실이라면, 지금까지 사실이라 믿었던 모든 것들의 아귀가 틀어져 버린다.

'기막히군. 도대체 무엇을 놓치고 있는 걸까.'

미간을 힘껏 눌러봐도 좀처럼 개운하지가 않았다. 마치 짙은 안개 속을 헤매는 듯한 기분. 형체는 있으나 실체는 보이지 않는 막막함이 양자건의 마음을 조급하게 만들고 있었다.

게다가 허락된 시간도 그리 넉넉지 않았다. 벌써 살귀가 종적을 감춘 지 보름. 지난 보름간 찾지 못했던 행방을 사흘 안에 찾아야만 했다.

하나 세상사 그냥 죽으란 법은 없었다.

"령주!"

"무슨 일이야?"

"찾았습니다!"

황급히 들어선 부관의 외침에 양자건이 자리를 박차고 일어섰다. 양자건이 반색하며 일어설 만큼 중요한 일은 한 가지뿐이었다.

"어딘가?"

"안주입니다!"

"…살귀가 확실한가?"

양자건의 반문에 부관이 의미심장한 미소를 지으며 말했다.

"종남파가 천하를 상대로 사기 칠 생각이 아니라면요."

*　　　*　　　*

"으음……."

용호는 짧은 침음성과 함께 완맥을 놓으며 물러섰다. 혈도에 투입한 내기가 모래알처럼 흩어져 버렸다. 산공독의 증거. 사내는 내력을 끌어올리지 못하는 상태가 분명했다.

“…습관이라는 건가?”

“날… 탓하지 마. 날… 이렇게 만든 건… 당신이니까.”

새하얀 미소가 섬뜩했다. 사내의 얼굴엔 옅게나마 혈색이 돌아와 있었다. 물론 진홍의 눈동자에 비할 바는 아니었지만.

“습관은 고치면 된다. 생육(生肉)을 원한다면 따로 넣어주마. 무사들은 손대지 마라.”

“노력해… 보지.”

비릿한 미소 탓에 더욱 믿음이 가지 않는 대답. 용호는 고개를 저으며 자리에서 일어섰다. 그리고,

“내일은 먼 길 가야 하니 푹 자둬라.”

용호를 향하던 사내의 이죽임이 멈췄다.

“먼… 길?”

“내일 안주로 떠난다. 그곳에서… 그를 만나게 될 거다.”

“…그런가?”

한참 후에야 내뱉은 사내의 한마디. 예상과 다른 반응에 용호의 미간이 오므라들었다.

“그렇군. 드디어… 그를 만나게… 되는군.”

“내키지 않는다면 가지 않아도 돼.”

어차피 원래 계획에도 사내의 자리는 없었다. 하지만 사내는 고개를 저었다.

“아니, 미룰… 필요는 없어. 어차피… 한 번은… 만나야 하니까.”

이제야 예상했던 대로의 대답이 나왔다. 하나 사내의 대답은 용호를 더욱 곤혹스럽게 만들고 있었다.

‘한 번은?’

가히 독심술이라 해도 과언이 아닐 만큼 상대의 마음을 읽는 능력이 뛰어난 용호였다. 하지만 이 사내의 내심을 읽어내는 것만은 번번이 실패하고 말았다. 가장 가까운 곳에서 가장 오랫동안 그를 보아온 자신이었건만.

'괜찮아. 마음이 심란해서 그런 거다. 어느 누구라도 저 녀석의 입장이 되면 마찬가지일 터. 지금은 혼란스럽겠지만, 결국 네가 선택할 수 있는 길은 하나뿐이야.'

용호는 애써 의심을 머릿속에서 지웠다. 그의 앞에 선택의 여지를 남기지 않았다. 그는 자신이 그려놓은 길을 따라 걸을 수밖에 없다. 만에 하나를 대비해 산공독까지 장복시켰다.

'걱정할 것 없어. 저 녀석은… 누구보다 내가 가장 잘 알아.'

용호는 생각에 잠겨 있던 사내를 두고 내실을 빠져나왔다.

어제저녁, 백 령주 양자건이 이끄는 백위가 한발 앞서 양주로 향했다. 은기 역시 은밀히 금의위 정병 오백을 차출하여 해질 무렵 출발할 것이다. 게다가 양주는 물론 인근 고을의 제형안찰사사들에게도 이미 출병 준비를 명해놓은 상태. 이 정도 군세라면 하북 무인 전부가 몰려든다 해도 능히 제압할 수 있었다.

'살귀의 피와 소림, 무당의 눈물로… 구양세가는 다시 태어나게 될 것이다.'

기다림의 끝이 보이기 시작했다. 장장 삼십 년이나 기다려 왔던 천하제일가의 부활이.

*　　　　*　　　　*

"뭐라고? 너 지금 뭐라고 했어?!"

"그게… 웅현 혈사 때 산에 올랐던 종남파 진달개 장로가 직접 살귀를 상대해 무릎 꿇렸답니다. 벌써 하북에 모여든 강호인들 태반이 안주로 모여들고 있습니다. 안주 곳곳에는 모용세가주가 살귀를 공개 처단한다는 방문이……."

소문이 아니었다. 하룻밤 새 일어난 사건. 담장마다 나붙은 방문(榜文)이 살귀의 최후를 알리고 있었다.

하나 코웃음을 치던 사람들도 방문 아래의 낙서엔 입을 다물고 말았다. 집행인의 이름이 모용중경이었고, 공중으로 나선 곳이 화산, 종남, 아미, 점창이었다. 구파일방 중 네 곳이 공중으로 나선 일을 헛소문으로 치부할 수는 없었다.

"이… 미친 작자들이……."

"간에 붙었다 쓸개에 붙었다 하는구먼. 소림까지 찾아와 도움을 청할 때는 언제고, 이제 와서……."

"그리 말할 것도 없네. 모용가주의 여식만 찾았다면, 그들도 이렇게까지 나오진 않았을 테니."

"하나 이렇게 공개적으로 그를 처단하겠다 나오면……."

의도를 간파하는 것은 어렵지 않았다. 하나 그들이 쳐놓은 방벽을 넘기가 쉽지 않았다. 한을 구하려면 구파 중 네 곳과 정면으로 맞서야만 했다. 기막힌 현실에 한숨도 나오지 않았다.

"한데 그들이 정녕 그를 생포한 것일까요?"

"산에서 벤 놈만 일백에 구유신 모경과도 일전을 했어. 게다가 칠십 장 절벽 아래로 떨어졌지. 살아남은 것만도 기적이야."

운경자의 걱정 어린 물음에 단사의가 대신 답을 내놓았다.

한 손이 열 손을 감당할 수는 없는 일. 게다가 그의 상대는 구파의 일석인 종남파였다. 지치고 상처 입은 상태가 아니었다 하더라도 필승을 장담키 어려웠을 거다.

“일단은 가보자.”

“가서 뭘 어쩌게?”

“하는 데까진 해봐야지.”

“아서라. 자칫 틀어지면 정말 험한 꼴 보게 된다. 화산하고 종남이야. 점창이야 그렇다 쳐도, 난 비구니들 암내엔 힘 빠져서 못 싸운다.”

“또 앓는 소리. 걱정 마라. 누가 험한 꼴을 보게 될지는 두고 보면 알 일.”

운경자의 말은 괜한 허풍이 아니었다. 이미 소림의 십팔나한과 무당의 이대제자 스물이 당도해 있었다. 게다가 하북은 개방의 앞마당. 힘으로 겨루어도 밀릴 이유가 없었다. 하나,

“엉뚱한 소리 하지 말게. 최악의 상황이 오더라도 그들과 부딪치는 일은 없어야 해.”

쟁투불허(爭鬪不許). 단사덕이 그어놓은 선 앞에서 운경자가 걸음을 멈췄다.

“명분 때문에 그가 죽는 것을 방관할 수는 없습니다.”

“방관하자는 게 아니야. 그들이 벌이려는 공개 처단의 내막이 무엇인가? 만일 우리가 실력을 행사한다면, 강호 동도들의 눈엔 억지 이상으론 보이지 않을 걸세. 그들의 노림수를 뻔히 알면서 어찌 제 발로 걸어가려 하는가?”

“하지만…….”

“고정하고 방법을 찾아보세나. 그리고…….”

잠시 말을 끊은 단사덕이 차분히 가라앉은 목소리로 말했다.

“칼을 쥔 자가 정녕 모용세가라면, 그들 손에 그가 죽는 일은 없을 걸세. 그는 모용세가에 빚이 없으니까.”

단사덕은 분명히 기억하고 있었다. 그는 분명 자신이 장안호를 죽이지 않았다고 했다. 물론 그보다 더 아쉬웠던 것은…

‘장안호의 원한을 잠재울 수 있는 건 그녀뿐이건만…….’

의제의 원한마저 접어두었던 부정(父情). 모용중경을 설득할 방법은 사라진 모용상아를 찾는 것뿐이었다.

'대체 어디로 간 것일까? 그와 함께 있지 않았다면… 모용상아는 지금 어디에 있단 말인가?'

단사덕의 답답한 시선이 창밖으로 향했다. 그리 멀지 않은 곳에서 탄식하던 모용상아처럼.

*　　　*　　　*

"아버지……."

모용상아의 탄식에 섭위문도 입맛만 다실뿐이었다.

"그냥 돌아가는 것이 어떠냐? 살귀가 안호를 죽이지 않았다는 것을 밝히면 네 아비도 그 자리에 나설 수 없을 테니……."

"…아니요. 그래선 안 돼요."

예상치 못한 대답에 섭위문이 고개를 돌렸다. 눈물이 그렁했던 눈동자는 언제 그랬냐는 듯 현실을 직시하고 있었다.

"아버지만 막는다고 해결될 일이 아니에요. 동창. 모든 건 그들을 논한 이후에요."

모용상아의 날카로운 대답에 섭위문은 혀를 내둘렀다.

'조그만 것이 제법일세?'

살귀가 죽었을 거라는 소문. 물 한 모금 넘기지 못하던 것이 엊그제였는데, 살아 있다는 소식을 듣자마자 다 죽어가던 눈에 생기가 돈다. 게다가 한술 더 떠서 지금은 구할 때가 아니란다.

'여자는 요물이라더니…….'

하나 섭위문의 내심과는 상관없이 모용상아는 심각했다.

"웅현 혈사가 동창의 계략이라면 용호는 그가 죽기를 바라는 거예요. 그렇다면 필시 이번 종남파의 행사를 방관하지 않을 거예요."

"방관하지 않는다? 살귀가 죽기를 바란다면 오히려 방관해야 하는 거 아니냐?"

당연한 물음에 되돌아온 것은 의외의 대답이었다.

"세상 사람 모두가 그의 죽음을 원하는 건 아니랍니다."

"지지리 복도 없지. 팔자에 없는 벙어리 흉내라니……. 그 고초가 얼마나 심했을꼬……."

손 노인의 한숨. 그가 한이 아니란 것을 확인하는 데는 종남파 무사들의 무용담을 귀동냥하는 것으로 충분했다. 다행인지 불행인지, 그들의 손에 잡힌 것은 한이 아니라 가패였다.

"입도 벙긋 안 했단다. 상처가 썩어 들어가는 데도 신음 소리 한 번 안 냈단다. 죽으려고 작정을 한 게지. 못난 사람 같으니……."

"등신, 그러려고 그 고집을……."

"그럴 사정이 있었겠지. 하나 너무 걱정하지 마라."

안절부절못하는 예향이 보기 딱했는지 손 노인이 말리고 나섰다.

"모르긴 몰라도 그날 소림과 무당에서도 사람들이 나설 게다. 그 사람들이 그의 얼굴을 아니, 그가 한이 아니란 건 금방 밝혀질 거야."

"안 나서면?"

"뭐?"

"그놈들이 왜 나설 거라고 생각해?"

생각지도 못했던 반문. 손 노인은 눈을 껌벅이며 예향을 바라보고 있었다.

"그놈들이 우리한테 뭐라 그랬는줄 알아? 잊으래. 그놈을 완전히 잊어버리래. 근데 그놈들이 우리를 거들떠나 볼 거 같아? 옳지, 잘됐다. 저놈이 대신 죽어주면 우리야 고맙지. 사람들은 살귀가 죽은 줄 알 테고, 세상도 좀 잠잠해질 테고. 그럼 그놈 찾기도 더 수월해질 테고. 어차피… 우리는 그들한테는 필요없는 사람들이었으니까……."

"하지만 아무리 그래도……."

억지스러웠지만 억지가 아니었다. 그럴 가능성도 충분했다. 그들이 구하고자 하는 것은 가짜가 아니라 진짜 살귀였으니까.

"너… 마음 단단히 먹어야 할 게다."

야단하고 윽박지르던 섭위문이 아니었다. 새로 얻은 질녀가 걱정스러워 어쩔 줄 모르는 늙은이일 뿐이었다.

"어쩔 수 없지요. 그게… 모두를 위한 길이라면."

떨어지지 않는 입을 억지로 떼면 저런 표정이 지어진다. 입으론 웃으면서도 눈썹은 꼬리를 내리며 떤다. 맞잡은 두 손은 마음에게 억지를 쓰듯 힘이 들어가 있다.

'당신을 위해서라면…….'

달리 방법이 없었다.

동창과 힘으로 맞서는 것은 이란격석(以卵擊石)일 뿐이다. 종남파의 행사를 전화위복의 기회로 삼아야 했다. 구파 중 네 문파가 나서는 자리다. 소림과 무당도 은밀히 찾아올 것이다. 수많은 군웅들이 몰려들 것이다. 천하의 시선이 모이는 자리가 될 것이다.

"분명히 효과는 있을 게야. 그 많은 사람들 앞에서 일의 전모를 떠들어 버린다면."

살귀의 누명부터 벗겨야 한다. 수적의 혈채 따위는 신경 쓸 필요도 없다. 모용세가의 원한은 애초에 존재하지 않았다. 황옥산의 죽음도 대결의 결과이니 정당했다. 웅현의 혈사? 함정을 파고 기다린 것은 살귀가 아니라 강호 군

웅들이었다. 적지 않은 소란이 일겠지만, 적어도 강호공적이란 꼬리는 떼어

버릴 수 있으리라.

"하나… 사람들은 너를 의심할 게다. 소문은 마물이야. 어쩌면 살귀의 여

자라는 꼬리가… 평생을 따라다니게 될지도 몰라."

비난 따윈 상관없다. 그를 향한 마음을 숨기고 싶은 마음도 없다. 다만…

'이제 당신과는… 우연조차 기대할 수 없겠죠.'

그 수모를 견뎌야 할 자리에 자신의 아비가 있다.

아마 다신 볼 수 없을 게다. 아비가 자신을 물고할 리는 없으니, 심하다 해

도 평생 세가 안에 금족(禁足)당하는 정도일 것이다. 하나 아비의 성격이라

면, 몹쓸 소문이 나는 걸 막기 위해 설기룡과의 혼례부터 서두를 게다. 물론

혼례를 치루건 치루지 않건 간에 세가 밖으로 나올 생각은 평생 접어두어야

겠지만.

'걱정 말아요. 당신을 위해서라면……'

창밖 가을볕이 너무나 시렸다. 보고 있으면 서러워 눈물이 날 만큼.

＊　　　＊　　　＊

"…다행이야."

구양문의 반응에 용호의 눈이 이채를 띠었다.

'희생양으로 키운 아이라도 제자는 제자라 이건가?'

한의 죽음은 계획의 분수령이다. 그의 죽음으로 소림과 무당에게 씌울 올

가미가 완성된다. 이미 천하는 달아오를 대로 달아오른 화로와 같은 상태.

작은 물방울만 뿌려도 거대한 수증기를 일으키게 될 것이다.

비록 종남의 손에 잡히긴 했지만, 그는 이미 죽은 것이나 진배없었다. 그

럼에도 저런 반응이라니.

"종남이라. 그래도 못난 자들에게 잡힌 것이 아니라 다행이야."

"아쉽지만 차라리 잘된 일일런지도 모릅니다. 구파 중 세 문파가 나섰으니, 소기의 목적보다 더 큰 성과를 얻은 셈입니다."

"강행하자는 말씀이신가?"

"머뭇거릴 이유가 없지요."

용호의 말에 구양문이 고개를 끄덕였다. 하나,

"소림과 무당이 나설 걸세."

"나선다 해도 소용이 없을 것입니다."

"자네가 그렇다면 믿어야겠지. 그리고 노파심에 하는 말이네만… 그 아이는 욕심내지 말게나."

"미치광이 벙어리에겐 관심없습니다."

진담 반 농담 반. 구양문은 용호의 짧은 대답에 만족해하는 것 같았다. 물론 만에 하나를 위해 사족을 다는 것도 잊지 않았다.

"자네가 왜 나를 돕는지 아네. 하나 과욕은 화를 부르는 법. 구천무예는 주인 없는 무공이 아니라, 주인을 택하지 못한 무공이야. 그것이 그 아이에게서 피어난 것은 회광반조(廻光返照)라 생각하시게. 구천무예를 얻은 자에게 죽음을 뛰어넘는 무언가가 없다면… 구천무예가 직접 죽음을 내릴 것이네. 잊지 마시게. 왜 소림과 무당이 구천무예를 얻지 못했는지를."

죽음을 뛰어넘는 무엇. 용호의 뇌리엔 자연스레 한의 모습이 그려지고 있었다.

'…복수. 죽음마저 초월한 살의란 건가?'

죽음을 뛰어넘는다는 것의 정확한 의미는 구양문도 용호도 알지 못한다. 단지 그것이 바로 구천무예가 절전된 이유이고, 소림과 무당이 구천무예를 얻지 못한 이유라는 것밖에는. 하나 천하제일인이 남긴 말이니 믿지 않을 수도 없는 일.

천하제일인 구양수의 유언이야말로 구천무예가 남긴 최고의 심득이며 저주였다. 하지만…

'저도 그런 이를 하나 알고 있습니다. 죽음마저 초월한 무언가를 지닌 이를.'

용호의 미소에 구양문이 미간을 찌푸렸다. 하지만 지금은 기이한 느낌 따위에 연연할 때가 아니었다.

"종남 따위에게 영예를 안겨주는 것이 탐탁치는 않지만, 그것 또한 하늘의 뜻인 것 같으니……. 그날 보세나."

"준비하겠습니다."

구양문의 말에 용호가 고개를 숙였다. 두 사람의 계획이 종장에 다다라 있었다. 사 년을 거슬러 오르는 밀회. 그 인고의 시간이 드디어 결실을 바라보고 있는 것이었다.

"그리고… 그 아이를 잘 부탁하네."

"…알겠습니다."

구양문이 떠나며 남긴 한마디. 그 모순된 부탁에도 용호는 기꺼이 고개를 끄덕여 주었다. 화룡점정(畵龍點睛)이라. 혼신을 다해 키운 구천무예의 마지막 전인이나, 준비된 목적을 위해선 버려야만 했다. 구천무예가 아닌 구양세가를 위해.

'염려 마십시오. 탈명마군 악중산의 전인이라면 구천무예의 최후를 장식하는 데 모자라지 않을 것입니다. 가주께선 여한을 남기지 마시고 마음 편히 가십시오. 그리고…….'

용호의 관모가 조용히 기지개를 켰다. 관모 아래로 빛나던 두 눈은 구양문의 어깨 너머를 향해 있었다.

'…가주의 뜻을 저버리게 되어 저 또한 송구스럽습니다. 부디 저승에 가서서나마… 가문의 재건을 기꺼워하십시오.'

용호는 구양문이 떠나고 한참이 지나서야 자리에서 일어설 수 있었다. 준

비는 완벽했다. 남은 것은 사라진 그를 찾는 것과 살귀의 운명을 예정대로 끝
내는 것뿐이었다.

…예정대로.

*   *   *

‘일어나.’
날아든 바람이 뺨을 스쳤다.
‘어서 일어나.’
암동을 휘돌고 나온 바람이 머리맡을 쓰다듬었다.
‘이제 보니 우리 한이 잠꾸러기네?’
부드러운 속삭임이 귓가를 간질였다.
‘힘들면 이리 와 쉬어.’
그녀가 손짓하며 미소 지었다.
‘나 혼자 많이 외로웠어. 이제 그만 이리 와 쉬어.’
빛으로 화한 그녀가 머리를 쓰다듬었다. 부드럽고도 차가운 손길. 손길이
스친 곳마다 그녀의 흔적이 남겨지고 있었다.
‘오래전부터 널 원했어. 네가 날 원하는 것도 알고 있었어. 더 이상 망설
이지 말고 이리 와. 이리 와서… 날 안아.’
가슴을 스친 손길이 그의 복부를 보듬기 시작했다.
‘착한 아이야, 이리 와서 날 안아주렴. 네 거친 팔로 날 짓눌러 주렴. 네
숨결로 나를 느껴보렴. 그리고……’
하체를 점령한 손길은 거침이 없었다. 그 달콤한 애무에 그의 남성이 고개
를 쳐들었다.

'한아, 내 외로움을 달래주렴. 어서… 어서……'

거친 숨결과 함께 차가운 손길이 그의 전신을 감싸 안았다. 차갑고 뜨거운 두 육체. 황홀경을 향한 몸짓이 그의 정신을 뒤덮고 있었다. 하나…

'…비켜.'

낮고 선명한 목소리에 암동의 움직임이 멎었다.

'두려워하지 마. 네가 날 위하였듯 나도 널 위할 테니……'

'비키라 했다.'

조심스레 다가서던 손길이 매몰찬 서릿발에 흠칫 놀라 멈췄다.

'한아……'

'그런 더러운 놀림으로 그분을 흉내 내려 하지 마라.'

'한아……'

'그런 추잡한 흉내로 그분을 욕보이려 하지 마라.'

'한……'

'그분을 욕보여… 나를 분노케 하지 마라.'

'…넌 더 이상 날 원하지 않는구나. 윤간으로 더럽혀진 날 원하지 않는 게로구나. 이제는 모두가… 부질없음이로구나.'

서늘한 책망이 그의 뺨을 할퀴고 지나갔다. 서러운 탄식이 그의 가슴을 두드리고 있었다.

하나 그의 입술은 푸른 빗장으로 굳게 닫혀 있었고, 그의 두 눈은 책망과 탄식에도 침묵하고 있었다. 하나 그의 의지는 고요하지 않았다.

'나의 의지에 기생하는 허상아. 나의 그분은 한 번도 나의 그릇됨을 외면하지 않으셨고, 나의 어리석음을 조소하지 않으셨다. 그리고 한 줌의 재가 된 지금까지도… 나의 부족함을 탓하시 않으셨다. 헛된 망령을 내게 보이지 마라. 내 진정 그녀를 원하였으나… 내 진정은 그분의 순결에 티끌도 되지 못했음이다.'

'…거짓말. 정녕 내 붉고 달콤한 입술을 원하지 않았느냐? 내 희고 고운 몸뚱이를 탐하지 않았느냐? 너는 너 자신마저도 속이려 하는 것이냐?!'

환영의 조소에 심장이 고동을 멈췄다. 하나…

'…사랑하였다.'

잔잔한 두근거림. 그 낮고 깊은 울림에 환청마저 숨을 죽였다.

'…이 세상에 태어나 저지른 가장 큰 잘못은 그분을 지키지 못한 것이고, 죽음의 그 순간까지도 후회할 것은… 그분께 내 마음을 보이지 못한 것뿐이다. 하나 여한은 없다. 이미… 내 마음껏 그분을 사랑하였으니……'

말 못할 회한이 뺨을 적시고 있었고, 서늘한 바람이 눈물 위로 스치며 서글픔을 달랬다.

'…사람은 이미 가고 없는데, 네 가엾은 몸부림이 무슨 소용일까. 하나 그 또한 스스로 택한 삶이니 홀로 남겨진 죄로 가지 않을 도리가 없어라.'

긴 탄식과 함께 환영이 희미해지기 시작했다. 꿈과 현실의 경계가 무너지며 소슬한 바람이 한의 주위로 밀려들기 시작했다. 그리고…

"…깨이난 것 같습니다."

환청이 사라진 자리를 비집고 들어온 현실의 자취가 침잠되어 있던 정신을 의식의 수면 위로 끌어올리고 있었다.

"…스스로 일어날 때까지 그대로 두시게."

낯선 목소리가 한의 고막을 비집고 들어왔다. 잠자듯 닫혀 있던 한의 눈꺼풀이 조금씩 빛을 향해 열리고 있었다.

시각과 함께 다른 감각들도 현실을 받아들이고 있었다. 나지막한 읊조림과 은은한 향내. 주변 가득한 낯설음이 그의 깨어남을 돕고 있었다.

"…아미타불."

第五十五章

성토대회

이상했다. 보잘것없는 노승이었다. 주름진 얼굴과 앙상한 뼈마디. 이마의 계인마저 흐릿한 노승에게 자신이 이리 주눅 들어야 할 이유가 없었다. 하나 한의 시선은 노승의 눈과 마주치길 꺼려하고 있었다.

"어디 불편한 곳은 없으시오?"

불편했다. 씻은 듯이 나아버린 왼쪽 어깨의 상처도 불편했고, 폐부를 청량하게 해주던 동혈 안의 향내도 불편했다. 물론 노승과 마주하고 있는 지금 이 자리가 가장 불편했다.

'…소림.'

다른 이름은 떠오르지 않았다.

벼랑에서 떨어지던 기억이 생생했다. 과연 흑도제일고수. 빗속에서 모경의 가슴을 꿰뚫던 순간 자신 역시 모경의 장세를 허락하고 밀었다. 모경의 심장에서 뿜어진 피보라가 선명했지만, 자신 역시 벼랑을 등지고 있었다는 것을 깨달아야 했다.

내리던 빗줄기보다도 빠르게 떨어져 내렸다. 하늘과 땅이 뒤바뀌길 몇 차례. 하나 그의 뇌리로 주마등(走馬燈)이 달리기도 전,

'그때 무언가에 부딪치며 정신을 잃었었다. 그리고 깨어난 곳이……'

바로 이 동혈이었다. 떨어질 때 머리를 세게 부딪친 것 같았는데 어디에도 상처는 없었다. 아니, 전신에 입었던 상처들도 말끔히 치유되어 있었다.

"허락도 구하지 않고 약을 썼소. 하나 다급한 지경이었으니 양해해 주시오."

한은 저 노승의 말에 어떤 눈빛을 보내야 할지 혼란스러웠다.

'…원수에게 빚을 졌어.'

소림, 그녀를 앗아간 원수들의 사문. 한데 그 원수에게서 목숨을 구원받았다. 아무리 살귀라 불리는 한이라 해도 마음이 편할 수는 없는 일. 한데,

"이제 빈승이 할 일은 다한 것 같구려."

노승의 말은 헛말이 아니었다. 정말로 주변에 놓여 있던 목갑과 의구, 향로 등을 정리하기 시작했다.

'…무슨 생각이지?'

분명 소림과 무당에서 보낸 자들이 자신의 뒤를 쫓고 있었다. 남경에서 만난 철문사도 그리 말했고, 백사평에서 모습을 드러낸 노도사와 일단의 무리도 소림과 무당의 인물들이 분명했다.

한데 소림에서 온 것이 분명한 노승은 자신을 설득하려 하거나 요구하지 않았다. 거절하기 힘든 목숨의 채무까지 지워놓고서. 게다가,

"이건 소환단(小還丹)이라는 약이오. 상처가 심하거나 서둘러 기력을 회복해야 할 때 먹으면 도움이 좀 될 게요."

주름진 손에 올려진 두 개의 금박 단환. 노승의 귀신 놀음은 점입가경(漸入佳境)이었다.

소환단이라면 소림에서도 기보로 분류되는 영약이다. 구 년이 걸려야 겨

우 한 알 얻을 수 있다는 대환단(大還丹)보다야 못하지만, 아홉 달을 졸여 얻는다는 소환단도 가치를 따지기 힘든 영약이었다.

목숨 빚을 진 것도 마음이 편치 않은데, 그 위에 영약까지 얹어 주려 하고 있었다. 의도를 파악하기가 쉽지 않았다.

'날… 시험하려는 건가?'

그렇다면 상대를 잘못 골랐다. 복수를 위해 인간임을 포기했던 그였다. 비록 마음의 벽을 깨며 자아를 되찾긴 했지만, 그에게서 인간다운 살가움을 기대한다면 큰 오산이었다. 하나,

"나중에 기회가 닿으면 숭산에 한번 올라오시오. 아이들 몰래 숨겨둔 곡차(穀茶)로 대접하리다. 그럼, 아미타불."

할 말을 마친 노승이 바리바리 싼 보따리를 들며 자리에서 일어섰다. 노승이 앉아 있던 자리엔 소환단 두 알이 놓여져 있었다.

'이게 대체……'

노승은 구부정한 허리를 선장(禪杖)에 의지한 채 동혈을 나서고 있었다. 머뭇거림도 없었고, 뒤돌아봄도 없었다. 아무런 미련도 없는 걸음. 멀어지는 노승의 발소리가 한의 가슴을 무겁게 짓눌러 왔다.

"아미타불. 무슨 할 말이라도?"

동혈을 나서던 노승이 고개를 돌리며 물었다. 하나 다급히 따라나선 한은 노승을 노려보기만 할 뿐이었다.

"허허, 걸음을 잡았으면 용건을 말해보시오."

묻고 싶었다. 하나 전신의 상처를 모두 치료한 노승의 신묘함도 잘린 혀를 돋아나게 하지는 못했다.

"고맙다는 말은 접어두시오. 어차피 가고 오는 것 모두가 내 뜻만은 아닌 것이라. 인연이 닿으면 또 봅시다, 시주."

넉넉한 미소와는 달리 노승의 걸음은 냉정하기 그지없었다. 하나 다급히

가사를 붙잡는 중생의 손마저 뿌리칠 만큼은 아니었다.

"허어, 답답한 사람. 할 말이 있으면 하면 되지, 뭘 그리 망설이고 계시는가?"

한은 노승이 자신을 꾸짖는다 생각했다. 하나 노승의 꾸지람에도 성이 나질 않았다.

'왜?'

꼭 물어야만 물음이던가? 도움을 주고도 말없이 떠나는 이를 붙잡았을 땐 연유를 묻는 것이 당연한 일 아니던가? 하나 눈치 없는 노승은 한의 두 눈을 빤히 바라만 보고 있을 뿐이었다. 오히려,

"참으로 딱하시오. 말을 잃었다고 마음마저 잃어버린 것이오?"

노승의 핀잔에 한의 눈꼬리가 파르르 떨렸다.

'마음을… 잃어?'

탈속한 자의 농일 수도 있었다. 노인의 별 뜻 없는 장난에 당황한 것인지도 몰랐다. 하나,

"세 치 혀를 아무리 놀린다 한들 어찌 진심의 전함만 하리오? 내 뜻을 알았다면 그걸로 족한 것이고, 모른다면 모름 안에 또한 뜻이 있는 것이고."

'진심? 뜻?'

뜬구름 잡는다는 말의 뜻은 알 것 같았다. 하지만 노승은 그 이해의 얄팍함을 흉잡지 않았다.

"헤아리려 하지 마시오. 물이 흐르고 바람이 부는 것처럼, 목도한 모든 것에 인과(因果)를 따지려 들지 마시오. 지금은 그저 물이 차구나, 바람이 소슬하구나 하면 되는 거라오."

노승은 중생의 무지에도 때가 되면 안다며 다독이고 있었다. 하나 이 무지한 중생은 물러섬을 몰랐다.

‘날 구한 이유가 뭐냐? 은원을 남기고 떠나는 이유가 뭐냔 말이다?!’

대답해 주지 않으면 당장이라도 달려들 기세였다. 하나 살귀의 기세조차 노승의 허허로움을 가둬두지 못했다.

“숭산까진 제법 길이 멀다오.”

노승을 옭아맸던 한의 시선이 맥없이 풀어지고 말았다. 눈이 흐려진다 싶던 순간, 이미 노승의 걸음은 저만치 멀어져 있었다. 이를 악문 한이 발을 구르려 했다. 하나,

“두 가지 길이 있다오.”

한의 걸음이 갈림길 앞에서 멈춰 섰다.

“하나는 나를 따라 숭산으로 오르는 길이오. 속세의 은원은 그 끈을 놓지 못하는 이들끼리 풀면 되오.”

말도 안 되는 소리. 은원의 끈을 쥘 수 있는 사람은 자신뿐이다. 누구에게도 양보할 수 없는 일.

“다른 하나는 이대로 산을 내려가, 시주가 걸어온 혈로를 다시 걷는 것이오.”

갈림길이 아니라 외길이다. 한은 조금씩 작아지는 노승의 뒷모습을 보며 눈을 감았다. 하지만,

“첫 번째 길은 원한을 푸는 길이오. 두 번째 길은 원한을 잘라내는 길이라오.”

감겼던 눈이 떠졌다. 이미 점으로 화한 노승. 하나 귓가를 울리는 목소리는 지척에서 소리치는 듯 선명하기만 했다.

“결자해지(結者解之)라. 구양세가의 원한은 결국 소림과 무당이 풀었어야 했을 일. 남은 두 사람의 반도는 살귀의 검이 아니라 소림의 계도가 내신 벌할 것이고, 시주의 혈로는 소림과 무당의 참회로 닦아낼 것이오.”

한은 더 이상 보이지도 않는 노승을 바라보며 경악하고 있었다. 소림과 무

당의 참회. 노승은 소림과 무당이 금가장의 혈겁을 세월에 묻지 않으리라 말하고 있었다.

"하나 시주가 걸어야 할 혈로는 험하기 이를 데 없다오. 강호의 협의지사들이 공적을 벌하길 원하고 있고, 강호에 몸담지 아니한 곳에서조차 시주를 탐하고 있소. 그것은 새로운 원한을 만드는 일. 감히 단언하건대 시주가 감당키 어려운 시련이 될 것이오."

노승의 말은 반박하기 힘든 진실이었다. 하나 받아들이기 어려운 진실이기도 했다.

"어쩌면… 시주는 복수를 끝맺지 못함보다 더 큰 좌절을 맛보게 될지도 모른다오."

이제는 그림자도 보이지 않았다. 하나 노승의 목소리는 스스럼없이 한의 마음을 뒤흔들어 놓고 있었다.

'더 큰 좌절이라니?'

노승은 이번에도 그 뜻을 설명해 주지 않았다. 하지만 그 뜻을 알지 못함에도 한의 마음엔 일말의 망설임이 생겨나고 있었다. 한데…

"…살귀가 잡혔다는 소문이 있더이다. 안주라 했지, 아마?"

기이한 여운이 한의 귓가에서 흩어지고 있었다.

"숭산까지 가는 길이 이렇게 멀었던고? 인연이 닿으면 또 봅시다, 시주. 아미타불……."

부릅뜬 두 눈이 노승의 그림자를 찾고 있었다. 하나 어기전성(御氣傳聲)으로도 닿지 않는 자리를 눈으로 찾을 수 있을 리 만무했다.

'내가… 잡혔다?'

부릅떠져 있던 한의 시선이 천천히 산 너머로 향했다. 꼬리를 말며 사라지던 태양이 무척이나 붉어 보였다.

"하북은 오랜만이시지요?"

"허허, 한 이십 년쯤 전, 북경으로 사부님 불사에 따라나선 뒤로는 처음이지요."

노승의 곁으로 다가선 도사가 어깨를 나란히 했다. 끝없이 이어진 관도 위로 두 사람의 그림자가 길게 늘어져 있었다.

"저도 장문인 자리를 물려받은 후로는 처음입니다. 그게 벌써 십오 년 전이군요."

"허허, 벌써 그리 되었군요."

"안주로 가겠지요?"

"괜한 소리를 한 것 같구려."

"아닙니다, 잘하셨습니다. 한데 그에게 대환단까지 먹이실 줄은 몰랐습니다."

"허허, 그 사람을 직접 보니 아직은 피가 마를 때가 아닌 것 같더이다. 험한 일 겪을 사람, 몸이라도 성히 만들어 보내야겠기에……."

두 사람. 소림의 방장 일우 대사와 무당파 장문인인 운현 진인 모두 못내 아쉽다는 듯한 표정이었다.

"걱정입니다. 후에 종남과 화산에서 따지고 들면……."

"허허, 정히 걱정되면 이참에 종남과 화산에도 들렀다 가지요."

"허허, 방장께선 정녕 마음을 비우신 듯합니다?"

"어쩌겠습니까. 과(過)는 과고 실(失)은 실인데. 어쩌면 진즉 그리했어야 했는지도 모르지요."

"그리 쉽게 결정할 일은 아니었지요."

관도 위로 웃음이 이어지고 있었지만, 늘어진 그림자는 그들의 걸음을 붙잡으려 더욱 애쓰고 있었다.

"구양가주가 사라졌다지요?"

"용두방주가 그러더이다. 후개와 함께 제자 몇을 보낸다 하더군요."
"걱정스럽기도 하겠지요. 자칫하면 개방의 명성에 오점을 남길 수도 있으니."
"잘 가려주어야지요. 그간의 노력이 진정이었음은 부인할 수가 없으니."
일우 대사의 말에 운현 진인이 고개를 끄덕였다. 그리고,
"안주가 숭산보다 더 멀겠지요?"
"멀지요. 한참 더 멀지요."
"…그리 먼 곳인데 …아미타불."
"…무량수불."
외마디 불호와 도호가 때마침 불어온 바람에 흩어지고 있었다. 그들을 굽어보던 야산과 안주는 고작 하룻길이었다.

*　　　*　　　*

비무대를 연상시키는 너른 터. 역수(易水)가 머물러 만들어진 백양정(白羊淀)의 아름다움이 호변의 무대를 병풍처럼 감싸고 있었다.
이른 아침부터 사람들이 몰려들고 있었다. 곳곳에 천막이 올라서 있었고, 자리를 편 사람들 사이로 술과 음식을 파는 상인들까지 있었다. 쉴 새 없이 입을 놀리며 흥을 돋우는 사람들. 한쪽에 마련된 좌석들을 보니 정말 비무대회라도 여는 듯 보였다.
하지만 그 비무대 위의 서늘한 적막은, 형가의 읊조림처럼 바람이 쓸쓸하고 역수가 차갑기 때문만은 아니었다.
"살귀다!"
해가 중천에 떠오를 무렵이었다. 비무대 주위로 몰려든 사람들만 수천이었고, 그중 태반이 도검을 휴대한 강호인들이었다. 하나 형형한 안광을 빛내

던 그들도, 누군가의 외침엔 놀라움을 숨기지 못한 채 고개를 돌리고 있었다.

"종남파다!"

"화산과 아미, 점창파까지 있었구나. 저런 고수들이 나섰으니 잡히지 않을 도리가 없지."

웅성대는 소리가 벌 떼 날갯짓 소리 같았다. 고작 관도 너머에서 깃발들이 머리를 내밀었을 뿐이건만, 사람들은 그들의 등장에 환호하며 흥분하고 있었다.

오십 필이나 되는 기마가 관도를 점령하고 있었다. 위풍당당한 개선장군. 진달개를 선두로 한 종남파의 위세는 단연 압권이었다.

하나 사람들의 시선은 이내 그 뒤를 따르던 수레로 향했다.

장정 허벅지만 한 통나무로 엮은 함거(檻車:죄인을 나르는 호송용 수레)로도 모자라 굵은 쇠사슬로 온몸이 구속된 거구의 장한. 몽두(蒙頭:죄인의 얼굴을 가리던 가리개)로 얼굴을 가린 탓에 진면목을 알아보기 어려웠지만, 종남의 깃발 아래 모인 사람들은 그가 살귀임을 믿어 의심치 않았다.

"저거 봐! 저게 바로 살귀의 검인가 보구먼?!"

사람들의 시선이 진달개의 마구로 향했다.

양광도 어리지 않는 시커먼 색에 보는 것만으로도 주눅이 들 정도로 크고 거대한 검. 살귀라는 악명과 참으로 잘 어울린다 싶었다.

약속한 시간이 다가오고 있었다.

*　　　*　　　*

'왜 그랬을까?

모른다. 소림의 노승은 결국 이유를 말해주지 않았다. 하지만 노승의 목소리를 떠올릴 때마다 마음 한편이 무거워지곤 했다. 우스운 건 아무리 기억을 떠올려 봐도 노승의 얼굴이 기억나지 않는다는 것이었다.

　'누굴까?'

　모른다. 누가, 왜 자신의 흉내를 내는 것인지 알 수가 없었다. 하지만 어렴
풋이 짐작은 할 수 있었다. 아니, 그가 아닌 다른 사람은 떠오르질 않았다.
웃기는 수적. 자기보다 머리 하나는 더 작은 주제에 살귀 행세라니.

　'어찌해야 하지?'

　모른다. 정녕 노승의 말이 사실이라면 그곳엔 가지 말아야 한다. 소림과
무당의 참회. 어쩌면 그것이야말로 정녕 아씨를 위함인지도 모른다. 노승은
계도로 원수를 벌하겠다 했다. 죽음은 죽음일 뿐이다. 누구의 손을 빌던, 어
떤 이름으로 죽던. 하나…

　'…가야겠죠?'

　저 하늘 어디에서도 대답은 없었다. 동혈의 악몽 이후 그녀의 목소리가 들
리지 않았다. 하지만 불안하거나 두렵지는 않았다. 그녀는 아직 그의 곁에
있었으니.

　'걱정 말아요. 괜찮을 거예요.'

　한의 손길이 작은 유골함을 쓰다듬었다. 비록 바람에 식어 온기는 가셨지
만, 그녀는 아직 그를 떠나지 않았다.

　자리를 털고 일어선 한이 하늘을 보며 미소 지었다. 전장으로 떠나는 장수
의 마지막 인사처럼.

　'복수를 하지 못하는 것보다 더한 좌절이래요. 저에게… 그런 게 있을 리
없잖아요? 그렇죠?'

＊　　　　＊　　　　＊

　"강호 동도 여러분! 본인은 종남파의 진 모라 하오!"

내공이 실린 묵직한 목소리. 웅성거리던 사람들 모두 진달개의 등장에 숨을 죽였다.

십여 개의 좌석엔 자허 도장과 무진 신니, 위천풍 등이 자리하고 있었다. 그리고 그들과 조금 떨어진 곳에 모용중경과 모용고한이 앉아 굳은 표정으로 장내를 바라보고 있었다.

"본인이 이 자리에 선 이유는, 근자에 들어 강호에 패악을 저지른 무창살귀의 죄를 논하기 위해서요!"

호변의 찬바람이 사람들의 앞섶을 헤집었다.

지난 넉 달. 살귀의 소문을 듣다 보면, 내 일이 아님에도 소름이 돋는다. 하루 새 일백을 베어냈다던 무창의 혈사에서, 흑도제일고수 구유신 모경의 죽음으로 끝난 웅현의 혈사까지. 진달개의 호명을 따라 살귀에게 죽임을 당한 고수들의 면면이 주마등처럼 스쳤다.

"…이런 자를 방치한다는 것은 대의와 협의를 숭양하는 강호인으로서의 도리를 저버리는 것. 해서 강호의 협의지사들이 살귀의 악행을 벌하고자 불원천리 하북으로 모이게 된 것이오."

목소리엔 힘이 넘쳤고 눈가엔 자부심이 가득했다. 그가 토해내는 한마디 한마디가 사람들의 피를 뜨겁게 달구고 있었다.

살귀를 잡은 것은 진달개였으나, 그 이전에 불의를 용납지 않는 강호인들의 협의를 보여준 쾌거이기도 했다. 구천무예를 향한 강호인들의 탐심은 논할 여지도 없었다. 누구도 바라지 않았고.

"하나, 세상일은 절차와 법도가 있는 법! 살귀에게 원한 있는 자가 구름처럼 많다곤 하나, 여기 계신 모용가주에게는 단죄를 양보할 수밖에 없을 것이오. 살귀는 모용세가의 총호법이며, 모용가주의 의제인 장안호 대협을……."

구구한 설명이 이어지고 있었다. 하나 사람들은 진달개의 지루한 이야기에서 눈을 떼지 않고 있었다. 그의 이야기가 끝나는 순간, 고대하던 살귀의 최후를 볼 수 있게 될 터이니.

"가관이구먼."

노인의 말에 옆에 서 있던 사내가 무슨 소리를 하냐는 듯 쳐다봤다. 하나 노인의 혼잣말보다는 진달개의 일장연설을 듣는 편이 나았다.

사내가 고개를 돌리자 노인은 옆에 있던 여인을 향해 다시 입을 열었다.

"저기 서 있는 자가 종남파의 장로인 진달개다. 그가 연성한 유운검법은 강호의 일절이지. 저기 앉아 있는 도사가 화산파의 자허 도장이다. 그 옆의 중니가 무진 사태. 저 사람은 잘 모르겠지만, 행색을 보니 점창파 사람 같고……."

손 노인이 모여든 이의 면면을 정확히 짚어내고 있었다.

사대 거파의 장로 급 인선과 그들이 끌고 온 제자 일백. 인근에서 찾아든 명숙들조차 감히 자리를 내어받지 못했으니, 그들에게 둘러싸인 모용세가주의 모습은 안쓰럽기까지 했다.

"소림과 무당을 의식한 행사다. 이렇게 거창한 성토대회를 치러 버리면, 아무리 그들이라도 쉽게 나서진 못할 거야."

예상은 했지만 이렇게까지 준비했을 줄은 몰랐다. 멀리서 보면 잔치라도 난 줄 알 게다. 모여든 군웅의 수가 이미 이천을 넘어서고 있었고, 그중 절반은 도검을 휴대하고 있었다. 하북의 무인들뿐 아니라 구천무예를 뒤쫓아 온 자들까지 모두 모인 것 같았다.

"기다려. 아직 때가 아니야."

걸음을 떼려던 예향이 고개를 돌렸다. 분위기가 무르익고 있었다. 조만간 가패가 끌려 나올 것이고, 그 후엔…

"이건 성토대회다. 시비를 분명히 해서 차후에 나올 잡스러운 소리를 틀어 막는 것이 이 대회의 의의. 조금 더 지켜봐라."

난생처음 보는 일이기에 일의 진행이 어찌 되는지도 몰랐다. 하나 진달개의 목소리가 잦아들 무렵, 손 노인이 말한 차후의 잡소리가 무엇인지 알 수 있었다.

"구천무예는 어떻게 되는 거요?!"

군웅들 속에서 들려온 누군가의 외침. 사람들의 시선이 기다렸다는 듯 진달개에게 향했다. 두려움과 호기심과 그 속에 감추어진 욕심.

저지른 죄는 죽어 마땅하나, 이대로 죽어서도 곤란했다. 천하제일인의 무공. 군웅들은 확실한 증거를 원하고 있었다.

하나 이런 식의 투정은 요식행위일 뿐. 예상했던 질문과 준비된 대답이 오고 갔다.

"애석하지만, 우리도 벙어리의 입을 여는 재주는 없었소."

"글도 못 쓴다는 것이 사실이오?"

"우리 네 문파가 공증이오. 분명 우리는 그에게서 구천무예를 얻지 못했소."

군웅들의 동요가 생각보다 심했다. 사람들은 저마다 수군거리며 진위를 가리느라 바빴다. 하지만 그들이 할 수 있는 일은 거기까지였다.

"구천무예 따위는 중요하지 않소!"

진달개의 외침에 사람들의 동요가 멎었다. 구천무예를 따위라고 부르는 자. 진달개의 오만에 사람들이 혀를 내둘렀다. 하지만,

"구천무예가 세상에 나온 지 이미 이백여 년! 아무리 온고이지신(溫故而知新)이라 하지만, 강호에 어찌 구천무예만 있단 말이오! 구천무예가 정녕 천하제일을 논할 만한 개세절기라면, 살귀가 저리 비참한 모습으로 포박당했겠소? 그리고 검에는 눈이 없는 법! 아무리 고강한 무공이라도, 그것이 악인의 손에 들어간다면 그것이야말로 마공이고 사공이오! 모두 잊은 것이오?! 지금 우리가 벌하려는 자는 잔악무도한 무창살귀요!"

진달개의 호통에 좌중이 다시 한 번 침묵했다. 그의 말이 옳다. 살귀가 무릎을 꿇음으로 구천무예의 이름은 땅에 떨어진 것이었다. 사람들의 동요가 눈에 띄게 잦아들고 있었다. 대세는 그의 의중대로 흘러가고 있었다.

"저놈, 잔악무도란 말만 다섯 번을 했어. 내일이면 그놈 별호가 잔악무도 무창살귀로 바뀌겠는걸?"

"우리가 올 것을 짐작한 것이야. 철저하게 구천무예를 배제하고 그의 악행만을 강조하고 있어."

평퍼짐한 피풍의만으로도 정체를 숨길 수 있었다. 변복을 한 운경자와 단사의는 사람들 틈에 숨어 있었다. 하나 진달개는 그들이 나설 틈을 주지 않고 있었다.

"어쩔 거야? 이대로는 손쓸 겨를도 없겠어."

"단 장로께서 돌아오실 때까진 기다려 봐야지."

"이 인간은 어딜 가서 여태껏 안 오는 게야?"

단사의의 투덜거림만큼 운경자의 안색도 좋지 않았다. 대세가 기울고 있었다. 강호의 공론. 이미 명분에서 몇 수는 밀려나 있었다.

'대체 어디에 계신 것인가?'

쪼그라든 간장 탓인지 운경자의 안색이 붉게 상기되어 있었다. 강호의 명숙이며 무당의 장로인 그조차 어찌해야 좋을지 알 수가 없었다.

"뭐야?! 그게… 사실인가?"

군웅들의 시선에서 벗어난 자리. 단사덕의 되물음에 철중산은 말없이 고개를 끄덕였다.

"설마… 그럴 리가……."

"단 장로의 잘못이 아닙니다."

철중산의 위로에도 굳게 감긴 노안은 떠질 줄을 몰랐다.

"고정하십시오. 아직은 아무것도 확신할 수 없습니다. 구양문주가 무슨 이유로 자취를 감춘 것인지, 어디로 간 것인지……."

표정을 보니 그다지 위로가 되지는 못한 것 같았다. 하나 그가 안정될 때까지 기다릴 여유가 없었다.

"사부님의 전언입니다."

용두방주의 전언이란 말에 마지못해 눈을 떴다. 하나 배신에 상처 입은 단사덕의 두 눈은 자괴와 분노로 얼룩져 있었다.

하나 철중산의 뜻밖의 전음에, 배신을 곱씹던 두 눈이 다시 한 번 고련(苦楝:소태)을 씹었다.

"그것이 정녕 사실인가?"

철중산은 고개를 끄덕여 보였다. 그리고…

"하면 그를… 포기하라는 뜻인가?"

믿기도 어렵고 용납하기도 힘든 두 개의 전언. 하나 단사덕의 노기에도 철중산은 위축되지 않았다. 그것은 그가 다음 대 용두방주로 내정된 후개이기 때문만은 아니었다.

"종남이 사로잡은 이는 그가 아닙니다."

"마지막으로 묻겠소! 살귀를 단죄함에 이의가 있는 사람은 지금 나서 말하시오! 그의 죽음에 반대하는 이가 있다면 당당히 나와 그 뜻을 밝히시오!"

판관의 선고였다. 억울함을 밝히라는 것이 아니라, 그의 죽음을 인정하라는 외침이었다. 진달개는 살귀를 굽어보며 목청을 높였다. 물론 나서는 자는 없었다.

"그럼……."

진달개가 고개를 돌렸다. 그와 눈이 마주친 모용중경이 천천히 자리에서

일어섰다. 그리고,

"살귀가 지은 원한이 차고 넘친다 하나, 의제를 잃은 모용세가주의 원한에
는 미치지 못할 것이오. 공중으로 나선 우리 네 문파는… 살귀의 처분을 모
용가주에게 일임할 것이오."

술렁임은 잠시였다. 그는 군웅들이 동요할 여유조차 주지 않았다.

"살귀다!"

등 뒤로 꺾인 양손은 굵은 쇠사슬로 구속되어 있었고, 머리에 씌워진 몽두
아래에도 나무로 짠 형구가 채워져 있었다. 기다시피 끌려나오던 덩치 좋은
사내. 정적의 사이사이마다 마른침 삼키는 소리가 들려오고 있었다.

'저 얼간이…….'

가패를 바라보는 예향의 눈시울이 붉어지고 있었다. 자신도 안다. 저 얼간
이가 무슨 생각으로 저곳에 무릎 꿇고 앉아 있는지 알기에 미치는 것이다. 저
리 앉아 있는 것이 얼마나 편안한지 알기에.

'그래, 그럴 수밖에 없었을 거야. 나도… 그랬으니까.'

두려움? 기억도 나지 않는다. 차가운 강물이 그리 편한지 미처 몰랐다. 시
커먼 강물 속에서도 그놈 얼굴만 어른거렸다. 생각보다 그리 어렵지 않은 일
이다. 누군가를 위해 대신 죽는다는 건.

"넌 여기 남아 있어. 둘 다 나설 필요는 없으니."

손 노인의 말에 예향이 말없이 고개를 저었다.

"지랄 맞은 년. 공평(公平)해야 무사(無私)한 것이야. 저번엔 네년 뜻대로
했으니 이번엔 이 늙은이 뜻대로 해."

산동에서 살수들 손아귀에 예향을 홀로 남겨두고 떠났던 일이 못내 맺혔
었나 보다. 그때는 예향의 사랑 놀음을 차마 외면하지 못하고 한발 물러나야
했지만, 이번만큼은 늙은이 고집도 만만치 않았다.

"너, 그 사람 안 만날 테냐? 진실을 밝힌다 해도 당장 어쩌진 못할 게야. 물꼬야 틀지 모르지만, 보는 눈이 있으니 가패나 나를 어쩌지는 못할 게다. 그러니 넌 남아서 그 사람을 기다려. 그리고 같이 떠나. 우리일랑 걱정하지 말고."

죽지는 않을지 모른다. 하나, 대신 평생 종남의 뇌옥에서 썩게 될지는 모르지. 물론 손 노인에게 평생이라고 해봐야 그리 오랜 시간은 아닐 게다. 사람들 기억에서 잊혀지는 것보다도 훨씬 짧겠지.

"영리하게 굴어. 이번엔 내 차례가 맞아."

이 정도면 되었지 싶었다. 하나 예향은 손 노인의 옷소매를 놓지 않았다.

"왜 이래? 너 미쳤냐?"

놀란 손 노인이 예향의 팔을 잡아당겼다. 하나 예향의 손은 더욱 강하게 그의 발목을 붙잡고 있었다. 자신이 가겠다는 것이 아니었다. 가패를 바라보던 두 눈엔 괴로움과 단호함이 얽혀들고 있었다.

'당신, 왜 거기 있어?'

'그러는 넌 왜 강물로 뛰어들었어?'

'…그놈 때문에.'

'…나 역시.'

'좋아?'

'…편해.'

예향은 웃고 있었다. 마치 잘 가라 배웅하듯 가패를 보며 웃고 있었다. 손 노인의 다그침도 들리지 않았다. 마음 깊숙이 가패의 마지막을 담는 것만도 벅찼다. 그에게 들려줄 가패의 마지막 모습을.

'그럼… 잘 가.'

스릉.

청명한 가을 하늘만큼 새파란 서슬. 검에 어린 양광을 바라보던 모용중경이 살귀를 향해 걸음을 옮겼다.

'자네가 기뻐할지 모르겠군.'

모용중경이 씁쓸한 미소를 배어 물었다. 통쾌하지도, 후련하지도 않았다. 분명 의제의 원한을 갚는 자리임에도 그의 피는 끓어오르지 않고 있었다.

'널 벤다고 상아가 돌아오진 않겠지. 하지만 널 베지 않는다 해도 마찬가지……'

잘잘못 따윈 이제 아무 의미가 없었다. 장안호가 누구에게 죽었는지, 모용상아가 왜 숙부를 죽인 살귀에게 가야만 했는지. 모용중경에겐 아무런 의미가 없었다.

'그래, 이건 네가 저지른 살겁의 죄과다. 그것뿐이다.'

바람마저 잦아든 호변. 죽음을 예고하는 정적이 가패의 목덜미를 쓰다듬고 있었다. 어디서 시작되었을지 모를 긴 파랑이 백양정의 물결을 지치며 멀리멀리 퍼져 나가고 있었다.

"가겠습니다."

"그는 그가 아닐세."

"그래서 더욱 가겠다는 것입니다. 아닌 것을 알면서도, 죄 없이 죽는 것을 알면서도 어찌 방관할 수 있습니까?"

"어리석게 굴지 말게. 우리가 구해야 하는 것은 그가 아닐세."

단사덕의 말에 운경자가 고개를 돌렸다. 그의 두 눈에 존장에 대한 어려움은 없었다.

"본래 의협함은 어리석음입니다. 내가 아닌 다른 이를 먼저 생각한다는 것이 그리 영특한 짓거리는 아니지요. 그리고 우리가 구해야 하는 건 그가 아니라 세상의 바르지 못함입니다. 백사평에서 저에게 그것을 역설하신 분이…

바로 단 장로셨습니다."

운경자가 인파 속으로 사라졌지만, 단사덕은 그를 붙잡지 못했다.

운경자의 뒷모습을 바라보던 단사의가 고개를 저으며 뒤를 따랐다.

"…방주의 명이다."

단사덕의 만류에 단사의가 어깨를 으쓱거리며 말했다.

"하는 수 없잖소? 친구따라 강남 가는 거지, 뭐."

쿵!

목에 채워져 있던 형구가 바닥에 떨어지며 먼지를 일으켰다.

목덜미는 살갗이 벗겨져 피가 배어 나오고 있었지만, 모용중경에게 있어 그것은 검을 내려쳐야 할 곳을 가리키는 표식일 뿐이었다.

몽두는 벗기지 않았다. 죽는 그 순간까지도 두려움을 느끼게 하는 형벌 아닌 형벌이기도 했거니와, 죽는 이가 귀신이 되어서도 자신의 죽음을 지켜본 자들에게 해코지 못하게 하려는 다소 종교적인 의미도 있었다.

군웅들 역시 보채지 않았다. 살귀의 진면목을 확인하는 것은 목이 베어진 후 장대 끝에 효수되는 것을 구경하는 것으로도 충분할 테니. 그저 힘차게 내려치라 종용하듯 모용중경을 바라볼 뿐이었다.

'다음 생엔… 살귀가 아닌 인간으로 태어나거라.'

모용중경의 검이 하늘을 겨누자 검극에서 쪼개어진 양광이 살귀의 머리 위로 부서져 내렸다. 청명한 하늘. 떠 있는 것이라곤 손바닥만 한 새털구름 뿐이었다. 그러나 모용중경은 검을 휘두르지 못했다.

"상… 상아야?!"

"모용상아?"

"안가에서 살귀와 함께 사라졌던 계집입니다."

수하의 보고에 양자건이 미간을 찌푸렸다.

"다들 준비하라고 해. 여차하면 직접 손을 쓴다."

"보는 눈이 많습니다."

수하의 반문에 양자건이 고개를 돌렸다. 그 섬뜩한 시선에 수하는 다급히 고개를 숙여 보이곤 군웅들 속으로 사라졌다.

"놈은 악명 높은 살인마. 우리는 국법을 수행하는 것이다."

양자건의 혼잣말에 시립해 있던 두 위사가 눈을 빛냈다.

"네가… 정녕 살아 있었구나. 정녕… 살아 있었어……."

한달음에 내려선 모용중경이 딸을 품에 안았다.

"걱정 끼쳐 죄송해요, 아버지."

"아니다, 아니야. 괜찮아… 다 괜찮다……."

으스러져라 껴안는 손길만으로도 그간의 시름을 짐작할 수 있었다. 모용상아의 눈가에도 눈물이 고였다. 하나 그녀의 눈물은 몽두를 쓰고 무릎 꿇은 살귀를 향해 있었다.

"모용가주, 이게 어찌 된 일이오?"

진달개와 자허 도장 등이 다가와 연유를 물었다. 대답은 모용상아의 몫이었다.

"소녀, 모용세가의 장녀인 모용상아라고 합니다."

정중한 인사. 하나 규방 규수의 인사가 아니라 강호의 포권지례였다. 의아함을 느낀 것은 그들만이 아니었다. 모용중경은 딸의 뒷모습이 낯설다 느끼고 있었다.

"돌아가자. 이곳은 네가 있을 곳이……."

"아버지, 제가 본가로 돌아가지 않고 이곳으로 온 것은… 이곳이 제가 있어야 할 곳이기 때문이에요."

당찬 대답에 대견스러워야 했지만, 모용중경은 그녀의 목소리에 알 수 없는 불안함을 느꼈다. 그리고,

"저 사람을 풀어주세요. 저 사람은… 살귀가 아닙니다."

그 불안함의 실체는 바로 이것이었다.

"뭣이? 그게 무슨 소리인가?"

"말씀드린바 그대로입니다. 저 사람은 악적도 아니고 살인마도 아닙니다. 복수를 위해 강호에 발 디딘 한 사람의 무인일 뿐입니다."

이제 놀람은 그들만의 것이 아니었다. 그녀의 말은 군웅들의 입을 통해 빠르게 전파되어 나갔다. 웅성거림은 소란스러움으로, 소란스러움은 좌중의 혼란으로 이어지고 있었다.

"그게 무슨 소리요?! 살귀가 악적이 아니라니?"

"무슨 근거로 그런 망발을 하는 건가?! 모용세가는 제 식솔의 죽음도 외면하는 그런 문파인가?!"

곳곳에서 야유와 고성이 들려왔다. 당혹한 모용중경이 모용상아에게 다가서려 했다. 하나 모용상아의 시선은 어느새 좌중에게로 향해 있었다.

"그가 살귀인 이유가 무엇입니까?"

"몰라서 묻는 거요? 그자는 무창에서 동정수로채 수백을 씨 몰살시켰소!"

"그 시비의 원인이 바로 저였습니다! 그는 위험에 처한 여인을 구하기 위해 싸움을 해야 했고, 그들의 도전에 응전하였을 뿐입니다!"

동요하던 군웅들은 설명을 원하고 있었다. 그래서,

"무창의 한 객잔에서 흑룡채의 수적들과 시비가 붙었고, 수십의 수적들에게… 윤간을 당할 위험에 처했었습니다."

모용상아의 이야기에 군웅들이 관심을 보였다. 수적들에게 둘러싸인 여인을 상상하는 것도, 수치심으로 얼굴이 붉어진 여인의 외침을 듣는 것도 보기 드문 구경거리였으니까.

모용중경의 얼굴은 흙빛으로 변해 있었다. 자신의 딸이, 마치 중인들 안에서 벌거벗고 있는 듯했다. 하나 모용상아의 강변이 먹혔는지 좌중의 혼란은 일시지간 웅성거림으로 바뀌어져 있었다. 하나,

"하면 장안호의 죽음은 어찌 된 것이오?!"

누군가의 외침에 좌중의 시선이 다시금 모용상아에게 향했다. 하나 이번 물음의 대답은 좌중 안에서 들려왔다.

"그건 내가 설명해 주지!"

사람들은 한순간 돼지가 하늘을 날았다고 착각했다. 허공을 가로지른 육중한 덩치. 중인들의 머리 위로 도약했던 섭위문은 모용상아의 옆으로 가볍게 내려앉았다.

"당신은 누구요?!"

"뭐? 당신? 어떤 씹어 먹을 개새끼가 이 어르신보고 당신이래?! 백살장(白殺掌) 한 방 먹어볼래?!"

미간을 찌푸리던 중인들의 얼굴이 경악으로 뒤바뀌고 있었다. 당금 강호에서 백살장이란 이름의 장법을 쓰는 이는 흑백쌍괴 중 백괴인 비이 섭위문뿐이었다.

"무량수불. 실로 오랜만이외다, 섭 대협."

그와 안면이 있던 자허 도장이 한 발 나서며 그에게 인사를 건넸다. 섭위문 역시 그를 무시하지 못하고 마주 인사를 했다.

"오랜만이긴 한데 자리가 좀 그렇소."

"한데 이곳엔 어쩐 일이신지?"

"내 질녀가 엄한 놈들한테 곤란한 꼴 당할까 봐 나섰소이다."

자허 도장의 물음에 섭위문이 모용상아의 옆으로 다가서며 말했다. 그리고 놀란 자허 도장에게서 등을 돌리곤 좌중을 향해 소리쳤다.

"나, 섭위문이란 사람이다!"

흑백쌍괴란 별호답게 괴팍하고 방약무인했다. 하나 그의 입에서 나온 이 야기는 괴팍하지도 방약무인하지도 않았다. 놀라움의 연속. 섭위문은 장안호 와 황옥산의 원한을 살귀에게서 걷어내고 있었다.

"그러니까 내말인즉슨, 내 의제 안호를 죽인 놈은 딴 놈이고, 내 친구 옥산 이는 실실 웃으면서 뒈졌다는 말이다! 그러니까 쓸데없는 짓거리들 그만두고 전부 꺼지란 말이다! 그놈한테 볼일 있는 건 여기 모인 놈들 중에서 나 하나 뿐일 테니까 말이야! 알겠냐?!"

입은 좌중을 향해 있었지만 눈은 어느새 등 뒤로 돌아가 있었다. 섭위문의 시선을 받은 진달개와 자허 도장 등의 얼굴에선 핏기가 가셔 있었다.

"저것들이……."

참다못한 진달개가 발을 구르며 나섰다. 하나,

"진정하시오."

"뭐요?"

진달개의 고개가 다급히 뒤로 돌아갔다. 그의 팔을 붙들고 있던 위천풍이 그를 향해 고개를 끄덕여 보였다. 그리곤,

"하면 그 모든 것이 사실이라는 증거가 있소?"

진달개를 만류한 위천풍이 한 발 나서며 말했다. 그의 등장에 당혹한 것은 진달개만이 아니었다.

"증거? 무슨 증거?"

"흑룡채와의 싸움이 비록 그들의 도발 때문이었다고는 하나, 그것이 살귀 의 악행에 대한 면죄부가 될 수는 없을 것이오."

한껏 부풀었던 마음에 찬물을 끼얹고 있었다.

"그게 무슨 말씀이신가요?"

모용상아의 눈매가 매서웠다. 하나 그녀는 어렸고, 위천풍은 경륜이 있었 다.

"내 비록 중원과는 먼 운남에서 오기는 하였으나, 내가 알고 있는 중원의 법도는 이렇지 않았소. 검을 겨룸에도 격식이 있고, 쟁투를 함에도 배려가 있어야 하거늘, 마주쳐 오는 자를 모두 베어 죽이는 것이 중원강호의 법도였단 말이오?"

"그것은……."

위천풍의 달변에 모용상아와 섭위문조차 일시지간 말문이 막히고 말았다. 정당하기는 했으나 손속의 잔인함은 부정할 수가 없었다. 위천풍은 그 점을 교묘히 파고들었다. 그리고,

"또한 장안호 대협의 죽음이 그리 석연치 않다고 하시니, 그가 죽이지 않았다는 증거 또한 가지고 계시리라 믿고."

"그거야……."

"설마, 죽은 모습이 석연치 않으니 그가 죽인 것이 아니라 믿으란 말씀이신 게요? 단지 그런 정황만 가지고 가솔의 죽음을 외면할 만큼 모용세가가 뼈대 없는 가문이었소?"

위천풍의 시선은 모용상아가 아닌 모용중경을 압박하고 있었다. 모용중경의 두 손이 부르르 떨려왔다. 하나 그는 끝내 입을 열지 못했다.

"그리고 그대 또한 참으로 딱하오. 수십 년간 지기로 함께하였다면서, 죽어가는 이의 소원이라 하여 원한을 잊는단 말이오? 그대들의 우정이란 참으로 아름답기 그지없구려. 원한마저 묻을 만큼 친우를 존중하니, 과연 후대에 길이 남을 일이오. 허허허."

얄밉기 그지없는 반박이었다. 하나 모용상아와 섭위문의 안색이 흙빛으로 변하는 만큼 진달개와 자허 도장 등의 얼굴엔 다시금 생기가 되돌아오고 있었다. 그리고 그들이 기운을 얻는 것만큼이나 군웅들의 혼란도 안정을 되찾아가고 있었다.

“너무 쉽게 생각하고 달려들었어.”

“그래도 제법 용기가 가상하잖아. 아녀자의 몸으로 저런 일 하기가 어디 쉽냐?”

“그래, 과연 여장부다.”

“크크, 그럼 어디 위기의 여장부를 구하러 가볼까?”

운경자와 단사의가 마주 보며 웃었다. 이젠 자신들이 나설 차례였다.

“왜 말하지 않는 거냐?”

섭위문의 전음에도 모용상아는 입술만 깨물고 있었다.

“지금이라도 동창이 꾸민 짓이라고 해! 용호란 이름만 갖다 대면 네 아비가 먼저 나서서…….”

애타는 목소리가 그녀를 움직여 보려 했지만, 모용상아는 말없이 고개만 저을 뿐이었다. 주객이 전도되었다. 다급함은 모용상아보다도 섭위문이 더해 보였다. 하나 본래 애간장은 소리없이 타 들어가는 법이었다.

‘아직은 안 돼. 그자는 분명히 이곳에 있어.’

기다려야 했다. 이름을 부른다고 제 발로 나올 그가 아니었다. 오히려 자신을 비웃으며 더 깊은 곳으로 숨어버릴 것이다.

그가 원하는 것이 한의 목숨이라면, 그 죽음을 늦춰 그를 끌어내야 했다.

모용상아가 기다리던 것은 그 죽음을 늦춰줄 그들의 등장이었다.

‘제법이야.’

용호는 흐뭇하게 웃고 있었다. 자신의 눈이 틀리지 않았음에 대한 뿌듯함이었고, 앞으로 일어날 일들에 대한 만족스러움이었다.

‘모용상아. 보면 볼수록 아깝구나. 이렇게 버리기엔 너무나 아까운 패였는데…….’

하나 그의 고개는 내심과는 달리 하는 수 없다는 듯 가로저어지고 있었다.

'네 노력은 가상하다만, 그는 오늘 죽어야만 할 운명이란다.'

그녀가 무엇을 기다리는지는 손바닥 보듯 뻔했다. 당연하게도 그녀의 잔꾀 따위에 넘어가 줄 그가 아니었다.

만에 하나도 없었다. 군웅들 속에 몸을 숨긴 삼십 인의 백위와 은기와 함께 올 오백의 금의위사. 그리고 오 리 밖에서 명을 받고 기다리는 이천의 제형안찰사 휘하 무관들. 아무리 운명이 심술을 부린다 해도 오늘만은 어쩔 수 없을 것이다.

게다가,

'한 산에 두 마리 대호가 살 수 없듯, 천하제일이란 이름을 얻을 수 있는 사람도 오직 한 사람뿐이니까.'

용호의 시선이 곁에 서 있던 사내에게로 향했다.

모든 것이 만족스러웠다. 그가 직접 나서 천하제일의 자리를 놓고 쟁투하지 못함이 아쉬울 뿐이었다. 하나 산공독은 그를 잠시 진정시켰을 뿐이다. 그가 다시금 기지개를 켜는 날, 세상은 다시 한 번 구천무예의 전설을 목도하게 되리라.

용호의 시선을 한 몸에 받던 사내. 희고 가는 손마디가 사내의 방갓을 들어올렸다. 좌중을 굽어보는 사내의 적안(赤眼)이 참으로 아름다웠다.

"…미친년."

미웠다. 흐르는 눈물을 주체할 수 없을 만큼 미웠다. 저 자리는 자신의 자리였다. 저 발칙한 어린것이 아니라, 그놈과 동고동락했던 자신이 서 있어야 했을 자리였다.

"그렇게 죽고 못 살 거면… 놓치질 말았어야지."

여자의 직감. 백사평에서 한을 데리고 사라졌던 여인은 모용상아가 분명했다. 어디서 무얼 했는지는 모른다. 하나 그놈과 함께 있지 않은 것만은 분명했다.

"…망할 년."

눈이 흐려 더는 볼 수가 없었다. 눈물 때문이 아니라 수천의 사람들 앞에서서 피를 토하는 모습이 눈이 부셔서였다. 저 발칙한 계집은… 진심이었다.

'너도 그리 쉽게 죽을 운명은 아니었나 보구나.'

몽두로 가려진 입술이 씰룩거리고 있었다. 마음 같아선 파안대소하며 일어나 덩실덩실 춤이라도 추고 싶었다. 세상에 기댈 곳은 자신들뿐이라 여겼건만.

'정말… 죽는 것도 쉽진 않아.'

머리를 땅바닥에 처박은 채로 가패는 웃고 있었다. 잠시 후면 몽두가 벗겨질 게다. 자신이 그놈이 아니라는 걸 알면 모두 놀라 자빠지겠지. 조금만 더 참으면 된다. 조금만 더……

"정녕 물러서지 못하겠소?!"

"못하겠다면?"

"감히……."

진달개의 기세가 사납게 요동치고 있었지만 거구의 섭위문을 물러서게 하기엔 힘이 달리는 듯했다. 하나 섭위문은 혼자였고, 그들은 혼자가 아니었다.

"섭 시주, 섭 시주는 지금 천하 동도들을 상대로 억지를 부리겠다는 것이오?"

"무슨 억하심정으로 이러는 것인지는 모르나, 웅현에서 분사한 원혼들을 달래기 위해서라도 결코 살귀를 살려둘 수 없소이다."

자허 도장과 위천풍이 가세하며 섭위문과 모용상아를 압박했다. 그들을 포위하던 각파의 제자들 역시 당장이라도 발검할 기세로 거리를 좁혀왔다. 상대는 구파의 고수들. 그들의 기세에 당당히 맞서던 섭위문의 이마에도 어느새 땀방울이 어리기 시작했다. 한데,

"누구냐?!"

군웅을 등지고 있던 화산파의 제자 하나가 머리 위로 스치던 인영을 향해 검을 휘둘렀다. 소매 끝 매화 문양에 어울리는 발군의 검세였지만,

타당!

"크윽!"

당차게 허공으로 몸을 날렸던 화산파 제자가 인영의 가벼운 손짓에 다섯 걸음이나 뒷걸음질쳤다. 화산파 매화검수를 일수만에 패퇴시킨 괴인은 군웅들의 경악에도 아랑곳하지 않으며 당당하게 걸음을 옮겼다. 그리고,

"운경 진인?"

괴인이 쓰고 있던 방갓을 벗자 좌중 여기저기서 놀라움의 탄성이 터져 나왔다. 늙은 거지와 함께 나타난 이는 무당제일검이라 불리던 광양검 운경자였다.

"무량수불, 모두 안녕들하셨소?"

운경자의 포권지례에 대부분의 사람들이 마지못해 응수했다. 갑작스러운 무당파의 등장에 어리둥절해했지만, 그것을 겉으로 표현할 수는 없었다. 나이로 보나 배분으로 보나 그와 어깨를 나란히 할 수 있는 이는 화산파의 자허 도장뿐이었다.

"별래무양하셨소?"

"덕분에."

자허 도장과 운경자의 인사는 배분에 어울리지 않게 짧았다. 강호를 이끄는 양대 도문의 수뇌. 보이지 않는 알력이 만남과 동시에 서로를 밀어내고 있

었다.

"끌끌, 인사 다 했으면 제자리를 찾아가야지?"

단사의의 말에 운경자가 고개를 끄덕였다. 단사의가 모용상아가 있는 쪽으로 가려 하자 위천풍이 나서며 비아냥거렸다.

"보아하니 개방도 같은데, 그대는 무슨 자격으로 나선 것이오?"

"그대? 자격? 거참, 언제부터 강호에 혓바닥 짧은 분이 이리 많아졌을꼬? 나, 이놈 친구요."

위천풍의 얼굴에서 미소가 가셨다. 광양검 운경자를 이놈이라 부를 수 있는 개방도가 있던가? 하나 자허 도장의 침중한 목소리는 그가 함부로 해도 되는 거지 나부랭이가 아니라 말하고 있었다.

"오랜만이오… 단 시주."

"아! 난 또 누구시라고. 뵌 지가 하도 오래되어 잊어먹고 있었소. 한 이십 년 만인가?"

놀람을 넘어 경악할 만한 일. 도발이 분명한 늙은 개방도의 무례에도 자허 도장은 굳게 다문 입을 떼지 못하고 있었다. 하나 두 사람 사이의 구원까지 밝혀 설명해 줄 만큼 화기애애한 자리는 아니었다.

"저분은 무영개 단사의 대협이오. 개방 단사덕 장로의 친제이고."

협개로 이름 높은 표풍추마 단사덕의 친아우. 사람들은 무의식적으로 주변을 두리번거리며 단사덕을 찾았다.

"걱정 마시오. 나와 이 친구는 무당과 개방을 대표해 나선 것이 아니오."

"…정말이오?"

너무 성급히 되물었다. 진달개는 자신의 실태를 깨닫고는 얼굴을 붉히며 딴청을 피웠다. 하나 이미 운경자와 단사의의 입가엔 조소가 걸려 있었다. 다행히 그 옆에 위천풍이 있었다.

"무당의 장로와 개방의 고인께서 직접 행차를 하셨는데 문파와는 상관이

없는 일이라? 정녕 중원의 법도란 알다가도 모르겠군요.” ·

“어, 몰라도 되네. 그런데… 자넨 누군가?”

되로 주고 말로 받았다. 단사의의 비아냥에 위천풍이 낯빛을 바꿨다.

“점창의 대표로 찾아온 위천풍이라 하오.”

“점창? 멀리서도 오셨네. 그리 멀리서 왔으니 잘 모를 수도 있지. 그럼 지금부터라도 천천히 배워 가시구려. 공자님도 사람은 늙어 뒈질 때까지 배워야 한다고 하셨지, 암.”

“단 시주! 지금 수천의 강호 동도들 앞에 말장난이나 하자고 나서신 게요? 이 자리가 그리 녹록한 자리로…….”

“말장난?”

단사의의 입꼬리가 말려 올라갔다.

“내가 하는 것이 말장난이면, 그럼 강호 동도들 모아놓고 개수작 부리는 당신들은 뭐요?”

예상 밖의 망발. 한 발 나서려던 모용상아가 걸음을 멈췄고, 중인들의 인상은 험악하게 변해가고 있었나. 하나 마주 보던 운경자와 단사의의 입꼬리가 의미심장하게 말려 올라가 있었다.

“이보게, 이번엔 자네 말이 조금 심했어. 명색이 개방의 원로인 자네인데 개수작이 뭔가, 개수작이. 제가 대신 사과드리지요. 이보게, 사의. 이런 일은 개수작이라 하는 것이 아니라… 파렴치한 짓이라고 하는 걸세.”

“오호! 그렇군. 내가 입이 너무 걸었군. 미안하네, 친구. 파렴치한 짓이라. 역시 사람은 뒈질 때까지 배워야 하는 게 맞구먼. 크크크.”

“지금… 말 다했소?”

더 이상은 참을 수가 없었다. 진달개와 위천풍은 물론, 한 발 물러서 있던 자허 도장과 무진 신니마저 불쾌함과 함께 적의를 보이고 있었다. 섭위문과 모용상아도 그들의 당당함에 의문을 가졌을 정도.

하나 이미 결말을 완전히 인지하고 있던 두 사람이었기에, 그들의 적의 따위는 걱정할 필요가 없었다.

"아직 멀었소. 그대들의 행위가 왜 파렴치한 짓인지 지금부터 설명해 줄 테니 똑똑히 들으시오."

운경자는 이미 그 자체로 하나의 검이었다. 그가 한 걸음 내밀자 사람들은 그 예기에 배이지 않기 위해 뒤로 물러서야만 했다. 그의 신위는 누구도 가로막을 수가 없을 것 같았다.

"당신들이 자랑스레 포박한 저이는 살귀가……."

촤아악!

툭!

모골이 송연해질 정도로 섬뜩한 소음. 사람들의 시선이 그 낯설지 않은 소리에 놀라 경직되고 있었다.

우연이었을까? 모용상아의 불안한 시선이 그곳으로 향하자 진달개와 위천풍이 한 걸음씩 물러섰다. 그 두 사람의 다리 사이로 박덩이 같이 둥근 무언가가 굴러 나왔다. 길게 이어진 궤적. 제 구른 자리를 붉게 칠하던 그것은, 경악으로 얼어붙은 모용상아의 앞에 이르러서야 구름을 멈췄다.

'…거짓말.'

부푼 기대로 설레던 얼굴에선 핏기가 가셨고, 야무진 희망으로 가득했던 머릿속은 하얗게 지워져 갔다. 그리고 혼미함에 휘청거리던 모용상아의 귓가로 낯익은 목소리가 들려왔다.

"잔치는 끝났습니다."

기억 저편에 묻어두었던 괴로움이 다시금 꿈틀거렸다.

'설… 오라버니?'

옛사랑이 던진 잔인한 비수. 그 고통에 신음하던 모용상아는 결국 섭위문의 품으로 무너져 내렸다.

모여 있던 수천 군웅도 숨소리를 죽였다. 기대했던 환호나 호응은 없었다. 죽음은 누구에게나 공평했다.

살귀가 죽었다.

第五十六章

구양문, 금가장, 그리고……

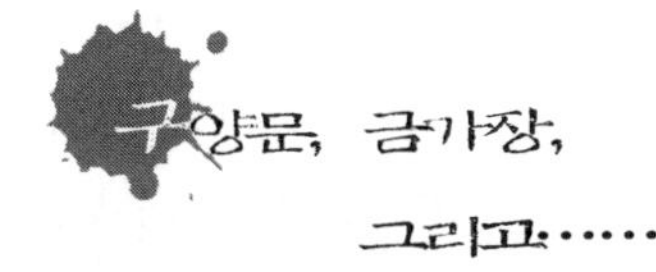

"이게… 무슨 짓이냐?!"

모용중경의 호통에 설기룡이 고개를 돌렸다. 무심한 눈빛. 이미 그의 두 눈엔 사부에 대한 존경은 남아 있지 않았다.

"살귀의 목을 베는 것이 모용세가가 이 자리에 초대된 이유. 사부님께서 주저하시기에 제자가 먼저 손을 썼습니다. 무엇이 잘못되었습니까?"

감정이라곤 눈곱만큼도 담겨 있지 않았다. 수천의 시선이 자신에게 향해 있음에도 설기룡의 눈은 그 모두를 덤덤히 받아내고 있었다. 모용중경이 이마를 손으로 집으며 휘청거렸지만, 모용고한의 부축을 받아 겨우 신형을 바로 세울 수 있었다.

"너… 이 새끼……."

섭위문의 두 손이 살기와 어우러지며 하얗게 변해가고 있었다. 생각지도 않았던 자. 끓어오르는 분노를 주체할 수가 없었다. 하지만,

"경거망동하지 마시오!"

진달개가 한 걸음 나서며 설기룡의 앞을 가로막았다. 자허 도장이 그 옆에 섰고 위천풍이 반대편에 서며 섭위문의 시야를 가로막았다.

"설 공자의 행위는 온당했소. 그를 해치려 함은 이번 성토대회의 공증을 자청한 우리 네 문파를 업신여기는 것이라 생각하겠소."

기호지세(騎虎之勢)였다. 하나 살귀가 죽은 이상 명분만 지키면 이번 대회는 성공이라 할 수 있었다. 운경자와 단사의가 걸리긴 했지만, 수천의 군웅은 아직 자신들의 편이었다.

"천하를 분노케 했던 무창살귀가 죽었소! 이는 단순히 악적을 처벌한 것이 아니라, 강호의 공적이 어떠한 최후를 맞이하게 되는지를 세상에 알린 강호인들의 경종이라 할 것이오! 살귀가 저지른 만행과 살육은 하늘이 알고 있는 바! 이제 살귀의 목이 떨어졌으니 이것이야말로 하늘의 뜻이 그의 죽음에 있었음을 대변하는 것이오!"

위천풍의 달변에 하나둘 고개를 끄덕이기 시작했다. 군웅들은 더 이상 살귀의 죽음을 이상히 여기지 않았다. 아니, 살귀의 죽음을 이상히 여길 수가 없었다

"맞소! 죽을 놈이 죽은 것이오!"

"잘 죽었다! 퉤! 살귀란 별호가 괜히 붙은 것인가? 다 뿌린 대로 거두는 것이지! 안 그렇소?"

사람들은 저마다 목소리를 높이며 다른 이들도 동조하길 원했다. 마음 한 구석의 의혹은 그저 의혹일 뿐이었다. 그들에게 중요한 것은 살귀가 죽었다는 현실뿐이었다.

군웅들의 호응에 위천풍과 다른 이들 모두 흡족한 듯 고개를 끄덕였다. 하나,

"네 이놈……."

잘되었다 미소 짓던 사람들의 얼굴이 삽시간에 얼어붙고 있었다. 말없이

살귀의 수급을 바라보던 운경자가 천천히 고개를 들었다. 그의 전신에서 뿜어지던 기운은 분명 살기였다.

"운경 진인! 이게 무슨 짓이오? 설마 우리와 검을 겨누기라도 하겠다는 뜻이오?!"

다부지게 소리를 치긴 했지만, 진달개의 등줄기로는 식은땀이 흘러내리고 있었다. 상대는 다른 누구도 아닌 광양검 운경 진인이었다. 당금 강호에서 검공으로는 다섯 손가락 안에 반드시 꼽히는 위인. 비록 구천무예를 꺾은 진달개였지만, 운경자의 서릿발 같은 기세엔 감히 승리를 장담할 수 없었다.

하나 다행히도 그의 앞을 막아서는 이가 있었다.

"비켜라."

단사의는 고개를 저었다.

"어쩔 수 없다. 일이 이렇게 된 이상 물러나는 것이 상책이야."

운경자의 시선이 노기를 흩뜨리지 않은 채 단사의를 노려봤다. 하나 씁쓸함으로 일그러진 친구의 시선엔 노기를 풀어야만 했다.

"어쩌면… 우리 생각이 짧았는지도 모른다."

말을 줄인 단사의가 가패의 수급으로 시선을 옮겼다. 그의 행동을 바라보던 운경자가 눈을 부릅뜨며 입술을 깨물었다.

"징헌 사람. 속으로 얼마나 우릴 욕했을까?"

단사의의 한마디 한마디가 운경자의 가슴을 아리게 했다. 맞다. 그랬을 거다. 저들은 그러고도 남을 인연이었다. 백사평에서 이미 보았음에도 그것을 간과하다니.

유경자의 기세가 조금씩 가라앉고 있었다. 진달개는 자신의 엄포가 먹혔음이라 여기고는 안도의 한숨을 내쉬었다.

다른 세 문파의 인물들 역시 놀란 가슴을 쓸어내렸다. 운경자의 검이 뽑혔다면 후대에 길이 남을 대사건이 되었을 것이다. 누가 뭐래도 그는 무당의 장로였으니까.

"…잘 가."

예향의 읊조림에 손 노인의 두 눈이 하늘로 향했다.

짧다면 짧고 길다 하면 긴 인연. 무창에서부터 이어진 기억이 주마등처럼 스쳐 지나갔다.

"풍진강호(風塵江湖)라……."

어차피 칼 위를 걸었던 인생. 여한없이 죽었을 테니 아쉬워할 필요도 없겠건만, 생사도 알지 못하는 그 사람의 부재만은 이리 야속할 수가 없었다.

하나 세월이 견뎌내지 못할 슬픔이란 없었다. 손 노인은 북받치던 설움을 삭이며 예향의 어깨를 다독였다.

"우리도 가자꾸나."

손 노인의 말에 예향이 떨어지지 않는 걸음을 돌렸다. 그때 그의 곁을 스쳐 가던 노인 하나가 있었다.

"…불쌍한 놈."

그 노인의 혼잣말이 예향의 걸음을 멈추게 했다.

"시신 거둬줄 생각이랑 접어……."

걸음을 옮기던 손 노인이 고개를 돌렸다. 하나 뒤따르는 줄 알았던 예향은 아직도 그 자리에 서 있었다. 사람들 사이로 사라지던 노인의 뒷모습을 바라보면서.

"정신이 드느냐?"

혼절에서 깨어난 모용상아가 처음 봐야 했던 사람은 아비가 아닌 설기룡이었다. 다시 만난 옛사랑. 하나 흠칫 놀라며 급히 품을 벗어나는 것으로 두 사람의 관계는 분명해졌다.

"많이… 변했구나."

예전엔 곧잘 품에 안기던 아이였는데. 이제는 더러운 것 떨쳐 내듯한다. 그리 오래 떨어져 있던 것도 아니었는데.

"…왜 그랬나요?"

"당연히 해야 할 일을 했을 뿐이다."

설기룡의 시선도 모용상아의 그것만큼이나 차가워져 있었다. 두 사람 사이로 붉은 혈선이 그어져 있었다. 살귀가 흘린 핏자국. 너무나 선명한 흔적이었다.

"그것이 오라버니가 해야 할 일이었다면……."

모용상아는 설기룡에게서 등을 돌린 것이 아니었다. 소녀였던 과거의 자신에게서 등을 돌린 것이었다. 살귀의 수급을 향해 걸어가던 그녀는 더 이상 어리지 않았다. 낭군의 죽음을 목도하며 성숙해 버린 여인. 그녀가 가는 길은 여인의 길이었다.

"바보 같구나. 예나… 지금이나……."

홀로 남겨진 설기룡이 망연한 시선으로 모용상아의 뒷모습을 바라보고 있었다.

'이것은 그에 대한 도리가 아니라, 나에 대한 도리야.'

그를 향해 걸음을 떼는 것이 쉽지는 않았다. 화냥년이라 손가락질 받게 될 것이다. 정녕 살귀의 여자란 꼬리가 평생 그녀의 뒤를 쫓을 것이다.

하나 이미 오래전 굳어진 마음. 병든 마음으로 남은 생을 살 수는 없었다. 모두 잊고 살기엔 그가 너무 가여웠다. 살아서 맺지 못한 연 죽어서 맺는다 했던가? 그녀에게 남은 기회는 이것뿐이었다.

하나 그녀에겐 그 비참함의 기회마저 허락되지 않았다.

"쿨럭! 그 아이에게서… 물러나 주시겠소?"

살귀의 죽음으로 포위가 느슨해졌던 모양이다. 저런 비루먹은 노인네가 다가설 때까지 몰랐던 것을 보면. 어느새 지척까지 다가선 노인의 시선은 살귀의 수급을 향해 있었다.

"노인은 누구요?"

짜증스럽다는 듯 진달개가 물었다. 하나 노인은 고수들이 즐비한 그곳으로 겁도 없이 다가서고 있었다. 그리고…

"…미안하구나."

노인이 살귀의 수급을 안아 들 때까지 누구도 제지하지 못했다. 참으로 기이한 일. 하나 뒤이은 경악에 비하자면 그것은 아무것도 아니었다.

"뭐… 뭐야?"

느슨해졌던 종남과 화산파 제자들이 황급히 정신을 차리며 포위망을 구축했다. 하나 그들이 경계한 것은 괴노인이 아니었다. 어디서 나타났는지 모를 수십 인의 괴인들이었다.

기가 찰 일. 근 일백에 달하는 종남과 화산, 점창의 제자들이 구축한 원진이 고작 쉰 인밖에 불과한 괴인들의 기세에 눌리고 있었다. 하나 그것은 그들의 못남 탓이 아니었다.

"무량수불!"

"아미타불!"

괴인들이 벗어 던진 장포가 허공으로 치솟아올랐다. 그들의 등장에 황급히 물러났던 군웅들의 입에서 탄성이 쏟아져 나왔다.

"소림의 십팔나한이다!"

"저들은 무당검수가 아닌가?!"

구릿빛 상체를 드러낸 호안(虎眼)의 무승들. 마른 땅에 새겨진 반 치가 넘는 진각의 흔적은 그들의 내공이 결코 평범하지 않음을 짐작케 했다. 그들은 소림의 자랑이라는 나한전의 십팔나한이었다.

그들과 함께 나선 중년의 도인들. 생김은 모두 달랐으나 그들이 흘리던 기운은 한결같았다. 미풍 속의 보검. 수천의 무당 제자들 중 검공으로 인정받은 마흔아홉 명만이 그 칭호를 받을 수 있다는 무당검수들이었다.

그들만이 아니었다. 하늘을 향해 세워진 십여 개의 죽장. 어깨를 나란히 한 거지들 중 다섯에 모자란 매듭을 걸친 이는 보이지도 않았다. 나한승과 무당검수에 견주어도 손색이 없을 개방의 오결 제자가 열둘이었다.

그런 그들이 합심하여 종남과 화산의 포위망 위로 또 하나의 원진을 이루었다. 금성철벽(金城鐵壁). 무대와 군웅들은 완전히 차단되어 버렸다.

그리고 그들이 만든 원진 사이로 한 사람이 걸어나왔다. 여덟 개의 매듭이 좌중의 시선을 사로잡았지만, 단사덕의 눈은 오직 그 노인만을 향해 있었다.

"결국… 여기까지 찾아오셨는가?"

단사덕의 물음에 수급을 안아 든 노인이 허리를 폈다.

"내 제자가 저지른 죄가… 그리 크던가?"

너무 놀라 말도 나오지 않았다. 노인은 분명 살귀를 보며 제자라 했다. 구천무예의 전인을 가르친 자. 믿을 수 없는 말이었지만, 단사덕은 가만히 고개를 저으며 노인의 존재를 인정했다.

"주인의 복수를 대신한 것이… 그리 큰 죄이던가?"

굵은 눈물이 흘러 품 안의 수급을 적시고 있었다.

노인을 둘러쌌던 사람들 모두가 한 걸음씩 물러서고 말았다. 아직도 연유를 모르는 수천의 군웅들이 여기저기서 웅성거리며 궁금해하고 있었다. 하나 하늘을 향해 울린 노인의 절규에 모든 이가 숨죽여야만 했다.

"천하제일가의 원한이 그리 우습게보였던가!"

"뭐야?! 눈깔을 어디다 달고……."

등을 떠밀린 무사가 거칠게 고개를 돌리며 눈을 부라렸다. 박력있게 돌아

선 무사. 하지만,

'뭐… 뭐야?'

험악하게 찌푸렸던 인상이 언제 그랬냐는 듯 풀어지고 말았다. 하늘을 점령한 때 아닌 먹구름. 고개가 아파올 정도로 꺾은 후에야 그것이 자신보다 머리 두어 개는 더 큰 거구의 사내라는 것을 깨달을 수 있었다.

사내는 황망해하던 무사를 뒤로한 채 무심히 걷고 있었다. 사내의 등장은 군웅들의 시선을 끌지 못했다. 그저 장내의 소란에 시선을 빼앗겼던 사람들이 간간이 짜증 섞인 표정으로 뒤를 돌아볼 뿐이었다.

살귀가 죽고 구양세가의 후인을 자처하는 노인까지 나타난 마당에, 근본도 모르는 장한에게 팔 정신이 남아 있을 리 없었다.

기이한 일이었다. 노인의 정체를 아는 사람은 그를 암중 보호해 왔던 단사덕 한 사람뿐이었다. 하나 그와 지척에 있던 그 많은 사람들 중 노인의 정체를 캐묻거나 막아서는 이가 없었다. 소림과 무당 개방의 등장 때문이 아니었다. 노인이 이끌고 온 적막은 그런 사소함으로 설명될 것이 아니었다.

'구양문!'

잊혀진 천하제일세가. 사람들은 그 한마디로 노인의 정체를 간파해 냈다.

죽었다고 알려졌던 그가 살아 있다는 것도 놀라웠지만, 그가 직접 나서 살귀가 자신의 제자라 공언했다. 그리고,

"나는… 오늘 이 자리에서… 아주 오래된 원한을 갚으려 하네."

이제는 입도 뻥긋할 수가 없었다. 천하제일가의 원한. 하늘조차 그것을 궁금히 여겼음인지 군웅들 사이로 바람 한 점 지나치질 않았다.

"…다시 생각해 보게."

"내 나이 칠십하고 둘. 원한을 곱씹으며 혼신의 힘을 다해 키웠던 제자가, 결국 세상의 벽을 넘지 못한 채 불귀의 객이 되어 내 품에 안겨 있네. 자네는

내가 어찌하길 바라는가?”

구양문의 물음에 단사덕은 대답하지 못했다.

사람들은 구양문의 입술이 떨어지기만을 기다렸다. 개방의 장로조차 나설 수 없는 원한. 그 기막힌 사연을 듣고자 귀를 기울였다. 하나 운경자의 입장은 달랐다. 구양문의 입이 열리는 순간, 자신의 사문이 바로 그 기막힌 사연의 주인공이 되어버릴 테니. 하나,

“죽은 이가 그가 아니라는 사실은 아직 밝히지 말게.”

한 걸음 나서려던 운경자의 시선이 단사덕에게 향했다. 원망과 분노가 어우러진 눈빛. 운경자는 단사덕의 전음을 무시하려 했다. 한데,

“소림과 무당의 장문인이 허락한 일일세.”

개방의 장로도 무시할 수 있고, 친구의 형도 무시할 수 있었다. 하나 아무리 운경자라 해도 장문인의 뜻만은 무시할 수 없었다.

“그것이… 사실입니까?”

“그럼 자네는 십팔나한과 무당검수들을 보낸 까닭이 진실을 은폐하기 위함이었다 생각했는가?”

단사덕의 전음에 운경자는 안타까움과 다행스러움을 동시에 맛봐야했다. 그래서 구양문에겐 씁쓸한 안도의 눈빛을, 단사덕에겐 한숨 섞인 원망을 보냈다.

“그래서 구양문주를 이곳으로 부르신 겁니까? 그와의 구원을 깨끗이 끝내기 위해서?”

“…누구도 구양문주를 부르지 않았네.”

구양문을 바라보던 운경자가 무슨 소리냐는 듯 단사덕을 바라봤다. 하나 이어진 단사덕의 전음은 혼란만 가중시켰을 뿐이다.

“나도 내 생각이 틀렸길 바라고 있다네. 내 생각이 틀렸다는 확신을 얻기 위해… 사실을 말하지 말라는 것이고.”

원진 안에서 시작된 술렁임이 군웅들 사이로 일파만파 번져 가고 있었다.

"지금 들었어? 금가장이란 곳에 자기 딸이 시집을 갔는데, 소림과 무당의 제자들이 겁탈한 뒤에 죽였대."

"금가장, 금가장, 금가… 아! 기억났다! 덕화의 금가장!"

강남 특유의 강한 억양. 복건 출신인 듯한 사내가 자신의 무릎을 치며 말했다.

"복건에선 제법 큰 사건이었지. 도적들 손에 거기 가솔 서른댓 명이 씨 몰살을 당했는데, 그게 벌써 한 삼사 년 됐지 아마?"

근처 군웅들의 시선이 사내의 목소리를 따라 모여들었다. 갑작스러운 관심에 놀란 사내가 헛기침을 하며 말끝을 흐렸다.

"금가장주의 아들이 소림사 속가제자라고 했던 것 같은데……."

"그게… 정녕 사실이란 말이오?"

더듬거리는 목소리. 자허 도장의 물음은 좌중의 경악을 여과 없이 담아내고 있었다.

천인공노할 만행이었다. 대문파의 제자들이 동문수학한 사형제의 부인을 겁간하고 살해했다. 더욱 용서받지 못할 것은 자신들의 죄를 숨기기 위해 그 동문의 부모와 무고한 양민 서른 명을 살인멸구하기까지 했다.

인면수심(人面獸心). 용서라는 말은 꺼낼 수조차 없었다.

"운경 진인, 구양가주의 말이 사실이오?"

"그의 말은… 모두가 사실이오."

운경자는 입을 굳게 다물고 있었다. 하나 좌중은 단사덕의 대답만으로도 만족했다. 개방의 장로가 인정한 일이니 분노를 주저할 필요가 없었다.

"소림과 무당은 그 사실을 알고 계셨소?"

"…그렇소."

일이 이렇게 된 이상 숨길 수도 없었다. 운경자는 무당과 소림을 대표해 좌중의 질타를 견뎌내야만 했다.

"허어, 어찌 이런 일이? 소림과 무당이 구양세가를 보호해 온 것은 천하가 다 아는 공공연한 비밀. 믿었던 도끼에 발등을 찍혀도 유분수지……."

"우리를 보고 파렴치하다 하더니… 흥!"

"무당과 소림에 실망이 크오. 손바닥으로 하늘을 가리려 하다니……."

숨을 곳도 달아날 곳도 없었다. 변명조차 할 수 없었다.

'무엇을 확인하고 싶으신 겁니까? 배후의 음모가 있었다는 것을 왜 밝히지 못하게 하십니까? 우리 제자들도 음모에 희생되었다는 것을 왜 숨겨야 합니까? 소림과 무당의 수모를 방관하면서까지 확인하고 싶으신 게 무엇입니까?'

경멸 어린 시선에 전신이 난자당하고 있었고, 갈가리 찢어진 명예는 조소에 휘말려 너덜거리고 있었다. 하나 단사덕은 운경자의 간절한 시선을 외면하고 있었다.

'결국…….'

좌중의 분노에 동요하지 못하는 이들도 있었다. 이미 전모를 들어 알고 있었던 모용세가의 사람들과 모용상아와 동행했던 섭위문. 살귀와 음으로 양으로 관계를 맺었던 사람들은 착잡한 표정으로 운경자를 외면하고 있었다.

'어쩌면 차라리 잘된 일인지도 몰라. 감춰져 있던 원한이 알려짐으로 이들도 당신이 걸어온 길을 다시 생각하게 될 테니.'

모용상아의 시선은 그의 수급에서 떠나질 못하고 있었다. 그의 사부, 구양문의 등장이 한편으론 반갑기도 했다. 하지만…

'조금만 더 빨리 오시지… 조금만 더 서둘러 주시지…….'

억울해 미칠 것만 같았다. 가슴이 터져 죽을 것만 같았다. 그가 죽었어야만 하는 이유를 찾을 수가 없었다. 구양문이, 아니, 누구라도 먼저 사실을 밝혔다면 그를 살릴 수 있었다.

'결국 당신들이 그를 죽인 거예요. 소림과 무당이라는 이름 탓에 입을 열 수 없었으니… 그를 죽게 한 것은 바로 당신들이에요.'

누구라도 원망해야 했다. 어떻게 해서든 그의 죽음을 설명해야 했다. 하나 진정 모용상아가 눈물 흘리던 까닭은…

'…나도 알고 있었어. 나도 그를 살릴 수가 있었던 거야. 모두 변명일 뿐이야. 그를 죽인 건… 바로 나였어.'

복수만이 전부이던 그였다. 그는 복수의 화신이었다. 그래서였다. 그의 의지가 너무나 뜨거웠기에 혹시나 데일까 물러섰던 것이다.

아니다. 욕심이었다. 복수가 끝난 이후만을 생각했다. 그가 자유로워졌을 때, 그 곁에 남고 싶은 욕심에 그의 길을 방관했던 거다. 그 안일한 욕심이 그의 미래를 보지 못하게 한 것이다.

이 자리에 있던 그 어떤 이도 살귀의 죽음에서 자유롭지 못했다. 그 누구도.

"도저히 묵과할 수 없는 일이오. 살귀의 죄가 무겁다고는 하나, 소림과 무당의 부도덕함도 그에 못지않소. 화산은 결코 이번 일을 좌시하지 않을 것이오."

"종남도 마찬가지. 소림과 무당이 보여준 행태는 정녕 강호의 수치요. 문하가 저지른 죄는 사문이 감당해야 하는 법. 소림과 무당이 응분의 죄과를 치를 때까지 종남은 구양문주의 편에 서겠소."

"점창도 화산과 종남의 뒤를 따를 것입니다."

"나무관세음."

자허 도장과 진달개가 소림과 무당에 반기를 들었고, 위천풍이 그들 곁으로 섰다. 평소 소림과 친분이 각별했던 아미파의 무진 신니조차 눈을 감으며 그들 곁으로 물러섰다. 그리고…

"위선자들! 소림과 무당은 더 이상 정도라 할 수 없다!"

"맞소! 자파의 치부를 감추기 위해 타인의 아픔을 외면한 자들을 어찌 정도라 할 수 있겠소?!"

"소림과 무당은 봉문하라!"

"땡중 물러가라! 말코도사 물러가라!"

성난 군웅들이 들고 일어섰다. 무당검수와 십팔나한을 향해 욕설과 삿대질을 퍼부었다. 상황은 악화일로였다. 언제 칼부림이 일어도 이상하지 않을 정도였다. 한데,

"강호 동도 여러분, 잠시 내 말을 좀 들어봐 주시겠소?"

크지 않은 목소리. 구양문의 손짓에 침묵이 파도처럼 밀려 나갔다. 소란은 진정되었지만 사람들의 시선은 여전히 구양문만을 바라보고 있었다.

"내 제자가 걸어간 길이 험하였다는 소식은 들었소. 비록 내 제자가 말을 못하는 장애를 가졌다고는 하나, 본의가 아니었다 하더라도 강호에 큰 해악을 끼쳤으니 이는 입이 열 개라 해도 할 말이 없소."

"그렇지 않소이다. 이미 다 지나간 일이기도 하거니와, 구양가주의 비통함을 듣고 나니 살… 제자의 거친 행동도 이해 못할 바는 아니오이다. 이젠 진실도 모두 밝혀졌으니……."

구양문이 탄식하며 허리를 구부리자 자허 도장이 손사래를 치며 그를 일으켜 세웠다.

그의 말처럼 다 지나간 일이었다. 게다가 이제 죄를 성토해야 할 자는 살귀가 아닌 소림과 무당이었다. 소림과 무당의 원한을 진 살귀였으니, 그 죄를 무겁게 하는 것은 아무런 도움이 되질 않았다. 한데,

"왜 그러시오, 구양가주? 어디 불편한 곳이라도?"

"내 제자는… 구양세가의 원한을 갚기 위해 검을 들었소. 하나 결국 그 끝을 보지 못한 채… 이리 잠들어 버렸구려."

구양문의 자조 섞인 읊조림에 사람들의 표정이 안타까움으로 물들어갔다. 하지만 그 눈빛의 가라앉음은 결코 좌절이 아니었다.

"천하를 이 잡듯 뒤져 원수들을 벌하였으나… 결국 이 아이도 소림의 문턱엔 다다르지 못할 운명이었나 보오."

"소림의… 문턱이라 하셨소?"

자허 도장의 시선이 운경자와 단사덕에게 향했다. 하나 화등잔만 하게 떠진 두 사람의 시선은 모든 의혹을 부정하고 있었다.

"그… 그게 무슨 뜻인가?"

놀란 단사덕이 한 걸음 내딛으며 물었다. 하나 친우라 믿었던 구양문의 목소리는 몸서리쳐질 정도로 차가웠다.

"자네와 개방의 은혜는 죽어서도 잊지 않을 걸세. 자네가 개방의 장로로서 어쩔 수 없었을 거란 것도 이해하네. 그러니 물러서시게. 자네마저 그들과 같은 위선자라 생각하고 싶지는 않으니."

단사덕의 두 눈이 억울함으로 물들고 있었다. 하지만 이미 구양문은 그에게서 한 발 물러서 있었다. 그의 뒤엔 화산과 종남 등이 버티고 서 있었다.

"내 여식을 간살하고 늙은 노구마저 독살하려 한 자들. 소림과 무당에서 보낸 간악한 인연은 모두 여덟이었소. 그중 하나는 사 년 전 내 제자를 대신해 금가장에 뼈를 묻었소."

누구도 알지 못했던 또 하나의 비사. 어찌 죽었는지는 모르나 구양문은 분명 여덟 반도 중 하나가 이미 사 년 전에 죽었다 말하고 있었다. 하면 남은 원수는 단 한 사람.

"강호 동도들을 증인으로 모시고 감히 소림의 방장에게 청하겠소. 그는 동문들과 함께 제 아내를 간살하였고, 장인인 내 목숨마저 위협한 후 구천무예를 강탈해 갔소. 바라건대 소림의 그늘로 숨어버린 마지막 원수를 내어주기 바라오!"

너무 놀라면 숨이 멎는다. 하나 구양문의 이야기를 듣고 있던 사람들 모두 자신이 숨을 내쉬지 못함을 인지하지 못했다.

'설마… 그 원수가 바로?'

길게 숨을 들이마신 구양문이 씹어뱉듯 말했다.

"금옥기. 그 인두겁을 쓴 악귀가 몸을 숨긴 곳이 바로… 소림이오."

"<u>흐흐흐</u>."

사내의 웃음소리가 귓전을 긁었다. 하나 용호는 미간을 조금 찌푸렸을 뿐 별다른 행동을 취하지 않았다. 그저,

"다 끝났군. 이것으로 소림과 무당의 시대는 막을 내리게 되었다."

성난 군웅의 함성이 백양정을 흔들고 있었다. 여기저기서 소림과 무당을 비난하기 시작했고, 봉문은 물론 봉파라는 과격한 단어들도 심심치 않게 들려왔다. 몇몇은 병장기를 빼어 든 채 분을 삭이지 못하기도 했다. 누구도 예상치 못했던 일. 강호의 태산과 북두가 무너지는 역사적인 순간이었다.

하나 용호는 성취감에 환호하지도, 계획의 성공에 기뻐하지도 않았다. 모든 것은 계획했던 그대로였다. 예상했던 결과였으니 새삼스레 동요할 필요는 없었다.

"인두겁을 쓴… 악귀라……."

사내의 혼잣말에 용호가 까칠해진 턱을 쓰다듬으며 말했다.

"그는 아직 진실을 모르니까."

현실이라는 환영 아래 숨어 있던 진실이라는 이름의 굴레. 사내의 미소가 더욱 짙어지고 있었다.

"처음엔… 그를 이해하려… 노력했었어. 하지만… 이젠… 모두가 부질없는 짓. 실은… 아직도 잘… 모르겠어. 그를… 용서한 것인지… 아니면……."

사내의 가늘고 하얀 손이 굳게 쥐어지고 있었다.

"한 가지… 묻고 싶은 게… 있어."

"뭐든지."

"내가… 무얼 잘못했지?"

"아무것도. 넌 아무것도 잘못한 것이 없다."

"그렇군. 그럼… 지금 내 심장을… 움켜쥐고 있는… 이것은… 억울함이겠군."

용호의 시선이 사내의 붉은 눈동자와 마주쳤다.

"한 가지 물어봐도 될까?"

"…뭐든지."

용호의 물음에 사내가 고개를 끄덕였다.

"내가 원한다면… 그를 죽일 수 있겠나?"

용호의 물음에 사내는 새하얀 미소를 지으며 답했다.

"내가… 그를 용서하길 바라는 건가?"

그것은 또 다른 의미의 두려움이었다. 덧없이 베어진 수급. 한은 군웅들의 술렁임을 기억해 냈다. 그리고 이 자리가 어떤 자리인지도 함께 기억해 냈다.

'…가패.'

막아서는 이가 있었던 것은 아니었다. 저들의 검이 두려워서도 아니었다. 검은 천으로 가려진 그의 죽음. 그 죽음을 확인해야 한다는 사실이 그를 주저하게 만들고 있었다.

'왜 그랬소?'

혀가 자라나 소리로 물었어도 답을 얻지 못했을 것이다. 그의 수급이 온전히 붙어 있었다 해도 대답을 듣지 못했을 것이다. 백양정의 군웅 모두가 증발하고 한과 가패, 단 두 사람만이 남아 있었다 해도 가패의 입에서 제대로 된 대답을 듣기는 어려웠을 것이다.

하지만 한은 이미 알고 있었다. 그가… 왜 그랬는지.

'…고맙다는 말 따윌 기대하진 않았겠지.'

푸른 장강물 아래서도, 비 오는 뗏목 위에서도, 대운하를 오르는 뱃전에서도, 황하의 모래사장 위에서도. 그렇게 서로 돕고 의지하며 여기까지 왔건만, 단 한 번도 고마움을 표시해 본 기억은 없었다.

'당신이 내게 지운 건… 원한인가, 은혜인가?

모른다. 그것을 확인하기 위해 걷고 있는 것이다. 자신의 죽음을 기대하고 몰려든 수천의 군웅들 사이로.

"물러가라! 땡중들!"

"말코들도 꺼져라!"

어디서 처음 날아온 것인지는 모른다. 하나 작은 돌멩이에 불과했던 그것은 삽시간에 우박처럼 쏟아지기 시작했다. 성난 군웅들이 던진 돌팔매가 십팔나한과 무당검수를 향해 날아들고 있었지만, 다행히도 고수들의 평정심을 흐트러뜨리기엔 부족한 도발이었다.

하나 그것은 시작에 불과했다.

"당장 구양가주와 함께 소림으로 갑시다. 이번 일은 결코 묵과할 수 없는 중대한 사안입니다. 명문정파로 이름 높은 두 곳이 한 가문을, 그것도 과거 천하제일이라 불렸던 명예로운 가문을 풍비박산시키고도 사실을 숨기기에만 급급했다니. 이는 어떠한 이유로도 용납될 수 없는 일입니다."

"진 장로의 말이 맞습니다. 게다가 금옥기라는 자가 구천무예를 가지고 소림에 의탁했다면, 소림의 탐심을 의심하지 않을 수 없습니다. 만일 대문파란 이유로 죄를 저지르고도 유야무야 넘어가 버린다면, 강호 동도들의 원망을 어찌 감당할 수 있겠습니까?"

"후우, 광명정대함으로 이름 높았던 소림과 무당이건만… 참으로 실망이 크오."

각파의 반응은 무서울 정도로 강경했다. 대세는 소림과 무당의 사죄로 흘러가고 있었다. 그리고 그 두 문파가 취할 수 있는 가장 큰 사죄의 방법은 장문인의 사퇴와 봉문뿐이라는 사실에도 의견을 같이하고 있었다. 일사천리(一瀉千里). 마치 사전에 약조라도 한 듯한 발 빠른 움직임이었다.

물론 그것이 구양세가의 원한 때문만이 아니라는 것은 모두가 잘 알고 있었다.

소림과 무당이 차지하고 있던 태산북두의 자리. 까마득히 높게만 보였던 그 자리가 눈앞에 있었다. 각파의 수장들은 이것이 기회임을 믿어 의심치 않았다. 단지, 제 입으로 그 사실을 꺼내어 좌중의 질타를 자초하지 않았을 뿐이다.

구천부예. 상호에 내린 서주는 아직 끝나지 않았다.

"여기서 이러고 있을 게 아니라 당장 숭산으로 갑시다!"

진달개의 고함엔 내력이 실려 있었다. 그리고 그의 의도대로 어리석은 군웅들이 그의 고함에 화답하며 소리를 질러댔다.

"우리도 갑시다! 그 잘난 소림이 어찌 나오는지 우리 눈으로 똑똑히 봅시다!"

"맞소! 이건 전 강호의 문제요! 우리도 함께 갑시다!"

수천의 인파가 개미 떼처럼 분주히 움직이기 시작했다. 천막들은 거두어지고 있었고, 함께 나설 자들과 가지 않을 자들이 나뉘어지고 있었다. 중인들 앞으로 모여든 군웅만 근 천여 명. 십팔나한과 무당검수들이 눈을 부라리고 있었지만, 성난 군웅들을 막기엔 역부족이었다. 한데…

"왜 그러시오, 구양문주?"

걸음을 멈춘 것을 이상히 여기며 물었을 뿐이다. 하나 주름진 노안에서 시작된 떨림은 이내 구양문의 전신으로 번져 나가고 있었다.

툭!

구양문의 발 앞으로 떨어진 수급. 놀란 중인들이 황급히 달려와 구양문의 신색을 살폈다. 그때 위태하던 십팔나한과 무당검수의 원진 한편이 열리기 시작했다.

'설마?'

검은 피풍의와 긴 장발을 늘어뜨린 사내. 좌중의 시선이 향한 그곳에 그가 서 있었다.

"…네가 …어떻게?!"

구양문의 다리는 뿌리라도 내린 듯 움직이지 않았다.

중인들도 황망함으로 엉클어진 정신을 수습하기 바빴다. 천천히 다가서던 팔 척 장신의 사내. 설마 하는 바람조차 욕심이었다.

'…정말 몰랐어.'

느리지도 빠르지도 않은 걸음. 하나 그의 시선은 주인조차 외면했고 사랑마저 스쳐 보내고 있었다.

'…이런 기분을… 다시 느끼게 될 줄은.'

눈물 대신 어리던 살기. 지독한 냉기와 함께 다가서던 그는 무창살귀가 분명했다.

사람들은 살귀가 다가오고 있음에도 어찌해야 좋을지 몰라 망설이고 있었다. 성토대회는 분명 살귀를 단죄하기 위해 열린 자리였다. 하나 구양문의 등장으로 성토대회는 이미 그 의미를 상실해 버리고 말았다. 이제와 살귀를 향해 검을 빼어 들 수도 없었고, 그렇다고 반갑게 맞이할 수도 없는 노릇이었다.

그 혼란의 사이, 무릎 꿇은 한이 가패의 수급을 안아 들었다. 몽두를 벗기는 손길이 무척이나 조심스러웠다.

'이런 천 쪼가리에 속아 넘어갔단 말이지…….'

피를 흠뻑 머금고 굳어버린 검은 천 쪼가리. 몽두가 바닥으로 떨어지며 마른 먼지를 피웠다.

'뭐가 그리 즐겁소?'

지그시 감은 두 눈과 흡족한 미소. 아마도 죽음의 순간을 알아차리지 못한 모양이었다. 한의 입술도 가패의 미소를 닮아가고 있었다.

'…걱정 마시오. 빚지는 일엔 이골이 났으니까. 가는 길이… 외롭진 않을 거요.'

가패의 뺨을 어루만지던 손길이 조금씩 떨려왔다.

죽음의 순간에도 풀만 뜯던 주마등이 가패의 죽음에 놀라며 그의 머릿속을 내달리기 시작했다.

'궁금해졌어. 네가 누구인지, 뭘 원하는지…….'

"그냥 친구요. 저 친구는 몰라도… 나는 그렇게 생각하기로 했소."

슬픔엔 익숙해졌다 생각했었다. 눈물은 이미 사 년 전에 모두 메말라 버렸다 생각했었다. 원한과 함께 자라난 아주 오래된 습관. 하나,

'미안하오… 가… 형.'

눈물 한 방울이 가패의 뺨 위로 떨어져 내렸다. 그리고…

"허억?!"

한의 전신에서 뿜어진 엄청난 기운. 바람 한 점 없던 백양정 호변에 느닷없는 평지풍파(平地風波)가 일고 있었다.

‘이럴 수가?!’

‘외기를 표출하는 것만으로도 이런 위력이라니…….’

감히 맞서지 못하고 다급히 물러난 사람들. 천하를 좌지우지하는 각파의 원로들이 경악을 금치 못하며 한을 바라보고 있었다. 살기로 가득한 기운이 사방 오 장의 공간을 아우르며 휘몰아치고 있었다.

‘이것이 정녕… 구천무예?!’

몇몇 내력이 약한 제자들은 창백한 표정으로 질려 있었고, 진달개와 자허도장 역시 굳은 얼굴을 펴지 못하고 있었다. 과연 천하제일인의 무공. 구천무예의 가공할 위력에 군웅들도 입을 다물지 못했다.

‘이전의 그가 아니다. 기연(奇緣)이라도 만난 것인가?’

단사덕과 운경자가 놀란 눈을 부릅뜨고 있었다.

두 달 전만 해도 그의 내력은 자신들과 엇비슷한 정도. 한데 눈앞에서 펼쳐진 신위는 이전과는 천양지차였다.

영약이나 영물 같은 전설상의 기연이 아니면 설명할 수 없는 일. 물론 그런 허무맹랑한 가정에 소림의 영단인 대환단의 공능은 포함되어 있지 않았다.

사람들의 시선은 한에게 고정되어 있었다. 그러했기에 누구도 그들의 밀담을 알아차리지 못했다.

“아니오. 구양가주를 이곳으로 이끈 것은 내가 아니오.”

모용상아의 물음에 단사덕이 고개를 저으며 대답했다.

“그럼, 금옥기가 소림에 있다는 사실도 모르고 계셨겠군요?”

“정녕 금시초문이오. 그 사실을 알았다면 왜…….”

“하면 구양가주는 왜 그 사실을 한에게 말하지 않았을까요?”

모용상아의 물음에 단사덕이 미간을 찌푸렸다.

"그가… 모르고 있었다?"

"예. 그는 남은 이들의 행방에 대해 전혀 모르고 있었어요."

이상히 여길 만했다. 소림과 개방의 관계를 생각해 자신에게 말하지 않았다 생각했었다. 하나 복수를 위해 강호로 뛰어든 제자에게까지 그 사실을 숨길 이유는 없었다. 그리고…

"그리고 또 하나. 동창은 왜 그를 죽이려 한 것일까요?"

모용상아의 전음에 단사덕이 눈을 빛냈다.

"나 역시 그것을 확인하고 싶어 떠나지 못하고 있는 거라오."

모용상아와 단사덕의 시선이 구양문에게 향했다.

웅현 혈사의 전제 조건. 그들이 살귀의 죽음을 명했다면, 구양문이 있어야 할 곳은 이곳이 아니라 동창의 뇌옥이어야만 했다.

*　　　*　　　*

누누누누.

오백여 기의 군마. 금실로 치장된 깃발 아래로 관도를 지치는 군마들의 모습이 위풍당당하다. 선두에서 그들을 인도하던 군살더미의 무관만 아니었다면.

"하면 강호인들과 상대해야 한다는 말씀이십니까?"

함께 달리던 무장의 질문에 은기가 고개를 끄덕이며 말했다.

"너무 걱정 말게. 군웅들의 수가 제법이라곤 하나, 제형안찰사 휘하의 정병들과 함께 움직일 것이니 자네들이 힘쓸 일은 별로… 아! 저들인가 보군."

고개 너머로 아른거리던 기치창검들. 은기의 얼굴에 화색이 돌고 있었다. 하나 조금씩 그 무리와 가까워질수록 무관의 표정이 조금씩 변해가고 있었다.

"이상하군요."

“뭐가 말인가?”

“아닙니다. 그저 예상보다 조금… 많은 것 같아서.”

무관의 말에 은기가 웃으며 답했다.

“사람이 어찌 모든 일을 예상할 수 있겠는가? 허허허.”

*　　　　*　　　　*

구양문의 고개가 가로저어지고 있었다. 그 모습을 본 자허 도장도 낮은 한숨과 함께 고개를 가로저었다.

“안타까우시겠지만… 더는 도리가 없을 듯합니다.”

그간의 행패는 구양세가의 원한으로 덮어두려 했건만, 살귀가 폭주를 멈추지 않는다면 달리 도리가 없었다. 물러서는 것도 한계가 있는 법. 더 이상 구파라는 이름을 업신여기게 놓아둘 수는 없는 일이었다. 하나 구양문의 시선은 그를 향해 있지 않았다.

“위사들을 풀겠습니다. 가주께선 물러서십시오.”

용호의 전음에도 구양문은 물러서지 않았다.

“가주께선 모르는 일이라 하시면 됩니다. 나머진 제가 알아서 할 터이니…….”

전음을 보내던 용호의 눈이 부릅떠졌다.

‘어리석은 노인네…….’

구양문이 살귀를 향해 걸음을 옮기고 있었다. 답답한 마음에 이를 악물어봤지만 함부로 모습을 드러낼 수도 없는 일이었다.

용호가 주저하던 사이, 구양문은 이미 좌중에서 빠져나와 그를 맞이하고 있었다.

‘네가… 그 아이였다면…….’

마음의 벽을 허문 것이 분명했다. 구양뢰 사후 백오십 년간 누구도 넘보지 못했던 경지. 분명 기뻐해야 마땅했으나, 구양의 성을 잇지 못한 한이었기에 아쉬움만 더할 뿐이었다.

'그래, 욕심일 뿐이지……'

잠시 흔들렸던 마음을 다잡았다. 그간의 정리가 시간을 끌었을 뿐, 저 불쌍한 아이의 운명은 이미 사 년 전에 결정된 것이었다. 돌이킨다는 것은 있을 수 없는 일.

"…멈추거라."

구양문의 면전까지 다다른 기세의 폭풍. 하나 그 강렬한 살기의 발현조차 옛 주인의 명은 어기지 못했다.

"많이 슬퍼하고 있구나. 그 아이를 보냈을 때만큼이나……"

구양문의 노안이 흐려지고 있었다. 비록 종으로 거둔 아이였으나, 코흘리개 시절부터 검을 든 지금까지 적지 않은 시간을 함께 보냈다. 더욱이 지금은 가문의 무공마저 이은 상태. 그 정리를 어찌 얕다 말할 수 있을까.

"그래, 참으로 몹쓸 짓을 했어. 너에게도… 경이에게도."

늙은이의 탄식. 하나 한은 그의 탄식에 함께 가슴 아파하지 못했다.

'아씨에게… 몹쓸 짓이라니요?'

살기는 이미 모두 걷혀 있었다. 하나 이미 무창살귀가 보여준 존재감에 질려 버린 사람들이었기에 감히 거리를 좁혀 두 사람의 대화를 엿들을 생각은 하지 못했다.

"이쯤에서 끝내자꾸나. 소림과 무당은 죗값을 받을 것이고, 하나 남은 원수 역시 더는 목숨을 부지하지 못할 것이다. 구양세가가 없다면… 구천무예도 사라지는 것이 맞지. 너도… 나도……"

구양문의 뜻 모를 중얼거림에 머릿속이 어지러웠다. 하나,

"이제 다되었단다. 복수도 다 끝났단다. 그러니… 너도 나와 함께 가자꾸나."

'어찌 복수가 끝났다 말씀하시는 겁니까? 대체 어디로 가자 하시는 겁니까?'

한의 물음에도 구양문은 속 시원히 답해주지 않았다. 대신,

"미안하구나. 적어도 마음 고통은 없이 보내주려 했건만……."

등 언저리로 소름이 돋았다. 그것은 본능적인 거부감이었다. 구양문의 한숨 속에 숨겨져 있던 정체 모를 섬뜩함. 그것이 모든 것을 부정해 버릴 진실의 칼날이었다는 것을 한은 모르고 있었다.

"…내가 그랬다."

바람이 소슬했다.

"금가장의 혈사는… 내가 계획한 것이었다."

한의 커다란 손이 구양문의 어깨를 잡았다. 거친 심장의 고동이 어깨를 타고 전해져 왔지만, 이미 진실의 껍질은 깨어진 후였다.

"경이에게 구천무예가 있다 한 것도 나였고… 금가장에 모인 그들에게 약을 먹인 것도 나였다. 경이는… 내가 죽인 것이다."

움켜쥔 어깨가 바스러질 것만 같았다. 하나 주름진 얼굴이 일그러진 것은 분명 육신의 고통이 아닌 마음의 고통 때문이었다.

"…너의 마지막 원수는… 바로 나다."

"그 아이를 위해 죽을 수 있겠느냐? 정녕 네 마음에 한 점 거짓도 없다 맹세할 수 있겠느냐? 그렇다면 너에게 기회를 주마. 오랜 세월 누구도 익히지 못했던 무공이다만, 네 의지가 죽음마저 뛰어넘을 수 있다면 너는 네가 원하는 것을 얻을 수 있을 것이다. 너에게 구천무예를 가르쳐 주마. 네 원한이 정녕 네가 자신한 만큼 깊고 크다면… 하늘조차도 네 뜻을 거스를 수 없으리……."

'당신이… 내 마지막 원수라고?'

아무것도 생각나지 않았다. 지난 세월의 고통과 좌절도 기억나지 않았다.

가패의 죽음이 가져다준 슬픔도 사그라져 버리고 말았다. 떠오르는 것은 오직 하나뿐. 반쯤 불타 버렸던 그녀의 마지막 모습뿐이었다.

'…왜 그러셨습니까?'

"…모두가 구양세가를 위함이었다."

'…왜……'

"소림과 무당의 그늘에서 벗어나야만 했다. 그들의 끈질긴 손길을 걷어내는 길은… 크나큰 죄를 짓게 하는 것뿐이었다."

'…왜……'

"미안하구나. 경이에게는… 구양의 피가 흐르지 않았단다."

어깨를 잡은 손에서 힘이 빠졌다. 요동치던 심장도 조금씩 제자리를 찾아가고 있었다.

'…그랬단 말이지. 그것이… 그녀가 죽어야 했던 이유란 말이지.'

숨죽이고 있던 살기가 다시금 스멀스멀 피어오르고 있었다. 두 눈에서 시작된 살기는 한의 전신을 휘감고 있었다. 미풍처럼 일렁이는 살기. 하나 그 서릿발 같은 차가움과 날카로운 예기엔 이선의 폭주소차 미알 마가 곳 꼈다.

"이것만은 알아다오. 우리가 원해서 지은 죄가… 아니었다는 것을……."

원수들의 억울한 비명이 들려오고 있었다. 그날의 진실은 흩어져 있던 조각들을 맞추고 있었다. 금가장의 혈사에 얽혀 있던 제삼의 인물. 막능여의 유언처럼 그들은 원치 않은 피를 묻혀야 했던 것이다.

"이제 다 끝난 것이다. 구양세가도… 구천무예도. 이젠… 나도 그 아이 곁으로 보내주려무나. 이제라도… 용서를 빌어야지."

구양경이 죽었어야 할 이유가 필요했던 것이 아니었다. 옛 주인을 죽여야만 할 이유가 필요했던 것이다. 용서. 구양문은 한의 그 마지막 망설임까지 걷어가 버렸다.

'…당신이… 정녕 내 마지막 원수라면……'

낡은 철검조차 필요없었다. 주먹에 내공을 담을 필요도 없었다. 세월에 삭아버린 늙은 육신, 단 한 번의 손짓이면 충분했다.

살기가 전신을 옥죄어오고 있었지만, 구양문의 늙은 심장은 발버둥조차 치지 않았다.

'나의 죽음으로… 너의 죽음을 이끄마. 이로써… 구천무예는 진실과 함께 세상에서 완전히 사라지게 되는 것이야.'

내려치는 주먹엔 망설임이 없었고, 맞이하던 미소엔 회한조차 없었다.

"안 돼!"

사방에서 터져 나온 다급한 외침들. 이유 여하를 막론하고 제자가 사부를 죽이는 일만은 막아야 했다.

'안 돼! 그를 죽이면 영원히 살귀로 낙인찍히고 만다!'

그 어떤 명분과 사연으로도 천륜을 어긴 죄만은 용서받지 못한다. 막아야 했다. 그 누구도 아닌 한을 위해 막아야 했다. 하나,

"어쩌면… 시주는 복수를 끝맺지 못함보다 더 큰 좌절을 맛보게 될지도 모른다오."

노승의 목소리가 아련하게 떠올랐다. 귓전에 못 박히던 그의 목소리는 봄날 부드러운 미풍 같았건만, 그 미풍이 남긴 부처의 계도는 북풍한설의 모짐만큼이나 자비롭지 못하였다.

第五十七章

과거지사

퍼억!

손끝이 자르르 울려왔다. 전력을 다했다곤 할 수 없었지만, 명색이 무당의 장로로서 체면이 말이 아니었다. 육성(六成)의 내력으로 쳐낸 면장(綿掌)으로도 고작 대여섯 걸음밖에 밀어내질 못했다. 짐작대로였다. 일신우일신(日新又日新)이라더니, 그가 보여준 기세는 결코 허장성세가 아니었다.

"이게 무슨 짓인가?!"

구양문을 가로막고 선 운경자가 한을 향해 소리쳤다. 정녕 간발의 차이였다. 단사의가 달려와 구양문을 가로채는 사이, 진달개와 자허 도장 등이 날아와 내려섰다.

"군사부일체(君師父一體)라 하였거늘, 어찌 길러준 은혜와 가르침의 은혜를 모두 망각할 수 있단 말인가?!"

운경자의 노기가 하늘을 찔렀다. 세상이 두 쪽이 나도 한의 편에 설 것만 같던 그였건만, 살귀가 보여준 극악무도함은 그 모든 이유와 관계를 청산하기에 부족함이 없었나 보다.

"살귀의 악명을 오해라 생각했건만, 저렇게 악독한 자가 세상에 또 있을까……."

자허 도장의 노갈이 좌중의 심기를 대변해 주고 있었다.

진달개와 종남파의 제자들은 벌써 한 손에 검을 빼어 든 상태였다. 매화검수들도 발검을 준비하고 있었고, 심지어 무당검수와 십팔나한들마저 눈에 불을 켠 채 살귀를 노려보고 있었다.

강호공적을 대하는 정도인의 바람직한 자세였다.

"어서 구양가주의 상세부터……."

무진 신니의 말에 자허 도장이 한숨을 내쉬었다.

"다행히 숨은 붙어 있으나 맥이 너무나 약하오. 이미 노환이 온 상태에서 너무 큰 충격을 받은 모양이오. 아무래도……."

"잔악무도한 놈! 사부를 시해하려 한 인간 말종에게 더 무슨 말이 필요하리오? 모두 쳐라!"

진달개의 가열한 외침에 종남파 제자들이 분분이 신형을 날렸고, 자허 도장의 눈 허락을 받은 이십여 명의 매화검수도 검광을 뿌리며 그 뒤를 따랐다.

흙먼지 속의 한은 늑대 무리 속의 대호 같았다. 하나 대호의 발톱만큼이나 늑대들의 이빨도 날카로웠다. 종남과 화산이라는 대문파의 영걸들. 웅현의 혈사가 재현될 일은 없을 것이다.

"……살귀의 무공이 개세할 지경이라 제자들의 안위가 걱정되긴 하지만, 강호의 안녕과 정기의 수호를 위해서라도 살귀의 행패는 묵과할 수 없는 일이었소."

자허 도장의 말에 운경자가 무겁게 고개를 끄덕였다. 애초에 살귀를 편애하려던 운경자였으니, 말이라도 이리 해놔야 뒤탈이 없을 것 같았나 보다. 하나,

"말코야, 이게 무슨 도깨비 놀음이란 말이냐?"

"나도 모르겠다. 저 사람이 왜 저리 돌변하였는지, 단 장로는 또 무슨 생각

을 하고 계신 것인지……."

한을 바라보는 운경자의 눈빛이 변해 있었다. 노기를 가장했던 안타까움. 그는 아직 미련을 버리지 못하고 있었다.

"혹시, 저놈도 그럴 만한 사정이 있지 않았을까?"

"모르겠다. 도대체 제자가 사부를 해칠 만한 사정이란 게……."

운경자의 읊조림이 멎었다. 단사의와 마주친 두 눈이 불신으로 물들어가고 있었다.

"…설마?"

운경자와 단사의의 시선이 구양문에게 향했다. 살귀가 살기를 내보일 때는 원수를 만났을 때뿐이었다. 정녕 믿을 수 없는 일이었지만, 단사덕이 남긴 한마디가 운경자의 뇌리를 떠나지 않고 있었다.

"나도… 내 생각이 틀렸길 바라네."

퍼억!

"크허억!"

멋들어지게 수놓여 있던 매화가 흙바닥을 나뒹굴고 있었다. 요행히 목숨은 부지할 수 있었지만, 일 권을 감당치 못하고 검을 놓친 치욕은 평생 잊혀지지 않으리라.

'마… 말도 안 돼.'

상대가 악명 높은 무창살귀라면 자신들은 명문정파의 후기지수들이었다. 더욱이 살귀는 적수공권(赤手空拳)이었다. 전설의 금강불괴(金剛不壞)가 아닌 이상, 검을 든 자가 유리한 것은 상식이랄 수도 없는 일.

하나 살귀의 몸에 상처 하나 입히지 못한 채 네 사람이나 바닥을 나뒹군 지금, 종남과 화산의 제자들은 절정의 고수에게 상식의 잣대를 들이대는 것이 얼마나 무모한 일인지 뼈저리게 느끼고 있었다. 게다가…

'강한 적보다 더 두려운 것은 어리석은 우군이라더니……'

"매화검진(梅花劍陣)을 펼쳐라!"

"무슨 소리! 쇄월검진(碎月劍陣)을 펼쳐라!"

화려하게 만개하려던 매화송이들이 겹겹이 몰려드는 구름에 힘을 잃고 낙화했다. 보법이 엉키고 검로가 뒤섞이고 있었다. 여덟이 상대하는 것만으로도 방위의 틈을 찾기 어렵건만, 그 사이로 열두 명이나 검을 비집고 들어오려니 어울릴 수 있을 턱이 없었다.

'죽이리라……'

그들이 우왕마왕(牛往馬往)하는 사이, 한의 두 눈은 마지막 원수를 찾고 있었다.

'원수의 단죄는 당신과 맺은 언약이었다. 그 원한에… 예외는 없다.'

사제지연(師弟之緣)? 그는 복수를 위해 인성을 버리라 했다. 수양이 아닌 살인을 위한 가르침이었다. 원한이 아니었다면 결코 맺어질 리 없었던 잔인한 인연일 뿐이었다.

배은망덕(背恩忘德)? 타인은 결코 노비의 삶을 이해하지 못한다. 원치 않은 은혜를 갚기 위해 평생을 굴종해야 하는 삶. 비웃어줄 가치도 없는 그들만의 논리일 뿐이었다.

'당신 말은 틀렸소. 복수를 끝내지 못함보다 더 큰 좌절 따윈 없소.'

한이 바닥을 차며 날아올랐다. 그의 면전으로 수십 자루의 검이 날아들고 있었지만, 놀라 피하기는커녕 난무하는 검광 사이로 쌍수를 휘둘렀다.

태댕!

퍼억!

기가 막혔다. 새파란 검기로 짜여진 공세의 그물을 살귀는 그저 고개를 비틀고 어깨를 뒤트는 것만으로 유유히 벗어났다. 그렇게 검이 흘러간 자리론 여지없이 권각이 날아들었다. 팔 척의 거체가 뿜어내는 신력만으로도 오금이 저린데, 저 몰인정한 살귀의 손발엔 억센 내력이 듬뿍 담겨 있었다.

"크아악!"

"아악! 내 팔!"

살귀의 권각에 뼈마디가 부러지지 않으려면 검을 방패 삼아 몸을 내빼는 수밖에 없었다. 구파의 진전을 이은 그들이었건만, 천하제일이라 불리는 무공과 자중지란(自中之亂) 앞엔 방법이 없었다. 하나,

"물러서라!"

추풍낙엽처럼 스러지던 제자들을 뒤로 물리며 진달개와 자허 도장이 내려섰다.

"답답한 놈들……."

진달개의 핀잔에 둥글게 물러선 제자들이 고개를 숙였다.

"무량수불, 시주의 악업을 어찌 씻어야 할지……."

"더 말해 무엇 하겠소? 강호의 정의가 무엇인지는 이 검이 설명해 줄 것! 차합!"

진달개의 검이 성급하게 허공을 갈랐다.

그의 검은 그 성정과는 어울리지 않게 부드럽고 온유했다. 하나 그 뒤를 따라 신형을 날리던 자허 도장의 눈빛은 그리 부드럽지 못했다.

'과연, 유운검법은 강호의 일절이구나. 저 고요한 초식 속에 어찌 저리 흉포한 기운을…….'

자허 도장의 식견은 한눈에 그 위험함을 간파해 냈다. 종남파와 이웃하고 있던 화산파였으니 그의 성취가 달가울 리 없었다.

물론 살귀를 쉽게 제압하지 못한 것은, 그런 옹졸한 생각으로 진달개를 견제했기 때문은 결코 아니었다.

"차앗!"

바람의 흐름은 예측할 수 없다. 진달개의 검극이 그런 미풍을 따라 교묘히 흐르고 있었다. 가히 탈초식(脫招式)의 경지라 생각될 만큼 자유분방한 검세. 하나 진달개의 검이 베어낸 것은 살귀가 남긴 잔영뿐이었다.

"허엽!"

매화나무 아래서 어찌 매화 꽃잎을 피할 수 있을까. 시시각각 변하며 떨어지는 검기의 낙화는 가히 요지경 속을 방불케 하고 있었다. 하나 살귀의 피로 붉게 물들었어야 할 꽃잎들은 목표를 찾지 못한 채 방황하고 있었다.

"내가 앞을 막겠소!"

진달개의 전음에 자허 도장이 신형을 뽑았다. 그리고 노도인의 잔상을 가르며 푸른 검기가 한을 향해 날아들었다.

쉬이익!

허리를 뒤틀기 무섭게 검기가 스쳤다. 미처 피하지 못하고 잘린 몇 가닥 머리카락이 검풍에 말리며 날아올랐다.

미풍은 집요했다. 피했다 싶으면 어느새 뒤를 따라와 있고, 재꼈다 싶으면 용케 사각을 비집고 들어왔다. 진달개의 검이 노련한 이유도 있었지만, 배후를 막아선 자허 도장과의 손발이 의외로 잘 맞은 까닭이었다.

서걱.

잘려진 앞섶이 방정맞게 펄럭였다. 한 치의 빈틈도 없는 합벽. 과연 화산과 종남의 장로 자리를 꿰어 찰 만한 경지였다. 하지만,

'비켜라… 어서 비키란 말이다!'

한에게 그들은 적이기 이전에 장애물이었다. 그의 목표는 오로지 원수를 멸하는 것. 드잡이질로 시간을 허비할 순 없었다.

부우웅.

한의 주먹이 공기를 갈랐다. 노도와 같은 권세. 자허 도장은 급히 몸을 낮추어 피했고, 진달개는 검을 비틀어 권풍을 비켜냈다.

집요하던 공세가 일순간 느슨해지자 한은 미련없이 바닥을 차며 구양문을 향해 신형을 날렸다. 하나,

"어딜!"

쉬이익.

진달개의 등 뒤에서 검 한 자루가 불쑥 솟아 나왔다. 예상치 못한 공세. 이를 악문 한이 황급히 몸을 뒤틀었지만, 상대는 강호에서도 쾌검일절로 꼽히는 점창파의 사일검법(射日劍法)이었다.

찌이익!

땅으로 내려선 한이 고개를 숙였다.

검광이 스친 자리엔 옅은 핏물이 배어 나오고 있었고, 위천풍의 입가엔 득의의 미소가 번지고 있었다.

숙였던 고개가 천천히 들리고 있었다. 한의 두 눈도 더 이상 그들을 방관하지 않았다.

'막으면… 벤다.'

눈앞의 원한에 급급한 나머지 지극히 당연한 사실을 잊고 있었다.

원수의 편에 선 자도… 원수일 뿐이라는 것을.

"…허락할 수 없습니다."

"허락은 자네가 방주의 위에 오르면 그때 받도록 하지."

"이러지 마십시오. 단 장로께선 정녕 하실 만큼 했습니다."

"이거나 받게. 방주께… 말씀 잘 드리고."

단사덕이 건넨 길고 긴 세월의 매듭. 철중산은 고개를 저으며 그것을 받아 들지 않았다.

"왜 희생하려 하십니까? 가증스럽지도 않으십니까? 구양가주는 자신의 원한을 갚기 위해 단 장로를 이용한 것뿐입니다."

“…알고 있네.”

단사덕이 고개를 돌렸다. 철중산은 그의 메마른 시선을 회피하지 못했다.

“알기에 이러는 것일세. 알면서도 외면할 수는 없는 일 아닌가?”

“그게 무슨?”

“정녕 그렇다면, 정녕 이 모든 일의 배후에 저 친구가 있다면, 나 또한 그 책임에서 자유로울 수 없는 일 아닌가? 난 구양세가의 원한이 온당하다 여겼었네. 그러했기에 방주를 설득해 그를 도왔던 것이고. 하나 그 믿음의 기저가 흔들린 지금, 내가 택할 수 있는 길은 이것뿐일세.”

철중산의 시선은 바닥에 떨어진 매듭을 바라보고 있었다. 단사덕은 군웅들 속으로 사라졌다.

힘겹게 매듭을 주워 든 철중산이 말했다.

“방을 위한 선택이셨다. 모두… 그 깊은 뜻을 헤아리라.”

이를 악문 오결제자들은 분루(忿淚)로 그의 명을 삼켜야 했다.

거센 풍파가 장내를 휩쓸고 있었다. 공전절후의 대격돌. 강호를 질타하는 세 문파의 고수와 천하제일의 칭호를 받았던 무공의 후예. 그들이 일으키는 일진광풍에 군웅들은 넋을 놓고 있었다.

“정말 굉장하군. 벌써 반 식경이 넘었는데, 아직도 승패의 기미가 안 보여.”

“살귀가 지겠지?”

“또 모르지. 구유신 모경을 꺾은 것이 운이 아니라면……”

천하제일인이란 칭호에 가장 근접했던 흑도의 고수. 웅현의 혈사가 남긴 공포는 생각보다 깊었다. 절대적으로 불리한 상황임에도 불구하고, 군웅들 중 누구도 살귀의 죽음을 점치지 못하고 있었다.

“어렵겠군. 적수공권인 것이 치명적이야.”

"내공으로 버티는 것은 한계가 있지. 저렇게 권풍을 마구 뿌려대다간 제 풀에 먼저 쓰러져 버릴 거야."

등 뒤에서 들린 두 위사의 대화에 적안사내의 입꼬리가 비틀렸다.

'…그렇게 생각할 수밖에 없겠지. 상식을 포기하고 천외천(天外天)을 인정하기가 어찌 쉬울까.'

적안사내의 조소가 마음에 들지 않았는지, 묵묵히 서 있던 용호가 뒤돌아서며 말했다.

"가자."

걸음에 미련은 없었지만, 무거워진 어깨 탓에 가는 길이 편치만은 않을 듯싶었다. 한데…

"…왜… 그랬을까?"

"복수를 위해서였겠지. 그는 살아 있어선 곤란한 존재. 구양가주에게 있어 그는 구천무예의 망령이고, 구양세가의 찌꺼기일 뿐이었으니."

"그래서… 그 찌꺼기를 지우기 위해… 스스로… 죽음을 택한 건가? 복수를… 위해서?"

적안사내의 물음에 용호가 걸음을 멈췄다.

"소림과 무당의 봉문은 기정사실. 복수만 끝낼 수 있다면 여한조차 남지 않을 터, 어찌 죽는가 따위가 그에게 무슨 의미가 있을까."

"내가… 누구인지 알았어도… 정말 여한없이 떠날 수 있었을까?"

"…이미 다 끝난 일이다."

용호의 단정에도 사내의 시선은 구양문에게서 떠나질 못하고 있었다.

정신을 잃고 쓰러져 있는 초라한 늙은이. 뒤돌아서는 사내의 붉은 눈동자가 흔들리고 있었다.

'…글쎄.'

부우웅.

"크윽!"

하마터면 검을 놓칠 뻔했다. 단지 경력에 스쳤을 뿐이건만 생살이 찢어지는 고통을 맛봐야 했다. 위천풍의 이마는 이미 식은땀으로 축축이 젖어 있었다.

'어찌하여 시간이 지날수록 기세가 더욱 거세진단 말인가? 정녕 살귀의 경지가 내력에 끊임이 없다는 조화지경에 이른 것인가?'

벌써 공수를 교환한 지 오십여 합이 넘었고, 세 사람이 뿌리는 검기에 맞서 그와 비등한 만큼의 경력을 뿜어낸 살귀였다. 지금쯤이면 내력의 고갈로 공세가 무뎌질 만도 하건만, 손발이 어지러워지는 건 살귀가 아닌 자신들이었다.

"이러다간 우리가 먼저 당하겠소! 살귀의 내력을 소진시킨 후 승부를 걸자는 계획은 무리였소!"

위천풍의 짜증스러운 전음에 진달개가 인상을 구겼다. 자신이라고 살귀의 내력이 이리 고강할 줄 어찌 알았겠는가? 그리고 처음부터 정공으로 맞섰다면 어찌 지금까지 세 사람이 모두 무사히 검을 놀리고 있을 수 있었겠는가?

"조금만 더 버티시오! 저놈도 사람인 이상, 우리 세 사람의 내력을 어찌 감당하겠소?"

"하나 이긴다 해도 문제요. 명색이 일문의 장로들이 한 사람을 핍박하면서 이리 시간을 끌면……."

자허 도장의 푸념에 진달개가 이를 악물었다. 한 사람은 입만 산 허풍쟁이고, 다른 한 사람은 노심초사 걱정을 달고 사는 늙은이. 게다가 잔소리를 참고 견디는 것에 익숙지 않은 진달개였으니.

'좋다, 이판사판이다!'

마음을 정한 진달개가 자허 도장과 위천풍에게 전음을 날렸다.

세 사람 모두 남은 내력을 끌어올리기 시작했다. 승부를 걸면 셋 중 하나는 위험해지겠지만, 그 하나가 결코 자신은 아닐 것이라 생각하면서.

구양문을 담은 두 눈엔 원망이 가득했다.

'…그랬었군요.'

모든 사람들의 시선이 공전절후의 싸움을 향해 있었기에, 모용상아가 구양문의 지척까지 다가갔음에도 깨닫지 못했다.

'당신의 원한이 그리 깊더이까? 딸을 버리고 제자를 버리면서까지 그 한을 다해야 했을 만큼 깊고 아프시더이까? 죽어도 변치 못한 그 애정을 모르셨더이까? 그 사랑을 알면서도 그에게 검을 쥐어주셨나이까? 그 순수함 하나로 버텨온 그를… 당신의 원한을 갚기 위한 제물로 바쳐야만 했나이까?'

그 잔인한 선택에 가슴이 미어졌다. 옳지 못한 보답에 억장이 무너져 내렸다. 그의 마음이 얼마나 애틋한지 알기에, 그의 복수가 얼마나 숭고한지 알기에.

'이렇게 가셔선 안 되지요. 그리는… 못 보내드립니다.'

모용상아의 입가에 미소가 걸렸다. 그리고…

"모두 그만해!"

백양정의 하늘 위로 모용상아의 절규가 메아리쳤다.

경천동지할 싸움도 멎었고, 군웅들도 놀라 숨을 죽였다. 철모르는 계집의 고함 탓이 아니었다. 늙은이의 주름진 턱 아래로 겨눠진 계집의 철없는 비수 탓이었다.

"무… 무슨 짓을?!"

놀란 사람들이 황급히 달려왔다. 하나,

"…으음."

살짝 베인 목에서 한줄기 선혈이 내비쳤고, 그것을 보지 못한 이들을 위해 구양문은 몸소 신음 소리까지 흘려주었다.

모용상아는 구양문을 뒤에서 끌어안은 채 고개를 숙이고 있었다. 몸을 밀착시킨 상태에서 누구와도 눈을 마주치지 않으니 오히려 행동하기가 쉽지 않았다.

"그대는… 누구인가?"

"…모용상아."

"산동에서 저 아이를 데려갔다던… 그 소저로군."

구양문의 말에 모용중경이 얼굴을 붉혔다. 하나 모용상아는 아비의 부끄러움에도 아랑곳하지 않은 채 고개를 끄덕였다. 그리고…

"난 구양세가의 원한 따위엔 관심없어요. 당신이 그들에게 무슨 짓을 했는지, 왜 그래야 했는지 역시."

구양문은 대꾸하지 않았다. 모용상아도 그것을 기대하지 않았다.

"하지만 한 가지는 알고 가셔야 할 것 같아서요. 당신이 입을 다문다 한들, 당신 원대로 되지는 않을 것이라는 것과 당신이 저 사람에게 지운 짐을 홀로 지우게 하지는 않을 거라는 것. 그리고……."

모용상아의 입술이 구양문의 귓불로 다가갔다. 그녀의 숨결을 따라 낮은 속삭임이 옮겨진 순간, 굳게 닫혀 있던 구양문의 눈꺼풀이 파르르 떨려왔다.

"그게… 사실인가?"

비수가 서무어심으로 대답을 대신했다. 모용상아가 일어서자 사람들이 황급히 달려들었다. 하나 사람들은 구양문의 상세를 살피지도, 비수를 들고 있던 모용상아를 구속하지도 못했다.

"…용호, 네 이놈!!"

거친 고함과 함께 구양문의 목에서 검붉은 피가 터져 나왔다.

원한으로 지탱해 온 늙은 육신. 하나 그 노기 가득한 일갈은 진정한 진실의 서막에 불과했다.

바람에 실려 온 부름에 용호가 놀라 뒤를 돌아봤다. 하나,

"달아나는… 건가?"

"회광반조일 뿐이야. 신경 쓸 것 없다."

용호가 걸음을 재촉하며 대수롭지 않다는 듯 대답했다. 하지만,

'모용상아. 내 실수를 인정하마. 넌… 위험한 패였어.'

무슨 수를 썼는지는 모르지만, 그녀는 분명 예상치 못한 결과를 이끌어냈다. 자신의 손아귀를 벗어날 수 없다 여겼건만, 어느새 목 아래로 칼을 밀어넣을 만큼 자랐다. 하나,

'하지만 미숙해. 어차피 구양문이 알고 있는 것은 진실의 껍질일 뿐, 그를 움직였다고 끝날 나의 계획이 아니야.'

용호의 입가엔 아직 미소가 매달려 있었다.

"백 령주에게 전해라. 이번이 마지막 기회이니 뒤탈 없게 처리하고 돌아오라고."

명을 받은 위사 하나가 군웅들이 있던 곳으로 달려갔다. 백위는 한 사람한 사람이 고수이기도 했지만, 또한 능숙한 살수이기도 했다. 황도에서 정적을 제거하던 실력이라면, 구양문의 목숨을 끊는 것은 그리 어렵지 않을 것이다. 구양문만 사라진다면 살귀의 목숨도 그것으로 끝이다. 하나,

"아니? 당신은?!"

놀란 용호의 앞으로 위사들이 달려나와 막아섰다.

동창의 위사들을 막아선 배포 큰 노인. 넉넉한 풍채에선 항거할 수 없는 기운이 흘러내렸고, 깊은 두 눈은 심후하게 가라앉아 있었다.

"그대가 용호인가?"

준엄한 목소리. 단사덕의 두 눈이 위사들의 검 너머 용호를 바라보고 있었다.

'어떻게 나를?'

"오랜만이오."

답은 가까운 곳에 있었다. 단사덕의 후광에 가려 잠시 알아보질 못했다. 비루먹은 노새 같이 깡마른 노인. 손오라 했던가?

"흘흘, 미안하외다. 이놈의 눈썰미가 워낙에 좋아놔서."

뗏목 위에서 잠시 스친 것이 전부였다. 하나 풍진강호를 눈썰미 하나로 버터온 손 노인이었으니, 방갓 따위의 어설픈 변복은 안 하느니만 못했다.

구양문의 등장이 떠나던 그를 멈춰 세웠다. 이미 오래전부터 동창의 계획을 석연치 않아 했던 손 노인이었다. 예상치 못했던 구양문의 등장은 그 의문을 더욱 증폭시켰고, 결국 손 노인의 의심이 용호를 찾아내고야만 것이었다.

'실기했다. 아무짝에도 쓸모없는 자들이라 여겼건만……'

수적이나 재담꾼, 창기 따윈 그의 안중에도 들지 못했다. 하나 그런 미천한 자들도 발목 잡는 재주 하나쯤은 가지고 있는 모양이었다.

물론 잡는다고 잡혀줄 용호도 아니었지만.

"열어라!"

용호의 명에 위사들이 검을 뽑으며 신형을 날렸다. 상대는 단 한 사람. 검을 쥔 위사들은 금의위에서 고르고 고른 자들이었고, 그중에서도 실력을 인정받은 동창의 백위였다. 그런 그들이었기에…

퍼벅, 퍼억!

"크악!"

"우우욱!"

단사덕의 강맹한 일장에도 요행히 목숨만은 부지할 수 있었던 것이다.

"으음……."

용호의 얼굴이 일그러지고 있었다. 보표로 대동했던 두 사람의 위사가 볼썽사납게 바닥을 구르고 있었다.

이런 상황은 미리 예측하지 못했다. 설마 자신을 향해 직접 독수를 쓸 생각을 하다니. 그것도 일문의 장로씩이나 되는 자가.

"내가… 누구인지 알고 손을 쓰는 것이오?"

"용호. 오늘 이곳에 뼈를 묻어야 할 사람."

"단사덕, 이러고도 개방이 무사하리라 생각하는가?"

"네가 용호일 뿐이듯 나는 단사덕일 뿐이다. 개방이 무엇을 하는 곳인지…
나는 알지 못한다."

억지다. 허리를 묶던 매듭을 풀었다 하여 그 존재마저 달라지는 것은 아니
다. 강호의 예법 따윈 자신과 상관없는 일. 한 번 파문당한 자는 두 번 다시
돌아가지 못한다는 상식 따윈 국법을 수행하는 자신과는 아무런 상관도 없는
일이었다.

물론 단사덕이 어떤 각오로 자신의 앞을 막아섰는지는 더없이 큰 상관이
있었지만.

"개방은 화를 피하지 못할 것이오."

"그대가 이곳을 살아서 빠져나간다면 그리 되겠지."

더 나눌 이야기가 없었다. 입술을 깨문 용호가 허리춤의 검을 잡아갔다.

"지금이라도 모든 죄를 토설하고 구양가주에게 죄를 청하라. 그대가 어떤
독수로 그를 회유했는지는 모르지만……."

"…죄를… 청하라?"

낮고 탁한 음성. 단사덕은 용호의 뒤편에 서 있던 사내를 보며 놀라고 있
었다.

'존재를… 느끼지 못했다.'

놀라운 일이었다. 용호가 손 노인을 깨닫지 못한 것이 단사덕의 과도한 존
재감 탓이었다면, 단사덕이 사내를 염두에 두지 못한 것은 그의 존재감이 너
무나 작았기 때문이다.

"그대는 누구인가?"

"차합!"

쉬이익!

단사덕의 물음을 끊으며 용호의 검이 벼락같이 날아들었다.

"허업!"

타당!

용호의 검이 단사덕의 팔과 부딪치며 불꽃을 튕겼다. 피류에서 울린 쇳소리. 단사덕의 손에 들린 것은 한 자가 조금 넘는 길이의 청죽장(靑竹杖)이었다.

"오라!"

단사덕의 일갈에 용호가 신형을 날렸다. 용호의 검세는 무겁고 강맹했다. 관원들이 익히는 무공과는 그 궤가 다른 움직임. 단사덕을 몰아치는 웅혼한 기세는 분명한 정종의 무공이었다. 하나,

"차합!"

청죽장이 검을 흘리며 어깨를 노렸고, 당황한 용호가 황급히 검을 회수하며 단사덕의 손목을 노렸다. 하나 용호의 검이 단사덕의 우수를 향하던 그때, 그의 좌수는 이미 용호의 배 아래 닿아 있었다.

퍼벙!

"크흑!"

단사덕의 일장에 용호의 신형이 맥없이 나가떨어졌다. 더 겨루어볼 것도 없는 싸움. 단사덕은 살의로 기운을 모으며 용호를 향해 다가섰다. 하나,

"…애처롭군."

용호를 향한 사내의 눈빛은 분명 동정이었다. 그리고……

'기이하군.'

그가 눈을 뜨는 것만으로 주변의 풍광이 변하는 듯했다. 난생처음 보는 붉은 눈동자. 단사덕의 전신에 소름이 돋고 있었다.

"나서지 마라! 지금의 넌 그의 상대가……."

개방의 장로이자 전대의 고수. 산공독으로 내력이 금제된 상태론 죽었다 깨어나도 그를 상대할 수 없었다.

하나 용호의 외침에도 사내는 아랑곳하지 않았다. 검을 주워 드는 사내의 입가엔 새하얀 미소가 지어져 있었다.

"…이렇게… 끝날 계획이… 아니라… 했잖아? 그럼… 이렇게 끝나선… 안 되지."

"기다려! 은 첩형이 금의위를 이끌고 올 거다! 아니, 백위가 올 때까지만이라도……."

"…됐어. 당신말대로… 기다림은… 사 년으로… 충분해."

용호의 간절한 시선을 외면한 사내가 단사덕의 앞으로 섰다.

검을 쥔 가는 손마디. 바람이라도 세차게 불면 휘청거릴 것 같은 왜소한 체구였다. 보아줄 것이라곤 붉은 눈동자가 전부인 사내.

그 사내의 동공 속에서 단사덕이 신형을 날리고 있었다. 조금씩 거대해지던 단사덕의 청죽장이 사내의 두 눈에 가득했다.

사 년의 기다림을 끝내려는 지금… 사내는 웃고 있었다.

*　　　*　　　*

두두두두.

관도는 존재를 무시당하고 있었다. 평원을 짓밟는 말굽만 수백이 넘었고, 그 뒤를 따라 길게 늘어선 창검만 수천에 달했다.

선두에서 길을 열던 마창수들의 깃대엔 무소불위의 권력이 수놓여 있었다.

창(廠).

금(錦).

멀리 언덕을 향해 치달리던 그들은 질풍노도(疾風怒濤) 같았다.

지축을 울리는 거대한 구름. 언덕 너머 백양정에서 날아든 비명 소리 따윈 뇌성 같은 발굽 소리에 짓밟혀 들리지도 않았다.

*　　　*　　　*

털썩.

사십 년 만에 처음으로 무릎을 꿇었다. 보검도 베지 못한다던 청죽장이 둘로 쪼개어진 채 바닥을 뒹굴고 있었다. 생각보다 피는 많이 흐르지 않았다. 물론 늙은 심장을 가르고 있는 검이 뽑힌다면 이야기가 달라지겠지만.

"그대는… 누구인가?"

단사덕의 입술 사이로 생기가 빠져나오고 있었다. 하나 묻지 않을 수 없었다. 죽을 때 죽더라도 그것만은 알고 죽어야 했다.

"어째서… 구천무예가… 그대의 손에……."

"…원래… 내 것이었으니까."

사내의 대답에 단사덕의 두 눈이 크게 떠졌다. 하나 그것도 잠시뿐. 이내 체념한 듯 수긍하며 고개를 숙였다.

"…그랬군. 그런 것이었군. 구양… 무서운… 사람들……."

사내의 어깨 너머로 울부짖으며 달려오는 아우의 모습이 보였다.

괜찮다 웃어주어야 하는네, 자신이 왜 죽어야 했는지 말해주고 가야 하는데, 금새 닿을 것 같던 걸음은 아직도 그 자리에서 손짓만 하고 있었다.

눈꺼풀이 무거워지고 있었다. 마지막으로 손 한 번 잡아주고 가야 하는데 쏟아지는 졸음을 참을 수가 없었다. 미안했지만 어쩔 수가 없었다.

단사덕은 그렇게 잠들어가고 있었다. 영원히.

"형님!"

단사의가 운경자의 품에서 발버둥 치고 있었다. 하나 혈육 잃은 슬픔 앞에서도 운경자는 그를 놓을 수가 없었다.

단사덕은 무당일검이라 불리는 자신조차 고하를 논하기 어려운 고수였다. 게다가 경공으로는 천하에 따를 자가 없었다.

그런 그가 다른 어느 곳도 아닌 심장을 허락했다. 운이 아닌 실력이 빚은 결과. 그런 고수의 손에 친우마저 보낼 수는 없었다.

하나 운경자의 발검을 막은 것은 적안의 사내가 아니었다. 천하에 없을 고수라도 광양검 운경자를 경악게 할 수는 없었으니까.

"너… 너는?!"

용호가 낭패한 의복을 털며 자리에서 일어섰다. 주위를 둘러본 용호의 눈빛은 어둡게 변했다. 살귀를 둘러쌌던 인의 장벽이 고스란히 옮겨와 있었다. 참으로 발 빠른 자들. 단사덕의 비명이 울리고 숨 몇 번 고르지도 못했건만, 어느새 이리 몰려들었단 말인가?

아니다. 이들은 걱정할 것이 없었다. 하나 절대 만나선 안 될 이가 이곳에 있었다.

부서진 방갓은 제 구실을 하지 못하고 있었다. 그의 시선을 피하지 못한 용호가 결국 방갓을 벗어 던지며 운경자를 향해 미소 지었다.

"오랜만입니다… 이사형."

운경자의 발검을 막은 사내는 용호였다.

"네가, 운백(雲柏), 네가 바로……."

"후후, 오랜만에 듣는 이름인데… 그리 반갑지는 않군요."

용호의 너털웃음에 운경자의 미간이 찡그려졌다. 버릇없는 사제의 언행 때문은 아니었다.

'정녕… 너였던 것이냐? 결국 너는 무당을 등지고 만 것이더냐?'

안타까움으로 어루만져 주기엔 너무 많은 시간이 흘러가 버렸다. 총기 어렸던 약관의 청년은 온데간데없고, 머리 희끗한 중년이 되어 자신을 맞이하고 있었다.

삼십 년. 한 사람이 잊혀지기엔 차고 넘치는 시간이었다.

"그래, 네가 마지막으로 수행했던 명이 바로……."

“언제 북경에 한번 놀러 오십시오. 지저분한 과거사는 따로 이야기하는 것이 좋겠군요.”

용호는 더 할 말이 없다는 듯 매몰차게 고개를 돌렸다. 그리고…

“쓸데없는 짓을 했어.”

“과연 그럴까요?”

“그는 아무것도 모른다. 그건 너 역시 마찬가지이고. 달라지는 것은 아무것도 없어. 무슨 말로 구양가주를 꾀어낸 것인지는 모르겠지만, 괜한 소란을 피웠을 뿐이다. 감히 나를 상대로. 그래, 이제 어쩔 생각이지? 무엇으로 나를 곤란하게 만들 텐가?”

“…글쎄요.”

용호는 모용상아의 모호한 대답에 인상을 찡그렸다. 하나 지금 그가 상대해야 할 사람은 그녀가 아니었다.

“정녕 네 짓이더냐?”

구양문의 호통에 용호가 고개를 돌렸다.

서로를 바라보는 눈길이 차가웠다. 두 사람이 함께 탔던 배는 전복되어 자취도 남아 있지 않았다. 현실이란 거친 풍랑 속에 버려진 그들 앞에 우리란 없었다.

“무슨 말씀을 하시는지 모르겠군요.”

“정녕… 유가량, 그 아이를 벤 것이 네놈이냔 말이다?!”

구양문의 외침에 용호의 안색이 딱딱하게 굳었다. 예상하지 못했던 일이지만, 어디서 비롯된 것인지는 분명했다.

‘네가 그것을 어찌…….’

모용상아는 용호의 시선을 피하지 않았다. 그녀를 향해 입술이 달싹이려던 순간, 구양문의 외침이 용호를 불러 세웠다.

“나, 구양문! 강호 동도 여러분께 깊이 사죄드릴 일이 있소!”

죽음을 목전에 둔 노인의 목소리라곤 생각되지 않았다. 내공 한 점 담기지 않은 목소리였건만, 좌중의 귓가엔 그 누구의 언성보다도 또렷이 들려왔다.

"모두가… 거짓이었소."

쥐 죽은 듯 고요한 장내. 경악이 휩쓸고 간 자리엔 바람조차 내려앉지 못했다. 누구도 입을 열지 못했다. 경직된 공기는 그 어떤 거스름도 용납하지 않고 있었다.

"…나는 자유를 원했소. 소림과 무당의 그늘이 아닌 구양세가의 자유를. 그래서 그들이 내게 그랬듯, 그들에게도 족쇄를 채우려 했소. 구양이란 이름 이 날아올라도… 다시는 막아설 수 없도록."

자유엔 희생이 따른다. 그는 자신의 딸을 희생시켰다. 가문의 비상을 위해. 그리고 하늘도 모르게 숨겨둔 희망을 지키기 위해.

"오래전부터 준비했던 일이었소. 내 자식만은 그들의 손에서 지켜내고 싶었소. 하나 내 힘만으론 불가능했소. 그래서… 나 역시 선조의 어리석은 전철을 밟았던 거요. 무당의 제자 중 구양세가의 처지를 진심으로 안타까워하던 이가 있었소. 그 진심을 믿었기에, 오랜 준비를 실행에 옮길 수 있었소."

용호의 눈이 감긴 것은 우연이 아니었다.

"빗속에 아비 품을 떠나야 했던 내 아들의 이름은 구양량. 그대들이 말하는 유가량이 바로… 내 하나뿐인 아들이었소."

"그 아이는 어찌 지내는가?"

"염려 마십시오. 등하불명이라 하지 않습니까? 누구도 구양의 핏줄이 소림의 가르침을 받고 있으리라곤 생각지 못할 것입니다."

"자네 이름이 무언가?"

"유가량이라 합니다."

"유… 가량. 좋은 이름이구먼."

"따님을 주십시오."
"그건 안 될 말이네."
"왜 안 된다는 것입니까? 왜?"
"자넨… 그 아이와 결코 맺어질 수 없다네. 미안하네."

"…량아… 네가… 어찌……."
"죄송합니다. 제가… 한발 늦고 말았습니다."
"…누구 짓인가? 누가 우리 량이를 죽였단 말인가?!"
"…금옥기입니다. 본래 앙숙이었던 그가 결국 격분을 이기지 못하고… 아무래
도 소림으로 달아난 듯싶습니다."
"소림… 결코 용서치 않으리라!"

"네 뜻이 정 그렇다면, 내 마지막 희망을 네게 걸어보마. 지금부터 인간임을
잊어라. 원수를 죽이는… 한 자루 검이 되거라."

"하나 그 아이는 사 년 전에 죽었소. 나는 지금 이 순간까지도 내 자식을
해친 것이 금옥기라 여기고 있었소. 그리고 그자가 소림에 숨어 있다는 말도
의심하지 않았었소. 후인을 세상에 보낸 것은 진실로 원한을 갚기 위함이었
소. 구양경이 아닌… 내 아들 구양량의 원한을 갚기 위해. 한데 오늘에야 사
실을 알게 되었소. 내 자식을 죽인 것은 금옥기가 아니었소. 탐심을 숨기고
내게 접근했던 무당의 제자. 구양의 운명을 가여워하며 거짓 눈물을 흘리
던… 용호, 바로 저자였소!"
　손가락 끝에 찔린 용호가 미간을 찌푸렸다. 하나 그 가늘고 주름진 손가락

은 이내 기운을 잃고 주저앉아 버렸다. 가쁜 숨이 그의 남은 생을 갉아먹고 있었다.

"…금가장의 혈사를 저지른 것은… 바로 저 사람이오."

"가. 가서… 끝내."

예향의 고운 손이 한을 떠밀고 있었다.

'왜 떠나지 않았소?'

'여자한텐 그런 거 물어보는 거 아니야.'

'…기다리지 마시오.'

'바보. 여자는 그런 다짐 안 해.'

예향의 미소를 지우며 돌아서던 한이 문득 걸음을 멈췄다.

'미안하오.'

'그래.'

한의 그림자가 멀어졌다. 그리고……

'바보, 틀렸잖아.'

텅 빈 무대에 홀로 남겨진 예향이 웃으며 주저앉았다. 그리고 그가 남긴 글자 위로 손가락을 가져갔다. 하지만……

'괜찮아. 이런 건… 잊어버려도 돼.'

고운 손으로 흩어버린 그 마음 위로 굵은 한숨이 점점이 떨어져 내리고 있었다.

"하하하하! 재미있군, 정말 재미있어."

용호의 파안대소(破顔大笑)가 좌중의 시선을 끌어당기고 있었다.

"구양가주, 예나 지금이나 당신이 할 수 있는 일이라곤 다른 사람에게 복수를 구걸하는 것뿐이구려."

구양문의 눈꼬리가 파르르 떨렸다. 하나,

"창위(廠衛)의 위사들은 명을 받들라!"

외침이 끝나기 무섭게 군웅들 속에서 수십의 인물이 날아와 용호의 앞으로 내려섰다. 일견하기에도 범상치 않은 무리. 좌중의 안색이 일변했다.

"이런 식의 결말은 결코 바라지 않았건만, 결국 당신의 욕심이 화를 부르고 말았구려. 지엄한 황명을 따라 국법을 수행하는 관리로 대명의 백성들에게 고한다! 대명률은 법률로 인정된 목적 이외에 열 명 이상이 도당을 이루는 것은 역모로 간주한다. 여기 모인 자들 모두가 도검을 휴대하였고, 그 수가 수천에 이르니 이 어찌 역심을 의심치 아니할 수 있겠는가?!"

차창!

용호의 명이 떨어지자 용호를 호위하고 있던 삼십의 위사들이 일제히 검을 뽑아 들었다. 삼십 대 이천. 이 말도 안 되는 힘겨루기에 밀린 것은 이천의 군웅들이었다.

놀란 군웅이 우르르 뒤로 물러서며 소란을 일으켰고, 구양문의 뒤에 서 있던 제 문파의 고수들도 안색을 굳히며 입을 다물고 말았다.

주변을 훑어보던 용호가 그들의 반응에 만족한 듯 고개를 끄덕이며 말했다.

"여기 모인 자들 모두 무기를 버리고 오체투지(五體投地)하라! 죽은 단사덕은 국법을 수행하던 관리를 해하려 하였는바, 추후 개방에 그 죄를 물을 것이다."

단사덕의 시신을 안고 있던 단사의의 눈에서 불꽃이 튀었다. 하나 어느새 다가온 철중산이 그의 어깨를 지그시 눌렀다.

'단 장로의 뜻을 헤아리십시오.'

용호가 개방을 지목한 것은 분명한 엄포였다. 동창은 천하를 쥐락펴락하는 무소불위의 권력. 권력은 결코 우민(愚民)의 도전을 용납하지 않는다.

일벌백계(一罰百戒). 개방은 좋은 본보기가 될 것이다.

종남과 화산이 물러섰다. 점창이라 하여 다를 바 없었고, 아미가 조용히 그 뒤를 이었다. 행여나 불꽃이 튈까 전전긍긍하는 모습들. 권력의 힘 앞에 대문파의 기개는 찾아볼 수가 없었다.

"그대의 눈물 어린 참회는 갸륵하오만, 그것은 자승자박(自繩自縛)일 뿐이오. 그대가 저지른 죄인데 누구에게 원한을 호소할 것이오? 나 역시 그때는 그대의 처지를 딱하게 여겼었소. 하나 아무리 친딸이 아니라곤 하나 원한이란 미명 아래 수양딸을 윤간당해 죽게 만들고, 죄 없는 이들을 죄인으로 만드는 패악을 보고도 모른 척할 수는 없었소. 맞소. 유가량은 내가 죽였소. 그래서 지금 내 죄를 묻기라도 하겠다는 거요? 그 모든 일을 계획했던 당신이?"

용호는 실리를 잃은 그들에게서 명분마저 빼앗아 버렸다.

좌중의 시선이 구양문에게 향했다. 그들의 눈빛은 건조했다. 동정과 연민이 메말라 경멸과 조소만이 남은 그런 눈빛들. 누구도 구양세가의 원한을 안타까워하지 않았다.

용호의 조소에 구양문은 감히 하늘을 우러르지 못했다. 하나,

"쿨럭쿨럭. 내 소원은… 구양의 핏줄이 억압과 감시가 없는 곳에서 자유롭게 살아가는 것뿐이었다. 옳다. 네 말이 맞다. 모두 내가 뿌린 씨앗이니, 내가 거두는 것이 마땅하겠지."

구양문의 자조에 용호의 미간이 찌푸려졌다. 악다구니를 쓰며 사람들을 동요시킬 줄 알았건만, 순순히 죄를 인정하며 물러나다니.

늙고 병든 다리가 갈피를 잡지 못했다. 누구도 보아주지 않은 애처로운 몸부림. 하나 모두가 물러난 그 자리엔 그녀가 남아 있었다.

"…어서."

구양문을 부축한 모용상아가 그를 재촉했다. 그녀를 바라본 구양문이 힘겹게 고개를 끄덕였다. 그리고……

"…살귀는… 내 제자가 아니오."

낮은 읊조림이었건만 놀람은 일파만파로 번져 나가고 있었다.

"나는 그 아이의 옛 주인이었을 뿐, 그 아이를 가르치면서 단 한시도 구천무예의 후인이라 여긴 적이 없었소. 내가 저지른 패악도 그 아이는 알지 못했소. 그 아이는… 내 딸의 원한을 짊어졌을 뿐. 그가 내 목숨을 바란 건… 내가 그의 원수이기 때문이었소. 그 아이는… 아무런 죄가 없소."

누구도 예상치 못했던 살귀의 면죄. 위험을 감지한 용호의 눈빛이 떨리고 있었다.

"당신… 설마?"

"그의 원한이 얼마나 크고 깊은지… 잊으신 건 아니겠지요?"

모용상아의 조소가 환청처럼 들려왔다.

용호는 망연자실한 표정으로 구양문의 뒷모습을 바라보고 있었다. 불안하게 내딛는 걸음걸음. 참회를 위한 마지막 안간힘은 예정된 죽음마저 미루고 있었다. 그 속죄의 걸음 앞으로 늘어진 긴 그림자. 구양문의 뺨을 타고 흐른 것은 분명 후회였다.

"이제… 끝내자꾸나. 모두… 다."

마지막으로 올려다본 하늘은 부석이나 푸르렀나. 그 푸르름을 가르며 떨어지던 검고 거대한 손길. 그 잔인한 숨결 너머로 그의 목소리가 들리는 듯했다.

'죽어서도… 그녀를 찾지 마십시오. 주인어른……'

구양문의 고개가 힘없이 숙여진 순간, 거대한 검이 허공을 갈랐다.

긴 시간을 돌아온 혈로. 그 순수한 분노를 막을 수 있는 것은 아무것도 없었다. 하나…

챙!

구양문의 머리 위에서 교차한 두 개의 운명. 주저앉은 구양문의 귓가로 잊을 수 없는 그의 목소리가 들려오고 있었다.

"오랜만이야… 벙어리."

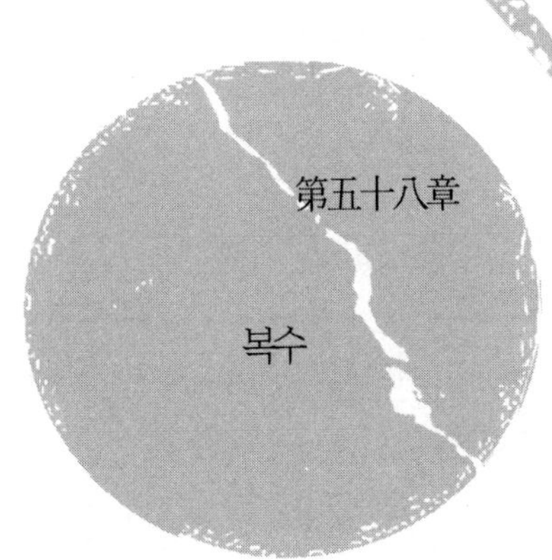

第五十八章

복수

‘**못**난…….’

용호의 어깨가 축 늘어져 있었다. 강변의 한기가 새삼스러웠다. 공허해진 그의 눈동자 위로 모용상아의 모습이 보였다.

“그는 후회하고 있었어요.”

“…그랬나?”

“나에게 그러더군요. 이 더러운 운명을 끊게 도와줄 수 있겠냐고.”

“그랬군. 그래서 네가 모든 걸 알고 있었던 거군.”

이제야 납득할 수 있었다. 하늘도 모를 그들의 과거. 모용상아가 움직였을 때 알아차렸어야 했다. 아니, 알아차렸더라도 달리 방법은 없었을 것이다.

“저이도 참 가련한 사람이군요. 당신들의 흉계에 휘말려 부인과 가문과 사문을 모두 잃어야 했으니…….”

“크크크.”

용호의 웃음에 모용상아가 아미를 찌푸렸다. 하나…

“…내가 이야기하지 않았던가? 너도 구양문도 아무것도 모르고 있다고. 넌 후회하게 될 거야.”

“그게… 무슨 뜻이죠?”

불안한 마음을 숨기며 모용상아가 물었다. 하나 되돌아온 대답은 의미심장한 미소뿐이었다.

카강! 캉!

오 척의 거검이 일으키는 파공성에 주변은 너른 공터가 되고 말았다. 태산이라도 허물어 버릴 듯한 검세. 하나 적안의 사내는 그 검기의 폭풍 속을 유유히 거닐고 있었다.

“과연 명불허전! 구천무예의 명성은 결코 헛됨이 아니었음이구나.”

“저자에게 검이 들린 상태로 싸웠더라면…….”

자허 도장의 한탄에 진달개와 위천풍이 마른침을 삼키며 서늘해진 목덜미를 쓰다듬어야 했다.

“한데 저 살귀와 대등하게 싸우는 서생은 누구란 말인가? 보아하니 동창의 인물 같은데, 관부에 저런 고수가 있었단 말인가?”

중인들의 의혹 어린 시선과 용호의 침묵. 구양문의 흐릿한 눈가가 양광을 받아 반짝이고 있었다.

“많이… 늘었구나, 벙어리.”

머리 위로 스친 파공성을 피하며 적안 사내가 비릿하게 웃었다.

“널… 이렇게 만든 건… 그 갈보계집이겠지?”

한의 눈에서 불길이 치솟았다. 검에 어리는 광채가 더욱 농익고 있었다. 하나 검세가 날카로워질수록 적안 사내의 비웃음도 더욱 짙어지고 있었다.

“크크, 적반하장도… 유분수지, 네가… 나에게 성을 내다니. 장인이란 자는… 나를 죽이려 하고… 살을 비비며 살았던 계집은… 종놈과 놀아나고… 그 종놈 또한… 나를 보며 성을 내니… 이 기막힌 인생을… 어찌 풀어내야 할까……."

몸을 뒤틀어 묵검을 흘린 사내가 번개같이 검을 뒤집으며 한의 사혈을 노렸다.

"이… 더러운 것들! 너희들이… 무슨 염치로… 내 앞에서 원한을 논하려 드느냐?!"

사내의 두 눈이 붉게 물들자 잔잔했던 기세가 미친 듯이 휘몰아치기 시작했다. 검은 타올랐고, 전신에선 광포한 기운이 뿜어져 나왔다. 팔 척의 거구가 수수처럼 빈약한 사내에게 밀리고 있었다.

"그년을 얻지 말았어야 했다! 그를 믿지 말았어야 했다! 그날 네 혀가 아닌 사지를 뽑아냈어야 했다! 그것이 한이 되어 이날까지 살아왔던 것이다! 이 더럽고 추잡한 것들아!"

쾅! 쾅!

사내의 검이 천 근처럼 내려치고 있었다. 그 광포하고 거친 힘에 눌려 한의 걸음은 연신 밀리고만 있었다.

'금옥기. 넌… 아직도 눈이 멀어 있구나.'

한의 두 눈이 암울하게 물들어가고 있었다.

저 잔인한 눈빛 그대로 자신의 혀를 뽑아냈었지. 그녀를 간살할 때도 아마 마찬가지였을 테지.

"모두 죽일 것이다! 모두 내 손으로 죽여 없앨 것이다!"

카가강!

교차한 검을 사이에 두고 두 사내의 시선이 마주하고 있었다.

"널 죽여 내 원한을 달랠 것이다."

'널 죽여 그녀의 원한을 달랠 것이다.'

힘을 겨루던 두 사람의 신형이 튕겨져 나갔다. 그리고,

"차합!"

구구구궁.

두 사람의 검이 허공을 갈랐다. 응집되었던 기운이 검을 떠나 상대를 향해 쇄도했고, 그 여파에 갈린 땅이 거북등처럼 갈라져 나가고 있었다.

콰광!

두 개의 기운이 충돌하며 폭발했다. 뿌연 흙먼지가 바람에 휩쓸려 나가고 나서야 두 사람의 모습을 확인할 수가 있었다.

"저… 저럴 수가?!"

중인들은 경악하고 있었다. 오 장여를 두고 마주 선 두 사람의 모습 때문이 아니었다.

검을 떠나며 땅을 가른 두 개의 궤적. 두 사람이 뿜어내던 기세의 느낌만큼이나, 검로의 궤적은 한 치의 다름도 없었다.

"놀랐느냐?"

적안사내. 금옥기의 조소에도 한의 눈빛은 흔들리지 않았다. 하나 그의 심박은 조금씩 빨라지고 있었다.

'너도… 마음의 벽을 허물었구나.'

동류의 무공을 익힌 자만이 알 수 있는 느낌. 구천무예가 확실했다. 게다가 금옥기와 자신의 경지는 차이를 구별하기 어려울 정도. 승패를 장담하기가 어려웠다.

"네 원한이 상실이라면, 내 원한은 배신이다. 우리 둘 다 남은 것이 없지만… 넌 돌이킬 수 없고, 난 되찾을 것이 남아 있지."

금옥기의 검이 사선으로 내려섰다.

"모용상아라 했던가? 널 없애고 그녀를 갖겠다. 그래야 공평하지. 안 그런가?"

이죽임이 멎었다. 한을 바라보는 금옥기의 눈빛이 침중해졌다.

'그래… 바로 그런 눈빛이었어. 그 눈빛이… 나를 미치게 만들었었지. 내가 지을 수 없는… 결코 지어선 안 되는……'

한숨을 숨겼다. 마음 저 깊은 곳에 숨겨둔 절망을 숨겨야 했다. 도발은 이 것으로 충분했다. 이제 남은 것은…

"오라! 누가 천하제일인지 겨루어 보자꾸나!!"

금옥기의 외침이 백양정을 뒤흔들었다. 구천무예와 구천무예의 겨룸. 그 것은 천하제일이란 미명 아래 시작된 금옥기의 진혼가였다.

"그래, 네 스스로 천하제일이 되어라. 그것이… 너의 길이다."

용호의 읊조림에 모용상아의 심장이 덜컥 내려앉고 있었다.

'안 돼……'

그는 후회한다 했었다. 자신의 운명을 저주한다 했었다. 끝내고 싶다 했었다. 자신에게… 도와달라 했었다.

'어리석었어. 또다시 그를 위험하게 만들었어. 모두 내 탓……'

모용상아가 입술을 잘근 깨물었다. 천신만고 끝에 벗겨진 살귀의 탈이었다. 사부를 해하려 했던 누명까지도 벗겨냈다. 복수만 끝낸다면 더 이상 그를 막아설 것이 없다 생각했었다. 한데 또 하나의 구천무예라니.

'제발……'

모용상아의 시선이 한에게 향했다. 간절히 맞잡은 두 손이 그의 건승을 빌고 있었지만, 검광과 기세의 바람 속에 밀려 나온 것은 금옥기가 아닌 한이었다.

카강!

"크윽!"

바닥을 구른 한이 황급히 신형을 일으켜 세웠다. 하나 제대로 일어서기도 전, 흙먼지 속에서 날아든 검광을 맞이해야 했다.

챙!

검이 흐른 자리로 검기가 긴 꼬리를 물었다. 대낮의 밝음도 난무하는 검광 앞에선 빛을 잃고 있었다. 그 황홀지경 속에서 두 사람의 육체는 극한까지 달아오르고 있었다.

"하압!"

내려치는 검엔 일말의 자비도 없었다.

입에선 단물이 일고 숨은 턱밑까지 차올랐다. 오 척의 거검은 방패로 전락해 버렸고, 천하를 위진케 했던 살귀의 악명은 초라한 흔적조차 남기지 못하고 있었다.

"계집과 놀아나더니 정기라도 빼앗긴 게냐?! 네 꼴이 우습구나! 경이의 비웃음 소리가 들리지도 않느냐?!"

몰아치는 검세보다 금옥기의 일갈이 더욱 고통스러웠다.

'가증스러운 지고. 네가 그녀를 진정으로 위했다면, 내가 검을 드는 일 따윈 없었을 것이다!'

콰광!

바람을 가른 묵검이 금옥기의 검을 후려쳤다. 그 여력에 밀린 금옥기가 허공을 날아 물러섰다. 보일 듯 말 듯한 미소. 그의 붉은 눈이 웃고 있었다.

카강! 캉!

오 척의 거검이 뿜어내는 검세가 주변의 공기마저 진동시키고 있었다. 빠르기는 섬전을 방불케 하고, 검에 실린 진력은 만근거암이라도 바술 듯했다.

'그래, 그래야지……'

연신 밀려나던 금옥기의 검이 새하얀 빛을 띠기 시작했다. 그리고…

'…이제 끝내자꾸나.'

눈부신 검광 너머로 붉은 기운이 흩어지고 있었다.

"으음……."

구양문이 가슴을 움켜쥐었다. 다 낡아 언제 멈출지 모를 심장이었긴 했지만, 하필이면 지금이란 말인가?

'…조금만 더 버텨다오. 조금만…….'

인간의 욕심이란 끝이 없다던가? 죽음을 각오한 지 고작 일각. 염치없는 바람이었지만, 구양문은 싸움의 마지막을 보고 갔으면 했다.

'부디… 저 아이에게 힘을…….'

자신 때문에 세상에 다시 나온 구천무예였다. 그것은 자신이 거두지 않아도 사그라질 운명이었다. 하나 또 하나의 구천무예가 모습을 드러낸 지금, 무슨 일이 있어도 승자는 한이어야만 했다.

두 사람이 보였다. 서로를 향해 달려나가는 모습도 보였다. 그들의 손이 어찌 움직이는지도, 그들의 검을 떠난 검기가 어떤 경로로 날아가는지도 보였다. 구양문은 눈을 감았다.

두 사람 모두 진력의 싸움을 택했다. 남은 것은… 누가 더 강한가뿐이었다.

'제발…….'

콰과광!

굉음이 터지고 흙먼지가 날아들었다. 하나 먼지가 가라앉고 정적이 찾아왔음에도 구양문은 눈을 뜨지 못했다. 중인들의 웅성거림이 귓가로 들려왔지만 구양문은 눈을 뜨지 못했다.

모든 것이 끝났건만… 구양문은 끝내 눈을 뜨지 못했다.

그들은 끝내 서로를 바라보지 않았다. 등을 돌리고 선 두 사람. 그 사이를 스친 바람이 승패의 황량함을 더했다.

"쿨럭!"

새하얀 입술 사이로 가는 혈선이 그어지고 있었다. 붉은 기운이 사라진 금옥기의 동공은 맑고 투명하게 빛나고 있었다.

"잘… 했어… 벙어리."

금옥기가 입을 열자 그의 가슴 어림이 붉게 물들어가기 시작했다.

"이제야… 살 것 같아… 항상… 여기가… 답답했었는데……."

금옥기가 자신의 가슴을 가리키며 히죽거렸다. 벌어진 가슴의 틈바구니로 붉은 피가 꾸역꾸역 흘러나오고 있었다. 결국 한은 마지막 원수의 심장마저 가르고 말았다.

'…끝났어요, 모두 다.'

이제 편안한 마음으로 하늘을 올려다볼 수 있었다. 복수는 끝났다. 멀리 돌아오긴 했지만, 기어이 그녀와의 약속을 지킬 수 있었다. 남은 건 이 모든 것을 획책한 비정한 아비와 교활한 관리의 목을 베는 것뿐이었다.

"…미안… 하다."

내딛던 걸음이 멈췄다. 사그라지던 분노가 다시금 고개를 쳐들고 있었다. 비참함과 두려움에 몸서리치다 죽는 것이 원수가 갖추어야 할 망자에 대한 예의. 죽음을 앞둔 자의 부질없는 속죄라면 달갑지 않았다. 하나,

"…그녀도… 너를… 용서할 거다."

등줄기로 소름이 끼쳤다. 이유 모를 섬뜩함이 그의 걸음을 되돌리고 있었다.

'그게… 무슨 소리냐?'

한의 두 눈이 금옥기를 향했다. 하나 금옥기는 한의 물음을 들을 수 없었다.

발 아래 고인 피가 내를 이루고 있었다. 열려진 동공은 빛과 어둠조차 구별할 수 없었고, 두 귀는 굳게 닫혀 세상의 소음을 차단하고 있었다. 삶과 죽

음의 경계에 걸쳐 있던 그에게 남은 것이라곤, 거두지 못한 미련을 풀어 저승 가는 걸음을 가벼이 해야 한다는 본능뿐이었다.

"…난… 당신을… 용서하지… 못합니다. 당신을… 용서하지 못했기에… 당신이… 바라던 대로… 살아갈 수는… 없었습니다. 하나… 내게… 당신의 피가… 흐르고 있기에… 당신을… 용서할 수밖에… 없었습니다. 이제… 당신이 뿌린 씨앗을… 내가 대신 거두니… 그것으로… 당신을 용서하고… 그들에게… 용서를 구할 것입니다. 이제… 이것으로… 저주받을 구양의 역사는… 종지부를……."

털썩.

금옥기의 신형이 붉은 핏물 속으로 무너져 내렸다. 그의 마지막 숨결이 붉은 파랑을 만들고 있었다. 하나 한은 그 가는 한숨과 함께 토해진 회한을 듣고야 말았다.

"지켜주지 못해… 미안하구나. 경아… 내… 사랑하는……."

한의 거구가 미풍을 감당치 못하고 휘청거렸다.

'아니야… 그럴 리 없어…….'

한의 두 눈이 거세게 도리질 치고 있었다. 하나 그러면 그럴수록 그의 목소리만 더욱 또렷해질 뿐이었다.

"…복수를 끝맺지 못함보다 더 큰 좌절을 맛보게 될지도 모른다오."

금옥기가 죽었다. 그녀의 복수도 끝났다.

어쩌면… 이미 오래전에.

용호는 물거품으로 변한 기다림 속에서 길을 잃어 헤매고 있었다.

"…네가… 네가 정녕……."

용호의 두 눈은 부옇게 흐려져 있었다. 떨리는 손은 허공을 휘저었고, 두 다리는 기운을 잃어 휘청거리고 있었다.

삼십 년. 그에게 금옥기는 혈육이었고 희망이었다. 그 희망이 부서진 자리는 끝없이 넓은 황무지와 같았다. 망연자실. 용호는 넋이 나간 사람처럼 흐느적거리며 금옥기를 향해 다가서고 있었다.

하나,

두두두두.

"와아아아!"

우렁찬 함성과 함께 수천의 군세가 언덕 위로 모습을 드러냈다. 그리고 군웅이 놀랄 틈도 주지 않으며 백양정을 포위하기 시작했다. 당황한 군웅들은 군사들에 대항하려 했다. 하나,

"대명의 백성은 황명을 받들라!"

군사들을 이끌고 온 장수가 황색의 두루마리를 내밀며 소리쳤다. 우물쭈물하던 군웅들이었지만, 이내 하나둘 도검을 내려놓고 오체를 투지했다. 황명 앞에 무릎 꿇지 않은 자는 한과 동창의 인물들뿐이었다.

"너무 늦었소."

"그런 것 같구먼."

양자건의 인사에 용호를 바라보던 은기가 고개를 끄덕이며 말했다. 그의 반응에 양자건의 눈이 이채를 띠었다. 은기는 여전히 말에서 내리지 않고 있었다. 금의위의 표정도 이상하리만치 굳어 있었다. 양자건의 본능이 물러서라 경고했다. 하나,

"금의위는 황명을 받들어 반역 무도한 죄인들을 포박하라!"

은기의 명에 오백의 금의위사가 창검을 들이밀며 달려들었다.

"이게 무슨 짓이오?!"

양자건과 백위가 검을 곤추세우며 금의위의 포위에 대항했다. 하지만 그

의 외침에 대답한 것은 마상의 은기가 아니었다.

"첩형 양자건은 국법을 어기고 창위 안에 사사로이 백위란 도당을 만들어 조정의 위계를 어지럽혔다. 또한 백위라 불리는 도당은 창위의 권세를 빌어 적법치 못한 행실을 일삼아 무고한 백성을 도탄에 빠지게 하였는바, 국법에 따라 그 죄를 엄중히 물을 것이다. 동창제독의 아들인 용호는 그 품계도 제수받지 못한 일반 백성임에도 아비의 권력에 기대어 나라의 재물과 관료를 사사로이 전용하였는바, 이미 파직된 동창제독과 함께 황상께오서 친히 그 죄를 다스리실 것이다."

청천벽력이라 해도 이보다는 나을 것이다. 양자건은 인정할 수 없다는 듯 마상의 사내를 쏘아보았다. 하나,

"불경하다! 감히 죄인 된 몸으로 황상의 사자를 위협하려 들다니!"

사내의 곁에 있던 중년 장수가 양자건에게 일갈했다.

"그대는 병부시랑 우겸?"

우겸을 알아본 양자건의 얼굴이 흙빛으로 변했다.

'실기했다. 백위를 한곳에 모은 것부터가 잘못이었어.'

입술을 깨문 양자건이 검으로 손을 가져갔다. 하나,

"어리석게 굴지 말게. 백위는 요식행위일 뿐, 저들이 진정 바라는 건 용 대인일세."

은기의 전음에 양자건이 고개를 돌렸다. 그는 언제나 단순하고 명쾌한 것을 좋아했다. 어제의 적이 오늘의 친구. 그는 쉬운 길을 택했을 뿐이다.

백위가 포박되어 물러날 때까지도 군웅들은 갈피를 잡지 못하고 있었다. 하나 그들의 진짜 목적은 지금부터였다.

"황명을 따라 죄인을 포박하라!"

은기의 명에 금의위 위사들이 신형을 날렸다.

하나 포위에 갇힌 살귀는 그들의 위세에 미동조차 하지 않았다.

'당신은 알고 계셨습니까?'

그녀는 대답해 주지 않았다.

물론 그녀를 원망하고픈 것은 아니었다. 속이 상하고 마음이 아렸지만 견디지 못할 만큼도 아니었다. 하나,

'…괜찮습니다. 제 눈이 멀었던 것이라 한들… 그것이 어찌 당신의 탓이겠습니까.'

착각했었다. 그녀의 한숨이 자신을 향하고 있노라, 그녀의 눈물이 자신을 바람이라 믿어 의심치 않았었다.

'이제 알겠습니다. 그 슬픔은 저를 위함이 아니었다는 것을……'

죽도록 매질을 당하고 혀가 뽑히던 날, 그녀는 사람들 너머에서 눈물을 흘리고 있었다. 그녀는 그때 이미 알고 있었던 거다. 그가 미쳐 가던 이유를. 그녀의 눈물은 불쌍한 노비를 위한 동정이 아닌 안타까운 운명에 대한 연민이었던 거다.

어리석은 노비는 그 눈빛을 헤아리지 못했던 거다. 그 엇갈림을 곧이곧대로 믿어버린 거다. 사랑에 눈이 멀어버린 여느 바보들처럼.

'아프셨지요. 많이… 아파하셨지요.'

부부의 연을 맺은 이가 오누이라는 것을 알게 된 그 혼란의 와중에 자신이 서 있었던 거다. 서로 손 뻗지 못하는 안타까움의 중간에서 바보처럼 희희낙락했던 거다.

'용서하지 마십시오. 저를 미워하시고, 증오하시어… 그 마음 한구석에 미움으로나마 남겨둬 주십시오. 저는… 그것으로 족합니다.'

기쁨도 없고 슬픔도 없었다. 모든 것을 잃어버린 그에게서 감정의 흔적들이 사라져 가고 있었다.

그렇게 버려진 조각들 중 하나가 그의 마음을 뿌리치며 하늘로 날아올

렀다.

'부디… 행복하십시오.'

쿵.

놓쳐 버린 인연처럼 거검이 땅에 떨어지며 흙먼지를 일으켰다.

그의 온몸에 포승이 감겨왔다. 거친 손길에 무릎이 꿇려졌다. 누군가가 무어라 중얼거리는 소리도 들렸다.

그리고 그녀의 목소리도 들렸다.

"그를 놔주세요! 그는 아무런 죄가 없어요!"

흐릿한 물기 너머로 그녀가 보였다. 사내들의 손에 끌려가면서도 손을 버둥거리며 자신을 잡으려 했다. 떨어지는 눈물도 보았다. 울부짖는 입술도 보았다.

'어리석은 것. 잊지… 않으마.'

눈을 감았다.

복수는… 끝났다.

*   *   *

"으아악!"

"차라리 죽여라!"

주인이 바뀐다고 가구를 바꾸진 않는다던가? 제법 풍파가 거칠었음에도 비원의 풍경은 예나 지금이나 그대로였다.

"이게 전부인가?"

"예, 사자."

사내의 질문에 비원주가 허리를 깊이 숙이며 읍했다.

칠주야를 치도곤 했으니 모자람은 없을 것이다. 필사한 자백만 책으로 두

권. 비원주의 예상대로 사내는 만족스러워했다.

"구양문도 유가량이 자신의 아들이라 알고 죽었겠군."

"금옥기도 구양경과 혼례를 올린 다음에야 자신이 구양문의 아들이었음을 알게 되었답니다."

"유가량을 죽인 것은 금옥기가 맞았군. 하면 그는 계획 자체를 알고 있었다는 것인가?"

"그것까지는 그도 확신하지 못하는 듯했습니다. 하지만, 모르고 있었다고 생각하는 편이 낫겠지요."

"정녕 잔인하군. 인간이 할 짓이 아니었어."

사내는 혀를 차며 더러운 물건 다루듯 서책을 덮었다.

자리에서 일어선 사내가 비원주에게 말했다.

"널리 알려져 좋을 것이 없는 일이네."

"제 목은 항상 이곳에 있습니다."

비원주의 답이 마음에 들었는지 사내는 별다른 다짐을 받지 않았다.

"그는 어디에 있나?"

"중옥(重獄)에 있습니다."

비원주의 뒤를 따라 도착한 곳. 세 치 두께의 철문이 인상적인 그곳에 그가 있었다.

"오랜만이오."

어둠 속으로 들어선 사내. 냉와운의 부름에 어둠이 눈을 떴다.

*   *   *

내성 밖 망루 아래로 십여 개의 목이 효수되었다. 그 아래에는 죄인의 이름과 죄상이 적힌 방이 붙어 있었다.

동창제독을 비롯해 정국을 불안케 한 창위의 관료들이 대부분이었다. 사람들은 저마다 혀를 차며 죄인들의 죄를 성토했다. 하나,

"쯧쯧, 결국 이리 되고 말았구면."

"그러게. 악명이 워낙 드셌어야지."

"무슨 소리? 듣자 하니 원수를 갚기 위해 저지른 살인이 대부분이고, 나머지는 저 사람 무공을 탐내서 덤빈 자들과 어쩔 수 없이 싸운 것뿐이라던데."

"아무튼 이걸로 또 한동안 조용해지겠어."

불어온 바람에 어깨를 움츠리던 사내가 고개를 갸웃거리며 물었다.

"근데, 저건 누구지? 용호? 관리인가?"

"몰라. 여기 같이 효수된 걸 보니 제법 큰 죄를 저질렀나 보지."

"뭐라고 적혀 있는데?"

"아, 몰라! 궁금하면 자네가 직접 읽어봐!"

사람들의 웅성거림에도 바람은 불었고 방문은 펄럭였다.

무창살귀의 목이 효수된 것은 삭풍이 거세던 어느 날이었다.

*　　　　*　　　　*

"아미타불……."

긴 불호와 함께 일우 대사가 자리에서 일어섰다. 황촉 너머로 일렁이는 네 개의 위패. 중유(中有:사십구제)가 끝나길 기다렸다는 듯, 지장전(冥府殿)의 처마 위로 하얀 눈발이 날리기 시작했다.

"흐음, 정녕 마음을 굳힌 게냐?"

일우 대사의 물음에 조광호가 가만히 고개를 숙였다.

선명한 족적. 방장실로 이르는 길 위엔 하얀 눈발이 소복했다.

"불가에 귀의하는 것은 찰나의 성찰로 결정하기엔 너무나 고된 길이다. 네

마음의 혼란함은 이해한다만, 다시 한 번 심사숙고하는 것이 좋을 듯싶구나."

"제자의 마음은 이미 속세를 떠난 지 오래이옵니다."

조광호의 눈빛은 고요했다. 결심이 굳어 그것이 결심인지조차 분간치 못할 상태. 마음의 빗장이 저리 단단하니, 수행을 한다면 분명 큰 깨달음을 얻을 수 있으리라.

하나 귀의의 문턱은 다짐만으로 넘을 수 있는 것이 아니었다.

"회두시안(回頭是岸)이라. 네가 진정 번뇌가 번뇌임을 깨닫고 고개를 돌린다면 응당 피안에 닿을 수 있을 것이다. 하나 네가 속세를 등지고자 함은 그 인과 연의 무상함을 깨달았기 때문이 아니라, 그저 네게 닥칠 인과 연의 고난을 회피하고자 함일 뿐이다. 세속의 인과 연은 오욕과 칠정이 녹아 흐르는 것. 그 흐름을 피해 불가에 귀의한다 하여 피안에 다다를 수 있는 것은 아닌 게다."

"제자의 어리석음을 계도로 탓해주십시오."

일우 대사의 회유에도 조광호의 빗장은 열리지 않았다.

걸음을 멈춘 일우 대사가 허리를 굽히며 한 움큼의 눈을 담았다.

"차갑구나."

조광호는 고개를 들지 못했다.

"이 눈이 여름에 내렸다면 얼마나 좋을꼬. 삼복더위도 가라앉혀 주었을 테고, 모진 가뭄도 해갈시켜 주었을 테고……."

일우 대사는 눈을 쥔 손에 힘을 주었다. 가는 손가락 사이로 물방울이 떨어져 내렸다.

"추위가 거세어 겨울인 것인지, 겨울이라 추위가 거센 것인지……."

일우 대사의 걸음이 다시금 족적을 남기기 시작했다. 하나 조광호는 물방울이 만든 진세에 갇혀 한 걸음도 움직이지 못했다.

'춥고 더운 것이 어찌 눈의 탓이고 비의 탓이겠는가? 겨울에 내리건 여름에 내리건, 그것은 그저 온전히 떨어져 내릴 뿐. 일체개고(一切皆苦)라 이르심이다. 괴로움과 고통의 진원을 내 안에서 찾지 못하는 이상, 머리를 깎고 가사를 걸친다 한들 어찌 마음의 평안을 찾을 수 있으랴.'

귀에 못이 박히도록 배운 삼특상(三特相)의 가르침이건만, 그 간단한 이치조차 깨닫지 못하고 감히 불가에 귀의하겠노라 설레발친 것이다.

부끄러움으로 고개 숙인 조광호의 귓가로 일우 대사의 목소리가 가만히 내려앉았다.

"안타깝다 하여 억지 연을 맺는다면, 불의한 것이 어찌 세상에 발을 디딜 수 있겠느냐. 네 안타까움이 불의함이 아님은 안다. 하나 세상의 연은 네가 생각하는 것만큼 억울함만이 가득한 것은 아닐 것이다. 원증회고(怨憎會苦)라 하나, 그것조차도 마음먹음에 따라 업을 쌓을 수도 있고, 도리어 업을 덜 수도 있는 인연의 다른 모습이다. 다시 보거라. 네가 그에게서 본 것을 다시 한 번 보도록 하여라. 정녕 고난만이 그의 업이었는지, 진정 슬픔만이 그의 연이었는지."

거센 눈보라가 일우 대사의 모습을 지워 버렸다. 하나 숭산을 휘몰아치던 동장군의 손길도 그의 눈에 어린 경악만은 지우지 못했다.

'그를 다시 보라……?!'

*　　　*　　　*

녀질째 불던 눈보라가 새벽녘부터 잠잠해졌다. 도인들은 걸어 잠갔던 문을 열고 양광을 음미했다. 오랜만에 찾아온 평온. 무당산의 운무 사이로 원단(元旦)이 밝아오고 있었다.

"그간 원단 준비한다고 시끌시끌했는데, 정작 원단이 되고 나니 되레 조용하군요."

"눈이 많이 와서 준비나 제대로 했나 모르겠네."

운현자가 찻물을 부으며 제법 걱정된다는 듯 말했다. 하나 딱히 할 말이 없어서 꺼낸 말이었을 뿐, 본래 문파 안의 내부 소사에는 그다지 관심이 없던 운경자였다. 하나…

"언제쯤 도착한다던가?"

무심한 눈빛으로 차를 들던 운경자가 천천히 찻잔을 내려놓았다.

"전서가 도착한 게 나흘 전이니, 내일이나 모레쯤이면……."

"그렇구먼. 생각보다 일찍 오는구먼."

"동창제독이야 모반으로 참수당했으니 앞으로 한 달은 더 효수될 테지만, 그는 죄명이 다르니… 후우."

한숨과 함께 찻물이 식어가고 있었다.

"알고 계셨습니까? 운백, 그가 용호였다는걸?"

"나중에야 알았네. 너무 늦게 알았지."

"후우, 어쩌자고 그런 짓을 했는지……."

"기억이 가물거리긴 하지만, 도적(道籍)을 박탈당할 때만 해도 그런 내색은 없었던 것 같았는데, 제법 상심이 컸던 모양이야."

운현자의 회상에 운경자가 다시금 한숨을 내쉬었다.

"속가로 신분이 바뀌었어도 그의 마음만은 한결같았습니다. 그가 변심할 사연이 있다면……."

"지병이 있었지, 아마?"

"중증의 냉혈(冷血)이었습니다."

간혹 피가 차가운 사람들이 있다. 물론 냉수처럼 찬 것은 아니다. 그저 보통의 사람보다 온기가 덜한 체질을 말하는 것이다.

그리 큰 병은 아니다. 살아가는 데에도 아무런 불편이 없고, 자신이 냉혈

인지조차 인지하지 못하는 것이 대부분이다. 하나 무공을 익히는 이라면 얘기가 다르다.

피가 차면 피돌기가 느리다. 해서 장기 대부분이 심장을 위주로 움직인다. 독맥과 임맥도 심장의 흐름에 민감히 반응한다. 내가기공을 수련하는 무인에게는 치명적인 신체 조건이다.

범인이 열흘 수련하면 얻을 성취를 백 일을 해야 간신히 이룰 수 있다. 단전 역시 범인의 절반에도 미치지 못한다. 상승의 무공을 익히기엔 요원한 신체. 무공에 심취했던 어린 운백에겐 그보다 더한 절망이 없었을 것이다.

"그런 그를 구천무예가 있는 구양세가에 보냈으니……."

"이제 와 누구를 탓하겠는가?"

이미 삼십 년 전에 시작된 굴레였다. 아비가 죄인이 되었다는 이유로 도적을 박탈당한 것부터 악수였다. 물론 그의 아비가 죄인의 신분으로 거세하여 환관이 된 것도, 고 황후의 총애를 받아 동창제독의 자리에까지 오른 것도 무당으로선 악재였다 할 수 있었다.

어쩌면 애초부터 운백은 무당의 업이 될 운명이었는지도 모른다.

"그건 그렇고, 바깥 동정은 좀 어떤가?"

"그대로지요. 예전과… 다름없이……."

구양세가는 멸문했다. 구천무예의 마지막 전인은 형장의 이슬이 되었고, 소림과 무당의 치부도 그들의 원한과 함께 사라지고 말았다.

달라진 것은 아무것도 없었다.

"이번 일로 가장 큰 피해를 본 것은 개방이구먼."

"그렇지요. 단 장로를 잃은 것은 정말로 큰 손실이지요. 소림이나 우리나 앞으로 많이 양보해 주어야 할 겁니다."

"다 생각하고 있네. 사람이 도리는 지키고 살아야지."

운현자의 확답이 떨어지고 나서야 운경자는 미소를 지었다.

그의 말이 맞았다. 사람은 도리를 지키며 살아야 했다.

＊　　　＊　　　＊

겨울이라 그런지 모용세가의 무거운 공기는 좀처럼 가시질 못하고 있었다. 하나 대부분의 세가 사람들은 이 불쾌한 정적이 모용중경의 귀가 이후부터 이어진 것이라는 걸 알고 있었다.

가주인 모용중경은 대부분의 대소사를 아우인 모용중광에게 맡겨 버렸고, 모용상아는 자신의 처소에서 하루하루를 보내고 있었다. 대제자 설기룡만이 예전과 다름없이 지내고 있었다.

“숙부, 저 왔어요.”

모용상아가 찾은 곳은 세가 안에 마련된 사당이었다. 여러 사조들의 위패가 모셔진 이곳에 장안호의 위패도 함께 자리하고 있었다.

“섭 숙부는 엊그제 산서로 가셨어요. 황 백부 잘 지내나 궁금하시다고요. 갈 때 백부가 생전에 좋아하셨다는 술 몇 병을 가져가셨는데, 아무래도 가던 길에 다 드실 것 같아요.”

모용상아의 미소는 사당 안의 향연만큼이나 희미했다.

“…용호 그 사람, 결국은 죽은 모양이에요.”

불을 붙이는 손길이 가벼웠다. 지전이 불길에 사그라지며 날아올랐다. 숙부에게 보내는 반가운 소식처럼.

지전을 내려놓고 손을 곱게 모으던 모용상아가 낮게 흐느꼈다.

“그리고… 한, 그 사람도 곧 갈 거예요. 혹여 그 사람 만나시거들랑, 부디… 흑흑.”

누르고 눌렀던 설움이 터져 나왔다. 누구에게도 보일 수 없던 울음이었건만, 의지했던 숙부는 망자가 되어서도 그녀의 편이었다.

한참을 울고 나서야 흐느낌이 멎었다.

"죄송해요, 자주… 울진 않을게요. 그냥… 가끔 생각날 때……."

콰광!

"뭐야? 무슨 일이야?!"

"연공실에 자객이 들었다!"

눈물을 훔치던 모용상아가 황급히 고개를 돌렸다. 멀리서 들려오는 다급한 목소리들. 모용상아의 신형이 사당 밖으로 튕겨져 나갔다.

한 자 두께의 석문은 흔적도 없이 박살나 있었다. 유등은 모두 꺼져 있었고, 비릿한 피 냄새가 석실 안에 가득했다.

"기룡아!"

모용고한의 외침에 사람들이 석실 안으로 달려 들어갔다. 하나,

"헙?!"

연공실 안은 폭풍이라도 휩쓸고 지나간 듯했다. 가지런했던 병기들은 사방에 흩어져 있었고, 석벽 여기저기에 깊은 검흔이 남아 있었다. 그리고 연공실의 중앙에 그가 있었다.

"우욱!"

비위가 약한 황약란이 입을 가리곤 석실 밖으로 뛰쳐나갔다. 석실 바닥은 핏물이 흥건히 고여 있었다. 설기룡은 핏물 속에 누워 있었다. 아니, 설기룡의 몸은 핏물 속에 누워 있었다.

"저기!"

유방현의 손가락이 석실 끝을 기리켰다. 설기룡의 머리는 석실 벽에 박혀 있던 한 자루 도(刀) 위에 올려져 있었다.

"누가 이런 짓을……."

뒤늦게 달려온 모용중경이 노기 가득한 목소리로 말했다. 한데…

“이… 이것은?!”

모용고한의 외침에 사람들의 시선이 모아지고 있었다. 모용고한이 들고 일어선 한 권의 서책. 그 서책을 보던 모용고한이 석실 주위를 보며 벌린 입을 다물지 못하고 있었다.

“아무래도 이걸 익히고 있었나 보오.”

“…탈명마군 악중산?! 이 마공을 어찌 기룡이가?”

모용중경과 모용고한의 시선이 얽혀 들었다. 하나 그들의 놀람과 세가 사람들의 경악 사이에서도 모용상아의 표정은 변하지 않고 있었다. 아니, 변하지 않기 위해 안간힘을 쓰고 있었다.

‘그렇죠. 원한을 잊으면… 살귀가 아니지요.’

홀로 석실을 빠져나오던 모용상아의 입가로 잔잔한 미소가 지어지고 있었다.

‘고마워요. 어딘가에… 살아 있어줘서.’

모용상아의 발자국이 길게 이어지고 있었다.

그의 뜻대로 걸어가야 했지만, 홀로 걷는 그 길에 슬픔은 없을 것 같았다.

하늘이 차고 높았다. 그와 헤어졌던 그 가을, 그 하늘만큼이나.

*　　　*　　　*

“오랜만이야, 단 장로.”

“지랄, 장로는 개뿔.”

어기적거리는 폼이 영 어색했지만, 그래도 허리에 묶인 아홉 개의 매듭은 제법 그럴싸했다.

“아무리 거렁뱅이 소굴이라지만, 장로가 죽었다고 그 동생한테 장로 이어서 하라는 이런 엿 같은 법도가 세상 천지에 어디 있냐고.”

"미친놈. 시켜주면 감사합니다 하고 하는 거지, 투정은 얼어 죽을."

운경자의 핀잔에 단사의가 입맛을 다셨다. 딱히 불만스러운 표정은 아니었지만, 썩 편안하지만도 않아 보였다.

"탈상(脫喪)은 잘했나?"

"휴우, 이 매듭 끄르는 날이 탈상하는 날이지, 뭐."

단사의의 한숨에 운경자도 잠시 말을 잃었다.

"이번엔 뭐가 궁금해서 왔어?"

"음? 궁금하다니? 누가?"

"넌 어떻게 매번 올 때마다 그 타령이냐? 다음부턴 그냥 궁금한 거 적어서 애들한테 들려 보내라. 사람 답답해서 원……."

단사의의 핀잔에 이번엔 운경자가 입맛을 다셨다. 그리고…

"안 죽었지?"

"누가?"

"그 사람."

"그러니까 그 사람 누구?"

몰라서 묻는 사람이 저리 생글거릴 리 없다. 인상을 잔뜩 찌푸리던 운경자가 자리를 박차고 일어섰다.

"에이, 더럽고 치사해서 안 물어본다."

"크크크, 이놈아, 앉아."

단사의의 만류에 운경자가 못 이기는 척 자리에 앉았다.

"누굴 찾는지는 아는데… 말해줄 수 없어."

"없어?"

"그래, 없어."

단사의의 말에 운경자의 얼굴에 화색이 돌았다.

"없다, 이거지?"

“그래.”

안 가르쳐 준다는 데도 뭐가 그리 좋은지, 운경자는 재삼 확인한 후에야 자리에서 일어섰다.

“벌써 가려고?”

“가야지. 안 가르쳐 준다는데 더 앉아 있으면 뭐 하겠냐?”

“크크, 그래. 잘 생각했다. 멀리 못 나간다. 장로가 되니까 엉덩이만 무거워지는 것 같아.”

단사의의 농에 문을 열고 나서던 운경자가 손을 흔들어주었다.

몰라서 말 못해주는 것과 알면서 말해주지 않는 것. 생사만이라도 확인했으니 북경까지 온 성과로는 충분했다.

‘연이 닿으면… 다시 만나겠지.’

*   *   *

“몸은 좀 어떠세요, 부인?”

냉와운의 물음에 공주가 미소로 대답을 대신했다.

“끼니도 거르지 않으시고, 산보도 곧잘 하세요. 약이 너무 쓰다고 투정을 좀 부리셔서 탈이지만.”

여인의 솔직 담백한 말에 공주가 아미를 살짝 찡그려 보이며 그녀를 나무랐다. 하나 이미 황궁 생활에 익숙해진 그녀였기에 진땀이 아닌 웃음으로 공주의 질책을 피해갈 수 있었다.

“호호, 마마께서 골이 나셨네요? 이를 어쩌나? 내일은 약이 두 첩이나 더 있는데, 당과가 남았나 모르겠네?”

“예 언니도 참, 내가 언제 당과를 먹었다고…….”

창백한 안색에 홍조가 번졌다. 그 모습에 냉와운이 가만히 미소 지으며 공주의 어깨를 두드렸다.

"약을 드실 땐 단 것을 피하셔야 합니다."

"…예."

모기가 날갯짓을 해도 이보단 소리가 클 것이다. 아직은 어린 공주. 이미 혼례를 올린 지도 일 년이 다되어가건만, 냉와운을 마주하는 모습은 어린 공주의 옛 모습 그대로였다.

"내일은 입궁을 해야 할 것 같습니다."

"오라버니가 또 찾으시나요?"

"지금은 한 사람이라도 더 필요한 시기입니다. 동창은 비교적 조율이 되어가고 있지만, 다시 득세한 육부의 움직임을 견제하는 것만으로도 심력이 달리실 것입니다. 황실의 부마가 명색이 의원인데, 황상의 건강은 제가 책임지는 것이 당연한 일이지요."

냉와운의 말에 공주의 얼굴이 어두워졌다.

"조정의 누구도 가가를 일개 의원이라 생각하지 않을 겁니다."

"그리 생각해 준다면 더욱 다행한 일이지요. 그만큼 황상께 갈 눈빛이 저에게로 분산된다는 뜻일 테니."

"그 눈빛이 어찌 곱기만 하겠습니까. 부디 한시라도 정국이 안정되어 황상과 가가의 신변에 걱정이 따르지 않기만을 바랄 뿐입니다."

여인의 진심 어린 걱정에 감복하지 않을 사내가 어디 있을까. 냉와운의 손이 공주의 어깨를 쓰다듬었다. 참으로 보기 좋은 한 쌍의 원앙이었다. 다만 한 가지 아쉬운 것이 있었다면……

"에휴."

여인의 한숨에 두 사람이 화들짝 놀라며 한 걸음 물러섰다.

"험험. 그건 그렇고, 손 옹은 요즘 어찌 지내는지 아시오?"

손오의 근황을 묻자 여인이 약사발 등을 챙기며 퉁명스레 말했다.

"그 영감 주변머리에 국자감(國子監) 학정(學正:정팔품 학사)이면 감지덕지죠. 요즘 뭘 만든다고 바쁘다는 것 같던데, 저야 마마의 약시중을 들어야 하니 도통 여유가 없네요."

"그렇군요. 내일 입궁하면서 한번 들러보도록 하지요. 그리고……."

냉와운이 말끝을 흐렸다. 하나 내실을 나서던 여인은 그가 무엇을 알고 싶어 하는지 정확히 알고 있었다.

"걱정 말아요. 늘 그래 왔듯, 누구도 이 장원을 넘보진 못할 테니."

"물론 그것을 걱정을 하는 것은 아니요. 단지……."

"무슨 이야기를 하려는지 알지만… 염려 말아요. 아무것도……."

냉와운을 뒤로하고 문을 나선 여인이 복도를 따라 걸음을 옮기고 있었다.

인기척 하나 느껴지지 않는 장원. 담장 위에 쌓인 눈들이 월광을 받아 반짝이고 있었다.

'그래, 난 아무것도 걱정하지 않아. 기다릴 수 있으니 걱정할 필요 없어. 내가 여기 있고 네가 거기 있으니, 언젠가 때가 되면 다시 마주할 수 있겠지. 그때까지… 난 기다리기만 하면 되는 거야.'

만월을 바라보던 여인이 다시금 걸음을 재촉했다.

찢어진 가슴이 아물길 기다리는 것이다. 조각난 마음이 다시 제자리로 돌아오기를 기다리는 것이다. 아직은 원망할 때가 아니었다.

이제 고작 일 년이 지났을 뿐이었다.

예향이 만월을 보며 눈물짓던 그 순간, 그 역시 장원의 지붕 위에 앉아 하늘을 바라보고 있었다.

'그를 만나… 평안하십니까?'

그녀의 목소리를 듣지 못한 지 벌써 일 년이 넘었다. 하지만 그는 매일 밤 하늘을 보며 묻고 또 물었다.

'그리 좋아하실 줄 몰랐습니다. 그의 품에 안기시니 흔적조차 찾을 수가 없더군요, 후후.'

그의 손에 쥐어진 그녀의 기억. 그 아련함이 떠나간 텅 빈 유골함 속으로 새하얀 눈꽃 한 송이가 들며 녹아내렸다.

'남은 것이 없는 데도… 떠날 수가 없었습니다.'

그의 입에서 토해진 회한이 하얀 연기로 화해 흩어지고 있었다.

'죽음만이 저를 반겨주리라 여겼었는데, 그마저도 외면당하고 나니 어찌해야 할지 막막하더군요. 홀로 남겨지는 것엔 익숙하다고 생각했었는데……'

하늘을 향했던 시선이 장원의 한편으로 향했다.

소리없이 담을 넘는 그림자들이 있었다. 죽음으로 삶을 연명하는 가련한 자들. 그들의 바라보던 한이 유골함을 품에 넣으며 자리에서 일어섰다.

'그래서 살아보려고요. 죽음이 저를 다시 반겨줄 때까지만이라도… 미련을 떨어보려고요.'

그의 손길을 따라 모습을 드러낸 거대한 어둠. 이제는 잊혀진 천하제일인의 증표가 소리없이 빛나기 시작했다.

'다시 뵐 그날까지, 부디 행복하십시오… 아씨.'

한의 신형은 어둠에 잠겼고, 새하얀 꽃잎들은 하늘을 메웠다.

장원의 어둠 속에서 혈화가 피어오르기 시작했다. 어둠보다 깊은 정적. 하나 그 망연한 죽음 어디에서도 살기는 느껴지지 않았다.

원한이 사라진 그곳에, 더 이상 살귀는 없었다

＊　　　＊　　　＊

"손 노사, 계시오?"

"쿨럭쿨럭, 들어오시오."

문을 열고 들어선 사람은 머리 희끗한 중년의 학사였다.

"어이쿠, 이 늦은 시간까지 뭘 하고 계신 게요?"

"헐헐, 죽기 전에 정리해 둘 것이 좀 있어서……."

"허어, 그 무슨 섭섭한 말씀을. 앞으로 십 년은 더 사셔야지요."

"흰소리 그만 하시고, 무슨 일로 찾아오셨소?"

손오의 물음에 중년 학사가 습관적으로 주위를 둘러봤다. 아무도 없음을 확인한 중년 학사가 품에서 한 권의 서책을 꺼내어 내놨다.

"이것 좀……."

손오가 눈을 가늘게 뜨며 서책을 훑어보기 시작했다. 그리고……

"이거 어디서 나셨소?"

"허허, 그게… 그냥 아는 지인을 통해서……."

"사람 병신 만들기 딱 좋은 엉터리 잡서요. 무광총요(武狂總要)? 요즘도 이런 베끼기를 하는 사람이 있구먼. 양심도 없는 사람들 같으니라고, 쯧쯧."

손오의 단정에 중년 학사의 인상이 와락 구겨졌다.

"이런 거 구하는 데 돈 들이지 마시고, 널리 알려진 무공이라도 정심하게 갈고닦으시구려. 무리는 깨닫는 거지 배우는 게 아니라오."

입맛을 다시던 중년 학사가 만면에 웃음을 띠우며 손오에게 달라붙었다.

"저기, 그러지 마시고……."

"일없소이다."

일언반구도 못 꺼내보고 거두절미당했다. 하나 중년 학사는 더 이상 채근하지 못하고 내실을 떠나야 했다.

"쯧쯧, 한심한 인간 같으니… 쿨럭쿨럭!"

독한 기침에 가슴이 아려왔다. 칠십이 가까워오니 죽을 날이 머지않았음을 깨달을 수 있었다.

"그래. 사람으로 태어나 이렇게라도 족적을 남기고 가니, 언제 죽는 것이 무슨 대수이겠는가……."

손오의 주름진 손가락이 서탁 위에 놓여진 두꺼운 서책을 쓰다듬었다. 지난 세월 동안 쉬지 않고 정리한 그의 보물. 그것은 그가 세상에 남기는 여한이었다.

"…이걸로 되었다."

얇은 세필이 서책 위를 스치고 있었다. 붓을 내려놓은 손오가 흐뭇한 미소를 지으며 고개를 끄덕였다.

피곤에 지친 손오가 긴 하품과 잠자리로 들었다. 손오의 숨소리가 잦아들 때쯤 내실의 창문 너머로 여명이 밝아오고 있었다.

풍진강호재인(風塵江湖在人).

…중원의 무공은 팔만 사천 가지에 이르나, 그중 절기라 불릴 만한 것은 천을 헤아리기도 어렵다…

…기인(奇人)과 이사(異士)가 모래알만큼 많은 강호라 하나, 그중 일가를 이루어 일대종사(一代宗師)라 창할 수 있는 이는 고금을 통틀어도 천을 헤아리기가 어렵다…

…무당의 장삼풍 조사는 그 무리가 하늘에 닿아 겁으로 이루지 못할 것이 없는 지경이니, 능히 종사라 할 수 있다…

…소림의 달마 내사는 그 무학이 천지를 뒤덮고, 그가 남긴 역근과 세수야말로 중원무학의 뿌리가 되었으니, 능히 종사라 할 수 있다…

…이로써 천하를 질타한 일천팔백의 절기와 천하를 호령한 팔백사십 인의 무학종사와 절대고수들을 모두 열거하였다…

…마지막으로 이곳에서 논하지 못한 한 사람이 있으니, 내가 그를 감히 논하지 못함은 그가 이룬 업적이 낮아서도 아니요, 그가 이룬 경지가 다른 이에 모자라서도 결코 아니다.

당시 천하에 고수가 산처럼 많았어도, 그 누구도 감히 그와 겨루어 승리를 장담치 못했다. 스스로 당대천하제일임을 증명한 그는, 하나 그 악명과 불운으로 인해 제대로 된 평가조차 받지 못하고 형장의 이슬로 사라지고 말았다.

내가 그를 감히 논하지 못함은 그가 젊은 나이에 요절하여서도 아니고, 그가 살귀라는 악명을 떨친 마두여서도 아니다. 내 미천한 재주로 소림과 무당의 경중은 논할 수 있어도, 아홉 하늘의 드높음은 감히 재어볼 엄두도 나지 않는 까닭이다.

천하제일인이라 불려 마땅할 그이건만, 구천무예라는 절학의 이름만을 남겨야 함이 통탄스러울 따름이다.

하나 후대에게 고하노니, 구천무예야말로 천하제일의 무공임과 그것을 익힌 누군가가 천하와 맞서는 경이(驚異)를 보였다는 사실을 의심하지 말지어다.

—필부 손오가 남긴다.

『정한검 비검무』大眉